Unter die Haut

SUSAN
ANDERSEN

Unter die Haut

Roman

Aus dem Englischen
von Gabriele Werbeck

Weltbild

Die amerikanische Originalausgabe erschien 1993 unter dem Titel *Obsessed* bei Zebra Books, Kensington Publishing Corp., New York.

Besuchen Sie uns im Internet:
www.weltbild.de

Genehmigte Lizenzausgabe für Verlagsgruppe Weltbild GmbH,
Steinerne Furt, 86167 Augsburg

Übersetzung: Gabriele Werbeck
Umschlaggestaltung: Alexandra Dohse, München
Umschlagmotiv: Jupiterimages, München
Gesamtherstellung: CPI Moravia Books s.r.o.,
Brnenská 1024, CZ-69123 Pohorelice
Printed in Czech Republic

ISBN 3-8289-8313-8

2009 2008 2007 2006
Die letzte Jahreszahl gibt die aktuelle Lizenzausgabe an.

Dieses Buch ist in Liebe meiner Familie gewidmet:

Meinen Brüdern Ken und Ron, die bei weitem keine solchen Nervensägen mehr sind wie früher

Tante Jean und Onkel Chuck, die eine Menge von hausgemachten Eintöpfen und handgeschnitzten Bären verstehen

Und meiner Cousine Colleen, mit der zu reden immer so ist, als hätten wir uns erst gestern das letzte Mal gesehen, auch wenn es tatsächlich schon sehr lange her ist

Ganz zu schweigen von meinen Schwägerinnen, Tanten, Onkeln, Cousinen, Nichten und Neffen, die ich alle einzeln mit Namen aufführen würde, wenn es nicht so viele wären …

Susie

Prolog

Wieder war Vollmond; er fühlte sich unbesiegbar. Zielstrebig machte er sich auf den Weg, und zuerst lief auch alles wie am Schnürchen, genau wie er es erwartet hatte. Es war wirklich schade, dass außer der lieben kleinen Bess niemand da war, um ihn zu bewundern. Er war einfach großartig – keiner, der ihm zugesehen hätte, hätte das leugnen können.

Doch dann begann alles etwas aus dem Ruder zu laufen, und eine Zeit lang sah es ziemlich heikel aus, bis er es schließlich schaffte, die Situation wieder in den Griff zu bekommen. Aber er hatte von Anfang bis Ende alles durchgeplant, deshalb klappte es letztlich natürlich.

Es war sogar ganz interessant … und Ende gut, alles gut, wie er immer zu sagen pflegte.

Er war kein Mörder, aber in dieser Nacht war er gefährlich nahe daran, einer zu werden. Nicht dass ihn irgendwelche moralischen Bedenken abgehalten hätten, es war einfach nicht sein Ding. Nein, er verschaffte sich seinen Kick, indem er jemandem wehtat und ihn quälte; vor die Wahl gestellt, würde er sich immer dafür entscheiden, denn das allergrößte Vergnügen bereitete ihm die Angst seiner Opfer. Er genoss den hysterischen Klang in ihrer Stimme, wenn sie um Gnade flehten; ihre vor Entsetzen weit aufgerissenen Augen, wenn er mit der kalten Spitze seines Messers ihren Hals liebkoste, ihre Gesichter, ihre Brüste; er genoss das vergebliche Aufbäumen der Frauen, wenn er ihren Widerstand brach. »Wenn du zum Weib gehst, vergiss die Peitsche nicht« – dieser Nietzsche war ein Mann nach seinem Geschmack: Der hatte die richtige Einstellung. Das Vergnügen vorzeitig zu beenden, indem er tötete, erschien ihm unnötig, sinnlos … geradezu hirnrissig. Es reichte ihm, sie auf die gute altmodische Art nahezu um den Verstand zu bringen. Nicht ohne Grund ließ er die Damen immer mit einer bleibenden Erinnerung zurück. Er wusste, dass sie sich im tiefsten Inneren danach sehnten, was er mit ihnen anstellte, und er bemühte sich nach Kräften, dieses Verlangen zu stillen. Er wünschte allen seinen Opfern ein langes und erfülltes Leben – viele, viele Jahre, in denen sie sich seiner erinnern konnten.

Aber in dieser Nacht ging irgendetwas schief.

Er war gerade dabei, sein Markenzeichen, ein Herz, in die Brust der niedlichen Bess zu ritzen, als er merkte, dass sie das Bewusstsein verloren hatte. »Nein, nein, nein, mein Schatz«, murmelte er. »Das kommt gar nicht in Frage.« Er versetzte ihr mit der flachen Hand einen leichten Klaps auf die Wange. »Wach auf, Baby«, befahl er. Sie zeigte keine Reaktion, und ungeduldig versetzte er ihr einen weiteren Klaps. »Komm schon, ich hab nicht die ganze Nacht Zeit. Keiner mag Spielverderber, und wenn ich jetzt erst nach Salmiakgeist suchen muss … also, dann werde ich ihn nicht nur dazu verwenden, dass du wieder aufwachst.« Er richtete einen drohenden Blick auf die blutende Wunde auf ihrer Brust.

Als er den Kopf wieder hob und ihr ins Gesicht sah, stellte er fest, dass ihre Lippen anfingen, sich blau zu verfärben.

»Scheiße!« Er sprang auf und starrte auf sie hinunter. Mit den Zähnen riss er sich den OP-Handschuh herunter und tastete an ihrem Hals nach dem Puls. Er schlug unregelmäßig und schwach unter seinen Fingerspitzen, als er ihn schließlich fand.

Scheiße! Das war nicht vorgesehen. Er hatte vorgehabt, Bess beim Anziehen zu helfen und ihr dann einen Gutenachtkuss zu geben und zu verschwinden, im Vollgefühl seiner Macht.

In ungewohnter Panik schob er seinen Penis zurück in die offene Hose und blickte sich nervös nach irgendwelchen Hinterlassenschaften von sich um, während er den Reißverschluss hochzog und den Knopf am Bund schloss. Er hob sein Messer von der Matratze auf, wischte mit dem Laken Bess' Blut von der Klinge und steckte es zurück in die Scheide.

Er öffnete die Tür mit der behandschuhten Hand, damit keine Fingerabdrücke am Knauf zurückblieben, und verließ eilig das Zimmer. An der Eingangstür blieb er einen Augenblick stehen und atmete ein paarmal tief durch, um sich zu sammeln und seinen rasenden Puls zu beruhigen, dann unterzog er seine Kleidung einer kurzen Musterung, um sich zu vergewissern, dass das Blut der Schlampe keine Flecken darauf hinterlassen hatte. Er presste die Faust auf sein Brustbein und versuchte, seiner rasenden Wut Herr zu werden.

Dieses dämliche Miststück! Sie hatte alles ruiniert. Bisher war es immer so gewesen, dass sein Zorn im Laufe eines Monats langsam, aber stetig gewachsen war und schließlich seinen Höhepunkt erreicht hatte, wenn der Mond als volle runde Scheibe am Himmel stand. Zu diesem Zeitpunkt war der Jäger, der sich in seinem Körper eingenistet hatte, von solch wildem Hass erfüllt, dass er das Gefühl hatte, er würde explodieren, wenn er nichts unternahm. Und dann kam die Läuterung. Er suchte sich ein geeignetes Opfer, folgte der Frau nach Hause, drang gewaltsam in ihre Wohnung ein und ließ all die Wut an ihr aus, die sich über den Monat hinweg in ihm angestaut hatte. Danach ging es ihm eine Weile gut. Er fühlte sich befreit, kam wieder ins Gleichgewicht.

Doch jetzt kehrte die Wut, die sich nach dem Überfall auf Bess so wunderbar in Wohlbehagen aufgelöst hatte, in unverminderter Stärke zurück. Wie konnte sie es wagen, ihn auf diese Weise um seinen wohlverdienten Seelenfrieden zu bringen? Verdammt noch mal, sie hatte es gewollt – sie alle wollten es. Frauen waren Schlampen. Man brauchte sich doch bloß mal anzusehen, wie sie dauernd mit dem Hintern wackelten und einem ihre Titten vor die Nase hielten. Oder wie sie in diesen knappen Fähnchen ihre Körper zur Schau stellten. Bess war da keine Ausnahme.

Und jetzt, nachdem sie bekommen hatte, was sie verdiente, glaubte sie wohl, sie könnte sich vor ihrer Verantwortung drücken, indem sie sich vom Acker machte. Aber wenn sie dachte, sie könnte einfach sterben und ihm damit die ganze Schuld in die Schuhe schieben, dann hatte sie sich geirrt.

Vorsichtig öffnete er die Wohnungstür einen Spalt und warf einen Blick nach links und rechts, bevor er auf den Flur trat. Er ging am Aufzug vorbei, zog die Brandschutztür zum Treppenhaus auf und schlüpfte hindurch. Während er die Treppe hinuntereilte, zog er sich die Skimaske vom Kopf und stopfte sie in seine Hosentasche. Dann fuhr er sich mit zitternden Fingern durch die schweißnassen Haare und fluchte leise vor sich hin.

Er musste sich schleunigst eine andere Maskierung zulegen, er machte sich ja lächerlich. Es war so schwül, dass man kaum atmen konnte, und er lief in Wollsachen herum. Bevor der Druck erneut so stark wurde, dass er die Kontrolle verlor, bevor die Stimme in seinem Kopf ihn in der nächsten Vollmondnacht wieder hinaustrieb, sollte er sich etwas Leichteres besorgen.

Draußen auf der Straße musste er erst einmal gegen den ungewohnten Impuls ankämpfen, einfach loszurennen, und er zwang sich zu einem gelassenen Schlendern. Die Handschuhe entsorgte er in einem Müllcontainer in einer Einfahrt am Ende der Straße. Als er wieder auf den Bürgersteig trat, sah er sich nach allen Seiten um, um sicherzugehen, dass ihn auch niemand dabei beobachtet hatte. Sein Blick fiel auf ein Münztelefon, das eine Kreuzung weiter unter einer der Straßenlampen an der Hauptstraße stand. Er zögerte.

Er hatte keine Ahnung, was mit der lieben Bess los war, aber dass sie starb, wollte er nicht. Wo blieb denn da der Spaß? Immerhin hatte sie eine gewisse Verantwortung – sie sollte sich an ihn erinnern. Und es wäre eine verdammt flüchtige Erinnerung, wenn er zuließ, dass sie einfach einen Abgang machte. So wie sie ausgesehen hatte, war allerdings genau das ihr Schicksal, falls sich nicht rasch jemand um sie kümmerte.

Er ging zu dem Telefon, fischte ein Fünfundzwanzigcentstück aus seiner Hosentasche, legte sein T-Shirt um die Sprechmuschel und wählte die Nummer des Notrufs.

Okay, dachte er, als er kurze Zeit später wieder einhängte. *Das war deine gute Tat für heute. Du hast dich wie ein richtiger kleiner Pfadfinder verhalten … Und jetzt sieh zu, dass du so schnell wie möglich von hier verschwindest.*

Er würde in die ruhigeren Seitenstraßen abtauchen und sich durch das dunkle Wohnviertel bis zu der Stelle durchschlagen, an der er in sicherer Entfernung seinen Wagen geparkt hatte. Sobald er den Schauplatz des Geschehens weit genug hinter sich gelassen hatte, würde er an der ersten Bar halten, an der er vorbeikam, und sich zur Feier der vollbrachten Tat einen großen, kühlen Drink genehmigen.

Doch dann erwies sich seine Neugier als stärker, und er vergaß seine gewohnte Vorsicht. Fast gegen seinen Willen schlug er erneut den Weg zu dem Apartmenthaus ein, in dem Bess wohnte, angelockt vom Blaulicht und von den heulenden Sirenen der Krankenwagen, die auf der Hauptstraße angerast kamen und in die dunkle Nebenstraße einbogen.

Er war nicht der Einzige. Die Sirenen, die in die Stille der Nacht hereinbrachen, trieben einen Haufen aufgeregter Anwohner aus ihren Wohnungen. Er konnte sich leicht unter die Menge mischen, und jedes Mal, wenn in dem Stimmengemurmel um ihn herum die Frage zu vernehmen war, was denn eigentlich passiert sei, musste er gegen die Versuchung ankämpfen, es den Leuten in allen pikanten Einzelheiten zu erzählen.

Die Sanitäter blieben ziemlich lange im Gebäude, wie er fand, aber schließlich rollten sie Bess auf einer Trage heraus. Zu seiner größten Enttäuschung war sie bis zum Hals mit einem weißen Tuch zugedeckt, das sein kleines Kunstwerk verbarg. Über Mund und Nase lag eine Sauerstoffmaske, und von einer Stange hing ein Infusionsbeutel, der bei jeder Bewegung der Trage hin und her schwang.

Als einer der Sanitäter zusammen mit seinem schwarzen Kollegen die Trage in den Krankenwagen schob, hörte er ihn zu dem Streifenpolizisten, der die Menge zurückhielt, sagen, Bess befände sich in einem kritischen Zustand, und auf die Frage des Cops, wohin sie sie brächten, nannte er den Namen der bekanntesten Unfallklinik der Stadt. Die Türen des Krankenwagens wurden zugeschlagen, und er verschwand mit Sirenengeheul in die Nacht. Langsam begann sich die Menge wieder zu zerstreuen.

Er wusste, dass er es besser dabei bewenden lassen und sich eine Bar suchen sollte. Aber kaum saß er in seinem Auto, fuhr er auch schon mit Höchstgeschwindigkeit in Richtung Krankenhaus. Der Sanitäter hatte gesagt, dass der Zustand von Bess kritisch war. Er wollte sich vergewissern, dass sie am Leben bleiben würde. Sie *musste* am Leben bleiben, verdammt noch mal … um sich an ihn zu erinnern. Damit sie immer wieder die Momente seiner uneingeschränkten Macht über sie durchleben konnte.

Die Notaufnahme war hell erleuchtet, und es herrschte eine unglaubliche Hektik. Bess' Vergewaltiger setzte sich in den überfüllten Wartebereich, hielt es jedoch nicht lange auf seinem Platz aus. Von dort bekam er nichts mit, und er war schließlich nicht den ganzen Weg gefahren, um hier herumzusitzen und Däumchen zu drehen – er wollte wissen, was los war. Er erhob sich und strich durch die Korridore, stets darauf bedacht, dem Krankenhauspersonal aus dem Weg zu gehen, das ihn möglicherweise darauf hingewiesen hätte, dass er in diesem Bereich nichts zu suchen hatte. An der Kreuzung von zwei Korridoren stieß er auf einen großen Wäschekarren, der an die Wand geschoben war. Er fischte einen Operationskittel aus dem Berg Schmutzwäsche, streifte ihn über und setzte solcherart getarnt seinen Weg fort.

Schließlich entdeckte er den Behandlungsraum, in dem sich Bess befand. Der Vorhang war nicht ganz zugezogen, und durch den Spalt konnte er das Notfallteam sehen, das sich um sie bemühte. Er suchte sich eine Stelle, von der aus er unauffällig verfolgen konnte, was da drinnen vor sich ging.

Aufmerksam verfolgte er jeden Handgriff des Dienst habenden Arztes. Eine Ärztin sogar. Er musterte sie interessiert.

Natürlich war sie ganz und gar nicht sein Typ; ein Blick genügte, um zu erkennen, dass sie zu der willensstarken, autoritären Sorte gehörte. Er zog Frauen vor, die unterwürfig waren und sich leicht einschüchtern ließen.

Aber sie hatte hübsche Titten. Und tolle Beine. Allerdings war sie viel zu groß und das mit den Haaren war echt schade. Er hatte sich nie besonders viel aus Rothaarigen gemacht. Na ja, ihre Haare waren eigentlich nicht wirklich rot – wie hieß dieser satte Ton gleich noch mal, Kupferblond? Nein, das konnte nicht sein, blond war sie gewiss nicht. Aber egal, wie man es auch nennen mochte, für seinen Geschmack war es jedenfalls zu rot. Er bevorzugte dunkelhaarige Frauen ... wie die kleine Bess, die dort so still auf dem Tisch lag.

Nichtsdestoweniger beobachtete er die Ärztin mit wachsendem Interesse. Er war nie auf starke Frauen abgefahren, aber die hier hatte etwas an sich, das ihn anzog. Während er ihr zusah, wie sie sich über Bess beugte und dabei den Leuten um sie herum mit leiser Stimme Anweisungen erteilte, fragte er sich, ob ihre Anziehungskraft nicht einfach darauf beruhte, dass sie in einem Krankenhaus arbeitete. Er hatte eine Tante gehabt, die Krankenschwester war und sich in der schlimmsten Zeit seines Lebens um ihn gekümmert hatte. Genau genommen hatte sie ihn besser behandelt als alle anderen Frauen in seinem Leben. Nicht dass die Ärztin irgendeine Ähnlichkeit mit Tante Flo gehabt hätte. Aber sie hatte dieses gewisse Etwas, und als sie aus dem Behandlungsraum trat, um sich mit einem zweiten Arzt zu beraten, verließ er seinen Beobachtungsposten und ging langsam an ihr vorbei. Aus dem Augenwinkel konnte er den Namen auf dem kleinen Schild lesen, das an ihrem weißen Kittel befestigt war. I. Pennington, M.D.

Direkt hinter den beiden Ärzten stand ein Wasserspender, über den er sich beugte und mit langsamen Schlucken trank, bis sie in den Behandlungsraum zurückkehrte und der andere Arzt wegging. Dann begab er sich wieder auf seinen Posten. Je länger er sie beobachtete, desto anziehender fand er sie.

Plötzlich zog eine der Schwestern den Vorhang ganz zu. Er wollte gerade weitergehen, weil er Angst hatte, es könnte auffallen, wenn er zu lange an demselben Fleck blieb, als ein Detective aufkreuzte. Klar, der Cop trug Zivil – Jeans und Turnschuhe –, aber so leicht ließ er sich nicht an der Nase herumführen. Er konnte einen Cop schon von weitem riechen.

Der Kerl war groß und dunkelhaarig, der typische Cop, aggressiv und arrogant. Er kam hier angerauscht und gab irgendwelche Befehle, und schon trat die große rothaarige Ärztin noch mal aus dem Behandlungsraum. Sie standen zu weit von ihm entfernt, als dass er etwas von ihrem Gespräch mitbekommen hätte, aber er konnte sich leicht denken, worüber sie sprachen. Sein Mund verzog sich verächtlich.

Er wusste Bescheid über Cops und kannte ihr überhebliches Gehabe, und der hier passte genau ins Bild. Eigentlich wirkte er sogar noch arroganter als die meisten ... und das wollte etwas heißen. Er brauchte von dem Gespräch gar nichts zu hören, um zu wissen, dass der Detective irgendwelche Informationen aus der Ärztin herauszuholen versuchte. Gott, er hasste Cops. Am Ende bekamen sie von den Leuten immer genau das, was sie wollten.

Die Ärztin überraschte ihn jedoch. Sie bot dem Detective die Stirn, ließ ihn ohne ein Lächeln abblitzen, und dann ging sie zurück zu Bess, und er stand da wie bestellt und nicht abgeholt und sah ihr finster nach. In Anbetracht der

Rücksichtslosigkeit, die Polizeibeamte auf der ganzen Welt an den Tag legten, war es nicht weiter verwunderlich, dass ihr der Detective gleich darauf in den Behandlungsraum folgte, aber im Handumdrehen war er wieder draußen. Er blieb etwa zwei Sekunden lang davor stehen, bevor er mit großen Schritten den Korridor entlangeilte.

Der heimliche Beobachter verspürte ein starkes Gefühl von Zuneigung zu der Ärztin und vergab ihr auf der Stelle ihre Größe, ihre Haarfarbe ... sogar die Autorität, die sie ausstrahlte. Ein Traum. Seine Ärztin hatte einen bescheuerten Cop in die Schranken gewiesen. Verdammt noch mal, sie hatte ihn nicht nur in die Schranken verwiesen, sie hatte es darüber hinaus geschafft, seinem Ego einen Dämpfer zu verpassen.

Aber er sollte jetzt besser gehen, bevor er noch die Aufmerksamkeit des Cops auf sich zog. Die Hartnäckigkeit von Cops, wenn sie sich etwas in den Kopf gesetzt hatten, war nicht zu unterschätzen ... Und der hier sah schon gleich gar nicht danach aus, als würde er kampflos aufgeben. Seine Umgebung sorgsam im Auge behaltend und voller Genugtuung machte er sich auf den Weg zum Ausgang.

Die Ärztin war echt in Ordnung, dachte er. Ach was, sie war mehr als in Ordnung; sie hatte ein Wunder bewirkt. Sie hatte ihn von seiner quälenden Wut befreit, und das war wirklich eine beeindruckende Leistung.

Eingehüllt in das wärmende Gefühl von Euphorie, kam er zu dem Schluss, dass er sich verliebt hatte.

1

Drei Wochen zuvor

An diesem Tag bezog Ivy Pennington ihre erste eigene Wohnung, und ihre Cousins und Cousinen waren in aller Herrgottsfrühe aus den Betten gekrochen, um ihr beim Umzug zu helfen. Der Morgen dämmerte gerade, als sie sich in ihrer alten Wohnung über der Garage von Tante Babe und Onkel Mack einfanden.

Am Abend zuvor hatte Ivy mit den anderen Sachen auch ihre Kaffeemaschine eingepackt und konnte sich jetzt zum Verdruss aller nicht daran erinnern, in welcher Kiste sie sie verstaut hatte. Gähnend und mit halb geschlossenen Augen stolperten ihre Helfer in der kühlen Morgenluft die Stufen der Außentreppe hinauf und hinunter und luden Ivys Habseligkeiten in Sams Lastwagen, Terrys Van und Ivys Auto. Nachdem der letzte Fluch verhallt und das letzte vergessene Stück in irgendeiner freien Ecke eines der Fahrzeuge untergebracht war, fuhren sie im Konvoi aus der Einfahrt. Sie hielten nur einmal bei McDonald's am Drive-in-Schalter, um sich mit Kaffee zu versorgen, und als sie schließlich bei Ivys neuer Wohnung ankamen, waren ihre Lebensgeister wieder einigermaßen geweckt.

Ivy, Sherry und Jaz luden die Umzugskartons aus, dazu die leichteren Möbelstücke, Arme voll Kleidung mitsamt den Bügeln und die einzige Pflanze, der Ivy noch nicht den Garaus gemacht hatte. Sam, Davis, Terry und Sherrys

Mann Ben kümmerten sich um die schweren Möbel. Sie mussten etliche Male zwischen den Fahrzeugen und der Wohnung hin- und herlaufen, und bald wich die Schläfrigkeit, mit der sie den Tag begonnen hatten, unbeschwerter Ausgelassenheit. Wie immer, wenn sie zusammen waren, verwandelte sich ihre Unterhaltung binnen kurzem in lautes, lebhaftes Geschnatter, unterbrochen von schallendem Gelächter.

Mit unbekümmerter Achtlosigkeit rumpelten sie mit Ivys Mobiliar gegen Wände und Türrahmen. Ihren ganzen Stolz, das brandneue Schlafsofa mit dem in sich gemusterten Bezug, fassten sie allerdings mit Samthandschuhen an. Schließlich wusste jeder von ihnen, wie lange Ivy dafür gespart hatte.

Liebevoll strich sie über den teuren Stoff und erteilte Davis und Terry Anweisungen, wo sie es hinstellen sollten, nur um es sie auf der Suche nach dem Platz, an dem es am besten zur Geltung kam, noch dreimal hin und her tragen zu lassen. Beim dritten Mal setzten die Männer das Möbelstück mit einer Bewegung, die etwas Endgültiges hatte, ab, wechselten einen kurzen Blick und ließen sich auf die Polster fallen. Ivy trat einen Schritt zurück und beäugte kritisch den neuen Standort ihres Sofas, unentschieden, ob es an seiner jetzigen Stelle besser aussah oder doch an der Wand, wo es noch eine Minute zuvor gestanden hatte. Sie öffnete bereits den Mund, doch Terry, der ihre Absicht durchschaute, kam ihr zuvor.

»Vergiss es, Ivy«, sagte er in einem Ton, der keinen Widerspruch zuließ. »Wir wuchten es nicht noch einmal herum. Das Ding wiegt eine Tonne, und abgesehen davon macht es sich hier sehr gut.«

Ivy bedachte ihn mit einem Blick, auf den sie seit ihrem zwölften Jahr ein Patent hatte. Aber Terry ließ sich davon nicht beeindrucken und gähnte, deshalb versuchte sie ihr Glück bei Davis. Er war schon immer leichter rumzukriegen gewesen.

Unbehaglich rutschte er hin und her. »Sieh mich nicht so an. Das mag ich überhaupt nicht.«

Terry grinste. »Jaja, der berühmte ›Ich bin das niedlichste Kätzchen im ganzen Wurf, und gleich werden sie mich ertränken‹-Blick.« Mit Falsettstimme fuhr er fort: »Rette mich, Davis. Rette mich!«

Ivy musste sich das Lachen verkneifen, aber sie wusste, dass sie Davis am Haken hatte, deshalb schaute sie noch etwas treuherziger drein. Wenn sie jetzt vielleicht noch ein oder zwei Tränen herausquetschen könnte …

»Lass gut sein, Ive«, sagte Davis. »Das zieht bei mir nicht mehr. Ich fall nicht mehr auf diese großen traurigen Augen rein, seit ich vierzehn bin.«

In diesem Moment kam Sam mit zwei Bierflaschen in jeder Hand aus der Küche. Während er sie weiterreichte, sah er Davis mit einem brüderlich spöttischen Blick an. »War das in demselben Jahr, in dem du beschlossen hast, Ivy zu heiraten, wenn ihr beide groß seid?« Er ließ sich zwischen seinem Bruder und seinem Cousin aufs Sofa fallen, und Ivy sah jede Hoffnung schwinden, dass einer der drei das Sofa noch einmal auch nur einen Zentimeter bewegen würde. Es hatte eine winzige Chance bestanden, dass Davis sich breitschlagen ließ, und dann hätte Terry vielleicht mitgemacht, aber Sam und Terry zusammen? Aussichtslos.

»Ja«, erwiderte Davis und sah seinen Bruder finster an. »Danke, dass du mich daran erinnerst. Du hast mir damals das Herz gebrochen, als du mir erzählt hast, Cousin und Cousine ersten Grades könnten nicht heiraten, weil die Kinder, die sie bekämen, alle sabbernde Idioten wären.«

»Sam, das glaube ich nicht!« Ivy ließ sich im Schneidersitz vor ihnen auf dem Boden nieder. Sie nahm einen Schluck von ihrem Bier und grinste ihren Cousin an. Der seltsame Ausdruck auf Terrys Gesicht zog für einen kurzen Augenblick ihre Aufmerksamkeit auf sich, aber bevor sie sich darüber klar werden konnte, was er zu bedeuten hatte, wurde sie von Sams Antwort in ihren Überlegungen unterbrochen.

»Das hatte ich aus zuverlässiger Quelle«, erklärte er mit einem Schulterzucken. »Inzucht schwächt die Gene. Außerdem ist dein Herz schnell geheilt, wenn ich mich recht erinnere, Davis. Es hat kaum eine Woche gedauert, und du hast dich mit der kleinen Judy Sowieso getröstet.«

»Helman«, sagte Davis. »Judy Helman.«

»Ja, genau, ich erinnere mich an sie!«, rief Jaz, die gerade ins Zimmer kam. Sie reichte Ivy ein Kissen und ließ ein zweites auf den Boden fallen, um sich selbst darauf zu setzen. Ivy ließ sich zur Seite kippen und schob sich das Kissen unter den Po, während Jaz sich neben ihr niederließ. »Sie war das erste Mädchen in der fünften Klasse, das einen BH trug. Mein Gott, wie habe ich sie beneidet.«

»In meiner Schule war das Beth Johnson«, sagte Ivy. »Wir haben sie immer mit ihrem Spitznamen Busen-Beth aufgezogen. Jedenfalls die Mädchen. Ich glaube, die Jungen haben eher versucht, sie hinter die Büsche zu ziehen – oder was man in der fünften Klasse eben so macht.«

»Hey, was ist denn hier los?« Sherry kam mit Ben aus dem Schlafzimmer und durchquerte die kleine Diele. »Faules Pack! Sind Ben und ich hier etwa die Einzigen, die arbeiten?« Sie blieb in der Tür zum Wohnzimmer stehen, stemmte die Hände in die Hüften und sah die versammelte Mannschaft streng an. »Trinkt ihr etwa Bier? Du lieber Gott, Leute, es ist noch nicht mal Mittag.« Doch dann zuckte sie die Achseln. »Ach, was soll's – gebt mir auch eins. Immerhin schuften wir seit Tagesanbruch wie die Verrückten.«

»Im Kühlschrank, in der Tür«, sagte Sam. »Bring für Ben auch eins mit, wenn du schon dabei bist.«

»Für mich auch«, bat Jaz.

»Sammy und Ben haben dein Bett aufgestellt, Ivy«, rief Sherry aus der Küche. »Ich habe es mit der Decke und der Bettwäsche, die ich in einer der Kisten gefunden habe, bezogen.« Die Bierflaschen in der Kühlschranktür schepperten, als sie die Tür zuschlug. »Ich konnte deine Steppdecke nicht finden.«

»Danke, Sherry«, sagte Ivy und lächelte ihre Cousine von unten herauf an, als diese sich wieder zu ihnen gesellte. »Sie muss hier irgendwo sein, früher oder später wird sie beim Auspacken der Kisten schon auftauchen.«

Sherry reichte ihrem Mann und Jaz jeweils eine Bierflasche, dann ließ sie sich auf Ivys dick gepolstertem Sessel nieder. »Allmählich sieht er ein bisschen schäbig aus, Schätzchen«, erklärte sie ihrer Cousine, während sie mit der Hand über den abgewetzten Bezug strich. »Ist mir vorher gar nicht so sehr aufgefallen.« Sie löste ihren Blick von dem fadenscheinigen Stoff und grinste Ivy an. »Das ist wohl das Gegengewicht zu dem funkelnagelneuen Sofa.«

»Es sieht wirklich ziemlich armselig aus«, gab Ivy widerstrebend zu. »Aber eine Zeit lang wird er es noch tun müssen. Einen neuen gibt mein Kontostand momentan einfach nicht her.«

»Davon hast du dich abhalten lassen?«, spottete Ben ungläubig. »Bist du sicher, dass du und Sherry wirklich miteinander verwandt seid?«

Seine Frau bohrte ihm ihren großen Zeh in die Seite. »Sehr witzig, Ben. Ich lach mich tot.«

»Ich muss das Darlehen für meine Ausbildung zurückzahlen, das wird schon mal gute fünf Jahre dauern«, erklärte Ivy an Ben gewandt. »Dazu kommen die Raten für das neue Auto – ganz zu schweigen von der höheren Versicherungsprämie, nachdem ich jetzt keine dreizehn Jahre alte Rostlaube mehr fahre.« Sie machte mit der Hand eine ausholende Geste. »Außerdem die Berufshaftpflichtversicherung und die höhere Miete. Allein bei dem Gedanken an eine weitere Ausgabe bricht mir der Angstschweiß aus.«

»Aber sieben oder acht Meter Stoff kannst du dir doch leisten?«, erkundigte sich Terry. »Ich könnte ihn dir neu beziehen. Bei den Sitzen in meinem Van habe ich das auch ganz gut hingekriegt.«

»Oh, Terry, das wäre toll!« Ivy schenkte ihm ein strahlendes Lächeln. »Ich mag die Form des Sessels, und ich glaube, die Polsterung ist noch in Ordnung, nur der Bezug sieht furchtbar aus. Würdest du das wirklich für mich tun?«

»Klar. Betrachte es als mein Einweihungsgeschenk.«

Er grinste. »Schließlich können wir ja nicht zulassen, dass die einzige Ärztin in der Familie zwischen Gerümpel haust, oder?«

Davis schnippte mit den Fingern. »Hey, wo wir gerade von Einweihungsgeschenken reden …« Er sprang auf und verließ das Zimmer. Ben erhob sich sofort vom Fußboden, um seinen Platz auf dem Sofa einzunehmen.

Ivy sah ihre Verwandten der Reihe nach mit leuchtenden Augen an. »Ihr habt ein Einweihungsgeschenk für mich?«

Sam und Terry grinsten. Sherry seufzte theatralisch. »Ich schwöre bei Gott, Ivy«, versicherte sie ihrer Cousine mit großem Ernst, »dass ich mein Bestes getan habe, um es ihnen auszureden.«

Jaz grinste hinterhältig und versetzte Sherrys Bein einen kleinen Stoß mit der Schulter. »Komm schon, Sher, sei nicht so prüde«, sagte sie. »Du weißt ganz genau, dass es ein tolles Geschenk ist.«

»Oh-oh«, murmelte Ivy. Jeder, der Sherry kannte, wusste, dass sie alles andere als prüde war. Wenn also sogar sie wegen dieses Geschenks, was immer es auch sein mochte, Bedenken hatte, dann war das Schlimmste zu befürchten …

»Nein, wirklich, Ive«, beruhigte sie Jaz. »Es wird dir gefallen. Vertrau mir.« Sie sah Ivy mit großen, unschuldigen Augen an. »Es ist genau das, was du brauchst – das weiß ich aus absolut zuverlässiger Quelle.«

»Vertrau mir, sagt sie.« Ivy bedachte ihre Cousine mit einem misstrauischen Blick »Wie kommt es bloß, dass jedes Mal, wenn ich das höre, Vertrauen das Letzte wäre, was ich empfinden würde?«

Jaz grinste nur. »Versteh ich auch nicht.«

Davis kam ins Wohnzimmer zurück und übergab Ivy ein Paket. »Hier, bitte sehr, Frau Doktor«, sagte er. »Alles Gute zum Einzug von uns allen.«

Einen Augenblick lang dachte sie, sie wollten ihr eine Bowlingkugel schenken, was allerdings recht merkwürdig gewesen wäre, weil sie in ihrem ganzen Leben vielleicht dreimal beim Bowling gewesen war. Aber wie sie gleich darauf feststellte, hatte sie sich von Form und Größe des Geschenks täuschen lassen, denn es war wesentlich leichter, als es aussah. Im Schneidersitz auf dem Boden hockend, stellte Ivy das Geschenk auf ihre Oberschenkel und bewunderte einen Moment lang die aufwändige Verpackung. Es war in schillerndes Papier gehüllt, das oben von einer großen Schleife zusammengehalten wurde. Sie musste lächeln, als sie aufsah und die erwartungsvoll auf sie gerichteten Gesichter erblickte, dann zog sie die Schleife auf. Sie legte sie zur Seite und schlug das Papier zurück.

Zuerst wollte sie ihren Augen nicht trauen, als sie den Inhalt sah. Gleich darauf entfuhr ihr ein ersticktes Lachen. »Ach ... du lieber ... Gott.«

Sie hob eine runde Kristallschale aus dem Papier. Das war die konventionelle Seite des Geschenks, der Rest ließ auf den Humor ihrer Verwandten schließen. Sie hatten die Schale bis zum Rand mit Kondomen jeder Marke, Farbe und Form gefüllt. Als Ivy aufsah, traf sich ihr Blick mit dem von Jaz. »Absolut zuverlässige Quelle, du lieber Himmel. Als ich sagte, dass ich jetzt vielleicht auch endlich wieder Zeit für eine Beziehung hätte, Jasmine, dachte ich dabei eher an einen einzelnen Mann, nicht an die gesamte fünfte Flotte.«

Im Stillen verfluchte sie die Röte, die sie über ihren Hals kriechen spürte. Sie fand das Geschenk ihrer Verwandten eher witzig als peinlich, und nach allem, was sie während ihres Studiums und bei ihrer Arbeit in der chirurgischen Nothilfe zu sehen bekommen hatte, sollte man eigentlich meinen, dass sie nicht mehr so schnell errötete. Aber das war ihr leider nicht beschieden – sie lief nach wie vor beim geringsten Anlass rot an, ein leidiges Vermächtnis, das von einer Generation hellhäutiger, rothaariger Vorfahren an die nächste weitergegeben wurde. Und natürlich konnte man von ihren Verwandten nicht erwarten, dass sie diesen Umstand unkommentiert ließen – nicht in Anbetracht dessen, dass es eine der Lieblingsbeschäftigungen in dieser Familie war, sich gegenseitig auf den Arm zu nehmen.

Sie hatte den Gedanken kaum zu Ende gedacht, als Sam auch schon eine entsprechende Bemerkung machte, und dann zogen sie alle gnadenlos durch den Kakao.

Sie fächelte sich Luft zu und sah ihre Cousins und Cousinen mit einem gequälten Lächeln an. »Ihr seid wirklich eine grässliche Bande.« Sie hielt ihnen die Schale entgegen. »Wer hat noch nicht, wer will noch mal? Bitte, bedient euch.«

Während sie lachten und wild durcheinander redeten, fing Davis auf einmal an, einen Takt auf den Fußboden zu klopfen. Er sah Ivy an. »Jetzt weiß ich, warum du dir diese Wohnung ausgesucht hast«, sagte er. »Nicht nur, weil sie gut geschnitten ist, oder? Du hast sie wegen der Akustik gemietet.« Er stimmte einen Motown-Song aus den Sechzigern an, und bis auf Ben fielen die anderen nach und nach ein.

Ben war damit zufrieden, sich auf dem Sofa zurückzulehnen und sie amüsiert zu beobachten, währen ihre Stimmen in dem hohen Raum mit seinem Holzfußboden widerhallten. Lieber Himmel, das ist wirklich eine merkwürdige Familie, in die ich da hineingeheiratet habe, dachte er ohne jedes Bedauern. Dann musste er unwillkürlich grinsen. Eigentlich war das völlig normal, es passierte jedes Mal, wenn sie zusammenkamen, und er schüttelte in stiller Bewunderung den Kopf, weil er wusste, dass dies erst die Aufwärmübung war. Wenn sie erst einmal richtig loslegten, waren sie kaum noch zu bremsen. Sherry hatte ihm erzählt, dass sie schon immer miteinander gesungen hatten, meistens a cappella, und er musste zugeben, dass sie ziemlich gut waren. Es war unterhaltsam – gar kein Zweifel, aber es konnte einen auch aus der Fassung bringen, wenn die Leute, mit denen man sich in einem Raum befand, plötzlich lauthals zu singen anfingen.

Singen? Fingen die etwa auch noch an zu singen? Jetzt war das Maß voll. Vincent D'Ambruzzi schleuderte die Bettdecke zur Seite und sprang aus dem Bett.

Seit gut zwei Stunden kam aus der Wohnung nebenan

ein nervtötendes Getrampel und Geklopfe. Noch nervtötender war das laute Gelächter, das durch die Wände drang und durchs ganze Treppenhaus hallte. Er hatte sich damit abgefunden und seinen Ärger im Zaum gehalten, aber genug war genug. Gerade als er gedacht hatte, dass sie jetzt endlich Ruhe geben würden, hatten sie mit ihrer Singerei angefangen und es damit endgültig geschafft, dass ihm der Geduldsfaden riss. Er hatte an diesem Vormittag gerade mal lausige vier Stunden geschlafen und war nicht in der Stimmung für solchen Quatsch.

Vincent griff nach dem Erstbesten, was ihm zwischen die Finger kam, kurze rote Shorts, die er zum Joggen trug, und stöhnte auf, als er sich nach unten beugte, um sie über seine Beine zu streifen. Er verspürte einen starken Druck hinter den Augen, und er wusste aus Erfahrung, dass dies der Vorbote unerträglicher Kopfschmerzen war. Mit genügend Schlaf ließen sie sich vertreiben, aber Schlaf schien genau das zu sein, was ihm die lärmende Bande nebenan nicht gönnen wollte.

Denen würde er es zeigen.

Erst als er bereits wütend gegen die Tür der Nachbarwohnung gehämmert hatte, fiel ihm etwas anderes ein. Scheiße, warum hatte er sich nicht einfach das Kissen über den Kopf gezogen? Wahrscheinlich ging es schon gegen Mittag – er hatte nicht auf die Uhr gesehen. Und so laut sangen sie eigentlich auch nicht. Aber nachdem ihm zuvor schon das laute Gepolter den Schlaf geraubt und dazu geführt hatte, dass er sich in dem vergeblichen Versuch, ein paar Stunden ungestörter Ruhe zu finden, von einer Seite auf die andere wälzte, hatte ihm die Singerei gerade noch gefehlt. Vincent fuhr sich mit den Fingern durch die Haare und wollte gerade wieder gehen. Aber es war zu spät. Die Tür hinter ihm öffnete sich.

»Ja?«

Er holte tief Luft und drehte sich um, die Hand noch in seinen dichten Haaren vergraben.

Ivy ertappte sich dabei, wie sie ihn mit offenem Mund anstarrte, und es kostete sie eine gewisse Anstrengung, ihren Mund wieder zu schließen. Als sie das Klopfen gehört hatte, war sie automatisch aufgesprungen, um zur Tür zu gehen. Ohne lange darüber nachzudenken, wer da wohl so herrisch Einlass begehrte, hatte sie sie geöffnet, und als sie jetzt den Mann auf ihrer Schwelle anstarrte, dachte sie leicht benommen, dass ihr das auch nicht weitergeholfen hätte. Niemals hätte ihre Fantasie gereicht, um sich jemanden vorzustellen, der auch nur im Entferntesten diesem feindselig wirkenden, halb nackten Mann ähnelte.

Er war vielleicht zehn Zentimeter größer als sie, allein das war schon ungewöhnlich, weil sie selbst fast eins achtzig maß und deshalb den meisten Männern, denen sie begegnete, Auge in Auge gegenüberstand. Und er wirkte dunkel – sehr dunkel. Daran musste es liegen, dachte sie, dass sie ihre Augen nicht von ihm lösen konnte – sie war einen Moment lang wie gebannt von dem Anblick des schwarzen Haarbüschels in seiner Achselhöhle, den dichten schwarzen Haaren auf seinem Kopf, den breiten schwarzen Augenbrauen. Seine Augen waren ebenfalls schwarz und seine dunklen Wimpern waren so dicht, dass sie sich im äußeren Augenwinkel ineinander verfingen. Der bläuliche Schatten auf Kinn und Wangen sah so aus, als wäre er immer da, seine Arme waren von den Ellbogen bis zum Handgelenk mit feinen schwarzen Härchen bedeckt, und auf seiner Brust zog sich dichter schwarzer Flaum als Dreieck von den Schulterblättern bis zum Bauch, verjüngte sich zum Nabel hin zu einem seidig schimmernden Streifen und verschwand schließlich unter dem Bund dieser knappen roten Shorts.

Sie rief sich im Stillen zur Räson. *Mein Gott, Ivy, es ist Sommer – um diese Jahreszeit ist Sonnenbräune nicht unbedingt etwas Ungewöhnliches.* Aber irgendwie wusste sie, dass die Bräune dieses Mannes nicht daher rührte, dass er Stunden am Strand gelegen hatte. Sie mochte momentan zwar durch die Sommersonne noch verstärkt werden, aber Ivy hätte wetten mögen, dass seine Haut das ganze Jahr über einen dunklen Olivton zeigte. Er hatte etwas Südländisches an sich – eine lange, römische Nase, die an der Wurzel merkwürdig abgeflacht war, kantige Wangen, einen vollen Mund.

Sein Körper wirkte wahrscheinlich eher hager, wenn er vollständig angezogen war ... Aber halb ausgezogen wie jetzt? Im Augenblick hatte er ganz und gar nichts Schmächtiges an sich. Die roten Shorts verbargen nicht viel, und in den paar Sekunden, die Ivy verwirrt dastand und ihn nur anstarrte, bekam sie genug von seinem flachen, festen Bauch, den kräftigen Muskeln und den breiten Schultern zu sehen. Jeder Zentimeter davon wirkte so hart wie Marmor.

Ivy trat einen Schritt zurück, als könnte sie sich damit der überwältigenden Wirkung dieses Mannes entziehen. Er sah wirklich umwerfend aus, aber er war ganz bestimmt nicht vorbeigekommen, damit sie seinen gebräunten Körper bewundern konnte. Er schien irgendein Problem zu haben. Ivy, von Natur aus hilfsbereit, lächelte ihn freundlich an. »Kann ich Ihnen helfen?«

Vincent spürte, dass sich seine Augenbrauen bedrohlich zusammengezogen hatten und bemühte sich, seine finstere Miene etwas aufzuhellen. Er nahm die verspannten Muskeln in seinem Nacken zwischen Daumen und Zeigefinger und massierte sie einen Augenblick lang, dann ließ er die Hand sinken. Allmächtiger Gott. Warum war er nicht im Bett geblieben? Irgendwie entsprach sie überhaupt nicht dem, was er erwartet hatte, als er aus seiner Wohnung gestürmt war. »Äh, hören Sie«, sagte er. »Ich wohne neben Ihnen –«

Ivy riss ihre Wohnungstür sofort weit auf, und ihr Lächeln wurde noch breiter, als sie die Schale, die sie immer noch in der Hand hielt, auf ihrer Hüfte absetzte und einladend einen Schritt zur Seite trat. »Hallo!«, sagte sie. »Wie nett von Ihnen vorbeizuschauen. Bitte, kommen Sie doch herein.«

Die freundliche Aufforderung ließ Vincent unwillkürlich einen Schritt nach vorne machen, doch dann besann er sich eines Besseren und hielt inne. Nett? Warum nett? Er sah sie hilflos an. Dieses Gefühl war ihm nicht besonders vertraut, und er legte auch keinen gesteigerten Wert darauf, gerade jetzt Bekanntschaft damit zu machen. Andererseits wusste er nicht recht, was er als Nächstes tun sollte. Der Druck hinter seinen Augen nahm zu.

Warum nur war er seinem Impuls gefolgt? Das tat er sonst doch nie, und jetzt, wo es zu spät war, fiel ihm auch wieder ein, warum. Sich von Impulsen leiten zu lassen brachte nichts als Ärger, das war schon immer so gewesen. Er war aus seiner Wohnung gestürmt, um seiner neuen Nachbarin und ihren Freunden ein paar Grundregeln der Höflichkeit, die sie offensichtlich vergessen hatten, in Erinnerung zu bringen, und was war stattdessen passiert? Er wurde an der Tür von großen, grünen, freundlichen Augen und von einem liebenswürdigen, einladenden Lächeln begrüßt, und jetzt brachte er es nicht mehr übers Herz, unfreundlich zu sein.

Diese große hübsche Frau, die ihn in ihre Wohnung

einlud, strahlte Wärme aus, was vielleicht an den sanften Tönen ihrer Haut und ihrer Haare lag. Sie hatte glatte, weich fallende rote Haare, die in einer gerade geschnittenen Linie auf der Höhe ihres Schlüsselbeins endeten, zartrote Wangen und Lippen und Sommersprossen, die sich über ihre Nase und die Wangen verteilten und auch aus ihrem Ausschnitt blitzten, soweit davon etwas zu sehen war. Ihre Augen und ihr Lächeln waren ausgesprochen freundlich. Und da er so nahe vor ihr stand, konnte er auch nicht umhin zu registrieren, dass sie sehr ... weiblich roch.

Es traf ihn wie ein Blitz aus heiterem Himmel – ein Begehren, das ihm direkt in die Lenden fuhr. Er war für gewöhnlich ein enthaltsamer Mann, es war sehr lange her, dass er sich das letzte Mal körperlich von einer Frau angezogen gefühlt hatte. Automatisch ging er in Abwehrstellung, derartige Empfindungen konnte er jetzt weiß Gott nicht brauchen. Allerdings konnte er es sich auch nicht verkneifen, seinen Blick einmal rasch über ihren Körper gleiten zu lassen. Und das, was er sah, gefiel ihm, es gefiel ihm sogar sehr ... bis zu dem Moment, als sein Blick an der Kristallschale voll Kondome hängen blieb, die sie auf die Hüfte gestützt im Arm hielt.

Lieber Gott. Er starrte auf die bunt durcheinander gewürfelten kleinen Päckchen und hatte das Gefühl, an der eiskalten Wut ersticken zu müssen, die in ihm aufstieg, als Bilder aus seiner Vergangenheit vor seinem geistigen Auge vorbeizuziehen begannen. Reiß dich zusammen, befahl er sich und blinzelte ein paarmal heftig, um sie zu verscheuchen. Sie ist nicht LaDonna, Vince. Verdammt noch mal, du kennst diese Frau doch gar nicht, was geht es dich an, was eine völlig Fremde in ihrer Freizeit treibt? Es kann dir egal sein. Völlig egal. Nur ... was stimmte bloß nicht mit ihm, dass die wenigen Frauen, von denen er sich körperlich angezogen fühlte, immer Flittchen waren?

Der letzte Rest des Begehrens verschwand ebenso schnell, wie es ihn überkommen hatte.

Ivy hatte in ihrem Leben genug männliche Aufmerksamkeit erfahren, um zu bemerken, dass sie das Interesse ihres Nachbarn weckte und dass der feindselige Ausdruck in seinen schwarzen Augen schwächer wurde. Ihr erging es allerdings nicht anders, und sie verspürte selbst eine leichte Erregung. In gewisser Weise war sie ihm dankbar dafür, weil sie sich kaum noch daran erinnern konnte, wann sie ihre eigene Sexualität das letzte Mal bewusst wahrgenommen hatte, und er diese lange vergessenen Empfindungen jetzt wieder in ihr wachrief. Das alles fing ja sehr vielversprechend an: eine neue Wohnung und dazu ein attraktiver neuer Nachbar.

Deshalb war es ein richtiger Schock, als er ihr wieder in die Augen blickte. Sein aufkeimendes Interesse war so vollständig verschwunden, als wäre nie vorhanden gewesen und hätte lediglich in ihrer Fantasie existiert. Seine Augen waren genauso dunkel und kalt wie zuvor und funkelten sogar noch feindseliger. In Anbetracht dessen, dass sie diesen Mann vor zwei Minuten zum ersten Mal gesehen hatte, war Ivy von der Stärke ihrer Gefühle überrascht. Sie waren der Situation ganz und gar nicht angemessen.

»Danke für die Einladung«, sagte er kühl. Sein Blick wanderte zu der Kristallschale voller Kondome, streifte kurz Ivys Cousins und Cousinen im Wohnzimmer und richtete sich dann wieder auf ihr Gesicht. »Aber ich möchte ihre Gruppenübungen nicht stören.«

Ivy folgte seinem Blick zu ihren Verwandten und dann auf deren Geschenk, und sie wünschte, sie hätte daran gedacht, es abzustellen. Die Schale hatte noch auf ihrem Schoß gestanden, als das Hämmern an der Tür begann, und sie hatte sie automatisch mitgenommen, als sie aufgestanden war, um zu öffnen. Sie war sich nicht ganz sicher, ob sie die Anspielung ihres neuen Nachbarn gerade richtig verstanden hatte, doch als sie ihn erneut ansah, war auch aus ihren Augen alle Wärme verschwunden.

»Wie bitte?«, sagte sie mit eisiger Höflichkeit. Sie zog indigniert eine Augenbraue in die Höhe. »Hätten Sie vielleicht die Güte, mir zu erklären, was für Übungen hier ihrer Meinung nach stattfinden?«

»Hören Sie, Lady, ich würde sagen, das Ding da in Ihrer Hand spricht für sich. Was Sie in Ihrer Wohnung tun, ist Ihre Angelegenheit –«

»Freut mich, dass Sie das so sehen.«

»– ich bin nur einfach nicht daran interessiert, reinzukommen und mitzumachen, okay?« Vincent trat wieder hinaus auf den Hausflur, und Ivy ließ alle Höflichkeit fallen und folgte ihm wütend.

»Ich glaube, Sie haben hier etwas durcheinander gebracht, Freundchen«, blaffte sie ihn an und fuhr dann in unterkühltem Ton fort: »Ich bin schließlich nicht diejenige, die in Unterwäsche vor Ihrer Tür aufgekreuzt ist.« Was für ein selbstgerechter, anmaßender, arroganter Kerl! Sie hätte den Irrtum mit wenigen Worten aufklären können, sicher, aber dazu verspürte sie nicht die geringste Lust – sie war diesem Blödmann keine Erklärungen schuldig. Für wen zum Teufel hielt er sich eigentlich – für den Hüter der Moral im dritten Stock? »Offen gestanden, mein Guter«, sagte sie mit einer Ruhe, die sie nicht empfand, »fürchte ich, dass Sie an Wahnvorstellungen leiden. Trotzdem, ich gebe Ihnen einen freundschaftlichen Rat.« Sie sah ihn von Kopf bis Fuß an. »Wenn Sie das nächste Mal das Bedürfnis verspüren, jemandem einen Vortrag zu halten, dann ziehen Sie sich zuerst an. Das verleiht einem solchen Auftritt wesentlich mehr Wirkung.«

Es kostete Vincent mehr Mühe, sich zu beherrschen, als er für möglich gehalten hätte. »Ich bin rübergekommen, weil ich Sie bitten wollte, etwas leiser zu sein«, sagte er steif. »Ich habe bis spät in die Nacht gearbeitet, und bei dem Lärm, den Sie heute Morgen veranstaltet haben, konnte ich nicht schlafen.«

Dann platzte ihm doch noch der Kragen. »Und wenn es Ihnen nicht passt, was ich anhabe, verzichten Sie einfach darauf, mich aus dem Bett zu holen, dann bleibt Ihnen der Anblick erspart!« Er rieb sich die Stirn, hinter der sich inzwischen ein pochender Schmerz ausgebreitet hatte, und kämpfte gegen seinen Ärger an. Er war lange genug Cop, um zu wissen, dass Wut in einer solchen Situation am wenigsten brachte. Allerdings war es auch nicht so leicht, sie loszuwerden, wie er feststellen musste, als er den Blick bemerkte, mit dem sie ihn wie ein besonders ekelhaftes Kriechtier musterte. Wütend stieß er hervor: »Warum tun Sie und Ihre Freunde uns allen nicht einen Gefallen? Veranstalten Sie Ihre Gesangsübungen von jetzt an doch in der Bar, in der Sie Ihr Geld verdienen.« Dann machte Vincent auf dem Absatz kehrt und ging davon, ohne ihre Antwort abzuwarten.

Ivy stieß einen Fluch hinter zusammengebissenen Zähnen hervor und knallte die Tür hinter ihm zu. Ihr Atem ging so schnell, als hätte sie soeben einen Dauerlauf gemacht, und als sie sich umdrehte, sah sie die stummen Blicke ihrer Verwandten auf sich gerichtet. Je nach Veranlagung starrten sie sie entsetzt, ungläubig, ärgerlich oder amüsiert an. »Habt ihr das gerade mitbekommen?«, fragte sie.

»War kaum zu vermeiden«, murmelte einer.

»Wirklich ein reizender Zeitgenosse, was?«, murmelte ein anderer.

Noch lange nachdem ihre Umzugshelfer gegangen waren, dachte Ivy über die seltsame Begegnung mit ihrem Nachbarn nach. Ihr Ärger wirkte wie ein Aufputschmittel, unermüdlich packte sie Umzugskartons aus, suchte für jedes ihrer Besitztümer ein passendes Plätzchen und schob die kleineren Möbel hin und her, die ihre Cousins vorhin in die Wohnung getragen und einfach mitten in dem Zimmer abgestellt hatten, in das sie ihrer Meinung nach gehörten. So führte ihr Ärger wenigstens dazu, dass ihre neue Wohnung in Rekordzeit fertig eingerichtet war.

Als sie sich allmählich wieder beruhigte, kam sie sich ein bisschen lächerlich vor, weil sie zugelassen hatte, dass der Kerl sie so durcheinander brachte. Sie verfügte selbst über ein hitziges Temperament, das hatte sie zusammen mit den roten Haaren geerbt. Aber das jahrelange Medizinstudium, die Zeit als Arzt im Praktikum und drei Jahre Hektik in der Notaufnahme der größten Unfallklinik der Stadt hatten sie dazu gezwungen, ruhiger zu werden. Sie hätte es niemals über das Physikum hinaus geschafft, wenn sie nicht schon vor Jahren gelernt hätte, ihre Gefühle unter Kontrolle zu halten. Und es war ebenfalls Jahre her, seit sie sich das letzte Mal Gedanken darum gemacht hatte, was ein völlig Fremder von ihr dachte. Es war ihr vollkommen unerklärlich, warum sie die bösartige Unterstellung ihres neuen Nachbarn so tief getroffen hatte. Normalerweise hätte sie darüber gelacht und die ganze Sache mit einem Schulterzucken abgetan.

Na gut, gestand sie sich ein, während sie im Badezimmer aufräumte, sie wusste es. Sie wusste es sogar sehr gut.

Dieser Armleuchter hatte ihre seit langem schlummernden sexuellen Bedürfnisse geweckt, und jetzt verlangten sie nach Befriedigung, ohne dass diese in Sicht war. Der Teufel sollte ihn holen!

Sie hatte ihre sexuellen Bedürfnisse vor langer Zeit in die Mottenkiste gepackt, und dieses Jahr wollte sie sie endlich wieder herausholen. Natürlich hatte sie nicht damit gerechnet, dass das von heute auf morgen passieren würde, aber ebenso wenig hatte sie damit gerechnet, dass man ihr gleich eins überbraten und ihr Gott weiß was für Perversionen unterstellen würde, sobald sie auch nur einen Hauch von Interesse verspürte.

Es war eine Ewigkeit her, seit sie sich von einem Mann angezogen gefühlt hatte. Sie hatte auf dem College ein paar Beziehungen gehabt, aber es gab nichts, was auf längere Sicht wichtiger gewesen wäre als der Wunsch, Ärztin zu werden. Als sie mit dem Medizinstudium begonnen hatte, war es noch schwieriger geworden, eine ernsthafte Beziehung aufrechtzuerhalten, weil unweigerlich alle Männer, mit denen sie sich traf, früher oder später eifersüchtig darauf reagierten, wie viel Zeit und Energie sie in ihr Studium investierte. Sie erwarteten von ihr, dass sie sich im gleichen Maß – oder sogar noch mehr – um ihr Wohlergehen kümmerte. Sobald sie diesen Vorwurf zu hören bekam (»Wenn dir an unserer Beziehung so viel liegen würde wie an deiner blöden Arbeit!«), wusste Ivy, dass der Anfang vom Ende gekommen war. Sie wollte Ärztin werden, seit sie fünfzehn war, und wenn der Mann, mit dem sie zusammen war, sie so wenig kannte, dass er glaubte, sie würde ihren Herzenswunsch aufgeben, nur um ihm das Leben so bequem wie möglich zu machen, dann war er ganz offensichtlich nicht der Richtige für sie.

Also hatte sie ihr Begehren unterdrückt, und wenn sie

ehrlich war, war ihr das in den vergangenen Jahren gar nicht einmal so schwer gefallen. In ihrem praktischen Jahr hatte sie unter permanentem Schlafmangel gelitten, und sie hatte es, wenn es hoch kam, auf drei unverbindliche Verabredungen gebracht, und die Assistenzarztzeit war kaum besser gewesen. Sie war schon glücklich gewesen, wenn sie es geschafft hatte, sich zwischen ihren Vierundzwanzigstundenschichten hin und wieder mit einer ihrer Cousinen zum Essen zu treffen, bevor sie nach Hause taumelte und ins Bett fiel. An den wenigen Abenden, an denen sie freihatte und lange genug die Augen offen halten konnte, hatte sie sich meistens mit dem einen oder anderen ihrer Verwandten in Onkel Macks Bar auf ein Bier getroffen und ein wenig gesungen.

Keine Frage, sie war reif für eine Beziehung. Das erklärte wahrscheinlich auch, warum sie den Blödmann von nebenan plötzlich so begehrenswert gefunden hatte. Aber es gab ihm ganz bestimmt nicht das Recht, in der einen Sekunde ihre Lust zu wecken, nur um sie in der nächsten sofort wieder abzuwürgen. Für das, was er gesagt hatte, gab es keine Entschuldigung, soweit es sie betraf, hatte er nicht den geringsten Grund gehabt, sie so dumm anzureden. Sie war allerdings bereit, ihm einen mildernden Umstand zuzugestehen – die nicht zu leugnende Lebhaftigkeit ihrer Familie.

Sie war im Schoß einer Familie aufgewachsen, die fest zusammenhielt und in der es nur wenige Geheimnisse gab. Niemand, mit Ausnahme von Terry vielleicht, schaffte es, längere Zeit etwas für sich zu behalten. Meistens war das kein Problem, da in ihrer Familie jeder ein aufrichtiges Interesse an den Belangen des anderen hatte. Keiner von ihnen war gehässig, und die allen eigene Neugier verstärkte das unleugbar vorhandene Gefühl von Zusammengehörigkeit und Vertrautheit sogar noch. Es gab allerdings auch Zeiten, in denen Ivy es fast als Fluch empfand.

Sie zweifelte keinen Augenblick daran, dass ein Gespräch mit Jaz vor einigen Wochen ihre Cousins und Cousinen auf die Idee mit dem unmöglichen Einweihungsgeschenk gebracht hatte. Sie hatte sich darüber ausgelassen, dass sie es jetzt vielleicht endlich hinbekommen würde, ihren Dienst so zu organisieren, dass sie regelmäßige Arbeitszeiten hatte – zumindest so regelmäßig, wie es in einer Unfallaufnahme eben möglich war. Sie hatte außerdem unvorsichtigerweise angedeutet, dass sie zum ersten Mal seit einer Ewigkeit eine gewisse Möglichkeit sah, eine feste Beziehung mit einem Mann einzugehen – eine Beziehung, für die ihr mittlerweile genug Zeit blieb, um sie zu pflegen. Und, so hatte sie Jaz erklärt, dieses Mal würde sie dafür sorgen, dass es besser lief als die Male zuvor.

Hätte sie nur für fünf Cent Verstand besessen, dann hätte sie anschließend die Klappe gehalten. Stattdessen hatte sie sich mit ihren nächsten Worten erst so richtig reingeritten. »Und Sex!«, hatte sie gesagt. »Mein Gott, Jaz, hast du eigentlich eine Ahnung, wie lange es her ist, seit ich etwas getan habe, das auch nur eine entfernte Ähnlichkeit mit Sex hat?«

Jaz hatte das wahrscheinlich sogleich Sherry erzählt, die wiederum hatte es wahrscheinlich ihrem Bruder Terry erzählt, der es wahrscheinlich niemandem erzählt hatte, aber andererseits war Sherry nicht gerade für ihre Verschwiegenheit bekannt, und sie hatte es bestimmt noch jemand anderem erzählt, der es dann seinerseits … die Liste ließe sich beliebig fortsetzen. Und ehe man sichs versah, war man bis an sein Lebensende mit Kondomen versorgt.

Auch wenn sie es nur ungern zugab, es war nachvollziehbar, dass ihr Nachbar es ein wenig befremdlich gefunden hatte, an der Tür von einer Frau mit einer Schale Kondome im Arm empfangen zu werden, die ausgereicht hätten, um der gesamten Besatzung der USS *Constitution* Safer Sex zu ermöglichen. An seiner Stelle wäre sie vermutlich auch konsterniert gewesen. Sie war sogar bereit, Verständnis dafür zu zeigen, dass er infolgedessen auf den Gedanken kam, sie müsse ein regeres Liebesleben haben als die meisten Leute.

Wofür sie jedoch kein Verständnis hatte, war, dass er daraus solche voreiligen Schlüsse gezogen hatte. Wie viele Leute würden wohl eine Schale voll Kondome sehen, einen Blick auf eine Gruppe vollständig bekleideter Menschen in einer Wohnung erhaschen, die offensichtlich gerade erst bezogen worden war, und sofort davon ausgehen, dass sie dabei waren, eine Orgie zu feiern? Eine Orgie! Ihrer Meinung nach musste sein Liebesleben sehr viel aufregender sein, als es ihres jemals gewesen war, wenn er auf solche Ideen kam.

Obwohl, irgendwie hatte sie da auch wieder ihre Zweifel. Nicht dass er nicht eine geballte Ladung Sexappeal ausstrahlte – sie unternahm nicht einmal den Versuch, sich in dieser Hinsicht etwas vorzumachen, das hieße, das Offensichtliche zu leugnen. Doch selbst wenn es ihr gelang, ihre Abneigung, die er mit seiner unverhohlenen Verachtung provoziert hatte, zu vergessen, war an diesem Mann immer noch etwas allzu Verkniffenes und Verkrampftes – als hielte er sich selbst an der kurzen Leine.

Hatte der Kerl vielleicht ein Problem mit der heutigen Sexualmoral, oder was? Sie hatte sich nicht geirrt, was sein Interesse an ihr betraf – es mochte nur flüchtig gewesen sein, aber es war da gewesen. Es war ohne Frage deshalb so schnell wieder verflogen, weil er aus der Anzahl der Kondome, die sie mit sich herumschleppte, falsche Rückschlüsse auf ihr Sexualleben gezogen hatte. Na ja, da er sie nicht kannte, konnte man ihm diesen Irrtum vielleicht nachsehen. Aber falls er erwartete, heutzutage irgendwo in diesem Land noch eine dreißigjährige Jungfrau zu finden, stand ihm eine herbe Enttäuschung bevor. Davon einmal abgesehen, selbst wenn sie die Art Frau gewesen wäre, für die er sie hielt, sie hatte sich in ihrer eigenen Wohnung befunden, hinter geschlossenen Türen, und niemandem etwas zuleide getan. Also, was zum Teufel ging ihn das alles eigentlich an?

Vincent verbrachte die nächsten beiden Wochen damit, sich dieselbe Frage zu stellen. So lange dauerte es nämlich, bis er sich eingestand, dass er sich möglicherweise zum Idioten gemacht hatte, als er bei der Begegnung mit der Frau nebenan zu einer völlig falschen Schlussfolgerung gelangt war.

Es irritierte ihn, dass ihm seine neue Nachbarin einfach nicht aus dem Kopf gehen wollte. Das war ganz untypisch für ihn. Beispielsweise konnte es ihm völlig egal sein, wie sie hieß, dennoch war er von seinen sonstigen Gewohnheiten abgewichen, um mit Hilfe des Schilds auf ihrem Briefkasten festzustellen, dass ihr Name Pennington war.

Okay, das war ja noch nachzuvollziehen.

Nicht nachzuvollziehen war dagegen, dass er sie, einen Tag nachdem sie gemeinsam im Fahrstuhl gefahren waren, im Polizeicomputer überprüft hatte. Er wusste ganz genau, dass sie keine Prostituierte war, aber das hatte ihn nicht davon abhalten können, nach einem Vorstrafenregister zu suchen.

Und um der ganzen Sache die Krone aufzusetzen – als hätte er sich noch nicht genug zum Affen gemacht –, war er dabei erwischt worden.

Ihm war klar, dass er sich wie ein Idiot benahm, während er auf den Bildschirm starrte. Er war Detective bei der Special Assault Unit, dem Dezernat für Sexualdelikte des Seattle Police Department, und es war nicht in Ordnung, auf diese Weise Zeit und Mittel seiner Abteilung zu verschwenden. Aber er hatte ständig das Bild vor Augen, wie sie an diesem Morgen im Aufzug gelächelt hatte, und deshalb setzte er die einmal begonnene Suche fort.

Er hatte sie zunächst gar nicht bemerkt, als er in den Aufzug gestiegen war. Er hatte eine lange, anstrengende Nacht hinter sich und war erschöpft, wollte nichts weiter, als ungestört acht Stunden am Stück schlafen, und gleichzeitig wusste er, dass das ein Wunschtraum war. Er hatte den Aufzug betreten und die Hand ausgestreckt, um auf den Knopf für den dritten Stock zu drücken, als er sah, dass das Lämpchen bereits leuchtete. Er hatte seine brennenden Augen gerieben, langsam den Kopf gedreht, und da stand sie vor ihm. Sie lehnte an der gegenüberliegenden Wand, trug einen kurzen Rock und Schuhe mit flachen Absätzen und hatte ihre langen Beine an den Knöcheln überkreuzt. Ernst und gelassen hatte sie ihn mit ihren grünen Augen angesehen.

Am liebsten hätte er sie einfach ignoriert, aber gegen seinen Willen wanderten seine Augen immer wieder zu ihren Beinen. Sie waren ausgesprochen wohl geformt, und es war verdammt schwer, sie in dem kurzen Rock zu ignorieren. Natürlich hatte sie ihn dabei erwischt. Sie hatte ihn die ganze Zeit über beobachtet, wie er feststellte, als er seinen Blick wieder auf ihr Gesicht gerichtet hatte, nachdem er kurz ihre schlanken Fesseln, ihre Waden, ihre Knie und Oberschenkel gemustert hatte.

In diesem Moment hatte sie ihn angelächelt, und allein bei der Erinnerung fing er an, mit den Zähnen zu knirschen. Es war so verdammt wissend gewesen, dieses Lächeln, so anzüglich. So, als ob sie direkt in sein Inneres sehen könnte und sagen wollte: »Du magst dich ja für einen ganz braven Kerl halten, weil du ein paar Jahre lang enthaltsam gewesen bist, aber mir kannst du nichts vormachen. Ich weiß genau, was du dir jetzt wünschst.« Dann hatte sie ihn ihrerseits mit einem raschen Blick von Kopf bis Fuß gemustert und schließlich die Lider gesenkt, während auf ihren Lippen weiterhin dieses wissende Lächeln lag. Bis der Aufzug auf ihrem Stockwerk anhielt, hatte sie ihm keinerlei Beachtung mehr geschenkt. Sie hatte sich von der Wand abgestoßen, war wortlos an ihm vorbeigerauscht und in ihrer Wohnung verschwunden.

»Prostituierte?« Vincents Freund Keith Graham blieb hinter ihm stehen. Er beugte sich über Vincents Schulter, um zu lesen, was auf dem Bildschirm stand. »Arbeitest du denn an einem Fall, der was mit Prostituierten zu tun hat?«

»Nein.« Ehrlich, wie er war, kam Vincent nicht einmal auf die Idee zu lügen. Er schob seinen Stuhl ein Stück von Computertisch zurück und drehte sich auf dem Sitz herum, um seinen Kollegen anzusehen. Er kam sich unbeschreiblich blöd vor, als er Keith erzählte, was er gerade gemacht hatte … und warum.

»Heiliger Strohsack, Vince«, murmelte Keith, als er geendet hatte. Er lehnte sich gegen den nächststehenden Schreibtisch und verschränkte die Arme vor der Brust. »Ich bin hin- und hergerissen, ob ich deinen Hormonen gratulieren soll, weil sie sich endlich aus dem Käfig befreit haben, in den du sie eingesperrt hast, oder ob ich mir Sorgen machen soll, dass sie zu lange eingesperrt waren und dein Hirn jetzt völlig außer Betrieb setzen.«

»Sie sagte, ich würde an Wahnvorstellungen leiden.«

»Na ja, Alter, das wundert mich nicht. Versetz dich doch

mal einen Moment lang in die Lage der Frau. Für mich klingt das, als hätten ihr ein paar Freunde beim Umzug geholfen, und du ziehst gleich Gott weiß was für Schlüsse, nur weil sie ein paar Kondome in der Hand hält.«

»Ein paar, verdammt noch mal! Das müssen Hunderte gewesen sein!«

Keith rieb sich mit Daumen und Zeigefinger den Nasenrücken und sah seinen Freund erstaunt an. »Die Leute sammeln alles mögliche merkwürdige Zeug, Vincent. Du weißt das, ich weiß das. Selbst wenn sie vorgehabt hat, sie alle an einem Abend aufzubrauchen, besteht immer noch ein gewaltiger Unterschied zwischen einer sexbesessenen Amateurin und einer Professionellen, die sich dafür bezahlen lässt.«

»Ja, schon gut, ich weiß. Sie hat keine Vorstrafen, und ehrlich gesagt hatte ich auch gar nicht erwartet, etwas über sie zu finden.« Vincent lächelte der hübschen blonden Polizistin zu, die an den Tisch trat und sich erkundigte, ob er am Computer fertig sei. Er löschte seine Einträge, schob den Stuhl vom Tisch weg und erhob sich, um ihr Platz zu machen. Während er zu seinem Schreibtisch ging, sagte er leise: »Ich glaube, ich hätte es gern, dass sie eine Prostituierte ist, Keith. Dann könnte ich sie einfach abschreiben. Sie hat so eine Art, mich anzusehen, die alle meine Prinzipien über den Haufen wirft.«

»Das wäre wahrscheinlich nicht einmal das Schlechteste«, erwiderte Keith. Er betrachtete seinen Freund nachdenklich. »Nicht alle Frauen sind so wie LaDonna, Vincent.«

»Oh, bitte.« Vincent bemühte sich, seiner zunehmenden Gereiztheit Herr zu werden. Er hatte jetzt wirklich keine Lust, über seine Exfrau zu reden. »Das weiß ich, okay? Ich sehe die Opfer genauso oft wie du.«

»Mit dem Kopf vielleicht.«

Vincents schwarze Augen wirkten plötzlich kalt und abweisend, als er den Mann ansah, den er als seinen besten Freund bezeichnete. »Und das heißt?«, fragte er und war sich im gleichen Augenblick sicher, dass er nicht hören wollte, was nun kam.

Er hatte Recht.

»Das heißt«, erklärte Keith ohne Umschweife, »dass LaDonna Baxter D'Ambruzzi, oder wie sie sich derzeit nennt, es geschafft hat, dich zum emotionalen Krüppel zu machen.« Er zögerte einen Moment, bevor er beschloss, offen zu sagen, was er dachte. »Sie hat dich nicht nur um die Hälfte deiner Freunde gebracht, als sie dich mit ihnen betrogen hat, Vincent. Sie hat dich auch um deinen Verstand gebracht.«

2

Vincent erstarrte. »Was willst du damit sagen, Keith?«, fragte er mit leiser Stimme. »Glaubst du, dass ich verrückt bin? Vielleicht sogar gefährlich?«

»Wenn du wissen willst, ob ich glaube, dass du plötzlich durchdrehen und anfangen könntest, vom Dach eines Hauses auf Passanten zu schießen, dann lautet die Antwort nein. Du weißt, dass es nicht so ist.« Keith setzte sich auf die Ecke von Vincents Schreibtisch und ließ ein Bein baumeln. Er begann bereits zu bereuen, dass er überhaupt davon angefangen hatte, und rieb sich mit den Händen übers Gesicht. Aber jetzt war es zu spät für einen Rückzieher, und vielleicht musste es ja auch einfach einmal gesagt werden. Er sollte es also besser gleich hinter sich bringen, bevor die gesamte Abteilung eintrudelte. Er holte tief Luft und sah Vincent in die Augen. »Aber ich glaube, dass dein Frauenbild ziemlich verzerrt ist, seit du diesem Luder auf den Leim gegangen bist. Anna macht sich deshalb auch schon Sorgen. Und bevor du damit ankommst, ich weiß, dass du ein Profi bist, Vince. Ich rede nicht davon, wie du mit Frauen umgehst, wenn du im Dienst bist. Ich rede von deinem Privatleben.«

»Nur weil ich nicht jedem wackelnden Hintern nachrenne, der meinen Weg kreuzt?«

»Du siehst den wackelnden Hintern ja noch nicht einmal, Alter.«

»Oh doch, das tu ich. Ich greif bloß nicht zu. Und mach dir nur keine Gedanken, das angestaute Testosteron könnte eines Tages einen Anfall von Wahnsinn bei mir auslösen, du kannst ganz beruhigt sein, ich nehme die Sache selbst in die Hand ...«

Keith grinste. »Im wahrsten Sinne des Wortes.«

Vincent entspannte sich ein wenig und erwiderte halbherzig Keith' Grinsen. »Tja, du musst zugeben, dass Enthaltsamkeit heutzutage nicht die schlechteste Alternative ist. Auf jeden Fall wesentlich besser als das russische Roulette, das ich damals in der ersten Zeit nach der Trennung von LaDonna gespielt habe.«

»Das will ich ja auch gar nicht bestreiten.« Keith konnte sich sehr gut an diese Zeit erinnern, und in seinen Augen war die eine Reaktion ebenso übertrieben wie die andere. Er ging jedoch nicht weiter darauf ein. Was ihm wirklich Sorgen machte, oder Hoffnung – er konnte sich nicht recht entscheiden –, war die seltsame Art, wie Vincent auf diese Pennington reagierte. »Aber mal ehrlich«, fuhr er fort. »Findest du wirklich, dass du deine Nachbarin gleich für eine Prostituierte halten solltest, nur weil sie gern ihre

Beine zeigt und in deiner Gegenwart nicht keusch den Blick senkt?«

»Warum zum Teufel ist sie dann erst um diese Zeit nach Hause gekommen?« Noch während er die Worte aussprach, kam sich Vincent wie ein Vollidiot vor. Du lieber Gott, er hatte sich selbst schon gefragt, ob das, was er tat, eigentlich noch vernünftig war, dennoch versuchte er, es zu rechtfertigen. Der ungläubige Blick, mit dem Keith ihn ansah, machte die Sache auch nicht besser.

»Na, vielleicht arbeitet sie ja im Schichtdienst, Alter«, sagte er. »Vielleicht hatte sie eine Verabredung. Vielleicht fragt sie sich, warum du um diese Zeit nach Hause kommst.« Er ließ seine Fingergelenke knacken und sah seinen Freund eindringlich an. »Mensch, Vince, jetzt reiß dich mal zusammen. Nach allem, was du weißt, könnte die Frau Hirnchirurgin sein! Wir reden hier nicht über einen Teenager, oder?«

»Nein.« Vincent rief sich ihr Bild ins Gedächtnis, und er ärgerte sich darüber, wie leicht ihm das gelang. »Sie ist um die sechsundzwanzig, siebenundzwanzig.«

»Meinst du nicht, dass sie in diesem Alter ein Recht auf ein Sexualleben hat? Weißt du, Frauen können das tun, ohne dass sie deswegen gleich Huren sind oder es so treiben wie LaDonna. Da draußen laufen nicht viele Frauen herum, die in diesem Alter noch Jungfrau sind. Anna war es nicht, als ich sie kennen gelernt habe, und ich war auch nicht so dumm, es zu erwarten.«

»Schon gut, schon gut – ich hab's kapiert. Könnten wir uns jetzt an die Arbeit machen?« Vincent nahm einen Bleistift und klopfte damit nervös auf die Schreibtischplatte, den Blick geistesabwesend auf den rosafarbenen Radiergummi gerichtet. Plötzlich hielt er inne, nahm den Stift in beide Hände und starrte auf seine Daumen, die sich auf der Unterseite des Stifts berührten. Mit einer abrupten Bewegung brach er ihn mittendurch und sah zu Keith hoch. »Ich weiß, dass du Recht hast, Keith, in Ordnung?« Er warf die beiden Teile in den Papierkorb und fuhr sich mit den Fingern durch die Haare. »In den vergangenen zwei Wochen habe ich exakt dieses Gespräch ununterbrochen mit mir selbst geführt.«

»Ach wirklich?« Keith sah auf ihn hinunter. »Na, dann ist es ja gut.«

»Gut«, wiederholte Vincent und schüttelte den Kopf. »Freut mich, dass du es so siehst. Weißt du, ich war mit meinem Leben rundum zufrieden, bevor Miss Pennington aufgetaucht ist, und jetzt ... Ach verdammt, ich weiß auch nicht. Alles scheint mir aus den Händen zu gleiten. Ich dachte, ich hätte es im Griff – meine Arbeit, mein Leben. Es ging mir gut. Aber seit diese Frau eingezogen ist ...« Er schüttelte erneut den Kopf. »Verdammt noch mal, es nervt mich, dass ich dauernd an sie denken muss, aber ich kriege sie einfach nicht aus meinem Kopf.« Er ließ die Schultern kreisen, grub die Finger in die verspannten Muskeln in seinem Nacken und fluchte leise vor sich hin.

»Was ist denn so furchtbar daran, an eine hübsche Frau zu denken?«

»Na, überleg mal, Einstein. Du kennst meine Geschichte.« Doch Keith sah ihn lediglich abwartend an, und Vincent stieß ungeduldig die Luft aus, weil es ihm nicht erspart bleiben würde, es in Worte zu fassen. »Vielleicht hast du Recht; vielleicht hat es LaDonna geschafft, dass ich ein gestörtes Verhältnis zu Frauen habe. Aber selbst wenn, ändert das nicht das Geringste, weil ich den Gedanken nicht ertrage, dass ich mich jemals wieder mit einer Frau einlassen könnte, die mit jedem Kerl ins Bett steigt, der ihr schöne Augen macht. Ich kann einfach nicht – nicht nach dem, was ich mit LaDonna erlebt habe.« Er schüttelte den Kopf, und sein Mund verzog sich zu einem spöttischen Lächeln. »Mein Gott, Keith, warum interessiere ich mich eigentlich nie für Frauen, die artig und schüchtern sind?«

Dann lachte er kurz und freudlos auf. »Andererseits, ist es nicht verständlich, dass ich von Anfang an auf dem Holzweg war, was sie angeht? Damit war doch eigentlich zu rechnen. Ich habe nicht ernsthaft erwartet, ein Vorstrafenregister zu finden, aber glaub mir, Keith, ich habe gehofft, sie hätte eins, das so lang wie mein Arm ist. Wegen Prostitution, wegen Verführung Minderjähriger, wegen – ach, was weiß ich, irgendetwas dieser Art eben. Dann wäre alles so viel einfacher gewesen. Verdammt noch mal, nach meinen Erfahrungen mit LaDonna bräuchte ich keine fünf Minuten, eine solche Frau zu vergessen.« Vincent stützte die Ellbogen auf den Schreibtisch, strich sich mit beiden Händen die dunklen Haare aus der Stirn und sah seinen Partner an. »Ganz abgesehen davon, dass es mir nicht Leid tun müsste, was ich ihr bereits an den Kopf geworfen habe, wenn sie auf den Strich gehen würde. Aber diese Pennington ist wahrscheinlich so unschuldig wie Schneewittchen. Nicht dass das jetzt noch eine Rolle spielt. Mit meiner großen Klappe habe ich mich bereits genug blamiert.«

»Bis auf die Knochen, Alter – ich verstehe, was du meinst.« Keith schwang sein Bein von Vincents Schreibtisch und richtete sich auf. Der Blick, den er seinem Freund zuwarf, war halb amüsiert, halb mitleidig. »Wenn der Elefant erst mal durch den Porzellanladen getrampelt ist, ist es zu spät, was?«

Ivy hätten die Ohren klingen müssen, sie hatte jedoch keine Ahnung, dass sie der Gegenstand einer hitzigen Debatte war. Ihr neuer Nachbar hatte ihr unverblümt gesagt, was er von ihr hielt, und sie wäre nie auf die Idee gekommen, dass er hinterher auch nur noch einen Gedanken an sie verschwendete. Selbst vergangene Nacht, als sie ihn dabei ertappt hatte, wie er auf ihre Beine starrte, hatte er ein Gesicht gemacht, von dem Milch sauer werden konnte. Er hatte so verbiestert und missmutig ausgesehen, dass sie es sich nicht hatte verkneifen können, ihn ein bisschen zu ärgern.

Sie fragte sich, was ihn zu einem solchen Puritaner gemacht haben mochte, denn sie war sicher, dass er nicht immer so gewesen war. Aber sie hatte nicht die Absicht, sich allzu lange den Kopf darüber zu zerbrechen. Sie hatte zu viel damit zu tun, ihr Leben zu genießen.

Sie schwebte geradezu auf Wolken. Sie fühlte sich in ihrer neuen Wohnung rundum wohl und übte ihren Traumberuf aus. Na gut, ihr Liebesleben ließ nach wie vor zu wünschen übrig, aber jetzt, da sie ihre Assistenzarztzeit endlich hinter sich hatte, schien sie jeden Tag ein Übermaß an freier Zeit zu haben. Und zumindest fürs Erste war sie bereit, sich damit zufrieden zu geben.

Sie liebte ihre Arbeit. Im Wesentlichen tat sie dasselbe wie in den vergangenen beiden Jahren auch, aber jetzt kam ein neues Gefühl von Freiheit hinzu, mit dem sie nicht gerechnet hatte. Es war ungemein befriedigend, von den anderen Ärzten als ebenbürtige Kollegin behandelt zu werden.

Über die Jahre hinweg hatte sie ihre Kompetenz immer wieder unter Beweis gestellt, vor sich selbst, vor anderen. Doch sie war nie ganz das Gefühl losgeworden, immer noch nicht für voll genommen zu werden. Seit Jahren stand das Kürzel M.D. hinter ihrem Namen, aber es hatte ihr an wirklicher Autorität gefehlt. Sie hatte sich stets vor dem einen oder anderen Vorgesetzten rechtfertigen müssen: Stationsarzt, Oberarzt, Personalchef, irgendwem. Jede Diagnose, jede Behandlung hatte sie bis ins kleinste Detail begründen müssen. Und daran war auch nichts auszusetzen, so sollte es sein, wenn man noch in der Ausbildung war. Aber die Tatsache, dass sie jetzt von denselben Leuten, die noch vor wenigen Monaten ihre Leistungen beurteilt hatten, als richtige Ärztin betrachtet wurde, ließ sie ein überwältigendes Gefühl von Unabhängigkeit empfinden. Sie stand kurz vor ihrem dreißigsten Geburtstag, und endlich hatte sie das Ziel erreicht, auf das sie so lange hingearbeitet hatte.

Ivys Wunsch, Ärztin zu werden, war aus der Verzweiflung heraus entstanden, die sie nach dem Tod ihrer Eltern empfunden hatte. Sie waren gestorben, als sie fünfzehn war, in einer Nacht, die sich für alle Zeit unauslöschlich in ihr Gedächtnis eingebrannt hatte. Jahrelang war sie schreiend aus Träumen aufgewacht, in denen ihre Mutter und ihr Vater trotz aller Anstrengungen, sie festzuhalten, einen Abgrund hinunterstürzten, und Tante Babe brauchte dann jedes Mal eine Ewigkeit, um sie wieder zu beruhigen, während Jaz im Bett saß und sie mit großen Augen ansah. Sie hatte diese Alpträume schließlich überwunden, aber die Erinnerungen waren ihr geblieben und hatten ihr Leben in den folgenden Jahren entscheidend beeinflusst.

Es waren Erinnerungen, die sie ein halbes Leben lang begleitet hatten, und sie wartete immer noch darauf, dass der Schmerz irgendwann abnahm. Im Lauf der Jahre waren sie ein wenig verblasst, aber es war einfach kein Ereignis, das man jemals vergessen konnte.

Sie war damals ein typischer Teenager gewesen und hatte auch an diesem Abend im Grunde nur ihre eigenen Wünsche im Kopf gehabt. Zu dem Zeitpunkt, als Alison

»Babe« Merrick, die Schwester ihres Vaters, gekommen war, um sie mit zu sich nach Hause zu nehmen, war sie um einiges reifer geworden.

Ihre Erinnerungen setzten in einer kalten Winternacht auf einer Passstraße ein. Sie war mit ihren Eltern auf dem Weg nach Ellensburg, einer Universitätsstadt im Osten von Washington, um ihren Onkel und ihre Tante zu besuchen. Wenn Ivy nicht gerade herummaulte, verkroch sie sich schmollend in den Polstern des Rücksitzes.

Sie verstand nicht, warum sie nicht bei Jaz und Onkel Mack und Tante Babe bleiben durfte. Sie hatte sie angerufen und gefragt, und sie waren damit einverstanden gewesen, aber ihre Mutter hatte nein gesagt. Das war so gemein. Sie war schon seit einer Ewigkeit in Tony Olmstead verknallt, und endlich hatte er von ihr Notiz genommen. Er war zwei Klassen über ihr – und so viel reifer als die Jungen, mit denen sie sonst zu tun hatte. Und erst vor ein paar Tagen war er an ihrem Spind stehen geblieben und hatte gefragt, ob sie Lust hätte, am Freitagabend mit ihm zum Billardspielen zu gehen. Billard – dagegen war Kino doch regelrecht langweilig.

Mom und Dad fanden zwar, dass sie noch zu jung war, um sich mit Jungs zu verabreden, aber da sie jetzt auf die Highschool ging und stets gute Noten nach Hause brachte, erlaubten sie es ihr trotz ihrer Bedenken hin und wieder. Nicht dass die jungen Männer vor ihrer Tür Schlange gestanden und sie angefleht hätten, mit ihnen auszugehen, wie sie es bei Jasmine taten. Und dann waren die meisten, die sie kannte, auch noch einen halben Kopf kleiner als sie. Aber Tony Olmstead nicht. Und als er sie gefragt hatte, hatte sie natürlich sofort zugesagt, ihre Eltern würden sicher verstehen, wie wichtig diese Einladung war. Aber kaum hatte sie das Thema beim Abendessen zur Sprache gebracht, hatte ihre Mutter den Traum platzen lassen wie eine Seifenblase, und am nächsten Tag hatte sie Tony sagen müssen, dass sie leider nicht könnte. Sie hatte ihm auch den Grund dafür erklärt, aber wahrscheinlich würde er sich trotzdem nie wieder mit ihr verabreden.

Sie hatte überhaupt nicht mehr an diesen blöden Ausflug nach Ellensburg gedacht, vermutlich weil sie wider besseres Wissen gehofft hatte, dass ein Wunder geschehen und er ins Wasser fallen würde. Schon bevor Tony sich mit ihr hatte verabreden wollen, war sie nicht gerade begeistert von der Aussicht gewesen. Wenn es sich um ein Treffen des Pennington-Merrick-Clans gehandelt hätte, wäre es nicht ganz so schrecklich gewesen – selbstverständlich nicht wert, deswegen eine Verabredung mit Tony sausen zu lassen, aber sie hätte sich zumindest auf ein nettes Wochenende freuen können. Mit ihren Cousins und Cousinen väterlicherseits war es meistens sehr lustig, vor allem wenn Jaz, Sherry und Terry, Davis und Sam dabei waren, denen sie altersmäßig am nächsten stand.

Aber jetzt waren sie zu Moms Familie unterwegs, und die kannte sie kaum. Schlimmer noch, wenn sie mit ihren Cousins und Cousinen mütterlicherseits zusammen war, saßen sie für gewöhnlich nur stumm da und guckten einander an. Ihr fiel nie etwas ein, worüber sie mit ihnen reden konnte, und umgekehrt schien es genauso zu sein, sie hielten sich wechselseitig für leicht beschränkt. Tolle Aussichten. Es würde ein sehr langes, sehr langweiliges Wochenende werden.

Draußen war es stockfinster, und nachdem sie die hell erleuchteten Hotels und Chalets oben auf dem Pass hinter sich gelassen hatten, gab es nichts, absolut nichts mehr zu sehen. Mom und Dad unterhielten sich und sangen die Lieder, die im Radio gespielt wurden, mit. Von Zeit zu

Zeit unternahmen sie einen Versuch, sie in die Unterhaltung mit einzubeziehen und zum Mitsingen zu bewegen, aber sie blieb störrisch. Die Temperaturen waren unter den Nullpunkt gefallen, aber im Auto war es warm und stickig, und die Langeweile machte Ivy schläfrig. Sie döste immer wieder ein und fuhr dann erschrocken hoch, wenn ihr das Kinn auf die Brust fiel, bis sie sich schließlich, irgendetwas Unverständliches vor sich hin murmelnd, auf dem Rücksitz ausstreckte, so gut es ihre langen Beine erlaubten. Gleich darauf war sie fest eingeschlafen.

Die Ärzte sagten hinterher, sie habe ihr Leben höchstwahrscheinlich dem Umstand zu verdanken, dass ihr Körper im Schlaf völlig entspannt gewesen sei.

Plötzlich schien die Nacht um sie herum von einer Explosion zerrissen zu werden. Sie wusste nicht, was geschah; erst später erfuhr sie von dem Glatteis und dem Sattelschlepper, der sich quer gestellt und einen schweren Massenauffahrunfall verursacht hatte. Damals wusste sie nur, dass sie im einen Augenblick noch fest geschlafen hatte und im nächsten mit voller Wucht gegen den Vordersitz geschleudert wurde und ein stechender Schmerz durch ihren linken Arm fuhr. An die Stelle des leisen Gemurmels ihrer Eltern, das sie in den Schlaf gelullt hatte, war ein ohrenbetäubendes metallisches Kreischen getreten, das Quietschen blockierender Bremsen auf nassem Asphalt und lautes Gehupe. Der abrupt verstummte Schrei ihrer Mutter hallte im Wageninneren wider. Verwirrt und unter Schmerzen zog sich Ivy zurück auf den Rücksitz.

Sie nahm alles um sich herum wie durch einen Nebel wahr. Sie wusste, dass ihr Vater schwer verletzt war, und dieses Wissen war schlimmer als der Schmerz in ihrem Arm. Sein Atem kam stoßweise und rasselnd aus seinem eingedrückten Brustkorb, und er verlor immer wieder das Bewusstsein.

Eine schrille Stimme wiederholte ununterbrochen: »Es tut mir Leid, Daddy; es tut mir Leid, Daddy«, bis ihre Mutter ihr befahl, still zu sein. *Dein Vater*, sagte sie in ihrem unmissverständlichen Ton, *kennt den Unterschied zwischen dem Genörgel eines Teenagers und einer ernsthaften Meinungsverschiedenheit, also hör schon auf, dich zu entschuldigen.* Bis zu diesem Moment war Ivy gar nicht klar gewesen, dass die schrille Stimme ihr gehörte.

Der einzige Trost in diesen alptraumhaften Minuten war, dass ihrer Mutter nichts zu fehlen schien. Sie war mit dem Kopf heftig gegen den Rückspiegel gestoßen, aber sie wirkte völlig klar, als sie sich umdrehte, um Ivy zu fragen, ob mit ihr alles in Ordnung sei, ihr zu versichern, dass sie und ihr Vater sie liebten, und sich dann wieder ihrem Mann zuwandte, um ihm so gut sie konnte zu helfen.

In der Dunkelheit vor den Wagenfenstern herrschte ein heilloses Durcheinander – Schritte eilten auf dem nassen Asphalt hin und her, Leute schrien durcheinander, und Lichtkegel durchschnitten die Finsternis. In einem Wagen weiter vorne hatte sich die Hupe festgeklemmt und gellte nervenzerreißend durch die Nacht, bevor sie abrupt verstummte. Im Wageninneren hatte sich eisige Kälte ausgebreitet, lange bevor endlich die Rettungswagen eintrafen, um die Verletzten in ein kleines Krankenhaus in der Nähe zu bringen.

Der typische Krankenhausgeruch, den die grün gestrichenen Wände zu verströmen schienen, war zugleich tröstlich und beunruhigend. Bei dem Unfall auf dem Highway hatte es so viele Verletzte gegeben, dass man auf die Wahrung der Intimsphäre des Einzelnen verzichten musste und die Ärzte und Schwestern sich mitten im hell erleuchteten Eingangsbereich der Notaufnahme, hinter den Vorhängen der Behandlungsräume und in den angrenzenden Korridoren um sie kümmerten. Sie sonderten die Schwerverletzten aus und versorgten zuerst sie.

Ivy lag auf einer Krankenliege und wartete darauf, dass sich jemand ihres gebrochenen Arms annahm. Sie umklammerte die Hand ihrer Mutter, und beide sahen schweigend und angespannt zu, wie sich zwei Liegen weiter ein Arzt und eine Schwester mit raschen, sicheren Handgriffen um ihren Vater bemühten. Ihre Mutter strich ihr mit der freien Hand über die Haare und flüsterte ihr hin und wieder ein beruhigendes Wort zu. Ihre Berührung war das Einzige, was Ivy in einer Welt, in der nichts mehr so war wie zuvor, ein wenig Sicherheit gab. Sie betete für ihren Vater und klammerte sich an ihre Mutter, sie wollte glauben – sie hoffte –, dass alles wieder gut werden würde. Es musste einfach. Alles würde gut werden – solange nur ihre Mutter da war.

Und so konnte sie nur in stummem Entsetzen zusehen, als ihre Mutter plötzlich zusammenbrach.

Was ihr von dieser Nacht am deutlichsten im Gedächtnis haften blieb, waren die Ärzte, die sich unermüdlich um die vielen Verletzten bemühten. Sie hatten ihre Eltern nicht retten können: nicht ihre Mutter, als ihr der Bluterguss, der sich unter ihrer Schädeldecke gebildet hatte, schließlich das Gehirn abdrückte, und auch nicht ihren Vater, der zu schwere innere Verletzungen davongetragen hatte. Doch bei all dem Kummer, der Verzweiflung und den Schuldgefühlen, die sie lange Zeit quälten, vergaß sie nie, wie die Leute vom Krankenhaus bis zum letzten Augenblick um ihr Leben gekämpft hatten. Und so wurde in der Zeit nach dem Tod ihrer Eltern ihr Entschluss geboren, Ärztin zu werden.

Jaz hockte auf einem Holzschemel und sah zu, wie Terry vorsichtig den Bezug von Ivys Sessel auftrennte. »Warum reißt du ihn nicht einfach ab?«, fragte sie.

Er warf ihr einen kurzen Blick zu. »Ich will den alten Bezug als Schnittmuster für den neuen Stoff verwenden.« Er deutete mit dem Kinn auf das Paket, das auf dem Arbeitstisch lag, bevor er seine Aufmerksamkeit wieder dem Sessel zuwandte.

»Ist er das?« Sie schlug das Packpapier zurück. »Wow, sieht ja echt klasse aus!«

»Hmhm.«

»Er passt wunderbar zu Ivys neuem Sofa.« Jaz wickelte den Stoff wieder ein und saß eine Weile schweigend da. Sie musterte angelegentlich ihre Fingernägel, pulte ein Stückchen Nagellack weg, und dann fragte sie völlig unvermittelt: »Terry, glaubst du, dass ich genauso klug bin wie Ivy?« Dabei schwang in ihrer Stimme ein merkwürdig dringlicher Unterton mit.

Er hielt mitten in der Bewegung inne und hob langsam den Kopf, um sie prüfend anzusehen. Ihr Gesicht war so schön wie immer, aber jetzt hatte es zugleich etwas Maskenhaftes, das ihre wahren Gefühle verbarg. »Klar doch«, sagte er.

Sie wich seinem Blick aus. Während sie weiter den Lack von ihrem Nagel zupfte, hakte sie nach: »Klug genug, um auch Ärztin zu werden?«

»Ja, bestimmt. Wenn du das willst.«

»Tja, da liegt wohl das Problem, was?« Sie seufzte. »Ivy hat immer genau gewusst, was sie will, seit ihrer Kindheit schon. Und ich bin mir immer noch nicht darüber im Klaren.«

»Ivy ist auf ziemlich schreckliche Weise zu ihrem Entschluss gelangt.«

»Ich weiß.« Als Jaz schließlich die Augen hob, um Terry anzusehen, lag eine große Traurigkeit in ihrem Blick. »Und ich will auch gar nicht herunterspielen, wie viel sie dafür arbeiten musste, um Ärztin zu werden. Es ist nur ... ich beneide sie einfach um ihre Zielstrebigkeit.« Sie zuckte mit den Schultern. »Ich bin eifersüchtig, wenn du es genau wissen willst, weil ich mir manchmal so verloren vorkomme. Ich weiß, dass ich nicht so klug bin wie sie, und es sieht auch nicht so aus, als würde ich in absehbarer Zeit heiraten und eine tolle Ehe führen wie Sherry und ... ach verdammt, ich weiß ja noch nicht einmal, was ich eigentlich will.« Natürlich wusste sie es. Sie brachte es nur nicht über sich, es laut auszusprechen.

Terry wusste es ebenfalls, zog es jedoch vor, den Unwissenden zu spielen. »Was es auch ist«, versicherte er ihr freundlich, »du wirst es früher oder später herausfinden. Du bist klug, Jaz. Aber was noch wichtiger ist, von uns allen bist du wahrscheinlich die Netteste.«

Ihr Lächeln ließ ihm den Atem stocken. »Danke, dass du nicht gesagt hast ›die Hübscheste‹«, sagte sie. »Du kannst dir gar nicht vorstellen, wie viele Leute es schaffen, mir ein schlechtes Gewissen zu machen, bloß weil ich Glück mit meinen Genen hatte und als wäre es der Gipfel der Selbstsucht, noch andere Wünsche zu haben. Du gehörst zu den wenigen Menschen, die mir auch mal einen Moment der Schwäche zugestehen.« Ein Rest ihres Lächelns spielte noch um ihre Mundwinkel, als sie ihm jetzt in die Augen sah. »Ich mag dich wirklich, Terry.«

Sein Herz begann schneller zu schlagen, obwohl er wusste, dass sie damit meinte: »Wie einen Bruder.«

Solange er denken konnte, war er in Jaz verliebt, und selbst wenn er noch so sehr dagegen ankämpfte, ließ sich an seiner Liebe für sie nichts ändern. Er fühlte sich deswegen schuldig, als seien seine Empfindungen etwas Schmutziges. Und als ob die Stimme seines Gewissens mit ihren ständigen Warnungen noch nicht genug wäre, klang ihm seit dem Tag, an dem sie Ivy beim Umzug geholfen hatten, außerdem auch noch dauernd Davis' Stimme im Ohr. Sie drängte sich ihm in den unpassendsten Momenten auf und stimmte einen hässlichen Refrain über Cousins und Cousinen an, die sabbernde Idioten miteinander zeugten.

Aber er hatte bereits vor langer Zeit gelernt, seine wahren Gefühle zu verbergen. Deshalb schenkte er Jaz nur eines seiner typischen unbekümmerten Lächeln und erwiderte: »Ich dich auch, Kleine«, bevor er sich wieder seiner Arbeit an Ivys Sessel zuwandte.

Ivy liebte ihren Beruf mehr als alles andere, aber es gab unbestreitbar Zeiten, in denen er ihr im Grunde zu viel abverlangte. Dazu gehörte die Nacht, in der sie Bess Polsen einlieferten.

Sie hatte in den vergangenen fünf Tagen doppelte Schicht gearbeitet, und das machte sich allmählich bemerkbar. Zwar hatte sie sich freiwillig erboten, die zusätzliche Schicht zu übernehmen, als einer ihrer Kollegen wegen eines Notfalls in der Familie zu Hause bleiben musste, deshalb konnte sie niemandem einen Vorwurf machen außer sich selbst. Und im Grunde genommen hatte es ihr bis zu diesem Abend auch nichts ausgemacht, mehr zu arbeiten.

Aber heute Abend war die Notaufnahme das reinste Tollhaus. Zweifellos hatte das etwas damit zu tun, dass Vollmond war – jeden Monat schien die Zahl der eingelieferten Fälle um diese Zeit zu steigen. Und wie zu hören war, herrschte auf der Entbindungsstation ebenfalls Hochbetrieb.

Es war nach Mitternacht und ihre zweite Schicht offiziell zu Ende, als sie den letzten Faden an der Platzwunde eines Highschool-Schülers verknotete, der von einer Bande Jugendlicher vor einem Lagerhaus verprügelt worden war, in dem eine von der Stadt gesponserte Tanzveranstaltung stattfand. Bereits voller Vorfreude auf die kalte Dusche, die sie sich zu Hause gönnen würde, schaute sie im Warteraum vorbei, um die Eltern des Jungen zu beruhigen und die Gruppe Teenager, die ihn hergebracht hatten und besorgt auf Neuigkeiten über seinen Zustand warteten. Dann machte sie sich auf den Weg ins Arztzimmer.

Sie war gerade dabei, den fleckigen Arztkittel gegen ihre Straßenkleidung zu tauschen, als sie hörte, dass ihr Name ausgerufen wurde. Sie wurde dringend in der Notaufnahme gebraucht, deshalb warf sie mit einem bedauernden Blick auf die Pumps an ihren Füßen die bequemen Birkenstock-Sandalen in den Spind, schnappte sich einen Labormantel, knallte die Tür zu und eilte aus dem Umkleideraum, während sie in die Ärmel des Mantels schlüpfte und das Namensschild auf ihrer Brust befestigte.

Angie, eine ihre Lieblingsaufnahmeschwestern, kam ihr auf halbem Weg entgegen. »Tut mir Leid, Ivy«, sagte sie, als sie eine Kehrtwendung gemacht hatte und im Laufschritt neben ihr hereilte, um mit ihren großen Schritten mitzuhalten. »Ich weiß, dass Ihr Dienst zu Ende ist, aber es klang so, als würden uns die Sanitäter gleich einen kritischen Fall bringen. Sie sind in siebzig Sekunden da, und sonst ist niemand abkömmlich.«

»Machen Sie sich deswegen keine Gedanken«, erwiderte Ivy. »Worum geht es?«

»Vergewaltigungsopfer mit Schnittwunden, aber das ist nicht das größte Problem. Sie steht offenbar unter Schock. Der Blutdruck ist 80 zu 40.«

»Oh Mann.« Sie waren inzwischen im Eingangsbereich der Notaufnahme angelangt. »Was haben die Sanitäter bisher gemacht?«

In diesem Augenblick glitt die Tür auf, und die Sanitäter rollten hastig eine Trage herein. Der am vorderen Ende, ein drahtiger Schwarzer mit wunderbar ebenmäßigen Gesichtszügen, fing Ivys Blick auf und grinste. »Hi, Doc. Wir haben ihr eine Einheit Plasma und einen Beutel Kochsalzlösung verabreicht.« Er griff in seine Jackentasche und warf ihr ein Röhrchen mit verschreibungspflichtigen Tabletten zu. »Das haben wir auf ihrem Nachttisch gefunden. Daneben stand auch noch eine Riesenflasche Maalox. Ich weiß nicht, ob das was hilft.«

Ivy las die Beschriftung auf dem Etikett, während sie neben der Trage herlief. »Danke, Ted«, sagte sie und sah den Sanitäter mit einem Lächeln an, als sie vor einem freien Behandlungsraum ankamen. »Ich glaube, Sie haben uns gerade eine Menge Zeit bei der Diagnose gespart.« Sie wandte ihre Aufmerksamkeit der Patientin zu. »Wie heißt sie?«

»Bess Polsen«, erwiderte er. Für gewöhnlich gingen Sanitäter in der Notaufnahme zur Hand, wann immer sie konnten, Ted blieb jedoch vor dem Behandlungsraum stehen, als die Patientin hineingerollt wurde, und tippte sich zum Abschied kurz an den Kopf. »Es ist Vollmond, Doc. Wir müssen weiter.«

»Noch mal vielen Dank, Ted. Sie sind klasse.« Ivy zog den Vorhang zu und drehte sich zu ihrem Team um. »Okay, dann wollen wir mal, wir brauchen ein großes Blutbild mit Hämatokrit und Blutgruppe. Geben Sie im Labor Bescheid, dass wir mindestens vier Einheiten Erythrozytenkonzentrat brauchen.« Sie wusch sich die Hände, streifte ein Paar OP-Handschuhe über und beugte sich über die Patientin, um vorsichtig nach dem Puls an ihrem Hals zu tasten. Ihre Haut war blass, kalt und feucht, und ihr Puls ging schnell und schwach. »Bess«, sagte sie ruhig. »Können Sie mich hören? Es wird alles wieder gut, Bess. Halten Sie durch – wir kümmern uns um Sie.«

Sie blickte zu Angie hoch. »Besorgen Sie noch eine Einheit Plasma zur Überbrückung, bis die Erys da sind. Die hier ist beinahe aufgebraucht.« Zu einem der Pfleger sagte sie: »Wir brauchen die Harn-, Elektrolyt- und Kreatininwerte. Sie hat Tagamet verschrieben bekommen, Ted hat Gott sei Dank das Fläschchen mitgebracht, sieht so aus, als hätten wir es mit einem aufgebrochenen Magengeschwür zu tun. Führen Sie eine nasale Magensonde ein, um den Magen zu leeren. Wir wollen doch mal sehen, ob wir die Blutung nicht lokalisieren können.«

Bis der Blutverlust halbwegs ausgeglichen war, musste die Behandlung der Ursache zurückgestellt werden, deshalb bemühten sie sich, den Blutdruck der Patientin so schnell wie möglich wieder zu normalisieren. Sie arbeiteten routiniert, legten Transfusionen, versorgten die Schnittwunde auf Bess' Brust und suchten nach weiteren Hinweisen, die Ivys erste Diagnose eines blutenden Magengeschwürs stützten. Während der ganzen Zeit sprachen sie beruhigend auf die Patientin ein, versicherten ihr, dass sie sich gut hielt, dass alles wieder in Ordnung käme.

Zwischen den unmittelbar lebensrettenden Maßnahmen fuhr Ivy mit einem Kamm durch Bess' Schamhaare, um Haare des Täters zu finden, sammelte Spermaspuren, notierte die Verletzungen im Vaginalbereich, die von Gewalteinwirkung zeugten, und führte eine Reihe von Tests durch, die eine Anklage wegen Vergewaltigung untermauern würden, wenn der Fall ihrer Patientin jemals vor Gericht kommen sollte. Normalerweise hätte sie mit all diesen Untersuchungen gewartet, bis die Patientin wieder bei Bewusstsein war und Fragen beantworten konnte, aber da vermutlich ein chirurgischer Eingriff erforderlich war, befürchtete sie, dass in der Hektik vergessen werden könnte, wichtige Beweismittel zu sichern. Ohne diese Beweise würde es der Polizei jedoch schwer fallen, der Staatsanwaltschaft den Fall vorzubringen, und ein Mann, der sonst vielleicht einige Jahre hinter Gittern verbringen würde, liefe dann weiter frei herum und könnte sein Unwesen treiben. Sie füllte die Proben in Röhrchen und Beutel und gab sie einer der Schwestern, damit sie sie beschriftete und in den Kühlschrank legte, bis sie analysiert werden konnten.

Einmal verließ sie den Behandlungsraum, um mit dem Chirurgen zu sprechen, den sie angepiepst hatte, und sie vereinbarten, dass Bess in den Operationssaal gebracht werden sollte, sobald sich ihr Zustand stabilisiert hatte. Nach dem kurzen Gespräch kehrte sie zu ihrer Patientin zurück. Bess' Blutdruck war inzwischen beinahe wieder normal, und sie kam gerade langsam zu sich, als Ivy kurze Zeit später erneut nach draußen geholt wurde.

Der letzte Mensch, den sie zu sehen erwartet hätte, war ihr Nachbar.

Es wäre eine Untertreibung zu behaupten, dass es ihm genauso ging. Vincent erstarrte förmlich, als Ivy aus dem Behandlungsraum trat, und seine Augen schossen zu dem Namensschild auf ihrer Brust. Du lieber Gott, sie war Ärztin? Na toll. Als Keith gesagt hatte, nach allem, was Vincent über sie wusste, könnte sie Hirnchirurgin sein, hatte er also nicht sehr weit danebengelegen.

Er kam sich vor wie ein Volltrottel, und deshalb verhielt er sich besonders distanziert. Er zückte seinen Dienstausweis und stellte sich vor.

Ivys Reaktion war der seinen nicht ganz unähnlich. Er war ein Cop? Sie warf einen Blick auf die Karte, die er ihr reichte. Detective Vincent D'Ambruzzi, Seattle Police Department, Special Assault Unit, Ermittlungsabteilung. Sie versuchte, sich vorzustellen, dass diese kalten schwarzen Augen Mitgefühl für ein Vergewaltigungsopfer zeigten, und scheiterte kläglich. Vielleicht war das aber auch nur eine voreingenommene Reaktion auf die Missbilligung, die er ihr gegenüber so deutlich gezeigt hatte, wie sie sich eingestehen musste.

»Was kann ich für Sie tun, Detective?«, erkundigte sie sich, ebenso kühl wie er.

Vincent fragte sich, was er hier eigentlich tat. Er hatte heute Nacht keine Bereitschaft, aber ein befreundeter Streifenpolizist, der am Tatort gewesen war, hatte ihn angerufen und ihm von dem neuesten Überfall berichtet. Aus der Schnittwunde auf Bess' Brust hatte der Streifenpolizist geschlossen, dass sie höchstwahrscheinlich das vorerst letzte Opfer in einer Serie von Fällen war, an denen Vincent seit drei Monaten arbeitete.

Fälle, in denen es verdammt wenige Anhaltspunkte gab.

Der Vergewaltiger, hinter dem er her war, verhielt sich ausgesprochen vorsichtig, und die Aussagen der beiden früheren Opfer waren nicht besonders hilfreich gewesen. Manche Frauen konnten sich erstaunlich genau an Einzelheiten der Tat erinnern und gaben eine präzise Beschreibung des Täters ab, andere dagegen waren völlig konfus, sobald es um Augenfarbe, Größe und mögliche andere Details ging. Oft hatte der Mann, den sie bei einer Gegenüberstellung identifizierten, kaum Ähnlichkeit mit der ursprünglichen Beschreibung, auch wenn sie ihn dann sofort wiedererkannten. Die Detectives verbrachten vor Gericht viel Zeit damit, diesen Umstand den Geschworenen zu erklären, um zu verhindern, dass die Verteidiger so tun konnten, als würden ihre Mandanten vorschnell verurteilt.

Die beiden Opfer in diesem speziellen Fall waren in schlechter Verfassung gewesen und letztlich zu traumatisiert, um überhaupt eine Beschreibung abgeben zu können.

Also was tat er dann hier? Er folgte jedenfalls nicht seiner üblichen Vorgehensweise, so viel stand fest. Normalerweise hätte er bis zum nächsten Tag gewartet, um das jüngste Opfer zu befragen, aber heute Nacht hatte er sich aus dem Bett gequält und war ins Krankenhaus gefahren in der Hoffnung, mit der Frau sprechen zu können, solange sie die Einzelheiten noch frisch in Erinnerung hatte. Vielleicht konnte sie ihm irgendeinen wertvollen neuen Hinweis geben. Er konnte weiß Gott ein wenig Hilfe brauchen, um diesen Kerl zu fassen, und er betete, dass ihm das gelingen würde, bevor ihm noch eine Frau zum Opfer fiel.

Statt I. Pennington, M.D., an diesen Überlegungen teilhaben zu lassen, erklärte er nur kurz angebunden: »Ich würde gern mit Bess Polsen sprechen. Wenn ich es richtig verstanden habe, hat man sie hierher gebracht.« Er fragte sich, warum er eigentlich die ganze Zeit darüber nachdachte, wofür das I. stehen mochte.

»Detective«, erwiderte Ivy gereizt, und das war nur zum Teil eine Reaktion auf seinen Tonfall, »ich habe jetzt keine Zeit für so was. Sie werden sich mit Ihren Fragen noch ein bisschen gedulden müssen. Ich habe da drin eine Patientin, die unter einem hypovolämischen Schock steht, und sobald sich ihr Zustand einigermaßen stabilisiert hat, kommt sie in den OP. Wenn Sie mich jetzt bitte entschuldigen würden?« Damit machte sie auf dem Absatz kehrt und verschwand wieder hinter dem Vorhang.

Verdammt noch mal! Vincent folgte ihr auf dem Fuß.

»Sir!«, rief eine Krankenschwester. »Sie können hier nicht einfach so reinkommen!«

Ivy sah von ihrer Patientin auf, und ihre Augen wurden dunkel vor Ärger.

»Können Sie mir wenigstens sagen«, sagte Vincent gereizt, »ob Sie sie auf Spuren einer Vergewaltigung untersucht haben?«

Ivy sah ihn wütend an. »Mäßigen Sie Ihren Ton, solange Sie hier drin sind, D'Ambruzzi«, sagte sie, im Gegensatz zu ihm äußerst beherrscht. Sie deutete mit dem Kopf auf die Patientin.

Vincent nickte.

»Gut, und um Ihre Frage zu beantworten: Ja.«

»Ist hier ein Herz ...?« Er zeigte auf eine Stelle auf seiner Brust.

»Ja, zumindest ein halbes.« Bess stöhnte plötzlich laut und bewegte sich unruhig, und Ivy beugte sich über sie. »Schon gut, Bess«, sagte sie sanft. »Es ist alles in Ordnung. Bleiben Sie einfach ruhig liegen, und regen Sie sich nicht auf. Wir bringen Sie gleich in den Operationssaal, wo man sich um Ihr Magengeschwür kümmern wird. Verstehen Sie mich?« Bess nickte schwach. »Fühlen Sie sich kräftig genug, um die Einverständniserklärung zu der Operation zu unterschreiben?« Wieder nickte Bess, und Ivy blickte zu Vincent hoch, als sei sie überrascht, ihn immer noch hier vorzufinden. »Gehen Sie jetzt bitte.«

Vincent folgte der Aufforderung. Vor dem Behandlungsraum blieb er einen Moment auf dem Korridor stehen und ging dann entschlossen in Richtung Schwesternzimmer.

Eine attraktive Schwester machte dort gerade Eintragungen auf einem Krankenblatt, und er wartete geduldig, bis sie damit fertig war. Schließlich klappte sie den Deckel der Akte zu, legte sie zur Seite und sah ihn an. In ihren Augen blitzte spontanes Interesse auf. »Kann ich Ihnen helfen?«

Vincent zeigte ihr seinen Ausweis. »Dr. Pennington behandelt ein Opfer in einem Fall, an dem ich arbeite«, sagte er und lächelte die Schwester so charmant an, dass sie verwirrt blinzelte. Es war ein Mittel, das er selten einsetzte, aber er brauchte Informationen, und er brauchte sie auf der Stelle, und manchmal, bei manchen Frauen erreichte er auf diese Weise das, was er wollte, am schnellsten – Keith und seine Frau Anna würden die Augen verdrehen, wenn sie davon wüssten, das war ihm völlig klar. »Dr. Pennington ist momentan beschäftigt«, fuhr er in vertraulichem Ton fort, »aber ich muss unbedingt so bald wie möglich mit ihr sprechen. Könnten Sie mir sagen, wann ihre Schicht zu Ende ist?«

»Oh, Dr. Pennington hätte eigentlich ab Mitternacht freigehabt, Detective«, erklärte die Schwester mit einem eifrigen Lächeln. »Sie hat sicher Zeit, mit Ihnen zu reden, sobald sie mit der jetzigen Patientin fertig ist.«

»Ich will sie auf keinen Fall verpassen. Wenn ich mich in den Warteraum setze, sehe ich sie dann, wenn sie geht?«

»Wahrscheinlich nicht. Sie wird sich vermutlich im Arztzimmer umziehen und durch den Hinterausgang rausgehen. Von da aus ist es näher zum Parkplatz.« Die Schwester stützte die Unterarme auf den Tresen, legte die Hände übereinander und beugte sich lächelnd etwas näher zu ihm. »Aber ich piepse sie gerne an oder sage ihr Bescheid, dass Sie auf sie warten, wenn Sie möchten.«

Vincent bedachte sie erneut mit einem Lächeln. »Das ist nicht nötig, aber vielen Dank«, erwiderte er. »Vielleicht könnten Sie mir zeigen, wo das Arztzimmer liegt?«

Zum ersten Mal wirkte sie etwas verunsichert. »Ich fürchte, das darf ich nicht, Sir.«

»Macht nichts.« Mit einem letzten Lächeln wandte er sich zum Gehen.

Kurze Zeit später, außerhalb der Sichtweite der Schwester, hielt er einen Pfleger auf und zückte erneut seinen Ausweis. Sie sprachen eine Weile miteinander, und dann drehte Vincent sich um und ging zielstrebig in die Richtung, die ihm der Mann gewiesen hatte.

3

Ivy konnte sich vor Müdigkeit kaum noch aufrecht halten, als sie die schwere Tür öffnete, die zum Parkplatz führte. Sie versuchte, sich damit zu trösten, dass alles viel schlimmer sein könnte – immerhin war ihr heute Nacht keiner der Patienten unter den Händen weggestorben. Die frische Brise änderte zwar nichts an ihrer Erschöpfung, aber sie verschaffte ihr zumindest etwas Kühlung, und außerdem tat es gut zu wissen, dass sie von jetzt an gerechnet zwei volle Tage freihatte. Vielleicht würde sie sie durchgehend im Bett verbringen und den fehlenden Schlaf nachholen.

»Dr. Pennington?«

Ihre Wagenschlüssel wie eine Waffe umklammernd, wirbelte Ivy herum und wappnete sich gegen einen möglichen Angriff, als sie dem Mann entgegensah, der aus der Dunkelheit auf sie zutrat. Ihre Müdigkeit war durch den plötzlichen Adrenalinstoß wie weggefegt, und ihr rasender Herzschlag beruhigte sich nur unwesentlich, als sie ihren Nachbarn erkannte.

»Mein Gott, D'Ambruzzi«, sagte sie bemüht gelassen, während sie wieder eine normale Haltung einnahm und die Hände in die Taschen ihres Rocks steckte, um ihr Zittern zu verbergen. »Sie haben mich zu Tode erschreckt.« Sie war normalerweise ein freundlicher, zugänglicher Mensch, aber dieser Typ ging ihr allmählich richtig auf die Nerven.

»Tut mir Leid«, sagte er. »Sind Sie ein Fan von Creedence Clearwater, Doktor?«

»Was?« Seine Frage überraschte sie, und sie schüttelte verwirrt den Kopf. Sie hätte mit allem Möglichen gerechnet, aber nicht mit so einer Frage. »Meinen Sie die Band Creedence Clearwater Revival? Ja, klar. Man könnte mich wohl als Fan bezeichnen. Ich mag ihre Musik.«

»Erinnern Sie sich an ›Bad Moon Rising‹?« Er trat zu ihr und gab mit einer angenehmen Baritonstimme ein paar Töne von sich. »Ich kriege diesen Song nicht mehr aus dem Kopf. Seit drei Monaten setzt er sich bei Vollmond in meinen Hirnwindungen fest wie eine Zecke an einem Hund, und ich werde ihn nicht mehr los.«

Ivy bemühte sich vergeblich zu verstehen, wovon er redete, aber sie war einfach zu müde. Während sie sich die Schläfen rieb, musterte sie sein Gesicht und wünschte, sie würde ihn nicht so attraktiv finden. Wo war dieser verkniffene, verdrießliche Ausdruck auf seinem Gesicht, wenn sie ihn brauchte? »Tut mir Leid, Detective, aber ich fürchte, ich kann Ihnen nicht ganz folgen. Worauf wollen Sie hinaus?«

»Ich will darauf hinaus, Doktor, dass ein Vergewaltiger frei herumläuft, den ich gern hinter Gittern sehen würde. Dieser Mann ist erfüllt von Wut, er ist gemein, und er schlägt einmal im Monat zu, und zwar bei Vollmond.« Einen Moment lang starrte er auf die runde Scheibe, von der die Rede war, dann wandte er seine Aufmerksamkeit wieder ihr zu. »Ich hatte immer eine Schwäche für den Vollmond, vor allem im Herbst, wenn er groß und tief am Himmel steht. Aber inzwischen bin ich so weit, dass ich mich vor ihm fürchte, weil ich weiß, dass diesem gewalttätigen Kerl irgendwo in der Stadt wieder eine junge Frau zum Opfer fallen wird. Und Sie können mir glauben, wenn ich Ihnen sage, dass sie eine Narbe zurückbehalten wird, Doktor. Und zwar ihr Leben lang, seelisch und körperlich.«

»Das ist furchtbar«, sagte Ivy, »aber was hat das mit ...?«

Was für eine intelligente Frage, Pennington. »Oh ... natürlich. Bess Polsen.«

»Ja, Bess Polsen.« Vincent strich sich resigniert die Haare aus der Stirn. Einen Moment lang blickte er geistesabwesend in die Ferne. Dann sah er sie erneut so durchdringend an, dass sie kaum zu atmen wagte. »Hören Sie«, fuhr er in einem Ton fort, der »Glauben Sie es oder glauben Sie es nicht« zu sagen schien, »es tut mir Leid, dass ich vorhin hereingeplatzt bin, als Sie alle Hände voll zu tun hatten. So etwas tue ich normalerweise nicht, aber dieser Fall ist so frustrierend, dass ich das Gefühl habe, mich nur noch im Kreis zu bewegen. Ich kann wohl nicht mehr klar denken.«

Das klang beinahe wieder aggressiv, und im Übrigen hatte Ivy auch schon elegantere Entschuldigungen gehört.

Dennoch.

Sie wäre jede Wette eingegangen, dass ihm weder besonders oft eine Entschuldigung über die Lippen kam noch dass es ihm besonders leicht fiel, und auch wenn ihm diese hier nicht gerade geglückt war, hatte er doch wenigstens den Versuch unternommen. Sie beschloss, Gnade walten zu lassen. »Okay.«

Er blinzelte verwirrt. »Okay?« Das war ja einfacher gewesen, als er gedacht hatte.

Sie nickte.

»Also arbeiten Sie in diesem Fall mit mir zusammen?«

»Soweit mir das möglich ist«, erwiderte Ivy. »Ich kann Ihnen die Ergebnisse meiner Untersuchungen mitteilen. Aber Ihnen ist sicher klar, dass sich Bess Polsen jetzt nicht mehr in meiner Obhut befindet und dass die meisten Proben, die ich vorhin genommen habe, bereits auf dem Weg ins Labor sind.«

Er stellte ihr eine Menge Fragen, und sie beantwortete sie ihm auf dem kühlen, mondbeschienenen Parkplatz so präzise und ausführlich wie möglich. Schließlich klappte er sein Notizbuch zu und schob es in die Innentasche seines leichten Sommerjacketts. »Danke«, sagte er. »Ich weiß Ihre Kooperation zu schätzen. Wenn Sie mich jetzt noch an meinem Auto absetzen, begleite ich Sie nach Hause.«

»Ach nein«, wehrte Ivy ab. »Das ist nicht nötig.«

»Ich denke doch.«

Sie sah ein, dass er darauf beharren würde, deshalb gab sie nach. Mittlerweile hätte sie sich mit fast allem einverstanden erklärt, wenn es bedeutete, dass sie endlich ihre Strumpfhose ausziehen und die Beine hochlegen konnte. Sie führte ihn zu ihrem Auto und schloss die Fahrertür auf, stieg ein, beugte sich über den Beifahrersitz und öffnete die Tür auf seiner Seite.

Sobald er saß, drehte er sich zu ihr und sah sie an. »Ich finde, Ihr Krankenhaus sollte sich mal dazu aufraffen, eine Regelung zu treffen, dass die weiblichen Angestellten zu ihren Autos begleitet werden, wenn ihre Schicht nach Einbruch der Dunkelheit endet«, sagte er. »Sie würden nicht glauben, wie viele Vergewaltigungen auf Parkplätzen passieren, und in den vergangenen Jahren betraf das besonders viele Krankenhausparkplätze.«

Ivy rutschte unbehaglich auf ihrem Sitz hin und her. »Äh, na ja, eigentlich gibt es eine solche Regelung«, gestand sie zögernd. »Ich, äh, hatte es nur so eilig, nach Hause zu kommen, dass ich mir nicht die Zeit genommen habe, mir einen der Männer zu schnappen und mich zu meinem Auto bringen zu lassen.« Als sie den missbilligenden Ausdruck auf seinem Gesicht sah, fügte sie in einem scharfen Ton hinzu: »Sagen Sie jetzt nichts, D'Ambruzzi, ja? Ich habe einen langen Tag hinter mir. Also, wo steht Ihr Wagen?«

Ivy konnte gar nicht schnell genug in das Apartmenthaus kommen, weil sie hoffte, dass sie den Aufzug vor D'Ambruzzi erreichen würde. Ihn zu seinem Auto zu bringen war eine sehr, sehr schlechte Idee gewesen.

Die erotische Spannung zwischen ihnen war mit Händen zu greifen gewesen, noch bevor sie den Krankenhausparkplatz hinter sich gelassen hatten. Sie hätte es nicht für möglich gehalten, dass sich innerhalb so kurzer Zeit derart viel Chemie anstauen konnte, aber auf der Fahrt zu seinem Auto hatte es zwischen ihnen geknistert, dass man beinahe die Funken sprühen sah. Das hatte gereicht, um sich darüber klar zu werden, dass sie nicht auch noch in einem Aufzug mit ihm eingesperrt sein wollte. Jedenfalls nicht, wenn sie nicht für die Folgen garantieren konnte.

Es war ihr unbegreiflich – eigentlich sollte das nirgendwohin führen. Dieser Mann hatte ihr so deutlich zu verstehen gegeben, was er von ihr hielt, dass sie sich ganz und gar nicht von ihm angezogen fühlen sollte.

Sollte.

Aber was sie empfinden sollte und was sie tatsächlich

empfand, war nicht zwangsläufig dasselbe. Es kam ihr so vor, als wären unter seiner Haut starke Magnete implantiert und unter ihrer lauter Metallstreifen. Gegen ihren Willen, gegen jede Vernunft fühlte sie sich zu ihm hingezogen.

Oh Gott, das war eine vollkommen absurde Situation. Sie mochte ihn ja noch nicht einmal – oder? Also warum?

Du magst seinen Körper.

Ja, klar, aber ein gut gebauter Körper allein war ihr in der Vergangenheit auch nie genug gewesen. Bei ihren früheren Beziehungen hatte sie immer erst den Menschen kennen lernen, Freundschaft mit ihm schließen wollen, bevor das Sexuelle hinzukam.

Die Aufzugtüren schlossen sich, und Ivy wollte sich im Stillen schon auf die Schulter klopfen, weil sie einer möglicherweise unberechenbaren Situation entkommen war, als D'Ambruzzi sich in den Spalt zwängte. »Machen Sie die Tür auf«, befahl er und zu Ivys Leidwesen schoss ihre Hand nach vorne, um der Autorität in seiner Stimme zu gehorchen.

Verdammt noch mal.

Vincent sprang in den Aufzug und ließ sich gegen die gegenüberliegende Wand sinken. Die Türen schlossen sich erneut, und sofort begann sich in dem engen Raum dieselbe Spannung breit zu machen, die schon im Auto die ganze Luft verbraucht zu haben schien. Er sagte kein Wort, sondern starrte sie einfach nur an. Ivy hatte halb gehofft, dass diese Spannung eine einseitige Sache war, dass nur sie sie so stark empfand und damit zu kämpfen hatte. Aber ein rascher Blick in seine dunklen Augen belehrte sie eines Besseren. Er war an ihr interessiert, ohne Frage. Seine Augen konnten sich scheinbar gar nicht von ihrem Körper losreißen. Vielleicht war es ein Fehler gewesen, sofort die

Flucht vor ihm zu ergreifen, nachdem sie ihre Autos abgestellt hatten. Vielleicht hatte das irgendeinen atavistischen Instinkt ausgelöst, dass ein Mann einer davonlaufenden Frau hinterherrannte. Anders konnte sich Ivy das Gefühl, dass hier auf einmal urtümliche Empfindungen freigesetzt wurden, nicht erklären. Sie stand bewegungslos da und sah auf die Stockwerkanzeige über der Tür. Mann, war das ein langsamer Aufzug.

Sie vermied es geflissentlich, ihn erneut anzusehen, aber das brauchte sie auch gar nicht – sein Bild stand nur zu deutlich vor ihr. Die Kleidung, die er trug, erweckte den Eindruck, dass in seinem Körper zwei verschiedene Männer hausten, was im Grunde genommen nicht so verwunderlich war, schließlich führte er sich ja auch die halbe Zeit wie jemand mit einer gespaltenen Persönlichkeit auf. Von der Taille aufwärts war er tadellos gekleidet: gestärktes weißes Hemd, ordentlich geknotete Krawatte, gut geschnittenes Jackett. Sie fragte sich, ob das etwas damit zu tun hatte, dass sich dieser Teil seines Körpers näher bei seinem Gehirn befand. Weil das, was er von der Taille abwärts anhatte, nämlich eher der animalischen Vitalität zu entsprechen schien, die er momentan ausstrahlte. Er trug enge, verwaschene Jeans und Nike-Turnschuhe.

Als sie ihr Stockwerk erreicht hatten und die Türen langsam auseinander glitten, stieß sich Vincent von der Wand ab und kam auf sie zu. Ivy drehte den Kopf so abrupt in seine Richtung, dass sich eine Strähne ihres glatten Haars aus dem ordentlichen Zopf, den sie bei der Arbeit trug, löste und ihr über die Wange fiel. Einige Haare blieben an ihrem Mundwinkel hängen.

Vincent griff an ihr vorbei und drückte auf den Knopf, der die Türen offen hielt. »Wie heißen Sie mit Vornamen?«, fragte er mit leiser Stimme, während er seine Hand ausstreckte, um ihr die schimmernde Strähne aus dem Gesicht zu streichen.

Sie musste sich über die Lippen lecken, die ihr plötzlich vollkommen ausgetrocknet vorkamen. »Ivy.«

Vincent rieb mit dem Daumen über die Haare, die er um seinen Zeigefinger gewickelt hatte. »Also, Ivy Pennington, M.D.«, sagte er und trat noch einen Schritt näher auf sie zu. »Da Sie heute Nacht in nachsichtiger Stimmung zu sein scheinen, wie wär's, wenn Sie meine Entschuldigung wegen der hässlichen Dinge annehmen, die ich über Sie und Ihre Freunde gesagt habe ...«

Ivy spürte ihr Herz wie wild hämmern, als sie zu ihm hochsah. Verdammt, D'Ambruzzi, dachte sie mit einem Anflug von Verzweiflung, fang nicht ausgerechnet jetzt an, nett zu werden. »Das waren meine Cousins und Cousinen«, verbesserte sie ihn.

Vincent zuckte zusammen. »... dann eben über Sie und Ihre Cousins und Cousinen. Das war wahrscheinlich unangebracht.«

Wahrscheinlich. Was sollte das denn heißen? Ach, egal, wen interessiert das schon, nimm seine Entschuldigung an, und dann nichts wie raus hier! Mein Gott, sie hielt diese Spannung nicht mehr aus, noch nie im Leben hatte sie das Gefühl gehabt, so von Sinnen zu sein.

Und doch ...

»Wahrscheinlich?« Sie trat einen Schritt zurück und reckte angriffslustig das Kinn in die Höhe. »Sie beschuldigen mich, eine Orgie zu veranstalten, und dann meinen Sie, dass das wahrscheinlich unangebracht war?« Sie war dankbar für den Ärger, den sie empfand. Er half ihr zumindest ein wenig, ihre Selbstbeherrschung zurückzugewinnen. »Tut mir Leid, D'Ambruzzi, aber das reicht nicht.

Da müssen Sie sich schon etwas Besseres einfallen lassen.«

Vincents Kopf fuhr zurück, als hätte sie ihm ins Gesicht gespuckt. Seit er in ihren Wagen gestiegen war, hatte er stärker unter Strom gestanden als eine Hochspannungsleitung. Dass sie sich rundweg weigerte, seine aufrichtig gemeinte, wenn auch unbeholfen vorgebrachte Entschuldigung zu akzeptieren, ließ ihn unwillkürlich zum Angriff übergehen. Er sah wütend auf sie hinunter. »Was zum Teufel erwarten Sie denn, was man denkt, wenn sie jeden Fremden, der an Ihre Tür klopft, mit einer Schüssel voller Kondome begrüßen?«

»Das war ein Scherz! Meine Familie hielt das für ein witziges Einweihungsgeschenk! Aber Sie haben sich ja nicht die Mühe gemacht zu fragen, oder? Oh nein, doch nicht Detective Besserwisser!« Ihre Augen funkelten leuchtend grün unter den gesenkten Wimpern hervor. »Ohne auch nur das Geringste über mich zu wissen, haben Sie daraus sofort den Schluss gezogen, dass ich … dass wir …« Sie stieß ungeduldig die Luft aus. »Ach, vergessen wir's einfach, okay? Ich bin nicht in der richtigen Stimmung für so was.« Ihre gewohnten Manieren außer Acht lassend, drängte sie sich an ihm vorbei. »Ich bin müde und ich will ins Bett. Gute Nacht!«

Ohne sich noch einmal nach ihm umzusehen, rauschte sie wütend davon, um nur noch wütender zu werden, als sie es nicht gleich schaffte, den Schlüssel ins Schloss ihrer Wohnungstür zu stecken, weil ihre Hand so zitterte.

Du lieber Gott, und sie hatte gedacht, sie hätte es in der Vergangenheit mit genug Schwachköpfen zu tun gehabt. Verglichen mit Vincent D'Ambruzzi waren das die reinsten Musterknaben gewesen. Nie, wirklich noch nie war sie jemandem begegnet, der sie so schnell und so gründlich aus der Fassung bringen konnte. Und bei Gott, wenn sie jetzt nicht sofort aus dieser Strumpfhose herauskam, würde sie einen Schreikrampf bekommen!

Sie fummelte immer noch an ihrem Türschloss herum, als sich plötzlich eine Hand, groß, dunkel und warm, über ihre legte. Die Hand steckte den Schlüssel ins Schlüsselloch und drehte ihn herum. Ohne Vincent eines Blickes zu würdigen, fasste Ivy mit der freien Hand nach dem Türgriff und stieß die Wohnungstür auf, während sie gleichzeitig versuchte, ihm ihre andere Hand zu entziehen.

Ohne sie sonst irgendwo zu berühren als an der Hand, stand er so dicht hinter ihr, dass zwischen ihren Körpern kaum ein Millimeter Abstand war. Die Haarsträhne, die ihrem Zopf entwischt war, blieb an seinen Bartstoppeln hängen, als er den Kopf beugte, um seinen Mund nahe an ihr Ohr zu bringen.

»Es war völlig daneben von mir, diese Bemerkung zu machen, okay?«, flüsterte er. Ihre aufrichtige Empörung hätte ihn kaum mehr treffen können, wenn sie einen Vorschlaghammer benutzt hätte statt Worte. »Es tut mir Leid.« Langsam ließ er ihre Hand los und gab dem Bedürfnis nach, sie zu berühren. Er strich ihr mit einem Finger über den Handrücken, ließ ihn über ihren bloßen Arm bis zu ihrer Schulter gleiten. Dann drehte er den Kopf, bis seine leicht geöffneten Lippen ihr Ohr streiften. Er atmete tief ein, und seine Augen schlossen sich, als er den Geruch von Shampoo, Frau und einen Hauch von Seife einsog. »Es tut mir wirklich Leid, Ivy«, sagte er kaum hörbar. »Ich wollte, ich könnte es zurücknehmen.«

»Oh Gott.« Warum musste er sich jetzt auf einmal so sensibel geben? Ohne ihren Ärger war sie all den Empfindungen, die in ihr aufwallten, schutzlos ausgeliefert. Ihr Herz raste, ihr war furchtbar heiß, und sie wollte, dass seine Hände über ihren Körper wanderten wie eben im Aufzug seine Augen. Die Heftigkeit des Verlangens, das in ihr aufstieg und nach Befriedigung verlangte, ließ sie erschauern. »Ich muss jetzt rein«, flüsterte sie in einem letzten verzweifelten Versuch, Abstand zwischen sich und ihn zu bringen.

Seine Zungenspitze fuhr über die Rückseite ihres Ohrs. »Lass mich mitkommen.«

Sie schüttelte den Kopf und drehte sich zu ihm um, ein schwerer Fehler, wie sich zeigte. Ihr Verstand gab ihr ein, nein zu sagen. Aber Vincent war keinen Millimeter zurückgewichen, und als sie sich jetzt zu ihm umwandte, rieb sie sich an ihm und streifte mit Hüfte, Oberschenkel, Schulter und Brust den jeweiligen Gegenpart seines muskulösen Körpers. Und als sie ihm schließlich von Angesicht zu Angesicht gegenüberstand, waren ihre Münder nur ein paar Zentimeter voneinander entfernt und seine Augen … mein Gott, seine Augen. Zum ersten Mal in ihrem Leben war ihr Verstand dem Drängen ihrer Sinne unterlegen. Sie wusste, dass sie ihn wegschicken sollte. Sie könnte es tun. Sie könnte. Doch wenn sie es tat, würde sie nie wissen, wie es war, von diesem Mann geliebt zu werden. Und sie wollte es wissen. Unbedingt.

Sie hob das Gesicht und bot ihm ihren Mund dar.

Vincent gab einen kehligen Laut von sich und senkte den Kopf. Eine seiner Hände griff in ihren dicken Zopf, die andere legte er mit gespreizten Fingern auf ihren Rücken. Er unternahm einen zaghaften Versuch, sanft und zurückhaltend zu sein, und streifte mit geöffneten Lippen leicht ihren Mund. Gleich darauf tat er es noch einmal und strich dabei mit der Zunge über den Spalt zwischen ihren Lippen. Und dann war kein Halten mehr.

Zwischen ihnen hatte sich zu viel Spannung aufgebaut,

als dass zarte, liebevolle Küsse gereicht hätten, sie aufzulösen. Ivy presste sich an ihn, ihre Arme schlangen sich um seinen Nacken, ihre Finger fuhren in seine dicken, weichen Haare, umklammerten seinen Kopf und zogen ihn näher zu ihr.

Vincent ließ sich nicht lange bitten. Seine Arme legten sich fester um sie, seine Finger griffen in ihre Haare und drückten sich gegen die weiche Haut unter dem dünnen Baumwollstoff ihres Oberteils. Die rohe Kraft seines Mundes zwang ihren Kopf nach hinten, bis die Knöchel seiner Hand gegen den Türrahmen stießen. Sein Herz hämmerte gegen die Rippen, sein Atem kam stoßweise, und aus seiner Kehle stieg ein heiserer Laut, als er sie in ihre Wohnung schob und die Tür hinter ihnen zuschlug. Er drückte sie gegen die Türfüllung, presste sich an sie. Sein Körper rieb sich an ihrem, als wollte er mit ihr verschmelzen. Und trotzdem war es noch nicht genug. Es war nicht im Entferntesten genug.

Unvermittelt löste er sich von ihr, beugte den Oberkörper zurück und sah ihr in ihre grünen Augen. »Du lieber Gott«, keuchte er, »was machst du mit mir?«

Wenn Ivy die Kraft gehabt hätte, hätte sie vielleicht gelacht. Was sie mit ihm tat? Da verwechselte er was, oder? Das Einzige, was sie momentan aufrecht hielt, waren seine Hüften, die sie gegen die Tür drückten. Da ihr keine passende Antwort einfiel, verzichtete sie lieber darauf, etwas auf seine Frage zu erwidern. Stattdessen griff sie nach hinten, um die Spange zu entfernen, die ihren Zopf zusammenhielt, und fuhr sich mit den Finger durch die Haare, um die ineinander geflochtenen Strähnen zu lösen. Dann warf sie den Kopf zurück und packte seine Krawatte, um seinen Mund wieder zu ihrem zu ziehen.

»Oh mein Gott.« Vincent hatte nicht die Absicht,

Widerstand zu leisten. Sein Kuss war heiß und fordernd, voll ungezügelter Leidenschaft. Er wich ein Stück zurück und schüttelte sein Jackett ab. Dann fasste er sie bei der Hand und zog sie durch die Diele.

Ihre Wohnung war genauso geschnitten wie seine, nur spiegelverkehrt, und er steuerte schnurstracks auf das Schlafzimmer zu. Es lag im hellen Mondlicht vor ihm, aber außer dem breiten zerwühlten Bett und der unseligen Schale mit den Kondomen auf dem Nachttisch daneben nahm er nichts von der Einrichtung wahr. Er warf sein Holster mit der Pistole neben die Schale, schob Ivy auf die Matratze und ließ sich auf sie sinken. Er vergrub seine Finger in ihren seidigen Haaren und beugte sich über ihre Lippen, als wolle er sie verschlingen.

Ivy zog sein Hemd aus dem Bund seiner Jeans, dann glitt ihre Hand zu seinem Hemdkragen, um seine Krawatte zu lösen. Sie wurde von dem Verlangen gelenkt, die Haut zu spüren, die sie bislang nur gesehen hatte. Sie zwängte ihre Hand zwischen ihre Körper und machte sich an den Knöpfen zu schaffen.

Ohne sich von ihr zu lösen, ihre Lippen im Kuss miteinander verschmolzen, stemmte sich Vincent mit beiden Händen hoch, damit sie sein Hemd aufknöpfen konnte. Innerhalb von Sekunden hatte sie es ihm über die Schultern gestreift und bis zur Taille hinuntergezogen, wo es sich zwischen seinen Armen spannte, mit denen er sich immer noch auf der Matratze abstützte.

Bevor Ivy die Chance hatte, mehr zu tun, als ihre Hände von seinen Schultern bis zu den weichen Haaren auf seiner Brust gleiten zu lassen, richtete Vincent sich auf und hockte sich über ihr auf die Fersen. Während er mit seinen Manschettenknöpfen kämpfte, griff sie nach dem Saum ihres Oberteils und zog es sich über den Kopf, dann hakte sie ihren BH auf und öffnete den Bund ihres Rocks. Er senkte seinen Mund auf die zarte Haut in ihrer Halsbeuge, und Ivy entfuhr ein Stöhnen. Sie grub ihre Finger in die harten Muskeln seiner Schultern und ließ den Kopf nach hinten sinken.

Im Zimmer war es drückend heiß, und auf ihrer Haut glänzte der Schweiß, als er ihren Hals, ihre Schultern, ihre Brust mit Küssen bedeckte. Er umfasste ihre Oberarme mit seinen langen dunklen Fingern und drückte sie über ihrem Kopf auf die Matratze, dann beugte er sich etwas zurück, um sie anzusehen.

So wie sie mit den Armen über dem Kopf vor ihm lag, war sie der aufregendste Anblick, der sich ihm je geboten hatte. Das Licht des Mondes nahm ihren roten Haaren kaum etwas von ihrem warmen Schimmer, und ihre Haut glühte und hob sich hell gegen seine dunklen Hände ab. Ihre Brüste waren rund und voll, die Brustwarzen hatten dasselbe zarte Braun wie die Sommersprossen, die ihre Brust überzogen.

Plötzlich verspürte er ein überwältigendes Verlangen, sie ganz nackt zu sehen. Er rollte sich von ihr herunter und griff nach dem Reißverschluss an ihrem Rock. Nachdem er ihr Rock und Strumpfhose ausgezogen hatte, sah er auf sie hinunter und sagte heiser: »Du hast die hübschesten Beine, die ich jemals gesehen habe.« Dann streckte er die Hand nach dem winzigen Slip aus.

Ivy hörte das Kompliment kaum, so sehr nahm sie die Intensität seines Blicks gefangen. »D'Ambruzzi«, sagte sie mit plötzlicher Neugier, während sie die Hüften hob, damit er ihr den Slip ausziehen konnte, »lächelst du eigentlich nie?« Ihr war gerade aufgefallen, dass sie ihn das noch nie hatte tun sehen.

Er sah sie an. »Nenn mich Vincent«, sagte er.

»Vincent«, wiederholte sie gehorsam. Sie wartete einen Moment, aber er blieb stumm. »Also, tust du es? Jemals lächeln, meine ich.«

Er warf den winzigen Fetzen schillernden blauen Satins zur Seite und wandte seine Aufmerksamkeit dem hellen Dreieck lockigen Flaums zu, das darunter zum Vorschein gekommen war. Es fiel ihm schwer, seinen Blick davon loszureißen. Doch schließlich hob er den Kopf und sah ihr in die Augen, und langsam zog ein Lächeln über sein Gesicht. Seine Zähne, stellte Ivy fest, hoben sich strahlend weiß gegen seine dunkle Haut ab. »Oh ja«, sagte er und grinste. »Wenn ich etwas so Hübsches zu sehen bekomme, dann tu ich es.«

Er betrachtete sie einen Augenblick und dann stieg aus seiner Brust ein tiefes, überraschtes Lachen auf. »Du wirst ja rot!« Er legte sich neben sie, stützte den Kopf in eine Hand und streckte die andere aus, um sie ihr auf die Brust zu legen. »Ich kann es nicht glauben – du wirst wirklich und wahrhaftig rot.« Er schob einen Arm unter ihre Taille und zog sie an sich. »Du bist eine seltsame Frau, Ivy Pennington.«

Es war ihr schon immer peinlich gewesen, wenn man sie dabei ertappte, wie sie rot wurde, daher knurrte sie leise: »Hast du vor, die ganze Nacht mit Reden zu verbringen, D'Ambruzzi?«

Vincents Lächeln wurde noch breiter. »Nein, Ma'am.« Seine Belustigung schwand allerdings sofort, als sie einen Arm um seinen Hals schlang und ihn so fest an sich drückte, dass sich ihre Brüste gegen seinen Brustkorb pressten. Sie hob den Fuß und rieb seine Wade durch den Stoff seiner Jeans. Gott. Wenn er nicht so verdammt scharf darauf gewesen wäre, sie zu besitzen, hätte er sich vermutlich über die Macht gewundert, die sie so mühelos über ihn auszuüben schien. Er konnte sich nicht erinnern, dass jemals eine andere Frau, einschließlich LaDonna in ihren besten Zeiten, es jemals geschafft hatte, ihn so zu erregen, dass sein Hirn sich weigerte, an irgendetwas anderes zu denken als daran, tief in sie einzudringen und sie vergessen zu lassen, wo sein Körper aufhörte und ihrer anfing.

Seine Hände tasteten sich langsam nach unten, um ihren Hintern zu umfassen und sie mit langsamen, kreisenden Bewegungen gegen seinen harten Schwanz zu drücken, der gegen den Reißverschluss seiner Jeans drängte. Ivy schloss die Augen und gab mit zurückgelegtem Kopf leise Seufzer von sich. Vincent senkte seine Lippen und begann leidenschaftlich an ihren Brüsten zu lecken, die sich ihm entgegenstreckten, während er von hinten einen Finger in sie gleiten ließ.

Ivy schnappte nach Luft und legte ihr Bein um seine Hüfte. In hemmungslosem Verlangen rieb sie sich an ihm, aber schon im nächsten Augenblick versuchte sie, sich zurückzuziehen.

»Bitte«, flüsterte sie. »Zieh die Hose aus. Jetzt. Bitte, Vincent. Ich möchte dich sehen – ich möchte dich spüren.«

Gemeinsam machten sie sich an seiner Jeans zu schaffen. Sie zog sie ihm samt Unterhose bis zu seinen Knien herunter, den Rest übernahm Vincent und befreite sich mit ungeduldigen Bewegungen von beiden. Blindlings tastete er mit einer Hand nach den Kondomen in der Schale, um eines herauszuholen, als ihre Hand sich um seinen Penis schloss.

»Oh Gott!« Die Kondome flogen in hohem Bogen durchs Zimmer, als er sich aufbäumte. »Nicht.« Er packte ihre Hand und löste ihre Finger. »Du lieber Gott, Ivy, tu das nicht, oder der Spaß ist vorbei, bevor er überhaupt begonnen hat.«

Ungern folgte sie seiner Bitte. Ihr Blick hing wie gebannt an seinem Schwanz, der aus einem Gewirr dichter dunkler Haare aufragte. Er war so lang, so dick und so dunkel, und noch nie in ihrem Leben hatte sie etwas so sehr gewollt, wie diesen Mann in sich zu spüren, und zwar auf der Stelle. Mit bebenden Fingern hob sie eines der verstreuten Kondome auf und gab es ihm. »Schnell.«

Nachdem er es übergestreift hatte und wieder hochblickte, sah er, dass sie neben ihm kniete und jede seiner Bewegungen verfolgte. Er packte ihren linken Arm und ihren Oberschenkel und zog sie auf sich, bis sie rittlings auf seinem Schoß saß. Seine Finger gruben sich in ihre Hüften und drückten sie nach unten, bis die Spitze seines Schwanzes zwischen ihre feuchte Spalte glitt und in sie eindrang.

Ihn überkam der nahezu unbezähmbare Wunsch zuzustoßen, bis er sie voll und ganz ausfüllte, aber er beobachtete ihr Gesicht, während seine Hände fester zupackten und seine Hüften sich hoben. Sie hatte die Augen geschlossen und den Kopf in den Nacken geworfen, ihr Gesichtsausdruck zeigte ihre wachsende Lust, während er langsam von ihrem Körper Besitz ergriff. Doch auch wenn kein Wort des Protests über ihre Lippen kam, als er plötzlich härter zustieß, merkte er, dass sie leicht zusammenzuckte, er spürte die plötzlich Anspannung in ihren Oberschenkeln, sah, wie sie die Unterlippe zwischen die Zähne zog. Schuldbewusst hielt er inne. »Mein Gott, du bist so eng.«

Ivy öffnete die Augen und verzog das Gesicht zu einem zaghaften Lächeln. »Tut mir Leid«, flüsterte sie. »Es ist lange her.« Sie stützte sich mit den Händen neben seinem Kopf auf die Matratze und beugte sich nach vorne, um es leichter zu machen.

»Du brauchst dich für nichts zu entschuldigen«, sagte er heiser. Auch bei ihm war es lange her. Zu lange vielleicht. »Es war meine Schuld – ich war zu grob.« Seine Finger umklammerten ihre Hüften unwillkürlich noch etwas fester, und er sog scharf die Luft ein, als sie sich gegen ihn drückte und langsam nach unten sinken ließ. Plötzlich war er wie in einem feuchten, schlüpfrigen Schraubstock gefangen. »Oh Gott, Ivy.« Seine Hände umfassten ihren Hintern, um sie in dieser Position festzuhalten.

Am liebsten hätte er einen Augenblick lang einfach nur völlig still dagelegen, um das Gefühl auszukosten, aber seine Hüften bewegten sich unwillkürlich mit kurzen Stößen unter ihr auf und ab. Er strich mit den Händen über ihren langen, glatten Rücken, dann griff er nach vorne und umfasste ihre Brüste. Oh Gott, diese Brüste. Sie schmiegten sich schwer und weich in seine großen Handflächen, und sie sahen so verdammt hübsch aus, ganz hell im Vergleich zu seiner dunklen Haut. Er suchte ihren Blick hinter halb geschlossenen Lidern und befahl mit rauer Stimme: »Reite mich.«

Ihrer Kehle entstieg ein lustvolles Seufzen, und sie begann sich auf und ab zu bewegen. Sie stützte sich mit den Händen ab und hob und senkte ihre Hüften. Um die Sache nicht unnötig zu beschleunigen, bewegte sie sich aufreizend langsam, sie spürte, wie er in sie vordrang und sich wieder zurückzog, vor und zurück, immer wieder. Sie legte ihre Hände flach auf seine Brust und ließ langsam ihr Becken kreisen. So unglaublich langsam. Seine Hände folgten ihr, als sie sich wieder aufrichtete, spielten mit ihren Brustwarzen, massierten das weiche Rund.

Schon nach kurzer Zeit schaffte sie es nicht mehr, diesen Rhythmus beizubehalten. Alle ihre Sinne schrien nach mehr. Mit dem Unterarm strich sie sich die feuchten Haare aus der Stirn, sah auf ihn hinunter und keuchte: »Vincent, das fühlt sich so gut an …« Seine Hände gaben ihre Brüste frei und umfassten ihre Pobacken, lenkten ihre Bewegungen. Ihre Stimme stieg ein paar Oktaven an, und tief in ihr brach sich mit einer alles andere auslöschenden Kraft ihre Lust Bahn, ließ ihren Körper über ihm zucken und zittern. Er beobachtete, wie ihre volle Unterlippe einen weichen Zug bekam, sah, wie sich ihre Haut von der Brust bis zur Stirn mit Röte überzog, spürte, wie sich feste, glatte Muskeln in ihrem Inneren um ihn zusammenzogen, und er konnte sich nicht länger zurückhalten. Die Finger tief in das nachgiebige Fleisch ihrer Pobacken gegraben, presste er ihre Hüften gegen sich und stieß zu. Flüche und Worte der Leidenschaft entfuhren seinem Mund. Aber als er kam, war es ihr Name, den er rief.

Ivy streckte die Beine nach hinten aus und ließ sich auf Vincents Brust sinken, es kümmerte sie nicht, dass sie beide schweißüberströmt waren und ihre Haut klebte. Es kümmerte sie nicht, dass die Luft so stickig war, dass man kaum atmen konnte. Sie legte ihre Arme um seinen Hals, und die Nachwirkung ihres Orgasmus ließ ihren Körper noch einige Male leicht erzittern. Mit den Lippen an seinem Hals schlang sie ihre Arme noch etwas fester um ihn. Sie empfand ein überwältigendes Gefühl von Befriedigung. Noch niemals hatte ein Mann sie so geliebt und sobald sie wieder zu Atem gekommen war, würde sie ihm das sagen.

Doch bevor es so weit war, war sie schon eingeschlafen.

Vincent stand neben dem Bett und sah auf sie hinunter, während er sein Hemd überstreifte. Am liebsten wäre er ins Bett zurückgekrochen und hätte sich neben sie gelegt, aber er musste so schnell wie möglich von hier verschwinden.

Zufrieden wie ein satter Kater, dachte er, dass er diesem Gefühl von Vollständigkeit, das ihn bis in die letzte Faser seines Körpers erfüllte, vielleicht eher hätte trauen können, wenn sie wach geblieben wäre und mit ihm geredet hätte. Sie hatte eine Art an sich, die alle seine Vorbehalte zum Verstummen bringen konnte.

Aber jetzt stand ihr Mund still, und er hatte begonnen sich unbehaglich zu fühlen, kaum dass er gespürt hatte, wie ihr Körper auf ihm schwer geworden war, ein Zeichen, dass sie schlief. Seine Hände hatten allmählich aufgehört, sie zu streicheln, und schon bald wurde er von heftigen Zweifeln geplagt. Es hatte nicht lange gedauert, und er hatte sich gefragt, ob das, was er da eben getan hatte, klug gewesen war.

Er neigte nicht dazu, impulsiv zu handeln, und die wenigen Male, die er es dennoch getan hatte, hatte er es hinterher fast immer bereut. Würde sich das hier ebenfalls als Riesenfehler erweisen? Es hatte nicht den Anschein gehabt, bis sie eingeschlafen war und damit seinen Zweifeln die Chance gegeben hatte, die Oberhand über ihn zu gewinnen. Andererseits, wenn es um Frauen ging, hatte er ohnehin nicht besonders viel Zutrauen zu seinem Urteilsvermögen.

Wahrscheinlich war es am besten, wenn er machte, dass er wegkam. Nein, nicht wahrscheinlich – es war tatsächlich am besten. Verdammt noch mal, vermutlich bauschte er das Ganze sowieso viel zu sehr auf. Der einzige Grund, warum sie etwas Besonderes zu sein schien, war der, dass es über drei Jahre her war, seit er mit einer Frau geschlafen hatte. Höchstwahrscheinlich wäre es ihm bei jeder Frau so gegangen.

Ach ja?, fragte eine skeptische Stimme, die aus irgendeinem merkwürdigen Grund genau wie die von Keith klang.

Du hattest immer wieder die Gelegenheit, flüsterte sie in seinem Kopf. *Also warum ist sie die Einzige, die es geschafft hat, dich von deinem Zölibat abzubringen, auf das du so verdammt stolz bist?*

Ich hatte vorher noch nie eine große Rothaarige, parierte sein gut trainierter Rechtfertigungsmechanismus. *Ich konnte die Gelegenheit doch nicht verstreichen lassen, ohne herauszufinden, wie das ist.*

Aha.

Verdammt noch mal, was soll das? Es hat Spaß gemacht mit ihr, okay? Aber jetzt ist es vorbei, also lass mich in Ruhe!

Na prima, Alter. Mir kann's egal sein.

Er musste sich durch den Haufen ihrer achtlos auf den Fußboden geworfenen Kleidung wühlen, um seine Krawatte und seinen zweiten Schuh zu finden. Lieber Himmel, für eine Ärztin war sie ganz schön schlampig. Nachdem er seinen Turnschuh aufgespürt hatte, zog er ihn an und schnürte ihn zu, dann setzte er die Suche nach seiner Krawatte fort. Sie lag auf einem Slip aus Satin und Spitze, und er schnappte sie sich und band sie sich um. Anschließend stand er einfach nur da und starrte auf Ivy hinunter.

Worauf wartest du denn noch? Du wolltest so schnell wie möglich von hier verschwinden, schon vergessen? Also beweg deinen Hintern.

Stattdessen beugte er sich über das Bett und strich Ivy die Haare aus dem Gesicht. Ein leichtes Lächeln erschien auf ihrem Gesicht, und sie murmelte im Schlaf irgendetwas vor sich hin und streckte sich seiner Hand entgegen wie eine Katze, die gestreichelt werden will. Vincent zog seine Hand zurück, als hätte er sich verbrannt, dann, sorgsam darauf bedacht, Ivy nicht noch einmal zu berühren, griff er nach dem Laken und deckte sie damit zu. Nachdem er einen letzten Blick auf sie geworfen hatte, straffte er die Schultern und verließ das Zimmer.

Kaum aber hatte er die Tür hinter sich zugezogen, überkamen ihn erneut Zweifel. Vielleicht …?

Nein. Er dachte an sein bisheriges Liebesleben, schüttelte den Kopf und drehte sich von der Tür weg. Weggehen war nicht nur das Klügste, was er tun konnte, es war auch das Einzige.

4

»Du hast mit ihm geschlafen? Ivy, hast du den Verstand verloren?«

»Wahrscheinlich.« Ivy krümmte sich innerlich, als sie Jaz' ungläubige Miene sah. Warum konnte sie auch nicht die Klappe halten? Ivy hatte nicht die Absicht gehabt, auch nur ein Wort über die Ereignisse der vergangenen Nacht verlauten zu lassen, als Jaz und Sherry unten geklingelt hatten und zu ihr hochkommen wollten. Aber Vincents Bartstoppeln hatten gerötete Spuren um ihren Mund und an ihrem Hals hinterlassen, und das Erste, was Sherry gesagt hatte, als sie durch die Tür gefegt kam, war: »Wer ist denn deine neue Kosmetikerin, Ive, Susie Reibeisen?«, und da war die Wahrheit irgendwie aus ihr herausgesprudelt. In Anbetracht von Jaz' erster Reaktion hatte es vermutlich keinen Sinn zu erklären, dass sie letzte Nacht gar nicht mitbekommen hatte, wie rau seine Bartstoppeln waren.

»Ivy, wie konntest du nur mit diesem Kerl ins Bett gehen?«

»Soll das ein Witz sein, Jasmine?«, fiel ihr Sherry ins Wort. »Du hat ihn doch neulich selbst gesehen, als er in seinen roten Shorts hier aufgekreuzt ist, oder? Ein Bauch wie ein Waschbrett. Der Typ sieht einfach klasse aus.« Sie fächelte sich theatralisch Luft zu. »Ich wette, er ist gut bestückt.«

»Sherry, um Himmels willen! Er hat sie verdächtigt, uns alle, Sexpartys zu veranstalten!«

»Er hat sich dafür entschuldigt«, sagte Ivy, aber niemand hörte ihr zu.

»Mensch, jetzt mach mal halblang, Jaz«, erwiderte Sherry. »Wo bleibt dein Sinn für Humor? Weißt du, was ich glaube? Ich glaube, du bist ein bisschen eifersüchtig, weil Ivy es getan hat. Wie lange ist es her, dass dir jemand an die Wäsche gegangen ist?«

»Zu lange«, blaffte Jaz. »Ich geb's ja zu, okay? Wir haben nicht alle das Glück, eine solche Märchenehe zu führen wie du.«

»Schönes Märchen«, gab Sherry zurück. »In allen anderen trägt die Prinzessin nicht Größe 42.« Sie klopfte verächtlich auf ihre ausladenden Hüften.

»Du bist mollig. Na und? Immerhin hast du dir einen Prinzen geangelt!«

Sherry betrachtete ihre Cousine nachdenklich. »Ich versteh dich einfach nicht, Jaz, ganz ehrlich. Ich liebe Ben wirklich, aber wenn ich Single wäre und so atemberaubend schön wie du, würde ich jeden Abend in der Woche mit einem anderen Kerl ausgehen.«

»Ha. Das zeigt nur, wie lange es her ist, seit du das letzte Mal auf der Piste warst. Es ist die reinste Fleischbeschau. Frag Ivy.«

»Ach, dann darf ich also an dieser Unterhaltung doch teilnehmen?« Ivy sah von dem Tablett auf, auf das sie gerade das Teegeschirr stellte. »Ich dachte schon, ihr beiden würdet mir einfach meine Punktzahl bekannt geben, wenn ihr zu einer Einigung gekommen seid. Also, was meint ihr? Lässt mein Liebeslieben in irgendeiner Weise auf gesunden Menschenverstand schließen?«

»Also, wenn du mich so fragst ...« Sherry grinste sie an. »Wow, ist das Tee von Market?« Sie griff nach einer Tasse. »Ich wusste doch, dass du zu irgendwas gut bist.«

Sie blies auf den Tee, nahm einen Schluck und erkundigte sich hoffnungsvoll: »Gibt's auch was dazu?«

»Nein. Ich habe die ganze Woche doppelte Schicht gearbeitet und keine Zeit zum Einkaufen gehabt.«

»Auch gut.« Sherry zuckte die Achseln. »Setzt sowieso sofort an meinen Hüften an. Also, erzähl. Wir wollen alles ganz genau wissen. Ist er im Bett so gut, wie ich es mir vorstelle? Wie ist es überhaupt dazu gekommen? Und wie groß ist sein ... na, du weißt schon?«

»Ja. Das weiß ich selbst nicht so genau. Ja.«

»Ivy. Komm mir nicht so. Ich will Einzelheiten hören!«

»Sherry, ich bitte dich«, protestierte Jaz. »Es ist schon schlimm genug, dass sie sich von ihm hat rumkriegen lassen, nach all den grässlichen Dingen, die er ihr an den Kopf geworfen hat –«

»Verdammt noch mal, Jaz, er hat sich dafür entschuldigt!«, unterbrach Ivy sie gereizt. »Und er hat mich nicht rumgekriegt. Wenn ihr es genau wissen wollt, ich war noch nie in meinem Leben so scharf auf jemanden. Wenn ich mir dumm vorkomme, dann deshalb, weil ich mir nicht die Mühe gemacht habe, etwas über sein sexuelles Vorleben in Erfahrung zu bringen. Normalerweise bin ich nicht so nachlässig.«

»Großer Gott, Ivy.« Jetzt sah Jaz wirklich besorgt aus. »Sag bitte, dass du wenigstens eins von den Kondomen benutzt hast, die wir dir geschenkt haben.«

»Ich sagte dumm, Schätzchen, nicht selbstmörderisch.«

Ivy bedachte ihre Cousine mit einem strengen Blick, der, wie Jasmine aus Erfahrung wusste, bedeutete, dass es ihr jetzt reichte. Doch gleich darauf lächelte sie. »Sieh mal«, sagte sie ruhig, »selbst wenn es ein Fehler war, mit Vincent zu schlafen, war es trotzdem immer noch mein Fehler. Es besteht kein Grund, dass du deswegen schlaflose Nächte hast. Und ich möchte, dass ihr mir einen Gefallen tut. Erzählt es bitte nicht gleich der ganzen Familie, okay?«

Ivy wusste, dass Jaz' Einwände nur daher rührten, dass sie sich Sorgen um sie machte, aber wenn sie ehrlich war, war ihr bisher noch gar nicht die Idee gekommen, dass die vergangene Nacht ein Fehler gewesen sein könnte, und sie hatte keine Lust, sich deswegen zu rechtfertigen. Ganz im Gegenteil, sie hatte den Eindruck gehabt, dass es zwangsläufig dazu kommen musste – was eigentlich erstaunlich war, wenn man bedachte, unter welchen Umständen sie sich kennen gelernt hatten. Sie konnte es kaum erwarten, Vincent D'Ambruzzi noch viel, viel besser kennen zu lernen.

Erst nachdem Jaz und Sherry sich verabschiedet hatten und der Abend vergangen war, ohne dass sie ein Wort von Vincent gehört hatte, hatte sie das Gefühl, die Ereignisse doch noch einmal Revue passieren lassen zu müssen.

Als sie am frühen Nachmittag aufgewacht war und festgestellt hatte, dass Vincent gegangen war, hatte sie angenommen, dass er zur Arbeit gemusst hatte. Schließlich arbeiteten Cops bekanntermaßen zu den unmöglichsten Zeiten, oder? Nicht, dass zwei Uhr nachmittags an einem Freitag tatsächlich eine seltsame Zeit gewesen wäre. Es wäre nur nett gewesen, wenn er eine Nachricht hinterlassen hätte. Dass er es nicht getan hatte, fand sie jedoch nicht besonders beunruhigend, da sie fest damit rechnete, später von ihm zu hören.

Es hätte ihr einige Schwierigkeiten bereitet, die letzte Nacht auch nur annähernd zu beschreiben, und auch deshalb war sie Sherrys Fragen nach Einzelheiten ausgewichen. Wie sollte man diese Art von purem Verlangen in Worte fassen? Dass es praktisch kein Vorspiel gegeben hatte und sie ohne große Umschweife sofort zur Sache gekommen waren? Das wurde dem Erlebnis kaum gerecht. Außerdem hatte sie eine Ahnung davon bekommen, was die Zukunft für Möglichkeiten bereithielt. Kein Mann hatte sie jemals so geliebt, wie er es getan hatte, und das zählte doch schließlich auch, oder etwa nicht? Als sie Freitagnacht ins Bett ging, ohne dass Vincent irgendetwas von sich hatte hören lassen, war sie sich allerdings nicht mehr so sicher. Er hatte ihr keine Versprechungen gemacht, natürlich nicht, aber dennoch tat ihr sein Schweigen weh.

Als sie am Sonntagmorgen wieder zur Arbeit ging, fühlte sie sich nur noch benutzt. Schlimmer noch, sie fühlte sich ausgenutzt. Es schien so, als würde Jaz letztlich doch über die bessere Menschenkenntnis verfügen. Was Ivy für den erstaunlichsten Liebesakt ihres Lebens gehalten hatte – und vielleicht den Anfang von etwas ganz Besonderem –, war für Vincent offenbar nicht mehr als ein spontanes Bedürfnis gewesen, das ihm, nachdem es erfüllt worden war, nichts mehr bedeutete und ihn nach etwas Neuem Ausschau halten ließ. Sie hatten einmal Sex miteinander gehabt; weil er an irgendein tief in ihrem Innern vergrabenes Gefühl gerührt hatte, hatte sie geglaubt, sein wahres Wesen instinktiv erfasst zu haben.

Offensichtlich war das ein Trugschluss gewesen.

In Wahrheit hatte sie nicht die geringste Ahnung, was in Vincent D'Ambruzzi vorging.

Am Morgen nach seinem nächtlichen Intermezzo mit Ivy Pennington kam Vincent zu dem Schluss, dass der eigentliche Fehler der vergangenen Nacht darin bestanden hatte, seine Überlebensstrategie aus den Augen zu verlieren. Die Gefühle, die ihn in ihrer Gegenwart übermannt hatten, gefährdeten sämtliche Schutzbarrieren, die er um sich herum errichtet hatte. Glücklicherweise war seine gewohnte Entschlusskraft zurückgekehrt, als er ihre Wohnungstür hinter sich geschlossen hatte, und auch wenn er sich den Rest der Nacht unruhig in seinem Bett hin und her gewälzt hatte, so hatte das nicht das Geringste mit seiner Entscheidung zu tun, jede Verbindung zu ihr abzubrechen.

Er hatte jedes in Aufruhr versetzte Gefühl erfolgreich verdrängt, und als er am Freitagmorgen zur Arbeit fuhr, war alles wieder so, wie es sein sollte. Er war der Erste, und die seltene Gelegenheit, ungestört arbeiten zu können, durfte er nicht ungenutzt verstreichen lassen. Er nahm sich eine Akte vor und breitete sich aus, solange es noch ging.

Special Assault war in einem kleinen, düsteren Raum des Polizeipräsidiums im Zentrum von Seattle untergebracht. Der Fußboden war immer schmutzig, die Beleuchtung dürftig, und auf ungefähr fünf mal fünf Metern waren die Schreibtische von zwei Detective-Teams und einem Sergeant zusammengepfercht. Die Stadt hatte ihnen eine Schreibmaschine zur Verfügung gestellt, alles andere, was sich auf den dicht beieinander stehenden Schreibtischen befand, hatten die Leute, die hier arbeiteten, selbst mitgebracht. Ihr Vernehmungszimmer hatte die Größe eines Kleiderschranks.

Bereits jetzt war der Lärm von der ewigen Baustelle ein Stück weiter unten an der Straße ohrenbetäubend, und der kleine Ventilator, der sich surrend drehte, konnte nur wenig gegen die drückende Hitze ausrichten. Vincent hängte sein Jackett über die Rückenlehne seines Stuhls, lockerte die Krawatte und rollte die Ärmel seines Hemds hoch.

Als nach und nach seine Kollegen eintrudelten, stieg der Geräuschpegel merklich. Einen Finger ins Ohr gesteckt, um die Geräuschkulisse auszublenden, beendete er ein Telefonat und legte den Hörer auf. Keith Graham ließ sich an seinem Arbeitsplatz auf der anderen Seite des Schreibtischs nieder und betrachtete Vincent. Er zog eine Augenbraue in die Höhe und grinste. »Alter, wenn ich es nicht besser wüsste, könnte ich schwören, dass du es vergangene Nacht getrieben hast.«

Dave Trevecky schob seine massige Gestalt hinter den Schreibtisch neben dem von Keith. Er biss ein großes Stück von dem Doughnut ab, den er in der Hand hielt, und leckte sich die herausgelaufene Marmelade von den Fingern. »Ich weiß echt nicht, warum alle immer so ein Theater um D'Ambruzzis Zölibat machen«, sagte er, während er eine Serviette auf eine freie Stelle auf seinem Schreibtisch legte und vorsichtig einen Pappbecher mit Kaffee darauf absetzte. »Wir Ehemänner praktizieren das seit Jahren.«

»Das mag ja auf dich zutreffen, mein Lieber«, gab Keith zurück. »Ich kann mich nicht beklagen. Der Trick besteht darin zu wissen, wie man die Damen zufrieden stellt.«

Suse McGill legte den Telefonhörer auf, machte sich schnell eine Notiz und sah dann zu ihnen herüber. »Ich muss Dave Recht geben.« Sie lächelte ihn an. »Ich verabrede mich immer nur mit verheirateten Männern – die sind ja sooo dankbar.«

Trevecky grinste lüstern und lud sie auf einen Drink nach der Arbeit ein, obwohl er so gut wie alle anderen wusste, dass sie zurzeit eine Affäre mit einem ledigen Streifenpolizisten vom Revier Süd laufen hatte.

»Es ist Freitag, Leute«, rief Sergeant Berry. »Wer kümmert sich um die Spermaproben?«

»Ich mach's«, erbot sich Vincent. »Ich muss sowieso rüber ins Krankenhaus, um mit einem neuen Opfer zu reden. Mein Mondsüchtiger hat heute kurz nach Mitternacht wieder eine Frau überfallen.«

Um zehn stand eine Gegenüberstellung in seinem Terminkalender, und er verbrachte eine Stunde damit, im Gefängnis die Gänge auf und ab zu laufen und Häftlinge auszusuchen, die eine gewisse Ähnlichkeit mit dem Verdächtigen aufwiesen. Jedem potenziellen Kandidaten stellte er zwei Schokoriegel und zwei Zigaretten in Aussicht, wenn er sich bereit erklärte, an der Gegenüberstellung teilzunehmen. Nachdem er die Freiwilligen aufs Revier gebracht hatte, wo sie bleiben würden, bis man sie brauchte, verteilte er die Schokoriegel und die Zigaretten an sie und ließ sie anschließend in der Obhut eines Polizisten. Er kehrte ins Büro zurück, um in der verbleibenden Stunde, bis sein Opfer erschien, ein paar Telefonate zu erledigen und die Akte zu studieren, die er über einen Verdächtigen angefordert hatte. Auf seinem Schreibtisch stapelten sich die Fälle, und kein Tag war lang genug, um jedem einzelnen Fall die Aufmerksamkeit zu widmen, die er verdiente.

Als die Frau kam, führte er sie in den Raum, in dem die Gegenüberstellung stattfinden sollte. Anders als sie erwartet hatte, weil man es in nahezu jedem Fernsehbericht und jedem Film so gezeigt bekam, verwendete das Seattle Police Department für seine Gegenüberstellungen kein Zimmer mit Spiegelwand, durch die man von einer Seite hindurchsehen konnte, und der große offene Raum machte sie unsicher, und sie kam sich schutzlos vor.

»Sie brauchen nicht nervös zu sein«, sagte Vincent mit

sanfter Stimme, als er sie zu einem Platz im abgedunkelten Teil des Raums führte. »Die können Sie nicht sehen.«

Wenige Augenblicke später betraten mehrere Männer im Gänsemarsch die hell erleuchtete Bühne und stellten sich unter Schildern mit großen schwarzen Nummern auf. Aus der Dunkelheit ertönte eine autoritäre Stimme und befahl: »Mit dem Gesicht nach vorn.«

»Bitte lassen Sie sich Zeit«, sagte Vincent freundlich zu der Frau. »Sagen Sie es mir, wenn sie sich umdrehen sollen.«

Sie ließ die Männer sich nach links, nach rechts und wieder nach vorne drehen. »Ich glaube, es ist Nummer sechs«, flüsterte sie. »Aber … könnte ich seine Stimme hören?«

»Sicher. Was soll er sagen?«

Sie sagte es ihm, und er sprach kurz mit dem Polizeibeamten, der die Gegenüberstellung leitete. »Nummer sechs«, sagte der Polizist. »Treten Sie vor.«

Nummer sechs trat vor, und Vincent verspürte ein leichtes Kribbeln. Es war sein Hauptverdächtiger.

»Sagen Sie: Wenn du einen Mucks von dir gibst, mach ich dich kalt, Miststück.«

Nummer sechs wiederholte, was man ihm gesagt hatte, wobei er sich bemühte, seine Stimme so wenig bedrohlich wie möglich klingen zu lassen. Trotzdem umklammerte die Frau Vincents Handgelenk.

»Noch mal, und nicht ganz so lasch, Nummer sechs!«

Der Verdächtige wiederholte es.

»Oh Gott«, wisperte sie. Ihre Nägel gruben sich in Vincents Haut. »Lassen Sie ihn sagen: Bist wohl frigide, meine Süße?«

Die Aufforderung wurde weitergegeben, und Nummer sechs wiederholte den Satz.

»Das ist er«, wisperte sie.

»Sind Sie sicher?«

»Ja, ganz sicher. Das ist der Mann. Diese Stimme vergesse ich mein Lebtag nicht.«

»Okay, es ist gut«, sagte Vincent beruhigend.

Sobald er wieder an seinem Schreibtisch saß, machte er sich an den Papierkram. Er füllte den Antrag für eine offizielle Anklage aus und faxte ihn an die Staatsanwaltschaft. Der Häftling hatte dann einen Anspruch darauf, dass innerhalb von sechzig Tagen sein Prozess begann. Dieses Recht wurde jedoch häufig nicht in Anspruch genommen, da die Verteidiger in vielen Fällen eine Verlegung des Termins beantragten, um sich besser auf den Prozess vorbereiten zu können. Aber das ging Vincent nichts mehr an. Sobald er das Fax losgeschickt hatte, konnte er die Akte schließen und sich dem nächsten Fall zuwenden.

Kurz vor eins kam er im Krankenhaus an und wurde in Bess Polsens Zimmer geführt mit der ausdrücklichen Anweisung, sie nicht aufzuregen. In Anbetracht der Umstände, die Bess hierher gebracht hatten, und der Notwendigkeit, ihr unangenehme Fragen zu stellen, hoffte er nur, dass er diese Anweisung befolgen konnte.

Er war einfühlsam, und sie war kooperativ, den bereits bekannten Fakten konnte sie jedoch nur wenig Neues hinzufügen. Vincent fing mit dem schwersten Teil an, der darin bestand, sie die Ereignisse der vergangenen Nacht noch einmal durchleben zu lassen. Er bat sie, ihm so genau wie möglich zu berichten, was der Vergewaltiger gesagt und getan hatte, und wie sie darauf reagiert hatte.

Anschließend bat er sie um eine Beschreibung des Täters. Ihr Angreifer war weiß, männlich, etwa eins achtzig groß, aber sein Gesicht war die ganze Zeit von einer Skimaske aus dunkler Wolle verdeckt gewesen. Sie hatte keine auffälligen Narben oder Tätowierungen bemerkt. Seine

Stimme hatte drohend geklungen, aber sie konnte die Tonlage nicht beschreiben. Irgendwie normal, sagte sie. Woran sie sich am deutlichsten erinnerte, war sein Messer, das beschrieb sie in allen Einzelheiten. Leider klang es für Vincent nur nach einem gewöhnlichen Jagdmesser ohne irgendwelche besonderen Merkmale.

»Was ist mit seinen Augen, Bess?«

Ohne nachzudenken erwiderte sie: »Wütend. Hasserfüllt … blau.«

»Gut. Hellblau, dunkelblau?«

»Ein blasses Blau«, sagte sie zögernd. »Wie ausgewaschen. Und seine Wimpern waren ziemlich hell und dünn. Es sah fast so aus, als hätte er gar keine.« Sie wirkte überrascht, als würde sie sich fragen, wie ihr das auf einmal eingefallen war.

»Sie machen das sehr gut«, sagte Vincent. »Was ist mit seiner Haut? Hatte er einen dunklen Teint, so wie ich?«

Sie betrachtete ihn und schüttelte dann den Kopf. »Nein. Viel heller. Nicht gerade blass, aber auch nicht der Typ, der schnell braun wird.«

Vincent blickte von seinem Notizbuch auf. »Wie kommen Sie darauf?«

»Ich weiß nicht.« Sie sah verwirrt aus. »Vielleicht weil ich die ganze Zeit auf die Hand mit dem Messer gestarrt habe«, sagte sie. Ein Zittern durchlief ihren Körper. »Er … er hat mich immer wieder mit der Klinge berührt, und ich hatte solche Angst, dass er …« Sie verstummte, und Vincent sagte ihr, sie solle ein paarmal tief durchatmen und sich Zeit lassen. Schließlich fuhr sie fort: »Seine Hand, genauer gesagt sein Handgelenk – er trug Handschuhe. Es war … Die Haut war irgendwie gerötet und schuppig, so als würde sie sich schälen. Meine Mutter hat das immer als Spülhände bezeichnet.«

Ihr war mehr aufgefallen, als sie beide zunächst gedacht hatten. »Wie groß war seine Hand? Waren die Finger schmal, kräftig? Kurz, lang?« Vincent hielt seine Hand in die Höhe und spreizte seine langen Finger. »Sah sie meiner ähnlich?«

»So groß war sie sicher nicht.« Bess musterte seine Hand und räumte schließlich ein, dass sie sich nicht genau daran erinnern konnte, trotzdem bemühte sie sich, Größe und Form so gut wie möglich zu beschreiben.

Er versuchte noch eine Weile, ihrem Unterbewusstsein weitere Einzelheiten zu entlocken, dann nannte er ihr verschiedene Einrichtungen, bei denen sie Hilfe finden konnte, um den Überfall zu verarbeiten. Er legte ihr ans Herz, sich an eine davon zu wenden, bevor er sich verabschiedete. Er fuhr mit dem Aufzug ins Sexual Assault Center, wo er die in dieser Woche gesammelten Spermaproben abholte. Danach fuhr er zurück nach Downtown.

Als er nach einem Telefonat, das länger als gedacht gedauert hatte, endlich seinen Schreibtisch aufräumte, war er müde und nicht in der Stimmung, für sich selbst zu kochen. Deshalb hielt er auf dem Heimweg bei einem chinesischen Restaurant, um sich eine Portion Schweinefleisch Mu Shu und süß-saure Suppe mitzunehmen. Kurze Zeit später betrat er seine Wohnung und wollte nichts weiter als essen, vielleicht noch eine Weile fernsehen oder lesen und dann ins Bett und den fehlenden Schlaf nachholen.

Im Gegensatz zu den meisten anderen Polizeidezernaten gab es in der Special Assault Unit feste Arbeitszeiten: von acht bis vier, montags bis freitags. Es war zwar die Ausnahme, dass er pünktlich um vier Uhr ging, aber die Zeiten waren nicht im Entferntesten so verrückt wie auf Streife oder bei der Sitte. Die Detectives in seiner Abteilung wechselten sich mit dem Bereitschaftsdienst während der Nacht und an den Wochenenden untereinander ab, aber bei zwei Teams, die sich diesen Dienst teilten, kam es selten vor, dass man mehr als einmal alle paar Monate gerufen wurde. Es war reiner Zufall gewesen, dass er vergangenen Monat dreimal nachts gerufen worden war. Genau genommen war er nur zweimal gerufen worden, einmal in einer Nacht, in der er selbst Bereitschaft gehabt hatte, und einmal, als er für einen Kollegen eingesprungen war. Die letzte Nacht zählte eigentlich nicht, er war von sich aus ins Krankenhaus gefahren, weil er gehofft hatte, ein paar Informationen von Bess Polsen zu bekommen. Aber wie auch immer, zwei der nächtlichen Einsätze hatten in dieser letzten Woche stattgefunden, und er war einfach fertig.

Trotzdem schlief er nicht so schnell ein, wie er gedacht hatte. Ärgerlicherweise musste er immer wieder daran denken, dass Ivy sich auf der anderen Seite der Wand befand. Ständig huschte ihr Bild an ihm vorbei, das Bild von ihnen beiden.

Verdammt noch mal! Vincent ballte die Fäuste, während er ruhelos durch seine Wohnung tigerte. *Du weißt doch noch nicht mal, ob sie überhaupt zu Hause ist. Vermutlich arbeitet sie.*

Und wenn nicht?

Egal. Du hast deinen Spaß gehabt, aber jetzt ist es vorbei. Schlag sie dir aus dem Kopf, verdammt noch mal.

Es dauerte sehr, sehr lange, bis er endlich einschlief.

Vincent war nicht der Einzige, der an Ivy dachte. Einige Kilometer entfernt zermarterte sich ein Mann das Hirn, womit er ihr eine Freude bereiten könnte.

Nach allem, was sie für ihn getan hatte, verdiente sie das. Er war ein Mann, der sonst stets unverrückbar an seinem ersten Eindruck von einer Frau festhielt, aber jetzt ertappte er sich dabei, dass er sich Argumente einfallen ließ, die ihre Größe und ihre Haarfarbe entschuldigten, ja sogar die Autorität, die sie ausstrahlte. Hatte sie diesen dämlichen Cop etwa nicht in die Schranken gewiesen, und war es nicht ein Vergnügen gewesen, ihr dabei zuzusehen? Außerdem war sie eine Heilerin – ein wahrer Engel in einem Beruf, den er bewunderte. Aber am wichtigsten war, dass sie die zerstörerische Wut vertrieben hatte, die ihn erneut zu überwältigen drohte, als die kleine Bess in Ohnmacht fiel, nur wenige Augenblicke nachdem er es endlich geschafft hatte, sie loszuwerden. Zumindest dafür schuldete er ihr etwas. Etwas ganz Besonderes.

Es kostete so viel Anstrengung, normal zu funktionieren, wenn diese Wut in ihm tobte wie ein wildes Tier. Wenn sie ihn erst einmal gepackt hatte, war er ihr völlig ausgeliefert, er konnte dann an nichts anderes mehr denken, er war dann angespannt und nahm mit beinahe unerträglicher Schärfe alles auf, was um ihn herum vorging. Sie war ein Dämon, der jeden Monat für ein paar Tage Besitz von seinem Körper ergriff und sich immer stärker bemerkbar machte. Eine Stimme, kalt und gebieterisch, die ihm befahl, sofort zu handeln.

Dieser Dämon war die Quelle seiner Macht, seine größte Stärke. Er war aber auch sein schlimmster Feind.

Aus leidvoller Erfahrung wusste er, dass er sich nicht einfach besänftigen ließ. Der Jäger in ihm gewährte ihm Allmacht, aber er forderte dafür seinen Preis. Er ließ ihn warten, bis Vollmond war, um sich seinen Feind vorzunehmen.

So wie Vollmond gewesen war, als *sie* sich *ihn* vorgenommen hatte.

Klein und dunkelhaarig war sie gewesen und so zierlich, dass man meinte, sie könnte keiner Fliege etwas zuleide tun. Sie hatte ihn gelehrt, dass das äußere Erscheinungsbild nichts zu bedeuten hatte. Dem Durchschnittsmann konnte ihr Äußeres vielleicht verbergen, dass es im tiefsten Inneren jede von ihnen wollte, aber er wusste um ihre verborgenen, geheimen Sehnsüchte.

Er hatte gesehen, wie sich ihr Gesicht im Mondlicht veränderte. Es hatte einen gierigen Ausdruck angenommen, wie das eines Schakals, während sie ihn mit Obszönitäten überschüttet hatte und ihn dazu gebracht hatte, gewisse Dinge mit ihr zu tun, mit ihren Freundinnen. Er war damals noch relativ jung gewesen, aber immerhin alt genug, um eine Erektion zu haben, und das eine Mal, als er sich geweigert hatte, hatte sie ihn ins Gesicht geschlagen und gesagt, er solle sich nicht so haben. Oh, wie hatte sie gelacht und sich über ihn lustig gemacht und ihn gedemütigt. Und die ganze Zeit über hatte der Vollmond unbarmherzig in das Gewächshaus geschienen, wie ein Scheinwerfer, der den beruhigenden Schleier der Nacht zerriss.

Aber daran wollte er jetzt nicht denken. Der Dämon in ihm schlief, seine Stimme war endlich verstummt, und das sollte möglichst lange so bleiben. Er wollte lieber an die Ärztin denken. Sie hatte ihn getröstet und ihn von der Wut befreit, genauso wie Tante Flo es immer getan hatte.

Und er musste sich etwas wirklich Nettes für sie einfallen lassen, um ihr seine Wertschätzung zu zeigen.

»Bingo.« Vincent hängte den Hörer ein und fing über die beiden Schreibtische hinweg Keiths fragenden Blick auf. Er grinste und tippte mit dem Zeigefinger auf das Blatt Papier, auf dem er sich ein paar Notizen gemacht hatte. »Das war das Krankenhauslabor – sie haben mir im Fall Dehalla gerade ein paar Beweise geliefert, die die Anklage untermauern.«

»Der Typ, der zuerst mit der Frau ausgegangen ist und sie dann vergewaltigt hat?«

»Ja. Sie hatte ihn noch auf einen Kaffee zu sich eingeladen, nachdem sie gestern den Abend miteinander verbracht hatten, und sie sagt, dass er sich auf sie gestürzt und ihr Nein einfach nicht akzeptiert hat. Sie beharrt darauf, dass es eine Vergewaltigung war. Er wollte noch nicht einmal bekennen, dass sie in gegenseitigem Einverständnis Sex miteinander hatten, sondern behauptete steif und fest, sie hätten überhaupt nichts miteinander gehabt, und es gab keine äußeren Zeichen von Gewalt, die ihre Aussage bestätigt hätten.« Mit einem grimmigen Lächeln tippte er erneut auf seinen Notizzettel. »Aber im Labor haben sie Spermaspuren gefunden. Da zehn Minuten nach dem Zeitpunkt, zu dem sie sich nach übereinstimmender Aussage getrennt haben, eine Streife vor ihrer Tür stand und eine Freundin sie zur Untersuchung ins Krankenhaus fuhr, sobald die Streifenpolizisten ihre Anzeige aufgenommen hatten, sieht es so aus, als ob der Junge gelogen hat.«

Er streckte sich zufrieden. Es war Dienstagnachmittag, und er fühlte sich ausgesprochen gut, was nicht nur an der ungewöhnlich schnellen Aufklärung des Falls lag – das war lediglich der Sahnetupfer obendrauf. Seine Zufriedenheit rührte zum größten Teil daher, dass er seine Hormone wieder im Griff hatte und dass sein Verstand wieder einwandfrei funktionierte.

Es hatte ihn wesentlich mehr Energie gekostet, als er zunächst angenommen hatte. Er musste am Wochenende mehr Gewichte stemmen und mehr Kilometer laufen, um sich abzulenken, aber schließlich war es ihm gelungen, all die unerwünschten Bilder aus seinem Kopf zu verbannen. Alles ging wieder seinen gewohnten Gang.

Jetzt war es kurz vor Feierabend, und seine Kollegen um

ihn ergingen sich in Plänkeleien. Vincent hörte den hin und her fliegenden Anzüglichkeiten mit halbem Ohr zu, während er die Festnahme des Vergewaltigers veranlasste. Hin und wieder warf er auch selbst eine sarkastische Bemerkung dazwischen und musste ein paarmal laut lachen.

Für einen Außenstehenden musste es so aussehen, als wären sie allesamt abgebrüht und gefühllos, vielleicht sogar grausam. Glücklicherweise waren im Augenblick keine Außenstehenden anwesend, die sie belauschen konnten. Und derbe Scherze – je deftiger, desto besser – waren tatsächlich ein geeignetes Ventil, um Dampf abzulassen, eines, das sie alle regelmäßig nutzten.

Abgesehen von Mord wurde Vergewaltigung als das schlimmste Verbrechen betrachtet, das man einem anderen Menschen antun konnte, und der Hälfte der Opfer zufolge, mit denen er jemals zu tun gehabt hatte, ließ sich darüber streiten, was schlimmer war. Die Opfer sexueller Übergriffe hatten im Allgemeinen das Gefühl, dass der Täter mit seinen Handlungen etwas in ihnen zerstört oder zumindest schwer geschädigt hatte, indem er sie ihres Rechts beraubte, selbst über ihr Leben zu bestimmen.

Sexualdelikte verletzten die Empfindungen fast jedes Menschen, und wenn man bei Special Assaults arbeitete und tagtäglich die Folgen sah und mit den Traumata der Opfer konfrontiert wurde, blieb man von den zurückbleibenden seelischen Wunden nicht unberührt. Also ließen sie auf die Art und Weise Dampf ab, die ihnen am besten erschien. Sie waren alle erwachsen: Sie hüteten sich, unpassende Bemerkungen in Gegenwart von jemandem zu machen, den sie damit verletzen oder beleidigen konnten, aber das brauchten sie nicht zu befürchten, wenn sie unter sich waren.

»Vince!«

Als er seinen Namen hörte, sah er grinsend hoch. Plötzlich hatte sich Schweigen um ihn herum ausgebreitet.

Vincent drehte den Kopf und sah auf der anderen Seite des Zimmers eine Frau neben dem Detective stehen, der seinen Namen gerufen hatte. Es war Ivy Pennington.

5

Der Anblick der Blumen hob Ivys Laune schlagartig und vertrieb die düstere Verzweiflung, mit der sie diesen Tag begonnen hatte. Der Strauß wartete im Krankenhaus auf sie, als sie am Sonntag wieder zur Arbeit kam, und wie selbstverständlich ging sie zunächst davon aus, dass er von Vincent stammte.

In dem Augenblick, in dem sie durch die Tür trat, rief eine aufgeregte Schwester: »Dr. Pennington!«, und winkte sie ins Schwesternzimmer. »Sehen sie nur! Die sind gestern für sie abgegeben worden. Sind sie nicht toll?«

Es war ein perfekt gebundener Strauß, aber im Gegensatz zu den meisten Sträußen, die ins Krankenhaus geliefert wurden, war dieser hier nicht in eine schützende Folie gehüllt und in einen Karton gesteckt worden. Er stand in unverhüllter Pracht auf dem Tresen, ein teures Gebinde aus exotischen Blüten, Rosen, Schleierkraut und Grün.

»Für mich?« Ivy lächelte entzückt und beugte sich nach vorne, um den betörend süßen Duft einzuatmen. Ihre Finger tasteten zwischen den Blüten nach einer Karte. »Wer hat ihn ausgewickelt?«

»Niemand. Er ist so hier angekommen.« Die Schwester zuckte mit den Schultern. »Aber da hier einige übereifrige Hilfsschwestern herumschwirren, kann man natürlich nicht wissen, wer daran herumgefingert hat, bevor er bei mir gelandet ist. Sagen Sie bloß nicht, es ist keine Karte dabei.«

»Nein, hier ist sie. Sie war nur etwas versteckt.« Ivy zog den kleinen weißen Umschlag zwischen den Blumen hervor und riss ihn freudig auf.

Das Lächeln verschwand von ihrem Gesicht, als sie die Karte las. Ihre Augenbrauen zogen sich überrascht zusammen. Die Blumen waren nicht von Vincent. In Anbetracht des Zeitpunkts, der wunderbaren Nacht, war sie sicher gewesen … Oh verdammt, sie hätte es besser wissen müssen. Die kurzzeitig wieder erwachten Hoffnungen, die sie schon heute Morgen völlig zerstört geglaubt hatte, brachen erneut in sich zusammen. Sie las die Karte noch einmal. »Sind Sie sicher, dass die für mich sind?«

Die Krankenschwester sah sie verblüfft an. »Die Hilfsschwester, die sie mir gebracht hat, sagte, der Strauß sei für Dr. Pennington. Was steht denn auf dem Umschlag?«

Ivy drehte ihn um. »I. Pennington M.D.« Sie zuckte die Achseln und lächelte. »Tja, dann sind es wohl tatsächlich meine. Es ist nur … Sie sind von jemand anderem, als ich dachte.«

Die Schwester schnaubte. »Sie Ärmste«, spöttelte sie. »So viele Verehrer, so wenig Zeit.«

Ivy lachte. »Ja, was soll ich sagen? Wie schön, geliebt zu werden.« Sie schob die Karte zurück in den Umschlag und steckte ihn in die Tasche ihres Kittels. »Macht es Ihnen etwas aus, wenn ich sie hier lasse, bis ich gehe?«

»Keineswegs, ich finde sie wunderschön.« Die Schwester zwinkerte ihr zu. »Ich werde einfach behaupten, dass es meine sind.«

Wann immer Ivy an diesem Tag einen Moment Zeit fand, zog sie die Karte aus dem Umschlag und las sie erneut. *Danke, dass Sie sie wieder hingekriegt haben*, stand da. *Es hätte alles zunichte gemacht, wenn sie gestorben wäre, aber jetzt kann sie sich an mich erinnern.* Unterschrieben mit »C.« Zumindest hielt sie es für ein C. Statt in einer Rundung lief das C vom oberen Schwung in einer geraden, nach rechts gerichteten Linie aus. Es war das stilisierteste C, das sie jemals gesehen hatte. Aber was sollte es sonst sein? Das Zeichen kam ihr irgendwie bekannt vor. Sosehr sie sich auch das Hirn zermarterte, fiel ihr nicht ein, wo sie es schon einmal gesehen haben könnte, aber es hatte etwas an sich, das ein unbehagliches Gefühl in ihr weckte.

Wahrscheinlich war es lächerlich, etwas Geheimnisvolles darin sehen zu wollen – es war sicher einfach nur die Initiale von jemandem. Aber von wem? Der Ehemann einer kürzlich entlassenen Patientin? Warum hatte er dann nicht mit seinem vollen Namen unterschrieben, und was meinte er damit, dass sie sich jetzt an ihn erinnern könnte? Den ganzen Tag über dachte sie darüber nach.

Sie nahm die Karte und den Strauß mit nach Hause. Als es kurz nach sieben an der Tür läutete, saß sie gerade an dem Tisch in der winzigen Essecke, drehte die Karte hin und her und versuchte herauszufinden, was genau es war, das ihr jedes Mal, wenn sie die Botschaft las, ein merkwürdiges Gefühl in der Magengrube verursachte. Dankbar für die Unterbrechung, die sie von etwas ablenkte, was wahrscheinlich nur eine kleine, ganz alltägliche Ungereimtheit war, warf sie die Karte auf den Tisch und ging zur Tür.

»Terry!«

»Hallo, Ive.« Er lehnte am Türrahmen und lächelte sie an. »Eine kleine alte Dame hat mich unten reingelassen. So viel zu den Sicherheitsvorkehrungen hier im Haus, was?«

»Das muss an deinem treuherzigen Blick liegen.« Sie

machte die Tür weit auf, um ihn einzulassen. »Komm rein.«

»Komm lieber du mit mir runter zum Wagen«, erwiderte er. »Ich habe dir etwas mitgebracht.«

»Was? Etwa den Sessel? Bist du damit fertig?« Sie flitzte in die Küche, schnappte sich ihre Schlüssel von der Arbeitsplatte und eilte zu ihm zurück. »Ich kann es kaum erwarten. Wie ist er geworden?«

»Echt klasse, wenn ich das in aller Unbescheidenheit sagen darf.« Er grinste sie an und trat zur Seite, um sie vorbeizulassen. »Wahrscheinlich hätte ich ihn auch allein hier hochwuchten können, aber dann sagte ich mir, warum soll ich mir so viel Mühe machen, wo ich doch eine große, starke Cousine habe, die das an meiner Stelle erledigen kann.«

Ivy zeigte ihm ihren Bizeps, damit er ihn bewundern konnte, während sie auf den Aufzug warteten.

Er ließ nicht zu, dass sie das Tuch entfernte, mit dem der Sessel verhüllt war, bevor sie ihn in die Wohnung geschafft hatten. Jedes Mal, wenn sie im Aufzug versuchte, es ein wenig anzuheben, um einen Blick darunter zu werfen, schlug er ihr auf die Finger. Nachdem sie den Sessel durch die Tür manövriert und an dem ihm zugedachten Platz abgestellt hatten, befahl ihr Terry, die Augen zu schließen. »Tataratam!«, trompetete er und zog das Tuch mit einer raschen Bewegung weg. »Okay. Jetzt darfst du schauen.«

Sie öffnete die Augen und starrte ungläubig ihren Sessel an. Der alte, schäbige Sessel sah aus, als käme er geradewegs aus einem Designerladen. Sie war natürlich davon ausgegangen, dass er hinterher schöner sein würde, aber das hier …!

»Er sieht toll aus!« Ihr Gesicht strahlte vor Begeisterung, als sie ihren Cousin ansah. »Mein Gott, Terry, das ist einfach fantastisch!« Sie ging um den frisch bezogenen

Sessel herum und blieb immer wieder stehen, um jede Naht in Augenschein zu nehmen. Dann sah sie zu Terry hoch und gestand: »Ich hätte nicht einmal zu träumen gewagt, dass du das so gut hinkriegst. Es sieht überhaupt nicht mehr aus wie der gleiche Sessel.« Sie trat einen Schritt zurück, um seine Gesamtwirkung mit dem neuen Sofa zu bewundern, und schüttelte den Kopf. »Wow. Das ist unglaublich. Mein Wohnzimmer sieht jetzt richtig edel aus.«

»Soll das heißen, dass du nun von Zeit zu Zeit hier Staub wischen wirst?« Terry fuhr mit dem Finger über die Stereoanlage und hinterließ einen dunklen Streifen.

»Werde ich wohl müssen.«

»Nein, im Ernst, Ive, ist doch richtig ordentlich hier. Normalerweise muss man immer knöcheltief durch deinen Krempel waten, aber heute kann man tatsächlich den Fußboden sehen.«

Sie stieß ihn mit dem Ellbogen in die Seite. »Danke für den freundlichen Hinweis, Terry. Lass dir gesagt sein, dass ich ein neues Kapitel in meinem Leben begonnen habe.« Sie sah sich zufrieden um. »Wie du vielleicht bemerkst, habe ich mir gestern meine zarten Finger wund geputzt. Und wer weiß, vielleicht werde ich heute Abend sogar noch Staub wischen, um die Verwandlung komplett zu machen.«

»Und Blumen gibt's auch.« Er stieß einen leisen Pfiff aus und ging durchs Zimmer, um den üppigen Strauß zu bewundern, den sie auf das Bücherregal gestellt hatte. »Lilien, Rosen – du entwickelst dich langsam zu einer richtigen Dame.« Er beugte sich vor, um an dem Strauß zu riechen, und sah sie dann über die Schulter an. »Hast du dir die selbst gekauft, oder bist du endlich mal ausgegangen und hast dir einen reichen Freund geangelt?«

»Jemand hat sie mir ins Krankenhaus geschickt, aber ich habe keinen Schimmer, wer.« Sie erzählte ihm, wie sie die Blumen bekommen hatte und dass sie unerklärlicherweise jedes Mal, wenn sie die beigefügte Karte las, ein ungutes Gefühl überkam. Schließlich holte sie die Karte aus der Küche, reichte sie ihm und beugte sich über seine Schulter, während er sie las. »Was meinst du? Ist das ein ›C‹ oder nicht?«

»Das bezweifle ich. Schau dir mal das ›c‹ in ›sich‹ an« – er tippte mit dem Finger darauf – »… und hier noch eins in ›mich‹. Keins davon sieht aus wie das hier. Weißt du, woran es mich erinnert?«

»An Schneewittchen.«

Er sah sie von unten über die Schulter an. »Was?«

»Na, du weißt schon, die Zwerge in *Schneewittchen*.« Sie ging um seinen Stuhl herum und setzte sich ihm gegenüber auf die Kante des Sofas. »Es erinnert mich an die Ohren von einem von ihnen. Man braucht nur noch eine Billardkugel als Kopf, um es daran zu befestigen.« Sie fing seinen Blick auf und räumte ein: »Okay, es ist ein paar Jahre her, seit ich den Film das letzte Mal gesehen habe, und vielleicht sahen seine Ohren ja auch gar nicht so aus. Es fiel mir eben spontan ein. Aber ich nehme an, das hast du nicht gemeint, oder?«

»Nein«, erwiderte er. Er kratzte sich mit einer Ecke der Karte an der Wange und grinste. »Auf die Idee wäre ich nicht gekommen, ehrlich. Mich erinnert es eher an eine Valentinstagskarte.«

»Oh ja, klar. Das hätte ich als Nächstes vorgeschlagen.« Sie versetzte seinem Knöchel einen raschen kleinen Tritt mit ihrem Fuß.

»Erinnerst du dich, wie wir als Kinder ein Blatt rotes Tonpapier einmal in der Mitte gefaltet und dann ein halbes

Herz darauf gezeichnet haben? Oder wenn man so geschickt war wie ich, dann hat man es gar nicht erst aufgezeichnet, sondern gleich freihändig ausgeschnitten. Na egal, wenn man es aufgeklappt hat, hatte man jedenfalls ein völlig symmetrisches Herz als Valentinsgruß.«

»Lass es mich noch mal anschauen.« Sie griff nach der Karte und musterte sie. »Es sieht wirklich wie ein halbes Herz aus; ich weiß, was du meinst.« Sie bedachte ihn mit einem anerkennenden Lächeln. »Wie in aller Welt schaffst du es bloß, dich an so was zu erinnern? Ich habe seit einer Ewigkeit nicht mehr daran gedacht, Valentinstagskarten zu basteln.«

»Wahrscheinlich bin ich einfach im Grunde meines Herzens ein Kind geblieben. Außerdem habe ich vor gar nicht langer Zeit noch mal eine Valentinstagskarte für ein Mädchen gebastelt, in das ich verknallt war. Damit habe ich sie im Sturm erobert.«

»Ich habe einige deiner Freundinnen gesehen, Terry. Wahrscheinlich konnte man sie auch mit einem Streifen Kaugummi im Sturm erobern.« Plötzlich hörte Ivy auf zu lachen. Alle Farbe wich aus ihrem Gesicht, und sie ließ sich in die Polster zurücksinken. »Oh mein Gott«, flüsterte sie und warf die Karte auf den Tisch, als hätte sie plötzlich festgestellt, dass sie mit einer hochgiftigen Substanz getränkt war.

Terry beugte sich besorgt vor. »Alles in Ordnung?«

»Du lieber Gott, Terry, das ist es«, sagte sie und sah ihren Cousin entsetzt an. »Das ist es, was mich an der Unterschrift so beunruhigt hat.« Ohne Bess Polsens Namen zu nennen, erklärte sie ihm mit knappen Worten, mit was für einem Fall sie es am frühen Freitagmorgen zu tun gehabt hatte. »D'Ambruzzi sagte, zum Modus operandi dieses Vergewaltigers gehört es, dass er jedem seiner Opfer ein Herz in die Brust ritzt. Im Fall meiner Patientin hat er nur ein halbes Herz hinterlassen, aber wir können wohl davon ausgehen, dass das daran lag, dass sie plötzlich in einen Schock fiel, und nicht an seinem spontanen Bedürfnis, seinen Stil zu ändern.«

Terry hob die Karte vorsichtig an den Ecken hoch und las sie noch einmal. »›Es hätte alles ruiniert, wenn sie gestorben wäre, aber jetzt kann sie sich an mich erinnern.‹« Er legte die Karte zurück auf den Tisch und sah seiner Cousine mit ernstem Blick in die Augen. »Das passt dazu, nicht wahr?«

Ivy nickte schwach.

»Hol einen Plastikbeutel aus der Küche«, wies Terry sie an. »Zu dumm, dass wir sie so oft angefasst haben. Inzwischen haben wir vermutlich alle anderen Fingerabdrücke verwischt, aber wer weiß, welche Wunder die heutige Polizeitechnik vollbringen kann.« Als sie weiterhin einfach nur dasaß und ihn groß ansah, sagte er geduldig: »Ivy, dir ist doch klar, dass du das D'Ambruzzi sagen musst, oder?«

»Nein!« Sie wurde noch einen Hauch blasser, falls das überhaupt möglich war. »Das geht nicht«, sagte sie, ohne nachzudenken.

»Warum geht das nicht?«, erkundigte sich Terry sanft. »Weil du mit D'Ambruzzi schläfst?«

Ivy sackte in sich zusammen. »Woher ...? Wer ...?« Plötzlich überzog eine dunkle Röte ihr Gesicht. »Sherry! Sie hat es dir erzählt! Der Teufel soll sie holen, ich habe sie extra gebeten, es nicht in der ganzen Familie herumzutratschen.«

»Sie hat es nicht der ganzen Familie erzählt, Ive«, sagte Terry beruhigend. »Ich bezweifle sogar, dass sie es Ben erzählt hat. Sie kam gestern Nachmittag bei mir vorbei, und ich habe ihr angesehen, dass sie irgendetwas beschäftigt, also habe ich es aus ihr herausgelockt. Du kennst doch Sherry: Sie hat eine Schwäche für Liebesgeschichten, und sie konnte noch nie etwas vor mir verbergen, wenn ich dazu entschlossen war, ihrem Geheimnis auf die Spur zu kommen.«

Das war richtig. Sherry und Terry waren Zwillinge und hatten eine besonders enge Beziehung. Terry war immer der Willensstärkere von beiden gewesen und schaffte es, seine Zwillingsschwester nach Herzenslust zu manipulieren. Für gewöhnlich verfolgte Ivy mit Vergnügen, welche Tricks er bei seiner Schwester anwandte, aber verdammt noch mal, warum musste Sherry sich unbedingt verplappern, wenn es um Ivys Angelegenheiten ging? Sie hätte die Sache für sich behalten sollen.

»Na komm schon«, sagte Terry und gab ihr einen Knuff. »Entspann dich, Ive. Du hast hier den guten alten Terry Pennington vor dir. Du weißt, dass deine Geheimnisse bei mir gut aufgehoben sind.«

Ivy entspannte sich. Auch das war richtig. Terry war kein Klatschmaul, und im Gegensatz zu vielen anderen ihrer Verwandten musste man ihn nie eigens darum bitten, eine vertrauliche Mitteilung auch wirklich vertraulich zu behandeln. Er behielt seine Meinung einfach für sich. Bei seinen nächsten Worten kehrte ihre Anspannung jedoch sofort wieder zurück.

»Aber Fakt bleibt«, sagte er, »ob du nun mit D'Ambruzzi schläfst oder nicht, er ist für diesen Fall zuständig, und du musst ihn über diese Sache informieren.« Er sah sie verwundert an. »Ich hätte gedacht, dass einem so was leichter fällt, wenn man eine persönliche Beziehung hat, nicht schwerer.«

»Das wäre wahrscheinlich auch der Fall«, erklärte sie ihm steif, »wenn wir eine persönliche Beziehung hätten.

Aber so wie es aussieht, wollte er offensichtlich nur mal eben mit mir ins Bett. Seitdem habe ich jedenfalls nichts mehr von ihm gesehen oder gehört.«

»Oh Scheiße, tut mir Leid.«

Als sie seinen Blick erwiderte, lagen in ihren Augen all der Kummer und die Aufregung der vergangenen Tage. »Ich komme mir so benutzt vor, Terry«, gestand sie leise. »Er war so hinreißend ... Und dann ist er einfach ohne ein Wort verschwunden.« Sie lachte kurz auf. »Nur damit du weißt, was für eine Idiotin ich bin, ich dachte sogar, die Blumen wären von ihm, bis ich die Karte gelesen habe.«

»Hey, wenn hier jemand ein Idiot ist, dann ganz bestimmt nicht du. Und ich sag dir das wirklich nicht gern, aber du musst ihm trotzdem die Karte zeigen und von den Blumen erzählen.« Als er ihre abweisende Miene sah, fügte er hinzu: »Denk doch mal nach, Ivy. Du bist eine der klügsten Frauen, die ich kenne, aber im Augenblick hast du deinen Verstand offenbar ausgeschaltet.«

»Warum?«, fragte Ivy gereizt. »Weil ich keine Lust habe, noch einmal den Weg von D'Ambruzzi zu kreuzen?«

»Nein«, erwiderte er ruhig. »Weil du dich kein einziges Mal gefragt hast, woher dieser Vergewaltiger weiß, dass du die Ärztin bist, die seinem Opfer das Leben gerettet hat.«

Terry hatte natürlich Recht. Sie hatte sich von ihrem Stolz leiten lassen, statt von ihrem Verstand. Woher hatte der Vergewaltiger das gewusst? Die einzig plausible Erklärung war, dass er in jener Nacht in der Notaufnahme gewesen war. Hatte er sich am Empfang erkundigt? Sich vielleicht als Angehöriger ausgegeben? Es war äußerst unwahrscheinlich, dass er sie tatsächlich gesehen hatte, weil die Behandlungsräume vom Wartebereich aus nicht einzusehen waren, und Unbefugten war das Betreten der Korridore dort im Allgemeinen nicht gestattet. Aber woher hatte er dann gewusst, dass sie eine Frau war? Obwohl, was das anging, hatte das Geschlecht des behandelnden Arztes bei seiner Entscheidung, Blumen zu schicken, vermutlich keine ausschlaggebende Rolle gespielt.

Auf jeden Fall konnte sie nicht bestreiten, dass es möglicherweise der Wendepunkt im Fall Bess Polsen war.

Ivy hatte ihrem Cousin versprochen, dass sie sich am nächsten Tag mit Detective D'Ambruzzi in Verbindung setzen würde, und trotz der widerstreitenden Gefühle, die sie für ihn hegte, hatte sie auch die Absicht gehabt, das zu tun. Womit sie nicht gerechnet hatte, war die schwere Schussverletzung, die am Montag kurz vor Ende ihrer Schicht eingeliefert worden war. Bis zu den Ellbogen in zerfetzten Arterien und zersplitterten Knochen steckend, kämpfte Ivy um das Leben ihres Patienten, und als sie und ihr Team ihn endlich so weit stabilisiert hatten, dass man ihn in den OP bringen konnte, als sie geduscht und sich umgezogen hatte und zum Revier gefahren war, hatte sie feststellen müssen, dass die Special Assault Unit abends nicht besetzt war und für heute bereits dichtgemacht hatte. So viel zu den angeblich unmenschlichen Arbeitszeiten von Polizisten.

Am Dienstag gab sie sich alle Mühe, rechtzeitig dort zu sein.

Sie blieb vor der Tür zu Vincents Abteilung stehen und musste erst ein paarmal tief durchatmen, bevor sie sich dazu aufraffen konnte, den Raum zu betreten. Sie gab es auf, sich einzureden, dass es sie nicht nervös machte, ihm gegenüberzutreten.

Sieh der Sache ins Auge, Mädchen, sprach sie sich Mut zu. *Zurückweisungen tun dem Ego nicht gut, aber da stehst du doch drüber. Du bist eine intelligente, einigerma-*

ßen attraktive Frau, und wenn er nicht merkt, was ihm entgeht, dann kann er dich mal gern haben … Unglückliche Wortwahl. Sie zuckte zusammen und verbesserte sich: *Dann ist er selbst schuld.*

Ein letztes Mal tief Luft holend, betrat sie die Abteilung.

Fast sofort entdeckte sie Vincent auf der anderen Seite des kleinen, völlig überfüllten Raums. Er hatte sich den Telefonhörer zwischen Ohr und Schulter geklemmt und drückte das Kinn gegen die Sprechmuschel, während er über etwas lachte, was einer der anderen Detectives sagte. Während sie ihn beobachtete, wurde er wieder ernst, hielt die Sprechmuschel an den Mund, sagte etwas, hörte zu, sagte wieder etwas, und dann beendete er das Gespräch und legte den Hörer zurück auf die Gabel. Er machte eine leise Bemerkung, die seine Kollegen zu einem Grinsen veranlasste. Ivy trat auf einen Polizeibeamten zu, der in ihrer Nähe stand.

Zumindest hatte sie den Vorteil, auf diese Begegnung vorbereitet zu sein. Vincent dagegen traf es völlig unerwartet, als der Detective neben ihr seinen Namen rief und er aufschaute und sie sah, und er brauchte ein paar Sekunden, um der Verblüffung auf seinem Gesicht Herr zu werden und eine professionelle Miene aufzusetzen. Aber der wachsame Ausdruck in seinen Augen blieb, und Ivy verspürte einen Hauch von Genugtuung. Das mochte eine unreife und unwürdige Reaktion ihrerseits sein, aber sie dachte gar nicht daran, sich deswegen schuldig zu fühlen. Wegen dieses Mannes hatte sie ein paar ziemlich deprimierende Tage hinter sich, und wenn sie auch nur den Bruchteil einer Sekunde angesichts seiner Unsicherheit Befriedigung empfand … Nun, sie fand, dass sie ein Recht darauf hatte. Außerdem, was dachte er denn, was sie vorhatte –

ihm mit dem Pathos der unglücklichen Heldin in einem drittklassigen Melodrama eine Szene hinzulegen? Ihre flatternden Nerven begannen sich zu beruhigen.

Vincent stand auf, als sie an seinen Schreibtisch trat. »Dr. Pennington«, sagte er in neutralem Ton und merkte, dass sich die neugierigen Blicke einiger seiner Kollegen auf ihn richteten und vor allem, dass Keiths Kopf plötzlich in die Höhe zuckte. »Doktor?«, sagte Keith im gleichen Moment, in dem Vincent sich erkundigte: »Kann ich etwas für Sie tun?«

Warum siezte er sie plötzlich wieder? Na gut, wenn er meinte – aber er sollte nicht denken, dass er so leicht davonkam. Einer von Ivys Mundwinkeln verzog sich leicht, aber bevor sie Vincent von den Blumen und der Karte berichten konnte, schnippte Suse McGill plötzlich mit den Fingern.

»Deshalb kommen Sie mir so bekannt vor«, rief sie, stand auf und lächelte Ivy an. Sie streckte die Hand aus und stellte sich vor. »Ich wusste, dass ich Sie schon mal irgendwo gesehen habe, aber in normaler Kleidung konnte ich Sie nicht einordnen. Sie sind eine der Ärztinnen aus der Notaufnahme drüben in der Unfallklinik, nicht wahr?«

Vincent beobachtete Ivy, während sie ein paar Sätze mit McGill wechselte, und fragte sich, was zum Teufel sie hier wollte. Als er sich dabei ertappte, dass er sie im Geist auszuziehen begann, blinzelte er ein paarmal verärgert und drehte sich weg. Verdammter Mist. Gerade wenn er langsam alles wieder auf die Reihe bekam, musste sie auf der Bildfläche erscheinen.

Keith suchte seinen Blick und sah ihn vorwurfsvoll an. »Da hast du mir ja einiges verschwiegen, Alter«, sagte er leise. »Darüber werden wir bei Gelegenheit ein Wörtchen reden müssen.« Dann schob er seinen Stuhl zurück und erhob sich, um Feierabend zu machen – allerdings nicht, ohne zuvor noch schnell auf Vincents Seite herüberzukommen und einen kurzen Blick auf Ivys Beine zu werfen. Mit einem leisen Pfiff und einem anerkennenden Lächeln machte er auf dem Absatz kehrt und verließ das Zimmer.

Als Ivy sich nach dem Gespräch mit der hübschen blonden Polizistin wieder Vincent zuwandte, stellte sie überrascht fest, dass sich der überfüllte Raum zu leeren begann. Sie sah zu Sue, die gerade ihre Handtasche aus einer der Schreibtischschubladen holte, und ein kurzer Blick auf ihre Uhr sagte ihr, dass es bereits nach vier war. Verdammt. Sie hätte früher herkommen sollen. Ihre Absicht war gewesen, in einem Raum voll Polizeibeamter mit Vincent zu reden, und nicht mit ihm allein. Gott sei Dank saßen wenigstens noch drei andere Detectives an ihren Schreibtischen und arbeiteten.

Vincent zog einen Stuhl für sie heran. »Setzen Sie sich.«

Sie folgte der Aufforderung, schlug die Beine übereinander, öffnete ihre große Umhängetasche und holte die Karte in dem Plastikbeutel heraus. Sie schob sie über den Schreibtisch, bis sie direkt vor ihm lag. »Die steckte in einem Strauß Blumen, der am Samstag in der Klinik für mich abgegeben wurde. Ich denke, sie könnten von dem Mann sein, der Bess Polsen angegriffen hat.«

Vincent riss seine Augen von ihren Beinen los, auf denen sie unwillkürlich geruht hatten, und sah ihr zuerst ins Gesicht und dann auf die Karte, die vor ihm auf dem Schreibtisch lag. Er betrachtete sie schweigend ein paar Sekunden lang, dann kehrte sein Blick wieder zu ihr zurück, er hatte den Zusammenhang offensichtlich wesentlich schneller erfasst, als sie es getan hatte. »Die Unterschrift?«, sagte er.

»Ein halbes Herz wie das, das er ihr in die Brust geritzt hat?«

»Ja.«

Vincent kniff die Augen zusammen und sah sie durchdringend an. »Sie haben am Samstag Blumen von einem Vergewaltiger bekommen und kommen erst jetzt, um mir das zu sagen?«

Ivy presste die Zähne aufeinander, aber immerhin gelang es ihr, ihm in einem neutralen Ton zu antworten: »Ich hatte erst am Sonntag wieder Dienst, und es hat bis Sonntagabend gedauert, bis mir klar wurde, von wem sie sind.« Eher würde sie an ihrer eigenen Zunge ersticken, als diesem Kerl gegenüber zugeben, dass sie einen kurzen Moment lang tatsächlich geglaubt hatte, er habe sie ihr geschickt. Sie stieß die Luft aus und erwiderte kühl seinen Blick. »Ich bin gestern sofort nach Ende meiner Schicht hergekommen, aber da war hier natürlich schon niemand mehr da.«

Er wusste nicht, wie sie das machte, aber trotz ihres ausgesprochen höflichen Tons schaffte sie es, dass er sich persönlich für die Arbeitszeiten seiner Abteilung verantwortlich fühlte. »Kam der Strauß von einem Floristen?«

»Vermutlich, solche Sträuße bekommt man nicht im Supermarkt. Aber ich habe keine Ahnung, von welchem.«

»Was ist mit der Schachtel, in der er geliefert wurde?«

»Es gab keine. Und er war auch nicht in die übliche Folie gewickelt. Als er im Schwesternzimmer ankam, war er bereits ausgewickelt, aber niemand scheint zu wissen, ob er so abgegeben wurde oder ob ihn zwischendurch jemand ausgepackt hat.«

Vincent stieß einen leisen Fluch aus. »War ein Umschlag dabei?«

Ivy beugte sich vor, um den Plastikbeutel umzudrehen,

und er sah, dass der Umschlag hinter der Karte steckte. Er lehnte sich nach vorne, um die Aufschrift zu lesen, aber es war nur Ivys Name in ordentlichen Druckbuchstaben darauf zu sehen, kein Aufdruck oder Logo. Als Ivy den Kopf drehte, um Vincents Reaktion auf den leeren Umschlag zu verfolgen, stellte sie fest, dass sich ihr Gesicht viel zu nah bei seinem befand, und ließ sich wieder gegen die Lehne ihres Stuhls sinken. »Kein Name eines Blumenladens«, erklärte sie hilfreich.

»Na ja, vielleicht haben wir Glück und finden ein paar Fingerabdrücke.« Nicht dass der Vergewaltiger bisher so nachlässig gewesen wäre, aber vielleicht …

»Äh … Ich fürchte, das könnte unter Umständen ein bisschen schwierig werden«, sagte sie leise. Sofort richteten sich seine Augen wieder auf ihr Gesicht und sahen sie durchdringend und anklagend an, und sie rutschte unbehaglich auf ihrem Stuhl hin und her. »Terry und ich haben die Karte ziemlich oft in die Hand genommen«, gestand sie. Dann zwang sie sich dazu, still zu sitzen und sich nicht von ihm einschüchtern zu lassen.

»Es war keine Absicht«, erklärte sie sachlich. »Ich habe das Ding am Sonntag in aller Frühe bekommen, und obwohl mich von Anfang an irgendetwas an der Karte gestört hat, bin ich erst mal nicht drauf gekommen, was es war. Ich muss sie an dem Tag ein Dutzend Mal aus dem Umschlag genommen und gelesen haben. Dann habe ich sie Terry zu lesen gegeben, als er am Sonntagabend vorbeikam. Ich hielt das Zeichen darauf anfangs für ein C und wollte seine Meinung dazu hören.« Eine ihrer Schultern hob sich zu einem winzigen Zucken. »Genau genommen war er es, der schließlich auf die richtige Lösung kam, aber zu diesem Zeitpunkt hatten wir sie schon ein paarmal hin und her gereicht.« Sie sah Vincent hoffnungsvoll an. »Terry meinte, die Polizei würde vielleicht über irgendein hoch entwickeltes technisches Verfahren verfügen, bei dem das keine Rolle spielt?«

»Nein«, sagte Vincent knapp, »tun wir nicht. Und wer zum Teufel ist überhaupt dieser Terry?« Scheiße, das klang viel zu aggressiv, so als ob ihm etwas daran läge. »Äh, ich muss ihm vielleicht ein paar Fragen stellen.«

»Terry Pennington«, sagte Ivy. »Einer meiner Cousins.«

»Oh.« Vincent ließ seine Schultern kreisen. Dann tippte er mit dem Finger auf den Plastikbeutel, in dem die Karte steckte. »Wir werden das da trotzdem im Labor untersuchen lassen, und dann sehen wir ja, ob noch was dabei herauskommt.«

»Gut.« Ivy schob ihren Stuhl zurück. »Wenn das alles ist …«

»Nicht so schnell, Doktor. Ich habe noch ein paar Fragen.«

»Aber ich habe bereits alles gesagt, was ich weiß –«

»Ich geh jetzt, Vince«, unterbrach sie ein Detective, der in der Nähe der Tür an einem Schreibtisch gesessen hatte. »Sperrst du ab, wenn du fertig bist?«

Vincent sah sich um und stellte fest, dass außer ihm und Ivy niemand mehr da war. »Ja, klar, John«, sagte er. »Mach ich. Bis morgen.«

Dann wandte er sich wieder Ivy zu, die Atmosphäre im Raum hatte sich plötzlich verändert, wie er zu seinem Missfallen feststellte. Wie konnte dieser vertraute, schmutzige, voll gestellte Raum auf einmal etwas so Intimes ausstrahlen? Er hatte sich schon hundertmal zu verschiedenen Gelegenheiten allein mit einer Frau hier drin aufgehalten – Opfern oder Zeuginnen, die er zum Teil auch attraktiv fand – und hatte nie etwas über den konkreten Anlass Hinausgehendes empfunden. Doch jetzt, allein mit dieser großen rothaarigen Ärztin mit den umwerfenden Beinen, begann sich sein professionelles Verhalten in Luft aufzulösen, und an seine Stelle trat ein ganz und gar unprofessionelles Verlangen, sie ...

Er lockerte seine Krawatte. »Wo waren wir stehen geblieben?«

»Ich habe Ihnen alles gesagt, was ich weiß.« Ivy behielt ihn wachsam und ohne sich zu rühren im Auge. Du lieber Gott, wie machte er das bloß? Das war genau wie neulich nachts in ihrem Auto und im Aufzug. Sobald sie allein waren, begann Vincent Pheromone wie ein moschushaltiges Aftershave abzusondern, und ihr Körper reagierte nur zu heftig darauf. Aber das kam gar nicht in Frage. Sie saß völlig verkrampft da und verfluchte die natürliche Blässe ihrer Haut, als sie spürte, dass eine brennende Röte ihre Wangen überzog.

»Erzählen Sie mir, wie in der Klinik gearbeitet wird«, forderte er sie heiser auf und räusperte sich. »Erklären Sie mir, woher dieser Kerl wusste, dass Sie Bess Polsen behandelt haben.«

Sie erzählte ihm alles, was sie wusste, auch wenn das zugegebenermaßen nicht besonders viel war, und achtete darauf, sich dabei genauso sachlich zu verhalten, wie sie es getan hätte, wenn sie einen Patienten vor sich gehabt hätte. Sie stellte Augenkontakt her, sie sprach klar und deutlich, sie blieb distanziert. Sie schaffte es, die Befragung einigermaßen heil hinter sich zu bringen, und in dem Augenblick, in dem Vincent keine Fragen mehr stellte, erhob sie sich. »Ist das alles?« Sie reichte ihm nicht die Hand.

Er erhob sich ebenfalls. »Soll ich Sie nach Hause bringen?«

»Nein.«

Lass es gut sein, sagte sich Vincent. Sei wenigstens einmal, seit du diese Frau kennen gelernt hast, so schlau und lass es gut sein. Aber er konnte nicht. Er griff nach ihrem Arm. »Dann bringe ich Sie zu Ihrem Wagen.«

Ivy versuchte nicht einmal, ihren Arm sanft aus seinem Griff zu befreien, sie riss sich mit einer heftigen Bewegung los. »Das ist nicht nötig.«

»Ivy …«

»Ich würde es vorziehen, wenn Sie mich nicht so nennen.« Sie reckte das Kinn in die Höhe, und ihre Augen waren plötzlich ganz dunkel vor Zorn. Er hatte das Recht verwirkt, ihr gegenüber irgendwie vertraulich zu werden. »Für Sie bin ich Dr. Pennington.«

Vincents Kopf zuckte zurück, als hätte sie ihm eine Ohrfeige verpasst. Unwillkürlich trat er dicht vor sie und funkelte sie wütend an. »Ach ja?«, sagte er höhnisch, während er sich nur zu gut daran erinnerte, wie sie nackt aussah, wie willig sie gewesen war und wie empfänglich. »Sind Sie etwa Dr. Pennington für alle Männer, von denen Sie sich vö-«

Jetzt verpasste sie ihm tatsächlich eine Ohrfeige, und zwar eine so heftige, dass sein Kopf zur Seite flog. »Du mieser …« Ihr fiel keine Beschimpfung ein, die gemein genug gewesen wäre, und so stand sie ein paar Sekunden lang einfach nur da, und ihre Brust hob und senkte sich, während sie nach Atem rang. »Ich dachte, es wäre etwas Besonderes, verdammt noch mal! Ich dachte, du wärst etwas Besonderes. Aber du bist auch nur einer von den Kerlen, die eine schnelle Nummer schieben wollen, oder?« Ihr Lachen klang hart und verbittert. »Klar bist du das. Und sobald du bekommen hattest, was du wolltest, bist du verschwunden.«

Sie verachtete sich selbst wegen der Tränen, die ihr in

die Augen schossen, und wischte sie wütend mit dem Handrücken weg. Nachdem sie einmal tief Luft geholt hatte, sah sie ihn mit emporgerecktem Kinn an. »Ich mag zunächst die Regeln ja nicht ganz verstanden haben, aber niemand kann mir vorwerfen, dass ich nicht schnell lerne. Offenbar ist das Ganze nur ein kleines Spielchen für dich, eins, das du sehr gut beherrschst, zugegeben. Aber auf mich kannst du dabei nicht mehr zählen. Du hast mich einmal zum Narren gehalten, D'Ambruzzi. Denk bloß nicht, dass ich dir die Chance gebe, das noch mal zu tun.«

Mit diesen Worten machte sie auf dem Absatz kehrt und verließ mit großen Schritten das Zimmer.

Vincent stand wie versteinert da und sah noch, wie ihre Haare über ihre Schultern fielen und unter der Deckenbeleuchtung leuchtend rot aufflammten, bevor sie aus seinem Blickfeld verschwand. Er tastete hinter sich, bis seine Hand die Lehne eines Stuhls zu fassen bekam. Langsam zog er ihn zu sich heran und ließ sich darauf nieder.

Er fuhr sich mit der Hand über Wange und Kinn, wo sie ihn getroffen hatte, und drückte sie gegen die leichte Schwellung. Die Haut brannte an den Stellen, an denen das Blut pochend an die Oberfläche drängte. Er kam sich vor wie ein billiger Kleinwagen, der von einem dicken Schlitten gerammt worden war.

Ich dachte, es wäre etwas Besonderes, verdammt noch mal! Ich dachte, du wärst etwas Besonderes.

Er hatte überhaupt nicht an sie gedacht.

Er hatte nicht darüber nachgedacht, wie sie sich fühlen mochte, wenn sie am Freitagmorgen allein aufwachte und er nichts von sich hören ließ. Er war viel zu beschäftigt damit gewesen, sich Strategien zum Schutz seiner eigenen Gefühle auszudenken. Zu beschäftigt damit, die Wirkung zu leugnen, die ihre Liebesnacht auf ihn gehabt hatte, als dass er einen Gedanken daran verschwendet hätte, welche Wirkung sie auf sie gehabt haben könnte. Na ja, jetzt wusste er es, oder? Ja, sicher, jetzt wusste er es, und den Ausdruck in ihren Augen würde er nicht so schnell wieder vergessen.

Automatisch drehte Vincent sich auf seinem Stuhl herum und begann die Aufzeichnungen auf seinem Schreibtisch durchzugehen. Wenig später ertappte er sich jedoch dabei, dass er einfach nur dasaß und die Blätter anstarrte, ohne die geringste Ahnung, was er gerade gelesen hatte.

Warum machte er bei dieser Frau schon wieder den gleichen bescheuerten Fehler? Er hatte sich für so schlau gehalten, gedacht, er hätte den Hals aus der Schlinge gezogen. Sein Entschluss, sie zu vergessen, rührte daher, dass sie innerhalb einer kurzen Stunde geschafft hatte, ihm viel zu nahe zu kommen, und dieses Risiko wollte er nicht eingehen. Vincent D'Ambruzzi ließ niemanden so nahe an sich heran. Niemanden.

Er lachte freudlos auf, während er nach einer Aktenhülle für seine Aufzeichnungen suchte. Was hatte sie bloß an sich, das ihn dazu brachte, sich Fantasien hinzugeben? Er hatte sich stets geweigert, die Augen vor der Wirklichkeit zu verschließen, selbst wenn diese Wirklichkeit nicht erfreulich war und nicht seinen Wünschen entsprach. Darauf war er schon lange stolz gewesen. Aber dieses Mal hatte ihm die Wirklichkeit ein Schnippchen geschlagen, so viel stand fest.

Während Vincent seinen Schreibtisch aufräumte, das Licht löschte und abschloss, versuchte er, Argumente zu seiner Verteidigung zu sammeln. Um einen Anflug von schlechtem Gewissen zu vertreiben, führte er all die Gründe auf, die ihn in der Vergangenheit davor bewahrt hatten, sich auf eine Beziehung einzulassen. Er listete auf, was La-

Donna ihm angetan hatte; er sagte sich, dass es ein rücksichtsloses Zeitalter war, in dem er lebte, eines, in dem Krankheiten offenbar besser gediehen als die meisten Beziehungen. Das Wissen, dieses Mal wirklich alle Brücken hinter sich abgebrochen zu haben, sollte es ihm eigentlich leichter machen, ihr Bild ein für alle Mal aus seinem Kopf zu verbannen.

Aber es funktionierte nicht. Irgendwie hatte es Ivy Pennington geschafft, den Schutzschild zu knacken, den er um sein Inneres gelegt hatte. Er fühlte sich nicht mehr wohl in seiner Einsamkeit, und was einst ein Trost gewesen war, verursachte ihm jetzt nur noch ein Gefühl von Verlassenheit.

Tja, Pech. Er war ein erwachsener Mann, kein unreifer Jüngling mehr, und was geschehen war, war geschehen; es hatte keinen Sinn, endlos darüber nachzugrübeln. Auf der Fahrt nach Hause kam er jedoch zu dem Schluss, dass es nur eine Möglichkeit gab, an der hoffnungslos verfahrenen Situation mit Dr. Ivy Pennington irgendetwas wieder gutzumachen. Er musste den Vergewaltiger zur Strecke bringen, der wusste, wer sie war.

6

Sein Name war Tyler Griffus. Er war dreißig Jahre alt, besaß einen eigenen Laden, und viele hielten ihn für einen attraktiven, begehrenswerten Mann. Nach allgemeinen Maßstäben galt er als guter Bürger, und bis auf eine Nacht jeden Monat führte er eigentlich ein relativ normales Leben. Doch jetzt begann sich wieder der Jäger in ihm zu rühren. Die Stimme in seinem Kopf hatte erneut angefangen, die bekannte Litanei von Forderungen herunterzubeten.

Gott, wie er das hasste. Nein, nicht die Gewalttätigkeiten, zu denen ihn die Stimme aufforderte – das Gefühl uneingeschränkter Macht genoss er, das er in diesen kurzen Augenblicken der Unterwerfung und der darauf folgenden Phase friedvoller Ruhe empfand. Aber die Forderungen, die unaufhörlich in seinem Kopf widerhallten, waren etwas anderes.

Was sollte das? Es war schließlich nicht so, dass er irgendetwas tun konnte, um mit der Wut, die in ihm tobte, fertig zu werden. Sollte man da nicht erwarten, dass die Stimme einfach die Klappe halten und ihn in Ruhe lassen würde?

Aber nein. Sie knurrte und zischte ... und dann gönnte sie ihm nur eine Nacht pro Monat, um die Wut herauszulassen – eine einzige lausige Nacht, um all die aufgestaute Wut loszuwerden. Ihm war bloß ein kurzer Moment des Triumphes und der Befreiung vergönnt.

Der Rest war nichts als Scheiße, und er hätte gut darauf verzichten können.

Es war noch zu früh, um seinen inneren Dämon zu besänftigen, und so suchte er wie häufig in letzter Zeit Ablenkung, indem er an die Ärztin dachte. Sie war inzwischen zu seinem Talisman geworden, ein Trost bei all dem Geschrei der nervtötenden Stimme, die unablässig seine Aufmerksamkeit auf sich zu ziehen versuchte.

Er hätte ihr gern etwas Originelleres als Blumen geschickt. Es war wirklich kein besonders einfallsreiches Geschenk, er hatte schließlich tagtäglich von früh bis spät mit Blumen zu tun. Natürlich hatte er jede einzelne Blüte sorgfältig ausgesucht und mit verschwenderischer Hand einen Strauß zusammengestellt, aber trotzdem ...

Mit gewohnter Vorsicht hatte er gewartet, bis seine beiden Angestellten abends gegangen waren, bevor er angefangen hatte, das Bouquet zu binden. Als er mit seinem Werk zufrieden war, hatte er aus der Schachtel, die er in einer verschlossenen Schublade in seinem Büro aufbewahrte, ein Paar OP-Handschuhe genommen und übergestreift, um die Karte und den Umschlag zu beschriften. Dann hatte er die Vase sorgfältig abgewischt. Aus jener Zeit, als er noch jünger und dümmer gewesen war, befanden sich seine Fingerabdrücke in der Kartei, aber inzwischen war er sehr viel klüger. Klug genug, um dem arroganten Detective, den er in der Klinik gesehen hatte, nicht auch noch einen Hinweis auf dem Silbertablett zu präsentieren.

Er hatte sich in den darauf folgenden Tagen oft gefragt, ob der Ärztin sein Präsent wohl gefallen hatte. Ahnte sie überhaupt, von wem es stammte? Er wäre an diesem Tag zu gern in der Nähe gewesen, um sie zu beobachten, wenn sie die Blumen bekam, und ihre Reaktion zu sehen, aber er konnte zurzeit nicht vorsichtig genug sein. Wenn er nicht wieder im Gefängnis landen wollte – was es unbedingt zu vermeiden galt –, war es von entscheidender Bedeutung, dass er sich unauffällig verhielt und nichts dem Zufall überließ. Also hatte er stattdessen gut sichtbar die Karte an dem Strauß befestigt, gewartet, bis am Empfang der Notaufnahme besonders viel los war, und dann den Strauß auf den Tresen gestellt. Er hatte die Papierhandtücher, mit denen er die Vase gehalten hatte, um sie nicht mit bloßen Händen zu berühren, in seine Jackentasche gesteckt und war aus der Tür geschlüpft.

Aber ein so indirektes Vorgehen verschaffte einem bei weitem nicht so viel Befriedigung wie ein direktes, und deshalb hatte er einen Entschluss gefasst. Er würde seine gewohnte Vorsicht ausnahmsweise vergessen. Der Dämon in ihm wurde stärker, die Stimme immer lauter und fordernder. Er hatte es bis oben hin satt, sich ständig dieses Genörgel anzuhören, wenn er sowieso bis zu dieser einen Nacht im Monat warten musste, in der er seine Bedürfnisse befriedigen konnte. Die Ärztin schien den Jäger in ihm zu beruhigen, aber es war schon viel zu lange her, seit er sie gesehen hatte, und ihre Kraft ließ nach, wurde nach und nach schwächer.

Er musste mehr über sie in Erfahrung bringen. Sehr viel mehr. Er brauchte irgendeine Form von persönlichem Kontakt. Wenn er dazu einige Zeit in der Klinik verbringen musste, wenn er sich also zeigen musste, dann war es eben so. Es war ein kalkuliertes Spiel. Schließlich war er ein helles Köpfchen. Er musste nur einen Weg finden, das Risiko so gering wie möglich zu halten.

Weil die Ärztin das Gegengift war. Und er war entschlossen, sich die höchste Dosis zu verschaffen.

Die Tür öffnete sich, und ein ausgelassenes Grüppchen von Ärzten und Schwestern, die dienstfrei hatten, fiel laut durcheinander redend und lachend in die Bar ein. Ivy, eingekeilt in ihrer Mitte, dirigierte sie zu ein paar Tischen in der Ecke und schlängelte sich dann geschickt zwischen alten Mahagonicocktailtischen und gepolsterten Lederstühlen zum Tresen durch.

»Hi, Onkel Mack«, rief sie zur Begrüßung. Sie legte ihre Handtasche auf dem Tresen ab und kletterte auf einen Barhocker.

Ihr Onkel, der sie nicht bemerkt hatte, als er den lärmenden Haufen beim Eintreten kurz gemustert hatte, unterbrach mitten im Satz das Gespräch, das er mit einem seiner Gäste führte. Er murmelte hastig eine Entschuldigung und kam mit strahlender Miene auf sie zu. »Ivy! Wie geht's meinem Lieblingsdoktor?« Er beugte sich über die alte Holztheke, die sie voneinander trennte. »Gib mir einen Kuss, Schätzchen. Ich hab dich lange nicht gesehen.«

Sie kam ihm auf halbem Weg entgegen, gab ihm einen dicken Kuss und umarmte ihn, behindert durch den breiten Tresen, etwas ungelenk. Dann lehnte sie sich grinsend zurück und rieb ihm mit dem Daumen über die Unterlippe, um die Lippenstiftspuren zu entfernen, die ihr Kuss hinterlassen hatte. »Ups! Das machen wir lieber schnell weg, bevor Tante Babe es sieht und denkt, du hast eine kleine Freundin.« Sie blickte erwartungsvoll auf die Tür, die in die kleine Küche führte. »Ist sie da? Ich habe euch beide vermisst.«

Mack fasste sie unters Kinn. »Was ist los, Schätzchen, gibt dir keiner mehr um drei in der Früh was zu essen?«

»Nein!« Die Erinnerung an die vielen Male, die sie sich in den frühen Morgenstunden von der Klinik in ihre Wohnung über der Garage geschleppt hatte und von ihrer Tante und ihrem Onkel abgefangen worden war, die sie in ihre warme Küche schleppten, damit sie etwas in den Magen bekam, bevor sie in die Kissen sank, entlockte Ivy ein wehmütiges Lächeln. »Oh Mann, wie ich das vermisse. Wenn ich jetzt was zu essen will, muss ich es mir selbst machen – und du weißt ja, dass ich nicht annähernd so gut koche wie Tante Babe.«

»Das können auch nicht viele, Schätzchen«, stimmte er, stolz auf seine Frau, zu. »Das können nicht viele.« Dann strahlte er seine Nichte an. »Sie wird ganz aus dem Häuschen sein, dich endlich mal wieder zu sehen. Sie müsste jede Minute kommen.« Er deutete mit dem Kopf in Richtung des Gelächters, das von den drei Tischen in der Ecke herüberdrang. »Was ist denn das für ein stimmgewaltiger Haufen, Schätzchen?«

»Zweite Schicht Unfallaufnahme – Kollegen.« Sie ließ sich auf den ledergepolsterten Barhocker zurücksinken und stieß einen Seufzer aus. »Gibst du mir bitte einen Bourbon mit Wasser? Außerdem solltest du besser so schnell wie möglich eine Kellnerin zu ihnen schicken. Der Tag in der Klinik war furchtbar – auf der Interstate 90 gab es eine Massenkarambolage, und wir haben zu viele von ihnen verloren, Onkel Mack.«

Mack rief eine der Kellnerinnen, gerade als sie aus dem Gang kam, der zu den Toiletten und zum Billardraum führte. »Sandy!« Er deutete mit dem Kinn auf die Gruppe in der Ecke. »Wir haben hier ein paar ausgebrannte Ärzte, die nach einem kleinen Happen zu essen und einer großen Portion Service verlangen. Übernimmst du das für mich, Herzchen?«

»Klar doch, Mack.« Mit raschen Schritten machte sie sich auf den Weg, und Mack griff nach einem Whiskyglas und schenkte Ivy ihren Drink ein. Er warf einen Papieruntersetzer auf den Tresen und stellte das Glas vor sie hin. »Hier, bitte, Schätzchen.« Als er sah, dass ihre Hand nach dem Geldbeutel griff, knurrte er, den solle sie »mal schön stecken lassen«. Er musterte besorgt ihr erschöpftes Gesicht, während er an der ohnehin schon blitzblanken Platte des Tresens herumpolierte. »Wann hast du zum letzten Mal was gegessen?«

»Heute Mittag«, erwiderte Ivy geistesabwesend und nahm einen großen Schluck von dem Bourbon. Der Alkohol brannte wie Feuer in ihrer Kehle. »Ah, das tut gut.« Aus der Ecke ertönte erneut lautes Lachen, und sie blickte ihren Onkel wegen des geräuschvollen Überfalls auf sein normalerweise ruhiges Etablissement mit einem kleinen entschuldigenden Lächeln an. »Wir mussten unbedingt raus aus dem Krankenhaus und ein bisschen Dampf ablassen«, erklärte sie ihm. »Deshalb habe ich vorgeschlagen, hierher zu gehen.« Auch wenn es ihr selbst nicht bewusst war, sah man ihr an, dass sie die Bilder der vergangenen Stunden immer noch nicht losließen.

In ihrem Kopf klangen die Stimmen des Personals in der Notaufnahme nach, darunter ihre eigene, wie sie kurz zuvor mit untypischer Überdrehtheit Vorschläge erörtert und verworfen hatten. Ausnahmsweise hatte sich keiner darum gekümmert, dass Ärzte einen ruhigen und besonnenen Eindruck machen sollten.

Als sie das Ende ihrer Schicht erreicht hatten, waren sie von oben bis unten mit Blut beschmiert, voll Verzweiflung wegen der Patienten, die sie nicht hatten retten können, und unruhig von dem aufgestauten Adrenalin. Von den Behandlungsräumen am hintersten Ende des Korridors bis zum Schwesternzimmer neben dem Empfang war eine laute Diskussion im Gang, was man gegen dieses quälende Gefühl der eigenen Machtlosigkeit unternehmen könnte. Ivys Vorschlag war mit Begeisterung angenommen worden, als sie die nächtlichen Gesangseinlagen in der Bar ihres Onkels erwähnte. Musik war etwas, das so gar nichts mit einem plötzlichen, unvermeidbaren Tod zu tun hatte.

Nachdem das Ziel feststand, hatten die Stimmen einander etwas weniger laut Adresse und Wegbeschreibung weitergegeben, und alle hatten sich beeilt, die nötigen Einträge zu erledigen und unter die Dusche zu kommen, um die für kurze Zeit ruhige Notaufnahme der neuen Schicht zu übergeben.

»Hier.« Macks knurrige Stimme unterbrach Ivys Gedankengang, und sie riss sich von der Betrachtung ihres halb leeren Glases los und sah, dass er ihr über den Tresen ein Tablett zuschob, auf dem mehrere mit Erdnüssen gefüllte Schälchen standen. »Bring das mal deinen Freunden,

Schätzchen, zur Überbrückung. Wenn sie nichts gegen ein bisschen Improvisation haben, wird ihnen Babe sicher was Warmes zaubern, sobald sie kommt.«

»Oh, wirklich, Onkel Mack, du musst dir unsretwegen nicht so viele Umstände machen.«

»Doch, muss ich, Schätzchen.« In dem Versuch, sein großzügiges Wesen hinter der für ihn typischen Ruppigkeit zu verbergen, erklärte er knapp: »Das Letzte, was ich brauchen kann, ist ein Haufen betrunkener Ärzte, die nachher aus meiner Bar torkeln. Irgendwer würde mir deswegen todsicher eine Klage anhängen.« Er griff nach dem Bestellzettel, mit dem Sandy an den Tresen kam, und warf seiner Nichte einen kurzen grimmigen Blick zu. »Und jetzt stör mich nicht länger, damit ich deinen Freunden ihre Drinks machen kann.«

Ivy kannte ihn zu lange, um sich von seiner Schroffheit täuschen zu lassen. »Was würde ich ohne dich machen, Onkel Mack?« Sie stellte ihr Glas auf das Tablett, das vor ihr stand, und nahm es vom Tresen. Dann beugte sie sich vor und drückte Mack einen Kuss auf seine beginnende Glatze. »Du bist einfach ein Schatz. Danke.«

»Mach, dass du wegkommst«, grummelte er, aber Ivy wusste, dass der rosige Hauch, der sein Gesicht überzog, von Freude zeugte, nicht von Ärger.

Während sie sich mit dem Tablett geschickt einen Weg zwischen den Tischen und Stühlen hindurch bahnte – eine Fähigkeit, die sie sich beim Jobben in den Semesterferien in ebendieser Bar angeeignet hatte –, ging ihr durch den Kopf, dass fünf Minuten in Gegenwart ihres Onkels eine beruhigendere Wirkung auf ihre Nerven hatten und mehr dazu beitrugen, Stress abzubauen, als fünf starke Drinks. Was Mack und Babe ihr bedeuteten, ließ sich nicht in Worte fassen, ihre Großzügigkeit kannte praktisch keine Grenzen.

Wie großzügig sie tatsächlich waren, hatte sie an ihrem einundzwanzigsten Geburtstag feststellen können. Sie hatte seit Jahren gewusst, dass es ganz besondere Menschen waren – nicht jeder hätte ohne zu zögern und mit so viel unerschütterlicher Liebe und Güte wie sie die Verantwortung für einen verwaisten Teenager auf sich genommen. Von dem Augenblick an, als sie sie zu sich geholt hatten, hatten ihr Onkel und ihre Tante sie als vollwertiges Familienmitglied behandelt. Nie hatten sie Jaz bevorzugt, was ganz natürlich gewesen wäre, da sie immerhin ihr eigen Fleisch und Blut war, und je mehr Ivy im Lauf der Jahre von dem Umgang in anderen Familien mitbekommen hatte, umso mehr hatte sie das schätzen gelernt. Dann, an ihrem einundzwanzigsten Geburtstag, hatte sie ein Gespräch mit dem Anwalt und Testamentsvollstrecker ihrer Eltern.

Damals hatte sie erfahren, wie weit die Großzügigkeit ihrer Tante und ihres Onkels tatsächlich ging. Sie hatten ihr sechs Jahre lang ein Zuhause gegeben und sie mit Kleidung und Essen versorgt. Sie hatten sich um den bescheidenen Nachlass ihrer Eltern gekümmert. Und in all den Jahren hatten sie sich rundweg geweigert, irgendeine Entschädigung dafür anzunehmen.

Ivys Eltern hatten in ihrem Testament Verfügungen getroffen, mit denen sie sicherstellten, dass Mack und Babe die Vormundschaft für Ivy übernahmen, falls ihnen etwas passierte. Da sie wussten, wie teuer es war, ein Kind großzuziehen, hatten sie eine monatliche Summe festgelegt, die aus ihrem Nachlass an die Merricks gezahlt werden sollte, um die zusätzliche finanzielle Belastung etwas zu verringern. Als der Anwalt Ivy ihr Erbe übergab, enthüllte er ihr, dass Onkel Mack, mit Babes uneingeschränkter Zustimmung, ihn kurz und bündig angewiesen hatte, diesen

Unterhalt wieder dem Nachlass zuzuführen. Ivy wollte Ärztin werden, hatte Mack ihm voll Stolz mitgeteilt. Sie würde jeden Cent brauchen, um ihr Ziel zu erreichen.

Was Ivy am meisten berührte, war das Wissen, dass sie keiner Menschenseele jemals etwas davon erzählt hatten. Es hatte Zeiten gegeben, in denen das Geld knapp gewesen war und der Verzicht auf den Unterhalt ein gewisses Opfer für ihren Onkel und ihre Tante bedeutet hatte. Es wäre verständlich gewesen, wenn sie es dem einen oder anderen Verwandten gegenüber zumindest erwähnt hätten. Aber Ivy war nie etwas davon zu Ohren gekommen – und in Anbetracht der Klatschfreudigkeit in ihrer Familie hätte sie zweifellos davon gehört, selbst wenn sie nur nebenbei eine Bemerkung darüber hätten fallen lassen. Wenn der Anwalt es ihr nicht erzählt hätte, hätte sie nie erfahren, wie selbstlos sie waren ... in Ivys Augen war das die großzügigste Geste überhaupt.

Ivy gesellte sich zu ihren Kollegen aus der Notaufnahme. Die Erdnüsse, die Mack ihr mitgegeben hatte, und die Drinks, die Sandy kurz darauf brachte, wurden mit großer Begeisterung entgegengenommen. Die Unterhaltung war laut und fröhlich, und sie war entschlossen, sich von der ausgelassenen Stimmung anstecken zu lassen und die Fehlschläge dieses Nachmittags für eine Weile zu vergessen.

Bei einem der Todesfälle an diesem Tag hatte es sich um eine Patientin von ihr gehandelt. Es war immer schlimm für sie, einen Patienten zu verlieren, aber am schlimmsten war es, wenn sein Tod mit einem Autounfall zu tun hatte. Das brachte unweigerlich die Erinnerungen an den Tod ihrer Eltern zurück, und sie nahm es sich besonders zu Herzen, dass sie nicht in der Lage war, jedes Unfallopfer zu retten.

Feiern war allerdings nicht ihre übliche Art, damit fertig

zu werden, und sosehr sie sich auch bemühte, sie konnte die düstere Stimmung nicht abschütteln. Es brachte ihr mehr Erleichterung, sich mit ihrer Tante in der Küche zu unterhalten, während Babe ein Bœuf Stroganoff improvisierte und Brot aufbuk.

»Natürlich hilft das alles irgendwie«, erklärte ihr Ivy und schwenkte ihr Glas. »Die Drinks, die Witze … mit anderen Leuten zusammen zu sein, mit denen man die gleichen Erfahrungen teilt.« Ivy betrachtete die Dampfwolke, in der ihre Tante verschwand, als sie Nudeln in ein Sieb schüttete, und fragte: »Tante Babe, bist du sicher, dass ich dir nicht helfen kann?«

»Leiste mir einfach nur Gesellschaft, Liebes. Mehr Hilfe brauche ich nicht.« Babe warf ihrer Nichte einen kurzen Blick über die Schulter zu und fragte: »Aber?« Als sie Ivys verständnislose Miene sah, fügte sie hinzu: »Ich höre da ein ›Aber‹ heraus, Ivy Jayne. Natürlich hilft das alles irgendwie, aber …?«

»Aber … ich weiß nicht. Es ist einfach nicht meine Art, so damit umzugehen, vermute ich. Jeder scheint auf seine Weise auf Stress zu reagieren. Manche trinken, andere werden aggressiv und brechen einen Streit vom Zaun, wieder andere steigen mit dem Erstbesten ins Bett, der ihnen über den Weg läuft.«

»Ich plädiere für Letzteres«, warf Babe ein.

Ivy grinste. »Ja, das wäre auch meine Wahl. Das Problem ist nur, dass einem dafür jemand über den Weg laufen muss.« Vincents Gesicht, dunkel und intensiv im Augenblick des Orgasmus, tauchte vor ihrem geistigen Auge auf und ließ ihr Lächeln schwinden. Die Erinnerung entschlossen verdrängend, sagte sie: »Worum es mir geht, ist, dass jeder eine bestimmte Methode hat, und ich denke, feiern ist einfach nicht meine.«

Babe schmeckte die Sauce ab und warf ihrer Nichte dann erneut einen Blick zu. Der niedergeschlagene Ausdruck auf Ivys Gesicht, mit dem sie die langsam schmelzenden Eiswürfel in ihrem Glas betrachtete, schnitt Babe ins Herz. »Und, was ist deine Methode?«, fragte sie leise.

Ivy sah auf. »Ach, ich weiß nicht ... Du, Onkel Mack. Die Familie, denke ich. In mancher Hinsicht fühle ich mich unter meinen Kollegen immer noch wie die Neue in der Klasse. Irgendwie werde ich einfach das Gefühl nicht los, dass ich in ihrer Gegenwart die starke Frau mimen muss.« Sie zuckte mit den Schultern. »Bei euch dagegen kann ich einfach nur ich sein ... mit allen meinen Macken.« Da sie fürchtete, das könnte zu sehr nach Selbstmitleid klingen, ließ sie die Eiswürfel in ihrem Glas klirren und wechselte das Thema. »Ich sollte jetzt wohl besser zu Mineralwasser wechseln. Schließlich muss ich morgen früh wieder arbeiten.«

Babe hatte nicht die Absicht, sie so leicht davonkommen zu lassen. Sie kannte Ivy zu gut – wenn ihr nicht jemand Einhalt gebot, würde sie sich noch tagelang Vorwürfe machen, dass sie den Kampf um das Leben eines Patienten verloren hatte, und vor allem würde sie sich allein damit herumquälen, weil sie niemanden mit ihren Problemen belasten wollte. »Deine Kollegen erwarten von dir, dass du immer stark bist?«

»Nein, wahrscheinlich nicht«, gab Ivy zu. »Ich erwarte es wohl eher selbst von mir.«

»Aber warum denn, Ivy? Sind die Leute draußen im Lokal nicht deine Freunde?«

»Wir verstehen uns gut, das schon ... aber Freunde? Ich habe eigentlich keine Freunde, Tante Babe. Nicht mehr, nicht außerhalb der Familie. In den letzten Jahren war mein Leben eine einzige Hetze, so dass ich den Kontakt zu den meisten meiner alten Freunde verloren habe, und ich habe mir noch nicht die Zeit genommen, neue zu suchen.« Sie zuckte die Achseln. »Mein ehemaliger Psychologie-Professor würde wahrscheinlich sagen, dass ich überkompensiere, indem ich versuche, die beste Ärztin der Welt zu werden.« Sie musste lachen. »Für die Psychologie hatte ich nie besonders viel übrig«, gab sie zu, doch gleich darauf war der Anflug von guter Laune wieder vorbei.

»Ach, egal«, sagte sie gleichzeitig traurig und ungehalten. »Vergiss, dass ich überhaupt davon angefangen habe, okay? Man könnte glatt meinen, ich bin die einzige Ärztin, der jemals ein Patient gestorben ist.« Sie verzog resigniert den Mund und deutete mit dem Kinn in Richtung Bar. »Jeder von denen da draußen hat heute jemanden verloren, und ich jammere hier herum, als ob mein Versagen schlimmer als das aller anderen wäre. Ich wusste ganz genau, worauf ich mich einlasse, als ich mich für die Notaufnahme entschieden habe statt einer netten kleinen Privatpraxis ... Ich habe also keinen Grund, mich jetzt zu beklagen.«

»Jetzt reicht es aber«, sagte Babe mit plötzlicher Entschlossenheit. Sie trocknete sich die Hände an einem Küchentuch ab, warf es sich über die Schulter und baute sich vor Ivy auf. Sie hob die Hand und strich ihrer Nichte eine verirrte Haarsträhne aus dem bekümmert dreinblickenden Gesicht. »Warum bist du bloß immer so streng zu dir selbst, Kind?«, fragte sie. »Ja, du hättest dir höchstwahrscheinlich einigen Kummer ersparen können, wenn du eine eigene Praxis eröffnet hättest, und ja, du hast dich stattdessen freiwillig für die Notaufnahme entschieden. Aber wer sagt denn, dass du nicht das Recht hast, niedergeschlagen zu sein, wenn jemand stirbt? Es muss furchtbar sein, wenn einem jemand unter den Händen wegstirbt und man nichts dagegen tun kann.«

»Das ist es«, flüsterte Ivy.

»Ich kann nur versuchen, es mir vorzustellen.« Babe legte ihrer Nichte die Hände auf die Schultern und schüttelte sie sanft. »Aber du musst etwas nachsichtiger mit dir sein, Liebes. Hast du mir nicht erst neulich erzählt, dass das Leben jedes zweiten Patienten an einem seidenen Faden hängt, wenn er eingeliefert wird? Du musst dich damit abfinden, dass du nicht mehr tun kannst, als dein Bestes zu geben. Du kannst sie nicht alle retten, Ivy Jayne. Ich weiß, dass du das gern tätest, aber es geht nicht. Und der Teufel soll mich holen, wenn ich zulasse, dass du dich vorzeitig ins Grab bringst, weil du dauernd darüber nachgrübelst, dass du dieses oder jenes hättest tun sollen …«

»Aber vielleicht hätte ich wirklich –«

Babe zog sie in ihre Arme. »Ach, Liebes«, seufzte sie. »Was soll ich bloß mit dir machen?« Dann holte sie entschlossen Luft. Während sie Ivy sanft über die Haare strich, sagte sie ebenso sachlich wie eindringlich: »In deinem Herzen, Ivy Jayne Pennington, weißt du ganz genau, dass du alles Menschenmögliche getan hast, um das Leben dieser bedauernswerten jungen Frau zu retten. Also hör auf, dich selbst zu quälen.« Sie beugte sich etwas zurück, um ihrer Nichte ins Gesicht zu sehen. »Geh da raus und gönn dir ein paar Drinks und ein paar nette Stunden mit deinen Kollegen, Ivy. Jetzt ist Zeit, dir neue Freunde zu suchen – also fang damit an. Das ist wesentlich sinnvoller, als dich wegen etwas, an dem du sowieso nichts mehr ändern kannst, vor lauter Selbstvorwürfen zu zerfleischen.«

Ivy zwang sich zu einem Lächeln. »Du hast Recht. Ich glaube, ich habe es einfach nur gebraucht, dass mich mal jemand in die Arme nimmt«, gestand sie.

»Und dir was Warmes zu essen hinstellt«, ergänzte Babe, ihr Lächeln erwidernd, während sie einen Schritt zurücktrat und Ivy noch einmal die Haare zurückstrich. »Wenn du erst mal etwas im Magen hast, fühlst du dich gleich viel besser.«

Zu Ivys Überraschung war es so. Und wenn Babes Essen ihre Lebensgeister auch nicht vollständig wecken konnte, munterte es sie doch so weit auf, dass sie sich darüber freuen konnte, wie viel Spaß ihren Kollegen das Spektakel machte, das die gediegene Cocktaillounge ihrer Tante und ihres Onkels jede Nacht in ein musikalisches Tollhaus verwandelte.

Sehr zum Vergnügen der Leute aus der Notaufnahme begannen die Stammgäste, unmittelbar nachdem die leeren Teller abgetragen worden waren, mit ihren Gesangseinlagen. Binnen kürzester Zeit erlagen Ivys Kollegen der Stimmung, die im Mack 'N Babe's herrschte. Bei jedem Lied, das sie kannten, sangen sie mit, und bei denen, die sie nicht kannten, feuerten sie den jeweiligen Interpreten begeistert an. Es war Ivy unmöglich, sich von so viel Ausgelassenheit ringsum nicht anstecken zu lassen.

So lange Ivy sich erinnern konnte, hatte man in der Bar ihrer Tante und ihres Onkel gesungen. Es hieß, dass es tatsächlich den A-capella-Darbietungen zu verdanken war, dass die Lounge nicht bald nach der Eröffnung ihre Pforten wieder schließen musste.

Der familieninternen Gerüchteküche zufolge hatten Mack und Babe große Schwierigkeiten gehabt, das Geschäft zum Laufen zu bringen. Nach der Eröffnung der Bar am Pioneer Square, kurz vor der Renovierung in den frühen Siebzigern, die sie zu einer begehrten Adresse machte, hatten sie sich von Monat zu Monat mühsam über Wasser gehalten. Babes Brüder waren so oft wie möglich mit ihren Frauen vorbeigekommen, um sie zu unterstützen, und wie immer, wenn die Penningtons zusammenkamen, endete das jedes Mal unweigerlich mit einer Gesangsrunde. Das wiederum hatte das Interesse der wenigen fremden Gäste geweckt, und sie waren mit ihren Freunden wiedergekommen, um mehr davon zu hören. Bald waren auch die Freunde regelmäßige Gäste und erzählten es ihrerseits an Bekannte weiter. Und so kam eins zum andern, bis die Bar mit ihren allnächtlichen Gesangsdarbietungen plötzlich eine feste Einrichtung war.

An das eine Ende des Tresens schloss sich eine winzige Bühne an, und jedem der Gäste stand es frei, ans Mikrofon zu treten. Es herrschte nie Mangel an Leuten, denen es Spaß machte, sich auf eine Bühne zu stellen; andere dagegen entschieden sich dafür, ihre Lieblingsmelodien von ihrem Platz aus mitzusingen. Aber auch sonst war es in der Bar kaum jemals ruhig.

Die Gäste hatten gerade »Summertime« angestimmt, als sich plötzlich kräftige Männerhände auf Ivys Schultern legten und mit den Daumen geschickt die verspannten Muskeln in ihrem Nacken zu massieren begannen. Vor Schreck kreischte sie auf und vergaß weiterzusingen. Sie blickte hoch, um zu sehen, wer sie da gepackt hielt. Über ihr hing das grinsende Gesicht ihres Cousins Terry. »Hallo, Kleine«, sagte er. Hinter ihm konnte sie Jaz, Davis und Sam sehen.

»Hallo!« Sie schob ihren Stuhl zurück und stand auf, um sie zu begrüßen. »Was macht ihr denn an einem Mittwochabend hier?«

»Mom hat angerufen«, erwiderte Jaz. »Sie sagte, du hättest heute eine Patientin verloren und könntest ein bisschen familiären Trost brauchen, und da sind wir.« Sie zog ihre um einiges größere Cousine in die Arme. »Tut mir Leid, Ive. Muss schlimm gewesen sein.«

Ivys Augen füllten sich mit Tränen, und ihr Lächeln fiel

etwas zittrig aus, als sie die Neuankömmlinge nacheinander kurz umarmte, ihnen einen Kuss gab und »Danke« flüsterte. Genau diese Form von Solidarität war es, die ihre Familie so einzigartig machte. Manchmal ließ sie der Mangel an Privatsphäre mit den Zähnen knirschen, aber immer wenn sie dachte, sie hätte endgültig die Nase voll davon, dass sich jeder in ihre Angelegenheiten mischte und alles munter in der Familie herumposaunte, passierte so etwas wie jetzt. Sie waren einfach für sie da, ohne Wenn und Aber. Das machte es irgendwie schwierig, sich zu beklagen.

»Sherry und Ben hab ich nicht erwischt«, sagte Jaz und grinste boshaft. »Sherry wird sich vor Wut die Haare raufen, wenn sie mitkriegt, dass sie etwas verpasst hat.«

Ivy lachte. »Setzt euch, ich stelle euch meine Kollegen vor«, forderte sie sie auf.

»Ich hoffe, es lohnt sich, Schwester«, sagte Jaz spitz und warf ihrer Cousine einen schalkhaften Blick zu. »Du hast dir ja wohl nicht eingebildet, dass ich allein deinetwegen hierher gekommen bin?«

»Nein, ich dachte mir schon, dass dich das Gerücht, ich wäre hier mit ein paar Männern aufgekreuzt, herbeieilen ließ«, erwiderte Ivy schlagfertig.

»Ja, sie hat gehört, dass du mit ein paar echten Ärzten hier bist«, mischte Davis sich ein.

Die vertrauten Frotzeleien mit ihren Verwandten schafften das, was nichts anderes geschafft hatte. Sie verjagten den letzten Rest von Ivys Niedergeschlagenheit, und ihr war wesentlich leichter ums Herz, als sie ihre Kollegen aus der Notaufnahme vorstellte.

Jaz' makellose Schönheit machte wie gewohnt großen Eindruck auf die Männer, und falls die anwesenden Frauen nicht allzu begeistert über ihr Erscheinen waren, dann wurde das wettgemacht durch den Anblick der drei unbeweibten Männer, die sie im Schlepptau hatte. Stühle wurden hin und her gerückt, um Platz für die Neuankömmlinge zu schaffen.

Ihre Verwandten hatten das Talent, schnell Bekanntschaft zu schließen, was eine glückliche Fügung war, da die Stammgäste die Pennington-Kinder, wie sie allgemein genannt wurden (obwohl Jaz eine Merrick war und keiner von ihnen mehr als Kind bezeichnet werden konnte), natürlich sofort erkannten und ihnen kaum genug Zeit ließen, die Vorstellungsrunde hinter sich zu bringen, bevor sie immer lauter danach riefen, der Clan sollte auf die Bühne steigen und etwas zum Besten geben. Folgsam entschuldigten sie sich bei Ivys Kollegen und erklommen das winzige Podest.

Nachdem sie kurz die Köpfe zusammengesteckt und sich beraten hatten, setzten sie zu einem alten mehrstimmigen Chorlied an, gefolgt von einem Medley mit Hits aus den Fünfzigern, in das die ganze Bar mit einstimmte. Auf Wunsch beendeten sie ihre Darbietung unter donnerndem Applaus mit »Zombie Jamboree«.

Beschwingt und mit geröteten Wangen kletterte Ivy von der Bühne, ließ sich auf ihren Stuhl fallen und griff nach ihrem Mineralwasser, während sie sich darüber wunderte, wie leicht sie mitunter vergaß, dass Singen so viel Spaß machte. Eine der Krankenschwestern ließ eines der leeren Schälchen herumgehen und sammelte Geld für das Essen ein, und Ivy presste mit einer Hand das kühle Glas gegen ihre Stirn und fischte mit der anderen Hand ein paar Scheine aus ihrem Geldbeutel. Zu ihrem Erstaunen wurde sie von allen Seiten mit Komplimenten für ihren Auftritt auf der Bühne überhäuft. Sie hatte ihr ganzes Leben lang zusammen mit ihren Verwandten gesungen, und es war ihr nie als etwas Besonderes vorgekommen. Und hier saßen jetzt plötzlich Krankenschwestern und andere Ärzte – Leute, mit denen sie täglich arbeitete –, stellten ihr alle möglichen Fragen und sahen sie mit einem beinahe bewundernden Ausdruck an. Das tat ihrem Ego ungeheuer gut.

Sie warf einen Blick in die Runde. In der Nähe stand ein gut aussehender Mann, etwa in ihrem Alter, und beobachtete sie, und als ihre Blicke sich trafen, prostete er ihr kaum merklich mit seinem Glas zu. Doch bevor Ivy die Chance hatte, sich geschmeichelt zu fühlen, war sein Blick bereits zu Jaz weitergewandert und blieb an ihr hängen. Der Ausdruck auf seinem Gesicht wechselte von Wohlgefallen zu unverhohlener Bewunderung.

Tja ... Scheiße. Ivy seufzte resigniert. Das war wieder mal typisch; seit der Zeit, als sie und Jaz gemeinsam die Pubertät hinter sich gebracht hatten, passierte ihr das in regelmäßigen Abständen. Die Männer fanden sie ganz hübsch ... Bis zu dem Augenblick, in dem sie ihre Cousine erblickten. Dann hörte sie auf zu existieren. Nicht dass sie ihnen das zum Vorwurf machen wollte. Ivy wusste, dass sie nicht unattraktiv war, aber Jasmine war eben einfach umwerfend. Ganz zu schweigen davon, dass sie auch noch klein genug war, damit ein Mann den Beschützer spielen konnte. Na ja, vielleicht machte sie sich, was das anging, auch nur etwas vor, aber allmählich ging es ihr auf die Nerven, immer im Schatten dieses Zwergs zu stehen.

Ivy war so daran gewöhnt, von Männern übersehen zu werden, wenn sie sich in Gesellschaft von Jaz befand, dass sie keinen weiteren Gedanken an den Fremden verschwendete. Deshalb entging ihr auch, dass er seinen Blick sofort wieder auf sie richtete, nachdem sie sich von ihm abgewandt hatte. Er lächelte zufrieden vor sich hin.

»Ivy?« Jessie Chapman, die Schwester, die den Korb

hatte herumgehen lassen, trat zu ihr. »Kommen Sie doch bitte mit, wenn ich Ihrem Onkel das Geld gebe.«

»Klar.«

Mack weigerte sich strikt, es anzunehmen. »Sie haben nicht um etwas zu essen gebeten«, sagte er schroff. »Ich habe es Ihnen einfach bringen lassen.«

»Aber Mr. Merrick«, protestierte Jessie, »dieses wunderbare Essen muss eine Menge Arbeit gemacht haben.«

»Sie sind Ivys Freunde. Ich nehm kein Geld von Ihnen«, sagte Mack stur.

Jessie hatte offenbar selbst ein paar brummige Verwandte, dachte Ivy belustigt, da sie nicht so schnell klein beigab. »Es ist nicht gerade ein Vermögen, das wir Ihnen anbieten, Sir. Lassen Sie uns wenigstens für die Zutaten und für Mrs. Merricks Mühen zahlen. Ihr Essen hat wunderbar geschmeckt und uns davor bewahrt, den Fraß aus der Cafeteria essen zu müssen. Sie wissen ja gar nicht, was das bedeutet.«

»Oh ja, meine Babe«, sagte Mack stolz. »Sie ist eine klasse Köchin, was?«

»Ja, Sir, das ist sie«, erwiderte Jessie aufrichtig, und Ivy beugte sich vor, um der Schwester die Rolle Geldscheine aus der Hand zu nehmen. Sie steckte sie in Macks Brusttasche und klopfte darauf.

»Du nimmst das, Onkel Mack. Du bist Geschäftsmann – besorg davon Nachschub fürs nächste Mal, wenn meine Freunde vorbeikommen. Oder kauf Tante Babe was Hübsches.« Sie grinste ihn von der Seite an. »Oder wenn der Drang, deinen Gewinn zu verpulvern, zu stark wird, dann gib meinen Freunden einen aus deinem nicht verschnittenen Vorrat aus.«

»Wart nur, du Frechdachs. Du bist nicht so groß, dass ich dir nicht immer noch den Hintern versohlen könnte,

Ivy Jayne.« Er legte einen Arm um sie und drückte sie mit einem tadelnden Kopfschütteln an sich. »Als ob's hier Verschnitt gäbe.«

Kurze Zeit später kam Ivy zu ihrer Tante in die Küche. »Ich mache mich auf den Heimweg, Tante Babe«, erklärte sie.

»Oh, Liebes.« Babe, die gerade Gläser und Aschenbecher aus der riesigen Geschirrspülmaschine räumte, richtete sich auf und wischte sich mit dem Arm über die Stirn. »Jetzt schon?«

»Ja, ich muss morgen früh raus. Und danke für das Essen – es war toll.«

»Deine Freunde haben uns viel zu viel Geld dafür gegeben, Ivy.«

»Nein, haben sie nicht«, widersprach Ivy. »Sie haben nur das gezahlt, was es in der Cafeteria gekostet hätte, und der Koch dort kann dir bei weitem nicht das Wasser reichen.« Sie legte ihre Handtasche auf die Arbeitsplatte und half ihrer Tante, die Gläser einzusortieren. »Ehrlich gesagt, Tante Babe, war ich irgendwie stolz auf sie. Es sind wirklich nette Leute, findest du nicht?«

»Sie machen mich zu einer reichen Frau«, sagte Babe trocken. »Wie sollte ich sie da nicht nett finden?«

»Ich werde deinen Rat befolgen und mir die Zeit nehmen, sie besser kennen zu lernen.«

»Gut. Und wie steht's mit einem Freund? Es gibt niemanden, sagst du?«

»Nein.« Ivy schüttelte den Kopf und fügte dann ehrlich hinzu: »Na ja, da war dieser eine Typ, aber das ist vorbei.«

»Erzähl schon«, forderte Babe sie auf, durch die vielen unterschiedlichen Gefühlsregungen, die einander auf dem Gesicht ihrer Nichte abwechselten, neugierig geworden. »Wie war er?«

»Ach Gott, Tante Babe, stahlharte Muskeln und jede Menge Sexappeal.« Entsetzt über das, was ihr da eben herausgerutscht waren, versuchte sie, ihre Worte abzuschwächen. »Nein, das stimmt so nicht. Vincent ist … anders. Anders als jeder Mann, den ich jemals kennen gelernt habe. Ungefähr fünf Minuten lang hat er mich vergessen lassen, dass man einen klaren Verstand von mir erwartet, und mir stattdessen das Gefühl gegeben, die attraktivste Frau auf der Welt zu sein.« Sie seufzte. »Aber ich glaube, er hat eine ziemlich komplizierte Geschichte hinter sich, von der ich nicht das Geringste weiß. Jedenfalls ist es vorbei.« Sie nahm ihre Handtasche. »Hör mal, ich rufe dich nächste Woche an, und dann machen wir einen Abend aus, an dem du mit Onkel Mack zum Essen kommst.«

»Das wäre schön, Liebes. Ich bin schon so gespannt auf den Sessel, den Terry neu bezogen hat. Jaz hat erzählt, dass er ganz toll geworden ist.«

»Warte, bis du ihn siehst, Tante Babe. Er hat ein wahres Wunder vollbracht, man glaubt kaum, dass es derselbe Sessel ist.« Sie warf ihrer Tante eine Kusshand zu und verließ die Küche.

Der Pioneer Square, an dem das Mack 'N Babe's lag, gehörte nicht gerade zu den Gegenden in Seattle, in denen eine Frau nachts unbesorgt allein unterwegs sein konnte. Es gab immer ein paar Säufer, die sich im Occidental Park versammelten oder unstet von einer Kneipe zur nächsten zogen. Manchmal musste man sogar über die ausgestreckte Gestalt eines Betrunkenen steigen, der seinen Rausch auf dem Bürgersteig ausschlief. Sam und Davis brachten Ivy zu ihrem Auto, das sie auf einem nahe gelegenen öffentlichen Parkplatz abgestellt hatte, und unterhielten sich dort noch eine Weile, nachdem sie weggefahren war.

Sie wären erfreut gewesen, wenn sie gewusst hätten,

dass sie damit Tyler Griffus, der Ivy aus sicherer Entfernung beobachtet hatte, unwissentlich daran gehindert hatten, ihr bis nach Hause zu folgen.

7

Die Arrestzelle hatte einen rosa Anstrich, angeblich sollte das beruhigend wirken. Vincent lieferte seinen Gefangenen dort ab und machte sich auf die Suche nach Suse McGill. Er fand sie an ihrem Schreibtisch.

»Hey, McGill.«

Er bemerkte kaum, dass sie ihn misstrauisch musterte. Es war ihm inzwischen ziemlich vertraut, dass ihm zurzeit die meisten seiner Kollegen mit einem solchen Blick begegneten.

Gut, in letzter Zeit war mit ihm nicht besonders leicht auszukommen. Na und? Der Argwohn, den seine Kollegen neuerdings in seiner Gegenwart zeigten, rief in ihm nur wenig Bedauern über sein Verhalten hervor. Verdammt noch mal, sie waren schließlich auch nicht ununterbrochen gut gelaunt und heiter.

Er fühlte sich in letzter Zeit einfach erschöpft. Natürlich hatte er nicht zugelassen, dass seine Arbeit darunter litt. Aber heute wollte er den Gefangenen, der in der Zelle wartete, zu einem umfassenden Geständnis bringen, und er fürchtete, dass dafür mehr Energie erforderlich war, als er aufbringen konnte.

Und deswegen brauchte er McGills Hilfe. Wenn es darum ging, eine belastende Aussage aus jemandem herauszuholen, die auch vor Gericht standhalten würde, war sie eine der Besten.

»Was kann ich für dich tun, Vincent?«, fragte sie. Suse' Stimme klang erstaunlich freundlich, wenn man bedachte, dass sie, wie praktisch jeder bei Special Assaults D'Ambruzzis schlechte Laune am eigenen Leib zu spüren bekommen hatte.

Aber andererseits glaubte Suse, seine jüngsten Wutausbrüche zu verstehen. Ohne es direkt auszusprechen, hatte Keith durchblicken lassen, dass Vincents ungewohnt schlechte Laune etwas mit der beeindruckenden rothaarigen Ärztin zu tun hatte, die letzte Woche hier aufgetaucht war. Das hätte Suse nicht im Geringsten überrascht. Was sie dagegen wirklich erstaunlich fand, war, dass D'Ambruzzi nicht schon längst unter den Belastungen seines selbst auferlegten Zölibats zusammengebrochen war.

»Ich wollte dich um einen Gefallen bitten, Suse.« Vincent bemühte sich, seine Stimme nicht ganz so kraftlos klingen zu lassen und einen freundlichen Ton beizubehalten, während er sein Anliegen vorbrachte.

Früher hatte er sich immer darüber amüsiert, wenn er im Fernsehen und im Kino gesehen hatte, wie hartgesottene Polizisten einem Verdächtigen so lange zusetzten, bis er ein Geständnis ablegte. In Verhören – vor allem bei einem Sexualstraftäter – erwies sich in Wirklichkeit Einschüchterung selten als das Wundermittel, als das Hollywood es unverdrossen darstellte.

Im wirklichen Leben bestand der Trick in den meisten Fällen darin, auf den Verdächtigen einzugehen und ihn dazu zu bringen, Vertrauen zu dem Polizisten zu entwickeln, der ihn verhörte. Suse McGill konnte das besonders gut. Sie hatte ein Talent dafür, das Selbstgefühl eines Verdächtigen zu stärken, so dass er bereit war, ein Geständnis abzulegen, und dazu war ihre Fähigkeit, seine Tat herunterzuspielen, das wichtigste Mittel. Indem sie es so klingen ließ, als hätte es noch viel schlimmer sein können, als es tatsächlich gewesen war, gab sie ihm die nötige Kraft, um zu gestehen.

Sie war jung, hübsch, freundlich und rücksichtsvoll ... und entsprach damit in keiner Weise den Erwartungen der meisten Sexualstraftäter. Sie wirkte auf sie von Anfang an weniger bedrohlich als die meisten ihrer männlichen Kollegen, und deshalb fassten sie schneller Vertrauen zu ihr. Außerdem war es ihr wirklich ein Anliegen herausfinden, was sie zu ihren Handlungen veranlasst hatte, und dieses Interesse war spürbar.

Alle Mitarbeiter der Abteilung hatten die gleiche Spezialausbildung durchlaufen – sie alle wussten, dass die meisten Sexualstraftäter irgendwann in ihrem Leben selbst sexuell missbraucht worden waren. Viele der Detectives – darunter auch Vincent – arbeiteten jedoch bereits zu lange hier, um mit einem Vergewaltiger wegen eines früher erlittenen Leids noch viel Mitgefühl zu verspüren. Vincent war zu oft mit den schrecklichen Folgen konfrontiert worden und hatte zu viele Opfer gesehen, deren Leben dadurch zerstört worden war.

Er reichte Suse seinen Bericht und einen Stapel Aufzeichnungen, die sie auf dem Weg zu der rosa gestrichenen Zelle überflog. Dort angekommen, blieb sie stehen, um die letzten paar Zeilen zu lesen, und sah dann Vincent an. »Ist er über seine Rechte informiert?«

»Ja. Er hat sie verstanden und verzichtet auf einen Anwalt. Ebne ihm einen Weg, Suse, mal sehen, was du damit erreichst.« Er blickte sie einen Moment zögernd an und spielte mit dem Kleingeld in seiner Jeanstasche. Dann sagte er mit einem Anflug von Verlegenheit: »Ich weiß deine Hilfe zu schätzen.«

Sie tätschelte ihm den Arm. »Keine Ursache.« Nachdem sie einen Blick in die Zelle geworfen hatte, sah sie ihn kopfschüttelnd an. »Ich bin jedes Mal aufs Neue erstaunt, wie klein und jämmerlich sie beim Verhör aussehen. Mein Gott, Vince, wenn sie ihre Verbrechen begehen, muss das Gefühl von Macht sie irgendwie wachsen lassen. Momentan macht er jedenfalls den Eindruck, als könnte meine sechsjährige Nichte mit links mit ihm fertig werden.«

Vincent begleitete sie in die Arrestzelle und stellte sie dem Verdächtigen vor. »Dan, das ist Detective McGill. Sie wird Ihnen dabei helfen, eine Aussage zu machen.« Er nahm auf einem Stuhl hinter dem Mann Platz. Suse hatte sich damit einverstanden erklärt, dass er zuhörte, solange er den Verdächtigen nicht ablenkte oder so nervös machte, dass dadurch das Verhör beeinträchtigt wurde.

Sie hielt die Aufmerksamkeit des Vergewaltigers auf sich gelenkt, indem sie freundlich mit ihm sprach, ihn aufforderte, hier eine Stelle in dem Bericht näher zu erläutern, dort eine Einzelheit zu bestätigen. Bald hatte er vergessen, dass außer ihnen noch jemand im Raum war.

An einem gewissen Punkt blickte sie von den Unterlagen vor ihr auf. »Sie hatten ein Messer, ist das richtig?«

Dan zuckte mit den Schultern.

»Das ist nicht so schlimm«, sagte sie sanft, als spräche sie eher zu sich selbst. »Es hätte schlimmer sein können – es hätte eine Pistole sein können.« Sie blätterte erneut eine Weile in den Papieren, legte sie schließlich auf den Tisch und tippte mit dem Finger auf das oberste Blatt, während sie den Verdächtigen offen anblickte.

»Gut, Dan, dann wollen wir mal sehen, ob ich alles richtig verstanden habe«, sagte sie ruhig. »Sie fuhren in dieser Nacht ungefähr um Viertel vor zwölf zum Haus der Frau, um ihr eine Pizza zu liefern, und sie kam im Morgenmantel an die Tür. Das ist durchaus aufreizend. Und was tut sie dann? Sie geht ins Schlafzimmer, um Geld zu holen, statt es von vornherein bereitzuhalten. Sie will, dass Sie mitkommen – ich meine, Sie gehen davon aus, dass sie es will, oder? Also folgen Sie ihr ins Schlafzimmer, und eins führt zum andern.« Suses Stimme klang unverändert freundlich, als sie jetzt schneller zu sprechen begann. »Sie fassen sie an, sie küssen sie … Sie will Sie. Sie will Sie wirklich – nicht wahr? Und weiter, Dan, Sie hatten ein Messer, stimmt's? Das stimmt doch, Sie hatten ein Messer? Es hätte schlimmer sein können, Sie hätten eine Pistole haben können. Haben Sie ihr eine Pistole an den Hals gehalten – haben Sie das getan, Dan, haben Sie?«

»Nein, ich habe ihr keine Pistole an den Hals gehalten.«

»Was war es dann?«, fragte Suse. »Es war ein Messer – es war nur ein Messer, oder?«

Er nickte.

»Sie haben das Messer nicht benutzt, nicht wahr, Dan? Sie haben es einfach hingelegt, nachdem Sie es ihr gezeigt hatten, stimmt's? Haben Sie es benutzt, Dan?«

»Nein, ich habe es nicht benutzt.«

»Okay, Sie haben sie mit einem Messer bedroht, aber Sie haben sie nicht umgebracht. Sie hätten sie umbringen können!« Sie dachte einen kurzen Moment nach und nickte ihm dann aufmunternd zu. »Sie haben sie nicht umgebracht. Hören Sie, ich spreche jeden Tag mit Hunderten Vergewaltigern. Einige von ihnen bringen ihre Opfer um. *Sie* haben sie nicht umgebracht. Mein Gott, Sie waren nett zu ihr – haben Sie ihr nicht sogar dabei geholfen, sich wieder anzuziehen? Hey, Sie sind kein schlechter Kerl. Sie zahlen Ihre Steuern – Sie haben eine Frau. Ich weiß, was Sie empfinden, Dan. Sie stehen unter Druck, Sie versuchen, Ihren Job zu machen … Den ganzen Tag stehen Sie am Fließband, und nachts liefern Sie Pizzen aus, um ein paar mehr Dollar in der Tasche zu haben. Und wohin führt Sie das? Sie landen bei einer Frau, die verletzlich ist, traurig, einsam. Warum sonst hätte sie Sie mitten in der Nacht gerufen und warten lassen, während sie das Geld holt, wenn sie nicht wollte, dass sie die Gelegenheit ergreifen? Warum sonst hätte sie das getan?«

Vincent konnte förmlich sehen, wie der Verdächtige etwas an Selbstbewusstsein zurückgewann, während Suse sprach. Bald hatte sie ihn so weit, dass er jeden einzelnen Punkt bestätigte, der nötig war, um vor Gericht eine Verurteilung zu erreichen.

Sie hatten ihr Geständnis. Jeder Detective in der Abteilung hatte seine eigene Methode, aber im Grunde genommen holten sie es immer auf diese Weise aus einem Verdächtigen heraus. Abgesehen von der Zeit, in der sie ihre Tat begingen, belastete die meisten Vergewaltiger ihre Tat erstaunlicherweise. Es gab natürlich Ausnahmen, aber für die meisten war es wichtig, dass man ihnen das Gefühl vermittelte, ihr Verbrechen sei nicht ganz so schlimm wie andere, mit denen die Detectives zu tun hatten.

Vincent dachte, dass sich die Opfer wahrscheinlich ein zweites Mal vergewaltigt vorkämen, sollten sie jemals hören, wie die Detectives mit den Tätern umgingen, wie sie es absichtlich so klingen ließen, als hätten die Frauen das, was man ihnen angetan hatte, gewollt. Aber dieses Vorgehen war notwendig. Die Einschüchterungstaktik funktionierte nicht, und letztlich diente ein unterschriebenes Geständnis den Interessen des Opfers, weil es ihm in vielen Fällen die Demütigung ersparte, vor Gericht aussagen zu müssen. Und wenn eine Verhandlung stattfand, dann war mit einem Geständnis eher gewährleistet, dass es zu einer Verurteilung kam. Also, ja, es war notwendig. Und er hatte selbst schon oft auf ähnliche Weise ein Geständnis aus einem Täter herausgeholt. Heute fühlte sich Vincent jedoch völlig ausgelaugt und hatte alles bis oben hin satt. Er hatte einfach nicht die Nerven dafür.

Der Sergeant am Empfang legte den Hörer auf und sah Ivy an. »Tut mir Leid, Ma'am«, sagte er. »Es ist keiner mehr da.«

»Verdammt!« Ivy schlug mit der flachen Hand auf den Tresen, dann machte sie auf dem Absatz kehrt und eilte hinaus, bevor der Sergeant ihr anbieten konnte, den Beamten anzupiepsen, der heute Bereitschaft hatte.

Was jetzt? Sie kochte vor Wut, als sie auf die Straße trat und auf den vor Hitze flirrenden Asphalt starrte. Sie atmete möglichst flach, um nicht zu viel von der abgasgeschwängerten Luft in ihre Lungen zu bekommen. Sollte sie etwa bis morgen warten? Gott, so lange hielt sie es nicht aus.

Natürlich kannte sie die Dienstzeiten der Special Assault Unit. Sie hatte auch schon befürchtet, dass es zu spät sein könnte, wenn sie aufs Revier kam. Trotzdem hatte sie gehofft, dass D'Ambruzzi oder jemand anderes aus seiner Abteilung noch da wäre. Hätte sie die Notaufnahme doch nur sofort verlassen, nachdem sie die Nachricht erhalten hatte ...

Aber diese Überlegung nützte ihr jetzt auch nichts mehr. Was hätte sie denn machen sollen – sie konnte die Schmerzen des armen Kindes doch nicht einfach ignorieren. Außer einem neuen, äußerst nervösen Assistenzarzt war niemand verfügbar gewesen, und der kleine Junge musste sofort behandelt werden; sein Zustand musste stabil sein, bevor sie ihn auf die Station für die Brandverletzten bringen lassen konnte. Danach hatte sie einige Zeit gebraucht, um seine Eltern zu beruhigen. Trotzdem hätte sie es noch vor Dienstende schaffen können, wenn sie nicht im Verkehr stecken geblieben wäre.

Sie wischte sich den Schweiß von der Stirn, als sie in der brütenden Nachmittagshitze die steile Straße zu dem Parkplatz erklomm, auf dem sie ihr Auto abgestellt hatte, und kam zu dem Schluss, dass es keinen Sinn hatte, sich Vorwürfe zu machen. Das änderte doch nichts daran, dass sie einfach zu spät gekommen war, um noch jemanden zu erwischen.

Aber was sollte sie jetzt tun?

Vincent versuchte, die nötige Energie aufzubringen, um sich etwas zu essen zu machen, als es an seiner Tür klingelte. Normalerweise kochte er gern und betrachtete es eher als angenehme Freizeitbeschäftigung denn als Arbeit, aber seit ein paar Tagen war er so erschöpft, dass ihn schon das bloße Atmen anzustrengen schien.

Er gähnte und spielte mit dem Gedanken, das Läuten einfach zu ignorieren. Er wollte nichts weiter, als auf dem Sofa liegen bleiben, auf das er sich gleich nach dem Heimkommen hatte fallen lassen. Wahrscheinlich war es sowieso bloß irgendein junger Zeitschriftenwerber, der ein Abonnement an den Mann bringen wollte, also warum unnötig Energie verschwenden? Gelegentlich schafften sie es, die Sicherheitsvorkehrungen zu umgehen, indem sie hinter einem anderen Hausbewohner durch die Haustür schlüpften. Es klingelte jedoch erneut, und mit einem resignierten Seufzen rappelte er sich hoch.

Zurzeit schien niemand etwas mit ihm zu tun haben zu wollen, und der letzte Mensch, mit dem er gerechnet hätte, als er die Tür öffnete, war Ivy Pennington.

Ohne jegliche Einleitung hielt sie ihm einen Plastikbeutel mit einem Umschlag darin unter die Nase. »Er weiß, wer ich bin.« Die letzte Stunde hatte sie damit verbracht, nervös in ihrer Wohnung hin und her zu laufen, und inzwischen war sie außer sich vor Angst.

Vincent fragte sich nicht, woher der plötzliche Energieschub kam, der seine Nervenenden zum Vibrieren brachte. Er blickte auf den Umschlag und sah dieselbe Druckschrift vor sich wie auf der letzten Karte, die sie ihm gebracht hatte. »Oh Scheiße. Noch eine. Steckte sie wieder in einem Strauß?«

»Nein, dieses Mal kam nur die Nachricht.«

Er packte ihren Arm, zog sie in seine Wohnung und schlug die Tür zu. Halb führte, halb zerrte er sie in sein Wohnzimmer, wo er sie sanft auf das Sofa drückte. Während er besorgte ihr verstörtes Gesicht musterte, erkundigte er sich: »Alles in Ordnung?«

Sofort sprang sie wieder auf und starrte ihn fassungslos an. »Nein, nichts ist in Ordnung!« Sie begann in seinem Wohnzimmer auf und ab zu gehen und deutete auf den Beutel in seiner Hand. »Lesen Sie! Dieser Vergewaltiger, dieser Kerl, der – wie haben Sie ihn bezeichnet? Bösartig und gewalttätig? Er weiß, wer ich bin, D'Ambruzzi!«

Vincent ging in die Küche und kramte in der Besteckschublade nach einer Pinzette. Ivy folgte ihm auf dem Fuß und quetschte sich hinter ihm in den winzigen Raum, wo sie nervös irgendwelche Gegenstände von der Arbeitsfläche in die Hand nahm, um sie gleich darauf wieder fallen zu lassen. Er unterbrach seine Suche und blickte auf. Sie zog gerade den Schneebesen aus dem Tontopf, in dem er steckte, und gleich noch ein paar andere Gerätschaften mit. Vergeblich versuchte sie zu verhindern, dass sie herunterfielen, und sie verstreuten sich geräuschvoll über die Arbeitsfläche. Er fragte trocken: »Wollen Sie etwas trinken, Doktor?«

Ivy sammelte die Sachen ein und steckte sie zurück in den Topf. Erst als alles bis auf den Schneebesen wieder an seinem Platz war, schien Vincents Stimme zu ihr durchzudringen. Sie sah ihn verständnislos an. »Was?«

»Wollen Sie etwas trinken?«

»Oh ja. Bitte.« Sie fuhr sich mit den Fingern durch die Haare. »Mein Gott – ich bin fix und fertig.«

Er wandte sich dem niedrigen Regal zu, das ihm als Barschrank diente. Ivy stand direkt davor, starrte ins Leere und schlug sich rhythmisch mit dem Schneebesen auf die Handfläche. Da sie ihn wahrscheinlich ohnehin nicht hören würde, wenn er sie bat, zur Seite zu gehen, fasste er sie einfach an den Hüften und schob sie weg. Dann kauerte er sich vor das Regal und musterte seine Bestände. »Ich habe Wodka, Bourbon und einen kleinen Rest Rum. Und im Kühlschrank steht vielleicht noch ein Bier.« Er sah zu ihr hoch. »Was wollen Sie?«

Er musste seine Frage wiederholen. »Bourbon«, sagte sie schließlich. Sie schlug sich noch zweimal mit dem Schneebesen auf die Handfläche, dann erinnerte sie sich an ihre gute Erziehung. »Bitte«, fügte sie leise hinzu.

»Gut, Bourbon also.« Vincent nahm die Flasche aus dem Regal und richtete sich auf. »Sehen Sie mal im Kühlschrank nach, ob ein Bier für mich drin ist.« Er nahm ein Glas und schenkte ihr Whisky ein. »Möchten Sie ihn pur?« Keine Antwort. »Doktor? Möchten Sie ihn pur?«

»Mit ein bisschen Wasser. Bitte.« Ivy schlug die Kühlschranktür zu und reichte ihm das Bier. Sie nahm ihm den Whisky ab, ließ einen Eiswürfel, den sie aus dem Gefrierfach geholt hatte, in das Glas fallen, rührte mit dem Finger darin herum und nahm einen kräftigen Schluck. Ein Schauer durchlief sie, und als sie seinen Blick auffing, nickte sie ihm zu. »Danke. Das habe ich gebraucht.«

Vincent öffnete die Bierflasche, warf den Deckel in die Spüle und griff nach dem Plastikbeutel und der Pinzette. »Kommen Sie«, sagte er. »Gehen wir ins Wohnzimmer. Wir können es uns genauso gut bequem machen, und dafür ist die Küche eindeutig zu klein.«

Aber auch dieses Mal konnte sie nicht ruhig sitzen bleiben und sprang vom Sofa auf, bevor die Polster sich unter ihrem Gewicht auch nur zusammendrücken konnten. Vincent bemühte sich, ihre ruhelose Wanderung zu ignorieren, aber es fiel ihm schwer, sich zu konzentrieren, solange sie in seinem Wohnzimmer herumtigerte und eins seiner Besitztümer nach dem anderen in die Hand nahm, nur um es sofort wieder hinzustellen, sobald ihr Blick auf etwas anderes fiel.

Er zog mit der Pinzette den Umschlag aus dem Plastikbeutel und legte ihn auf die Zeitung, die er auf dem Couchtisch ausgebreitet hatte. Die Klappe war nicht eingesteckt, und er nahm einen Kugelschreiber zu Hilfe, um sie offen zu halten, als er mit der Pinzette die Nachricht herauszog. Es handelte sich um ein zweimal gefaltetes Blatt weißes Papier, wie man es in jedem Schreibwarenladen kaufen konnte. Er packte mit der Pinzette eine der oberen Ecken und schüttelte es auf. Die Nachricht bestand aus einer einzigen Zeile in der Mitte des Blattes, in Druckbuchstaben geschrieben, und der inzwischen bekannten Unterschrift in Form eines halben Herzens. Sie war kurz und unmissverständlich. Da stand: *Mir gefällt, wie Sie singen.*

Vincent steckte den Bogen in den Umschlag zurück und diesen in den Plastikbeutel. Dann sah er sich nach Ivy um. Sie stand auf dem kleinen Balkon und starrte in die Ferne. Mit der einen Hand hielt sie ihr Glas an die Brust gepresst, mit der anderen klopfte sie unruhig gegen das Geländer. »Was meint er damit?«, rief er ihr zu. Sie war offenbar in ein Selbstgespräch verwickelt, da sie keine Antwort gab. »Ivy?«

Immer noch keine Antwort.

»Ivy!«, brüllte er. Sie fuhr zusammen und wirbelte herum, als sei sie überrascht, noch jemanden hier vorzufinden. »Kommen Sie her, und setzen Sie sich«, befahl er ihr knapp. »Und hören Sie mir endlich zu, ich habe keine Lust, dauernd alles zu wiederholen.«

In Anbetracht ihres Temperaments, von dem er ja bereits einige Kostproben bekommen hatte, überraschte es ihn, dass sie seiner Aufforderung ohne Widerspruch Folge leistete. Sobald sie neben ihm auf dem Sofa saß, wiederholte er seine Frage: »Was meint er damit, wenn er schreibt, dass es ihm gefällt, wie Sie singen?«

Ivy blinzelte ein paarmal und versuchte, sich zu konzentrieren. Du lieber Gott, sie musste sich zusammenreißen. Als sie am Nachmittag die Nachricht erhalten hatte, war sie nur deswegen nicht hysterisch geworden, weil sie sich um ihres kleinen Patienten mit den Verbrennungen willen am Riemen reißen musste. Und das hatte angehalten, bis sie nach Hause gekommen war.

Aber dann war es um ihre Fassung geschehen gewesen. Es war ihr unmöglich, sich länger als eine Sekunde auf irgendetwas zu konzentrieren, ihre Gedanken wirbelten wild durcheinander. Worte, die jemand zu ihr sagte, schwirrten zusammenhanglos in ihrem Bewusstsein umher wie Motten um eine Lampe, bevor sie sich schließlich zu sinnvollen Sätzen fügten, und auch nur dann, wenn sie der Sprecher einige Male wiederholt hatte. Die Angst schien sie schwerhörig gemacht zu haben.

»Ivy«, sagte Vincent noch einmal mühsam beherrscht, »was soll es bedeuten, wenn er schreibt, dass es ihm gefällt, wie Sie singen?«

Sie hatte aufmerksam die Bewegungen seines Mundes verfolgt, als müsste sie ihm die Worte von den Lippen ablesen. Dann sah sie ihn plötzlich zum ersten Mal klar vor sich, seit sie an seiner Tür geläutet hatte.

Er trug Jeans und ein weißes Hemd mit hochgekrempelten Ärmeln, an dem die beiden obersten Knöpfe geöffnet waren. Offensichtlich hatte er beim Nachhausekommen lediglich sein Jackett und Schuhe und Strümpfe ausgezogen, Ersteres hing über der Sofalehne und Letztere lagen verstreut unter dem Couchtisch. An seinem Gürtel war noch ein Lederholster befestigt, das ihr erstaunlich groß vorkam, und sein Hemd war verschwitzt und zerknittert. Während sie den Griff seiner Pistole anstarrte, begannen sich ihre Nerven allmählich zu beruhigen.

Ein Mann mit einer Pistole war sicher gefährlicher als ein Mann mit einem Messer. Und dieser spezielle Mann mit Pistole wohnte direkt neben ihr.

»Ich war gestern Abend nach dem Ende meiner Schicht mit ein paar Kollegen aus dem Krankenhaus im Mack 'N Babe's«, erklärte sie ihm, und Vincent stellte mit einer gewissen Befriedigung fest, dass der hysterische Ausdruck nach und nach aus ihren Augen verschwand. Ihre Stimme hörte sich wieder annähernd normal an. »Die Bar gehört meinem Onkel und meiner Tante«, erläuterte sie und fügte dann noch hinzu: »Sie haben mich nach dem Tod meiner Eltern bei sich aufgenommen.«

Warum erzählte sie ihm das? Sie war von sich selbst überrascht. Noch mehr überraschte es sie, dass Vincent auf ihre Bemerkung einging, statt sie – wie sie es erwartet hätte – als nebensächlich beiseite zu wischen.

»Wie alt waren Sie, als Ihre Eltern starben?«

»Fünfzehn. Also, jedenfalls –«, fuhr sie fort, bemüht,

zum eigentlichen Thema zurückzukehren. Vincent hakte jedoch nach.

»Wie sind sie gestorben?«

»Bei einem Autounfall. Ich war im Wagen, aber ich habe auf dem Rücksitz geschlafen.«

»Das ist schrecklich. Und Sie waren erst fünfzehn? Ich war in der Navy, als meine Mutter starb«, sagte er. »Da war ich einundzwanzig, zweiundzwanzig. Und ich war fast dreißig, als mein Vater seinen Herzinfarkt hatte. Ich war also etwas besser darauf vorbereitet, mit einem solchen Verlust fertig zu werden, als es ein Kind sein kann, aber es war trotzdem schwer.« Er rekapitulierte im Stillen kurz, was er über sie wusste, und sagte dann aufs Geratewohl: »Das war es, was in Ihnen den Wunsch geweckt hat, Ärztin zu werden, oder?«

»Ja.« Erst jetzt merkte sie, dass sie ihn die ganze Zeit mit offenem Mund angestarrt hatte, und klappte ihn schnell zu. Ein persönliches Gespräch? Zwischen ihr und D'Ambruzzi? Plötzlich schoss ihr durch den Kopf, dass sie bislang, obwohl sie sich so nahe gewesen waren, wie es zwei Menschen nur sein können, über nichts Persönliches miteinander gesprochen hatten.

»Wie waren Ihre Tante und Ihr Onkel als Ersatzeltern?«

»Oh, sie waren wunderbar.« Zum ersten Mal seit Stunden lächelte Ivy. »Absolut wunderbar.« Der Knoten in ihrem Magen begann sich zu lösen, als sie ihm von einigen der Dinge berichtete, die Mack und Babe für sie getan hatten. Und dann erzählte sie ihm von der Bar.

»Dort hat er Sie also singen gehört? Gestern Abend?«

»So muss es gewesen sein.« Sie blickte auf seine nackten Füße, die er gegen das Polster neben ihrem von den Shorts nur halb bedecken Oberschenkel stemmte. Wieder einmal stellte sie fest, wie dunkel seine neben ihrer blassen Haut wirkte. »Aber fragen Sie jetzt nicht, wie er mich dort aufgespürt hat«, sagte sie. »Weil ich nämlich nicht die geringste Ahnung habe.« Sie starrte einen Moment lang vor sich hin. »Es sei denn …«

Als sie nicht weitersprach, drängte Vincent sanft: »Es sei denn?«

Sie sah ihn an. »Es sei denn, er hat gehört, wie wir in der Notaufnahme darüber gesprochen haben«, sagte sie langsam. Sie berichtete, wie es gestern dort zugegangen war, wie sie über die Korridore hinweg erörtert hatten, was sie unternehmen wollten, und jeder eine Idee beigesteuert hatte. »Normalerweise würden wir nie über so etwas auf Station sprechen, aber wir hatten einen furchtbaren Tag hinter uns. Es kamen ohne Unterlass neue Verletzte herein, in schnellerer Folge, als wir sie versorgen konnten, und für zu viele von ihnen konnten wir überhaupt nichts mehr tun.« Sie senkte den Kopf.

Vincent blickte auf ihren gebeugten Nacken. Er hätte gern ihr Gesicht gesehen, aber eine glänzende rote Haarsträhne, die nach vorne gefallen war, verhinderte das. »War einer Ihrer Patienten dabei?« Ihr Kopf zuckte hoch, aber sie sah ihn nicht an. Er ließ nicht locker. »Bei denen, für die Sie nichts mehr tun konnten?«

»Ja.« Sie strich sich die Haare hinters Ohr und warf ihm einen raschen Blick von der Seite zu. Dann sah sie wieder auf die Hände in ihrem Schoß. »Eine junge Frau, im sechsten Monat schwanger. Sie hatte sich nicht angeschnallt.«

»Mein Gott, das ist bitter.« Er betrachtete ihr Profil. »Wie kommen Sie damit klar?«

Ihr kurzes Auflachen hatte nichts mit Heiterkeit zu tun. »Schlecht.« Ihr Mundwinkel zog sich nach unten. »Sehr schlecht. Tante Babe sagt, ich muss lernen zu akzeptieren, dass ich sie nicht alle retten kann.«

Plötzlich machte sich ihr Magen mit einem lauten Knurren bemerkbar, und sie presste die flache Hand darauf in der Hoffnung, ihn damit zum Verstummen zu bringen. Vincent erhob sich im Nu und streckte ihr seine Hand entgegen. »Kommen Sie.« Er zog sie hoch und führte sie in die Küche. »Stellen Sie sich hierhin, da sind Sie mir nicht im Weg – ich kann Ihnen aber auch einen Stuhl holen.«

»Nein, es geht schon. Warum? Was haben Sie vor?«

»Ich mache uns was zu essen.«

»Oh nein, bitte nicht.« Es war ihr peinlich, gewiss hatte ihn ihr knurrender Magen zu dieser Einladung veranlasst. »Wirklich«, beharrte sie, »das ist nicht nötig.«

Vincent, der gerade den Inhalt des Kühlschranks inspizierte, blickte kurz hoch. »Doch, das ist es«, widersprach er. »Wir haben beide Hunger.«

»Hey«, sagte sie und machte einen Schritt nach hinten, »vielleicht sollte ich jetzt besser gehen. Ja? Sie haben doch bestimmt heute Abend etwas vor.«

»Ivy, nehmen Sie sich einen Stuhl, und setzen Sie sich hin!«, platzte er ungeduldig heraus, ohne seine Suche im Kühlschrank zu unterbrechen. Es war keine Bitte.

Ivy hatte etwas gegen Befehle. Sie öffnete bereits den Mund, um ihm das klar zu machen, überlegte es sich dann jedoch anders. Wenn sie ehrlich war, dann musste sie bekennen, dass sie sich hier sicher fühlte, und das Letzte, was sie wollte, war, zurück in ihre Wohnung zu gehen und dort den Abend allein zu verbringen. Außerdem – aber eher hätte sie einen Regenwurm verschluckt, als das laut zuzugeben – wagte sie es nicht, ihn weiter herauszufordern, indem sie sich über seinen Ton mokierte. Nicht heute Abend.

Sie zog einen der Stühle vom Esstisch zur Küchentür und setzte sich.

Er stellte die Zutaten bereit und klapperte mit Töpfen, richtigen Profikochtöpfen, wie sie feststellte, keine solchen alten verbeulten billigen Dinger, wie sie sie besaß. Dann hackte er Knoblauch und Zwiebeln und schob sie mit der Klinge seines Messers vom Schneidebrett in eine Pfanne. Unter Zugabe von einem Schuss Olivenöl dünstete er sie über der Flamme an und schwenkte dabei geschickt die Pfanne. Zwischendurch warf er ihr einen Blick über die Schulter zu. »Haben Sie die Botschaft im Krankenhaus auf die gleiche Weise erhalten wie die Blumen?«

»Ja.« Sie konnte ihre Augen nicht von seinen Händen und der Pfanne abwenden. »Wo haben Sie so kochen gelernt?«

Er grinste, presste Daumen und Zeigefinger zusammen und vollführte die einzige typisch südländische Geste, die sie bislang an ihm gesehen hatte. »D'Ambruzzis gute italienische Küche.« Er küsste seine Fingerspitzen. »*Bellissima*.«

»Wirklich? Ein Familienrestaurant? Wo?«

»Gentry, Iowa.« Wieder warf er ihr einen raschen Blick zu und zuckte dann lächelnd mit den Schultern. »Ich erwarte nicht von Ihnen, dass Sie jemals etwas davon gehört haben. Es ist nur ein Punkt auf der Landkarte – ein sehr kleiner Punkt.«

»Iowa, aha! Und wie sind Sie hier gelandet?«

»Ich war in Bremerton stationiert, als ich bei der Navy war. Die Gegend hat mir gefallen; Gentry konnte ich nicht ausstehen.« Er zuckte noch einmal mit den Schultern, griff nach einer Packung Linguini und schüttete sie in den Topf mit kochendem Wasser. »Decken Sie schon mal den Tisch?« Er sah sie an. »Wenn Sie draußen auf dem Balkon essen wollen, weil es dort kühler ist, finden Sie einen Klapptisch unter meinem Bett. Teller und Gläser sind in dem Schrank dort.« Er deutete mit dem Kopf darauf. »Besteck in der Schublade darunter.« Er gab ein paar Spritzer Muschelsaft in die Pfanne und ging zum Kühlschrank, um die Zutaten für einen Salat herauszuholen.

Ivy ging ins Schlafzimmer, um den Klapptisch zu holen. Sie sah sich um und stellte fest, dass ihr Nachbar sehr ordentlich war: das Zimmer war perfekt aufgeräumt, nichts lag herum. Selbst das Bett war gemacht … und er hatte nicht einfach nur schnell die Decke darübergezogen, wie sie es für gewöhnlich tat. Faltenlos und wie mit dem Lineal gezogen lag sie akkurat über das Bett gebreitet.

Sie wandte sich rasch ab. Es fehlte gerade noch, dass sie Spekulationen darüber anstellte, was in diesem Bett schon alles passiert war. Dass sie sich heute Abend in seiner Gesellschaft so wohl fühlte, war geradezu ein Wunder. Zweifellos war das zum Teil darauf zurückzuführen, dass zwischen ihnen zum ersten Mal keinerlei erotische Spannung zu spüren war.

Dabei sollte es auch bleiben. Vincent und seine Waffe mochten ihr ein größeres Gefühl von Sicherheit vermitteln als jemals jemand zuvor, aber sie hatte sich schon einmal von seinen außer Kontrolle geratenen Hormonen überrumpeln lassen, und es lag nicht in ihrer Absicht, ihrer Schwäche für ihn ein zweites Mal nachzugeben. Nie im Leben.

Beim Essen sagte Vincent: »Die gute Nachricht ist, dass der Vergewaltiger offensichtlich nicht weiß, wo Sie wohnen. Sonst würde er seine Botschaften nicht weiterhin ans Krankenhaus schicken.« Er verscheuchte eine Fliege von der Schüssel mit den Linguini. »Geben Sie mir den Teller, ich decke das besser mal zu.« Gleich darauf wandte er seine Aufmerksamkeit wieder ihr zu. »Haben Sie einen regelmäßigen Dienstplan?«

»Ja, mehr oder weniger. Meistens arbeite ich von acht bis vier, Sonntag bis Donnerstag. Alle vier Wochen bin ich am Wochenende eingeteilt und habe dafür Montag und Dienstag frei.« Ivy hielt ihm ihren Teller hin. »Kann ich bitte noch ein bisschen davon haben?« Sie leckte sich etwas Muschelsauce aus dem Mundwinkel. »Es schmeckt wunderbar.«

»Danke.« Er häufte ihr eine zweite Portion auf den Teller. »Wenn Se in der Tagschicht arbeiten, warum waren Sie dann in der Nacht da, in der Bess Polsen eingeliefert wurde?«

Seine Lenden fingen an zu brennen, als er sich an die fragliche Nacht erinnerte, aber er verdrängte den Gedanken daran mit Gewalt aus seinem Kopf. Zum ersten Mal, seit sie einander begegnet waren, gingen sie ungezwungen miteinander um. Er konnte tatsächlich mit ihr zusammen sein, ohne dauernd daran zu denken, dass er sich am liebsten auf sie stürzen würde, und er hatte nicht vor, sich von einem unberechenbaren Testosteronschub aus der Fassung bringen zu lassen und damit die winzigen Fortschritte, die er gemacht hatte, aufs Spiel zu setzen.

Wenn er in der vergangenen Woche schon sonst nichts begriffen hatte, so doch zumindest so viel, dass er aufhören musste, sich selbst etwas vorzumachen. Er konnte sich noch so oft einreden, dass sie ihn nicht interessierte, aber in dem Augenblick, in dem er seine Tür geöffnet und sie dort stehen gesehen hatte, hatte er sich eingestehen müssen, dass sein Interesse an ihr unvermindert groß war.

Nicht dass das noch viel nützen würde. Er hatte bereits alles gründlich vermasselt, und im Grunde war er das Gefühl leid, sich für seine Handlungsweise entschuldigen zu müssen. Aber er konnte wenigstens ehrlich sein. Wenn es auch sonst nichts brachte, würde es ihm und allen in seiner näheren Umgebung vielleicht wenigstens eine weitere Woche wie die vergangene ersparen.

»Ich bin in dieser Woche für einen anderen Arzt eingesprungen«, erwiderte Ivy. »Doppelte Schicht. Meine reguläre und im Anschluss daran die von vier bis Mitternacht.«

Er musterte einen Augenblick lang ihr Gesicht. »Wir müssen wohl davon ausgehen, dass er Ihren Dienstplan inzwischen kennt.«

Ivy schob mit einer abrupten Bewegung ihren Teller von sich. »Es ist schrecklich«, sagte sie mit leiser, angespannter Stimme. »Ich kann Ihnen gar nicht sagen, wie schrecklich ich das finde. Ich habe mich noch nie in meinem Leben vor irgendetwas gefürchtet.« Sie machte eine abschwächende Handbewegung. »Na ja, ich hatte natürlich Angst davor, dass ich durchs Examen falle oder dass ich eine falsche Diagnose stelle. Aber bisher habe ich mich noch nie körperlich bedroht gefühlt. Und jetzt kommt auf einmal dieser Kerl daher …«

Sie biss sich auf die Unterlippe und sah weg. »Er macht mir Angst«, gestand sie leise, gegen das Balkongeländer gerichtet. Dann hob sie ihre Augen wieder zu Vincent. »Dieser Mistkerl macht mir Angst, und dafür hasse ich ihn!«

Vincent war auch nicht gerade glücklich darüber. Dieser spezielle Vergewaltiger hatte sich bislang strikt an ein bestimmtes Muster gehalten, wenn er seine Taten beging. Jetzt plötzlich änderte er dieses Muster. Es hatte beinahe den Anschein, als würde dieser Kerl Ivy als sein persönliches Maskottchen betrachten, und wenn das der Fall war, dann wusste Vincent auch nicht weiter, mit einer derartigen Situation war er noch nie konfrontiert gewesen.

Im Allgemeinen konnte man sich bei Vergewaltigungen, bei denen das Opfer am Leben blieb, darauf verlassen, dass es wenig daran zu deuten gab. Bei ihnen fiel dieser kranke Schwachsinn weg, der in diesem Fall nach und nach zum Vorschein kam. Und insbesondere gefiel es Vincent nicht, dass Ivy anscheinend im Mittelpunkt der Überlegungen eines Psychopathen stand, denen er nicht im Entferntesten folgen konnte.

Aber sie brauchte jetzt das Gefühl von Sicherheit, nicht noch mehr Druck. Außerdem musste er einen Schritt nach dem anderen machen – so wie er es immer tat. Früher oder später würde sich ein Anhaltspunkt ergeben. Eine der größten Schwierigkeiten bei diesem Fall hatte von Anfang an darin bestanden, dass der Vergewaltiger kaum Spuren hinterließ. Genau wie das Herz, das er seinen Opfern in die Brust schnitt, schien größte Sorgfalt eines der Markenzeichen dieses Mannes zu sein. Aber wenn er plötzlich anfing, in der Nähe des Krankenhauses herumzulungern, um mehr über Ivy in Erfahrung zu bringen, dann ließ seine Achtsamkeit nach. Vincent musste nur eine Möglichkeit finden, wie er sich das zunutze machen konnte.

Er streckte die Hand über den Tisch und strich mit den Fingerspitzen über ihre geballte Faust. »Angst kann auch sehr nützlich sein«, erklärte er ihr. »Sie zwingt uns zur Vorsicht.« Er beobachtete sie in der zunehmenden Dunkelheit, wie sie aufstand und das Geschirr abzuräumen begann. »Er weiß nicht, wo Sie wohnen, Ivy. Konzentrieren Sie sich darauf. Genau genommen kennt er nur Ihren Dienstplan und weiß, wo die Bar Ihres Onkels und Ihrer Tante ist.«

Sie ging nicht darauf ein und vermied es auch, ihn anzusehen, während sie die Teller aufeinander stapelte. Er hätte am liebsten nach ihren Händen gegriffen und sie festgehalten, bis er sich ihrer ungeteilten Aufmerksamkeit sicher sein konnte. Stattdessen blieb er jedoch still sitzen und ließ seine Hände auf den Oberschenkeln liegen. »Wo wir gerade bei ihren Verwandten sind«, sagte er. »Vielleicht sollten Sie sie über die Situation ins Bild setzen und sie bitten, ein Auge auf jeden zu haben, der ein besonderes Interesse an Ihnen zeigt.«

Darauf reagierte sie endlich, wenn auch nicht auf die Weise, wie er es sich vorgestellt hatte. Sie verharrte mitten in der Bewegung und sah ihn mit gerunzelter Stirn an. »Nein«, sagte sie fest und schüttelte den Kopf. »Nein. Ich will nicht, dass Onkel Mack oder Tante Babe irgendetwas von dieser Sache erfahren. Sie würden sich nur Sorgen machen.«

»Das lässt sich nicht ändern«, hielt er dagegen. »Und nach alldem, was Sie mir über sie erzählt haben, scheinen sie nicht von jeder Kleinigkeit umzuwerfen zu sein. Sie werden damit fertig.« Das glaubte Ivy offensichtlich nicht, und ihre Widerspenstigkeit ließ ihn ungeduldig werden. »Hören Sie«, sagte er. »Je mehr Leute davon wissen, dass sie die Aufmerksamkeit dieses Psychopathen erregt haben, desto sicherer sind Sie. Ich habe einen riesigen Berg von Fällen auf dem Schreibtisch liegen und kann mich nicht ausschließlich auf diese Sache konzentrieren.«

Er hätte genauso gut mit der Wand sprechen können. Gereizt rutschte er auf seinem Stuhl hin und her. »Verdammt noch mal, Ivy, jetzt seien Sie doch nicht so stur! Sie brauchen jede Hilfe, die Sie bekommen können. Wenn Ihre Freunde und Ihre Verwandten über die Situation Bescheid wissen, dann können sie Ihnen helfen, indem sie die Augen offen halten. Ich werde mich mit dem Sicherheitsdienst des Krankenhauses in Verbindung setzen und mit den Krankenschwestern, Pflegern und Ärzten in Ihrer Abteilung sprechen. Aber Sie sollten sich besser damit abfinden, dass ich auch mit Ihrer Tante und Ihrem Onkel sprechen werde. Sie haben die Wahl: Sie können es ihnen vorher von sich aus erzählen oder es mir überlassen, sie damit zu überraschen – es liegt ganz bei Ihnen. Ich denke, sie werden wesentlich weniger schockiert sein, wenn Sie sie darauf vorbereiten.«

Ivy stellte die Teller mit einem lauten Scheppern zurück auf den Tisch und sah ihn mit versteinerter Miene an. »Verdammt noch mal«, sagte sie mit leiser, zorniger Stimme. »Das ist mein Leben, um das es hier geht! Nicht Ihres, nicht das eines gesichtslosen, unglücklichen Opfers – meins! Aber eigentlich sollte es mich nicht überraschen, wie Sie sich aufführen. Sie haben ja noch nie einen Gedanken daran verschwendet, was ich eigentlich will, oder?«

Ohne ihm die Möglichkeit zu lassen, etwas zu erwidern, machte sie auf dem Absatz kehrt und lief in die Wohnung.

8

Er holte sie an der Eingangstür ein und stemmte sich mit einer Hand dagegen, um sie daran zu hindern, die Wohnung zu verlassen. »Sie sind zu mir gekommen, weil Sie wollten, dass ich Ihnen helfe«, sagte er.

»Und jetzt gehe ich wieder«, sagte Ivy mit dem Gesicht zur Tür. Sie hatte sich nicht umgedreht, als plötzlich seine Hand über ihre Schulter gegriffen hatte, und sie drehte sich auch jetzt nicht um.

»Um was zu tun?«, fragte er mit trügerischer Sanftheit. »Die Sache selbst in die Hand zu nehmen?«

Sie zuckte mit den Schultern. »Vielleicht.« Aber sie fing bereits an, sich albern vorzukommen, und ihr war klar, dass sie sich aufführte wie ein trotziges Kind, das seinen

Willen nicht bekam. Was sie aber selbstverständlich nie zugegeben hätte.

»Verdammt noch mal, Ivy!« Vincent hatte keinerlei Interesse daran, mit ihr herumzustreiten. Er musste sich vielmehr zusammenreißen, um keinen Wutanfall zu bekommen. Sie hatte eine Art, in seinem Leben aufzutauchen und wieder zu verschwinden, bis er nicht mehr wusste, wo oben und unten war. Er packte sie an den Schultern und drehte sie zu sich herum. »Das war's dann also? Sie kommen zu mir und bitten mich um Hilfe, aber wehe, ich sage etwas, was Sie nicht hören wollen, dann verschwinden Sie einfach wieder, ohne dass wir darüber reden? Na gut, dann hauen Sie eben ab.« Er ließ ihre Schultern los und trat einen Schritt zurück. »Das scheint ja Ihre übliche Reaktion zu sein, wenn Sie sauer sind.«

Ihr Kopf fuhr in die Höhe, und sie blickte ihm in seine zusammengekniffenen dunklen Augen. »Meine übliche Reaktion? Mein Gott, D'Ambruzzi, das ist wirklich ein starkes Stück, wenn ausgerechnet Sie das sagen.«

»Lassen wir jetzt endlich das Drumherumgerede und sprechen über diese Nacht, Ivy?« Er stützte sich links und rechts von ihrem Gesicht mit den Händen gegen die Tür und beugte sich über sie. »Meinst du, du schaffst es, lange genug zu bleiben, um dir die Gründe anzuhören, warum ich verschwunden bin, nachdem wir miteinander geschlafen haben?«

Er war nicht weniger überrascht als sie, dass er bereit war, dieses heikle Thema zur Sprache zu bringen. Bis zu diesem Augenblick hatte er gedacht, er würde es auf sich beruhen lassen, sie einfach gehen lassen, aber jetzt stellte er fest, dass es notwendig war, reinen Tisch zu machen. Er hatte es satt, sich schuldig zu fühlen, und er würde es nicht zulassen, dass sie ihn mit ewiger Verachtung dafür strafte.

»Darauf läuft es letzten Endes hinaus, oder? Du bist nicht bereit, mir zu vertrauen – weder als Mann noch als Polizist –, weil ich mit dir geschlafen habe und dann gegangen bin.«

»Das hat damit überhaupt nichts zu tun«, widersprach sie heftig. Sie sah ihm direkt in die Augen, fragte sich dabei jedoch, ob er vielleicht Recht hatte. Weigerte sie sich, einen Rat von ihm als Polizist anzunehmen, weil er sie auf einer persönlichen Ebene verletzt hatte? Sie glaubte nicht, aber sie war sich ganz sicher, dass sie auf keinen Fall jetzt mit ihm darüber reden wollte.

»Aber natürlich«, hielt er ihr entgegen.

»Es hat nichts damit zu tun!« Sie starrte in sein beherrschtes Gesicht, das keine Gefühlsregung erkennen ließ. »Ich habe einfach beschlossen, mit dieser Situation allein fertig zu werden.«

»Ach ja? Und wie hast du vor, das anzustellen, Pennington? Sag mir doch mal, wie du mit den Aufmerksamkeiten eines Vergewaltigers umgehen willst, wenn dich schon eine winzige Nachricht von ihm so aus der Fassung bringt, dass du nicht mehr klar denken kannst. Mein Gott, du hattest die Konzentrationsfähigkeit eines zweijährigen Kindes, als du heute Abend hier aufgetaucht bist. Ich musste alles, was ich sagte, dreimal wiederholen, bis es zu dir vorgedrungen ist.« Er sah den trotzigen Zug um ihren Mund und fuhr fort: »Und ganz gleich, ob du mit deinem Onkel und deiner Tante redest oder ob ich es tue, ich werde ihnen auf jeden Fall ein paar Fragen stellen.«

»Nein!«

»Doch«, sagte er, und die Tatsache, dass er es zwischen den Zähnen hervorpresste, ließ es nicht weniger endgültig klingen. Er meinte es ernst, und um das zu unterstreichen, stieß er sich von der Tür ab, drehte ihr den Rücken zu und ging zurück ins Wohnzimmer. Sollte sie doch bleiben, wo der Pfeffer wächst.

Ivy war zu wütend, um gleich zu gehen. Wild entschlossen, die Situation ein für alle Mal zu klären, stürmte sie hinter ihm her. Sie holte ihn beim Sofa ein, packte ihn am Arm und riss ihn mit aller Kraft zu sich herum. »Für wen hältst du dich eigentlich?«, fragte sie mit wuterstickter Stimme.

Vincent befreite mit einem Ruck seinen Arm aus ihrem Griff und beugte sich so weit zu ihr herunter, dass sich ihre Nasen fast berührten. Er war nicht weniger wütend als sie. »Das kann ich dir gerne sagen. Ich bin der für diesen Fall zuständige Detective! Wenn du mich persönlich bestrafen willst, dann tu das. Aber sag mir nicht, wie ich meinen Job zu machen habe. Du würdest es dir ja auch nicht gefallen lassen, wenn ich auf die Idee käme, dir zu erklären, was ein Arzt zu tun hat, und ich werde den Teufel tun und mir hier anhören, was deiner Meinung nach ein Polizist zu tun hat, weil du nämlich nicht die geringste Ahnung davon hast.«

Mit ihrem Zorn verließ Ivy auch jegliche Kraft, und sie ließ sich auf die nächstbeste Sitzgelegenheit sinken, und das war zufällig das Sofa. »Oh Scheiße«, sagte sie, fuhr sich mit den Fingern in die Haare und strich sie sich aus dem Gesicht. »Scheiße, Scheiße, Scheiße.« Sie sah zu ihm hoch. »Du hast Recht«, gab sie erschöpft zu. »Nicht damit, dass ich dich bestrafen will«, ergänzte sie hastig und verfluchte sich im Stillen, weil sie dabei rot wurde, »sondern damit, dass ich dir vorschreibe, wie du deinen Job machen sollst. Das war nicht richtig. Tut mir Leid.«

Ihre unerwartete Kapitulation überraschte Vincent, und als er dann noch die feinen Linien sah, die die Erschöpfung in ihre Stirn gegraben hatte, verrauchte seine Wut ebenfalls. Er setzte sich neben sie. »Warum regt dich die Vorstellung, dass dein Onkel und deine Tante Bescheid wissen, so auf?«

Wieder der Griff in die Haare. »Ich will nicht, dass sie sich Sorgen machen. Sie haben so viel für mich getan, und ich kann den Gedanken einfach nicht ertragen, sie mit dem Wissen um diesen … diesen Wahnsinn zu belasten, wenn sie doch nichts dagegen tun können.«

»Mein Gott«, sagte er. »Eltern – Pflegeeltern – machen sich nun mal Sorgen. Aber glaubst du nicht, dass du sie da ein bisschen unterschätzt?«

»Nein«, erklärte sie kategorisch. Gleich darauf, schon etwas weniger überzeugt: »Na ja, vielleicht.« Sie ließ die Hände in den Schoß sinken und seufzte. »Oh Gott, ich weiß es nicht.« Sie zog die Beine an und schlang die Arme um die Schienbeine, dann drehte sie den Kopf zu ihm, die Wange aufs Knie gelegt. »Wahrscheinlich hast du Recht. Mack und Babe sind sehr stark. Und vermutlich würden sie sich viel mehr aufregen, wenn sie herausfänden, dass ich versucht habe, es vor ihnen zu verbergen.« Sie verzog den Mund zu einem kleinen ironischen Lächeln. »Und sie würden es herausfinden. Du kannst dir nicht vorstellen, wie wenig Geheimnisse es in meiner Familie gibt.« Sie presste ihr Gesicht gegen ihr Bein. »Ich weiß nicht, was ich mir dabei gedacht habe«, murmelte sie.

Das kam so kläglich aus ihr heraus, dass Vincent unwillkürlich die Hand ausstreckte und ihr sanft über die Haare strich. »Alles in Ordnung?«

»Ja, sicher«, kam gedämpft die Antwort. Als ob ihr gerade bewusst geworden wäre, wie wenig überzeugend das klang, fuhr sie mit etwas kräftigerer Stimme fort: »Ich bin einfach nur müde.«

Sie drehte ihm den Kopf zu, seine Hand auf ihrem Rücken fühlte sich warm an. Zu ihrer Überraschung wünschte sie sich plötzlich, das Verhältnis zwischen ihnen würde es ihr erlauben, ihn zu bitten, sie in den Arm zu nehmen. Er war so stark, und sie sehnte sich danach, sich wenigstens für einen Augenblick in Sicherheit zu fühlen. Er war in der Lage, ihr dieses Gefühl zu vermitteln, das wusste sie. Egal wie widersinnig das war. Abgesehen von einer Viertelstunde heißem Sex und dem erstaunlich ungezwungenen Abendessen vorhin, war ihr Verhältnis im Großen und Ganzen eher feindselig denn freundlich zu nennen. »Ich möchte heute Nacht nicht allein sein, Vincent«, sagte sie stattdessen. »Hast du was dagegen, wenn ich von hier aus meine Cousine Jaz anrufe und noch bleibe, bis sie mich abholt? Ich weiß, es ist schon spät, und du hast gesagt, dass der Vergewaltiger nicht weiß, wo ich wohne, aber …«

»Warum bleibst du nicht einfach hier«, unterbrach er sie. »Du kannst mein Bett haben; ich schlafe auf dem Sofa.«

»Nein, das kann ich nicht annehmen.«

»Klar kannst du, wie du gerade gesagt hast, ist es schon spät. Es hat keinen Sinn, deine Cousine um diese Zeit aus dem Haus zu scheuchen.«

Vermutlich hatte er Recht, und Jaz war schon im Bett; an den Abenden, an denen sie nicht ausging, ging sie meistens früh schlafen. Aber hier bleiben? Das hieß ja geradezu, neue Probleme heraufzubeschwören, oder nicht? Sie öffnete den Mund, um höflich abzulehnen, und hörte sich stattdessen sagen: »Dann lass wenigstens mich das Sofa nehmen.«

Er stieß die Luft aus, die er unwillkürlich angehalten hatte. »Nein.« Er hob eine Hand, um weiteren Einwänden zuvorzukommen. »Und bevor wir deswegen zu streiten anfangen, erinnere dich bitte daran, dass du deinem

Dienstplan zufolge morgen nicht arbeiten musst, wenn ich dich vorhin richtig verstanden habe, stimmt's?«

»Nein … ich meine, ja, das stimmt. Freitag ist einer meiner freien Tage. Aber was hat das damit zu tun, dass –«

»Weil ich im Gegensatz zu dir morgen arbeiten muss. Und es ist wesentlich einfacher, mich fertig zu machen, wenn ich nicht auf Zehenspitzen herumschleichen muss, um dich nicht aufzuwecken. Nimm das Bett.«

»Bist du sicher?«

»Ja.«

»Na gut. Danke.« Als sie sich erhob, fiel ihr Blick auf das schmutzige Geschirr draußen auf dem Balkon. »Aber dann lass mich wenigstens abspülen.«

Vincent erhob sich ebenfalls. »Das mache ich«, sagte er. »Du holst deine Zahnbürste oder was immer du brauchst.«

Bis sie wieder zurück war, hatte er die Teller in die Küche gebracht und den Klapptisch abgewischt und wieder unter dem Bett verstaut. Sie bestand darauf, ihm beim Einräumen des Geschirrs in die Spülmaschine zu helfen und die Arbeitsplatte zu wischen. Als sie fertig waren, stand sie einen Moment lang schweigend da und strich mit übertriebener Sorgfalt das Geschirrtuch über der Trockenstange glatt. Schließlich sah sie ihm ins Gesicht. »Also, dann gehe ich mal ins Bett. Gute Nacht, Vincent.«

»Gute Nacht, Ivy.«

Sie ging ins Schlafzimmer und schloss die Tür hinter sich.

Es war bereits Vormittag, als Ivy aufwachte. Im ersten Moment wusste sie nicht, wo sie war. Sie strich sich die Haare aus den Augen und blickte sich verwirrt in dem fremden Zimmer um. Sie blinzelte ein paarmal, um den letzten Rest von Schlaf zu vertreiben, der ihren Kopf noch vernebelte. Erst als die Einzelheiten des ordentlichen Zimmers in ihr Bewusstsein drangen, wich die Verwirrung von ihr, und die Erinnerung an die Ereignisse des gestrigen Tages kehrte zurück.

Die Nachricht.

Ihre Angst.

Vincents Abendessen und ihr Wutausbruch, weil er darauf bestanden hatte, Onkel Mack und Tante Babe über ihre Situation zu informieren.

Ihr Einverständnis, die Nacht in seiner Wohnung zu verbringen, und ihre letzte bewusste Erinnerung: Sie war ins Bett gefallen und hatte sein Kissen an sich gedrückt; hatte den tröstlichen männlichen Geruch eingeatmet, der daran haftete.

Und dann nichts mehr. Nur noch kopfüber ein taumelnder freier Fall in einen dunklen, traumlosen Zustand.

Sie war es durch ihre Arbeit gewohnt, sofort nach dem Aufwachen hellwach zu sein, dass ihr das heute Morgen überhaupt nicht gelang, bedeutete, dass sie in der vergangenen Nacht wie eine Tote geschlafen haben musste. Sie schlug die Decke zurück und tappte auf bloßen Füßen ins Badezimmer. Sie ging aufs Klo, spritzte sich kaltes Wasser ins Gesicht und putzte sich die Zähne. Als sie schließlich das Gefühl hatte, dass ein Teil ihrer gewohnten Energie zurückgekehrt war, ging sie wieder ins Schlafzimmer.

Sie zog ihre Shorts und ihr T-Shirt über den Teddy, in dem sie geschlafen hatte, dann stand sie einen Augenblick lang einfach nur da und bohrte die Zehen in den Teppich, während sie sich darüber klar zu werden versuchte, was sie als Nächstes tun sollte. Ihr Blick fiel auf Vincents zerwühltes Bett, und sie machte es, sorgsam darauf bedacht, die Decke genauso exakt darüberzubreiten, wie sie es gestern gesehen hatte.

Als sie die Wohnung kurze Zeit später verlassen wollte, entdeckte sie einen Notizzettel, der in Augenhöhe an der Wohnungstür klebte. Darauf stand in kaum leserlicher Handschrift: *Habe die Absicht, heute Nachmittag mit deiner Tante und deinem Onkel in ihrer Bar zu sprechen. Wenn du dabei sein willst, komm gegen drei hin.* Unterschrieben hatte er mit einem hastig hingekritzelten »V«.

Es war bereits kurz vor vier, als Vincent dort eintraf. Ivy saß am Tresen und unterhielt sich mit Mack und Babe, und beim Öffnen der Tür drehten sich alle drei nervös um. Sie beobachteten schweigend, wie er am Eingang kurz stehen blieb, um seine Augen an das dämmrige Licht in der Bar zu gewöhnen. Er brachte den Geruch des nachmittäglichen Gewitters mit, eine Mischung aus sauberem Regen und aufgewirbeltem Staub.

Als er den Raum durchquerte, erhellte ein Blitz das Fenster, gegen das heftig der Regen prasselte, und für einen Augenblick war die Neonreklame für eine Biermarke, die dort hing, fast unsichtbar. Vincent hatte die drei beinahe erreicht, als der dazugehörige Donner folgte. Mack kam hinter seinem Tresen hervor, um ihn zu begrüßen.

»Mr. Merrick?« Vincent musterte ihn mit ausgestreckter Hand. »Ich bin Detective Vincent D'Ambruzzi. Hat Ivy Ihnen schon erzählt, warum ich hier bin?«

Babe war sofort hellhörig, als er seinen Namen nannte, ihre Besorgnis wegen der unerwarteten bedrohlichen Ereignisse in Ivys Leben wurde für einen kurzen Moment von Überlegungen ganz anderer Art verdrängt. Den Vornamen des Polizisten hatte Ivy nicht erwähnt, als sie ihnen von dem Geschehen berichtet hatte. Merkwürdig.

Sie hatte ihnen erzählt, dass ein Detective D'Ambruzzi für den Fall zuständig sei und dass er ihr Nachbar sei, aber sie hatte es versäumt zu sagen, dass er mit Vornamen Vincent hieß. Babe erinnerte sich an das Gespräch mit ihrer Nichte in ebendieser Bar zwei Tage zuvor und wandte ihre Aufmerksamkeit gerade lange genug von dem Polizisten ab, um sie mit einem nachdenklichen Blick zu betrachten. Die verräterische Röte, die Ivys Gesicht überzog, und dass sie es vermied, ihren Blick zu erwidern, bestätigte Babes Verdacht, und sie drehte sich mit gewachsenem Interesse wieder dem Detective zu.

Dieses Interesse beruhte auf Gegenseitigkeit. Nach dem, was Ivy ihm erzählt hatte, war Vincent neugierig auf die Merricks. Ihre Tante Babe erhob sich, um ihn mit einem festen Händedruck zu begrüßen. Sie war eine große, kräftig gebaute Frau, mit braunen, von einzelnen grauen Strähnen durchzogenen Haaren und Ivys intelligenten grünen Augen. Diese Augen schienen direkt in seine Seele zu blicken, als seien sie auf der Suche nach einer verborgenen Wahrheit.

Mack Merrick war ein paar Zentimeter kleiner als seine Frau und seine Nichte, ein stämmiger Mann mit einem breiten Brustkorb und kurzen, muskulösen Beinen. Seine kurz geschnittenen grauen Haare bildeten einen Kranz um eine gebräunte, von Altersflecken übersäte Glatze, und seine großen braunen Augen lagen unter buschigen grauen Augenbrauen. Während seines kurzen Gesprächs mit dem Mann hatte Vincent bereits den Eindruck gewonnen, dass Mack nicht viele Worte machte. Sowohl er als auch seine Frau strahlten jedoch eine natürliche Herzlichkeit aus, und sie konnten nicht verbergen, dass sie sich Sorgen um das Wohlergehen ihrer Nichte machten.

Sie setzten sich. Vincent und die beiden Frauen nahmen auf den gepolsterten Barhockern Platz, während Mack dort Stellung bezog, wo er sich am wohlsten fühlte: hinter dem Tresen. Ohne zu fragen zapfte er ein Bier, legte einen Untersetzer auf den Tresen und stellte das schaumgekrönte Glas vor Vincent. Einen Augenblick lang sagte keiner ein Wort, und der einzige Laut, der das Schweigen unterbrach, war das stete Prasseln des Regens gegen die Scheiben der Fensterfront.

Vincent nahm einen Schluck von dem Bier und setzte das Glas dann wieder auf dem Papieruntersetzer vor sich ab. Er drehte den Sitz seines Barhockers ein Stück herum, um seine Zuhörer ansehen zu können.

Die Gesichter des älteren Paares ließen ihre Besorgnis erkennen, und Vincent richtete seine ersten Worte an die beiden.

»Ich werde nicht sagen, dass sie sich keine Sorgen machen sollen, weil ich weiß, dass das nicht möglich ist«, sagte er und sah ihnen dabei abwechselnd in die Augen. »Und ich werde Ihnen auch sonst nichts vormachen. Die Angelegenheit ist ernst, und ich möchte, dass Sie entsprechend damit umgehen. Mir ist klar, dass Sie sich wahrscheinlich sehnlichst wünschen, Ihre Nichte wäre nicht in diese Sache verwickelt, aber das ist sie nun mal, daran lässt sich nichts mehr ändern. Sie sollen jedoch auch wissen, dass es nicht so schlimm ist, wie es sein könnte.«

»Ein Vergewaltiger schickt ihr Blumen und Liebesbriefe«, sagte Mack grimmig. »Wie viel schlimmer könnte es denn noch sein?«

Vincent versuchte nicht, es zu beschönigen. »Er könnte wissen, wo sie wohnt«, erklärte er in sachlichem Ton. »Er könnte ihre Telefonnummer kennen.« Erneut nahm er einen Schluck Bier und hielt das Glas dann zwischen den Händen. Er drehte leicht den Kopf, um Macks Blick zu erwidern.

»So beunruhigend das alles ist, Mr. Merrick, es gibt auch

etwas Gutes. Zurzeit weiß der Mann nur zwei Dinge mit Gewissheit: wo Ivy arbeitet und wo Ihre Bar ist. Die Nachricht, die sie gestern erhielt, lässt darauf schließen, dass er irgendwann am Mittwochabend da gewesen sein muss, als Ivy mit ihren Kollegen hier etwas getrunken hat, das ist die einzige vernünftige Erklärung dafür.« Er wandte sich Ivy zu und sah sie zum ersten Mal, seit er in die Bar gekommen war, richtig an. Eine Strähne ihrer glänzenden Haare hatte sich gelöst und zog seine Aufmerksamkeit auf sich. Sie hatte sich zarter als eine Spinnwebe über ihre Wange gelegt und war an ihrem Mundwinkel hängen geblieben. Obwohl er versuchte, sie zu ignorieren, ertappte er sich dabei, wie er gegen seinen Willen die Hand ausstreckte, um sie zurückzustreichen. »Hast du deiner Tante und deinem Onkel von unserer Vermutung berichtet, wie er davon erfahren haben könnte, dass du hier bist?«, fragte er.

»Ja.«

Er wandte sich wieder den Merricks zu. »Am meisten können Sie Ivy helfen, indem Sie die Augen offen halten.«

»Darauf können Sie sich verlassen«, sagte Mack mit grimmiger Entschlossenheit, und auch Babe nickte zustimmend.

»Hat einer von Ihnen jemanden bemerkt, der sich am Mittwoch auffällig für sie interessiert hat?«

»Nein.« Babe schüttelte bedauernd den Kopf. »Wir haben schon darüber gesprochen, bevor Sie gekommen sind, und wir können uns an niemanden erinnern. Es waren an dem Abend ein paar neue Gäste da, aber abgesehen von einigen von Ivys Freunden kann ich mich beim besten Willen an keines der Gesichter erinnern.«

»Falls es Ihnen hilft«, erklärte Vincent, »der Mann, nach dem wir suchen, hat wahrscheinlich blaue Augen, er ist blond, ungefähr eins siebenundsiebzig groß und von durchschnittlicher Statur.«

Mack kramte in seinem Gedächtnis nach dem Bild eines Mannes, auf den diese Beschreibung passte, zuckte zu guter Letzt jedoch mit den Schultern. »Tut mir Leid.« Seine Miene ließ erkennen, dass er äußerst unzufrieden mit sich war.

»Machen Sie sich deswegen keine Vorwürfe, Mr. Merrick«, sagte Vincent. »Sie hatten keinen Grund, an diesem Abend besonders wachsam zu sein. Jetzt, wo Sie Bescheid wissen, können Sie darauf achten. Ich bin überzeugt, dass Ihnen nichts entgeht, nachdem Sie vorgewarnt sind.«

Aus einem Impuls heraus griff Ivy nach seiner Hand und drückte sie. Dieses Gespräch war weniger schlimm, als sie erwartet hatte, sie war Vincent vor allem dankbar dafür, wie rücksichtsvoll er mit den Gefühlen ihrer Verwandten umging. Als er sich überrascht von ihrer Berührung zu ihr umdrehte und sie ansah, versuchte sie, ihm das ohne Worte mitzuteilen.

Er strich ihr mit dem Daumen über die Hand, doch als ihr Onkel plötzlich ein Schälchen mit Nüssen vor ihn auf den Tresen stellte, fuhr er zusammen und ließ ihre Hand schuldbewusst los.

»Nennen Sie mich Mack«, sagte Merrick. »Wenn Sie mich Mr. Merrick nennen, denke ich, dass Sie meinen Vater meinen – und der alte Herr ist inzwischen seit fast zehn Jahren tot.«

»Und ich bin Babe«, sagte Ivys Tante. Sie hatte mit Interesse verfolgt, was zwischen dem Detective und ihrer Nichte vor sich ging. Wie viele andere Barbetreiber war sie eine aufmerksame Beobachterin. Und aus dem, was sie heute hier gesehen hatte, schloss sie, dass die Anziehungskraft, die die beiden aufeinander ausübten, keineswegs nachgelassen hatte, auch wenn Ivy neulich das Gegenteil behauptet hatte.

»Ich vermute mal«, fuhr Babe nachdenklich fort, »dass der Mann gekommen ist, als die Bar schon ziemlich voll war. Ich habe an dem Abend die meiste Zeit in der Küche verbracht, aber ich bin sicher, dass er Mack aufgefallen wäre, wenn er gekommen wäre, als noch nicht so viel los war.«

Mack nickte. »Das stimmt«, bestätigte er. »Wenn wir Zeit haben, beobachten Babe und ich gern die Leute. Vor allem unbekannte Gäste; wir denken uns kleine Geschichten über sie aus und sprechen über sie. Außerdem kann ich mit neunundneunzigprozentiger Sicherheit sagen, dass er nicht bei mir am Tresen saß, sonst wäre er mir bestimmt aufgefallen. Damit bleiben die Tische der beiden Kellnerinnen, und da bedienten … Moment mal … Babe, wer war an dem Abend da?«

»Sandy«, warf Ivy ein. »Sie hat uns bedient.«

Mack schnippte mit den Fingern. »Ja, richtig. Und die andere war Judy.« Er stützte sich mit den Unterarmen auf den Tresen. »Eins der Mädchen wird sich bestimmt an einen einzelnen Mann erinnern. Sandy kommt um sechs, Detective, falls Sie so lange bleiben möchten, um mit ihr zu reden. Judy hat heute frei, fürchte ich, aber ich kann Ihnen ihre Telefonnummer geben oder sie selbst fragen.« Bei der Aussicht, etwas Konkretes tun zu können, hellte sich seine Miene auf. »Außerdem gibt es noch eine Reihe Stammgäste, die wir fragen können. Vielleicht hat einer von ihnen etwas Auffälliges bemerkt.«

Vincent bemühte sich, die leichte Aufregung, die ihn bei diesen Worten überkam, zu unterdrücken. Er war zu klug, um sich falsche Hoffnungen zu machen, aber zum ersten Mal in diesem Fall schien die Aussicht zu bestehen, eine richtige Beschreibung zu bekommen … etwas Aussagekräftigeres als die vagen Angaben blond und blauäugig, eins siebenundsiebzig. Er schwang seinen Barhocker herum, um den Mann hinter dem Tresen anzusehen. »Wie groß ist die Wahrscheinlichkeit, dass einige der Gäste, die am Mittwoch da waren, auch heute vorbeikommen?«

»Bei dem Wetter …?« Mack zuckte die Schultern. »Schwer zu sagen. Unsere Kundschaft ist allerdings ziemlich treu, und wir bezeichnen die meisten nicht umsonst als Stammgäste. Ein paar werden wahrscheinlich aufkreuzen.«

»Gibt es hier ein Büro oder irgendeinen anderen Raum, wo ich ungestört mit ihnen reden könnte?« Er schob sein Glas und das Schüsselchen zur Seite und beugte sich zu dem älteren Mann.

»Heute Abend?« Ivy berührte seinen Arm. Als er sich ihr zuwandte, stellte er fest, dass sie ihn schuldbewusst ansah. »Vincent«, sagte sie, »du hast keinen Dienst mehr. Wir erwarten nicht von dir, dass du deinen freien Abend opferst.«

Ein kurzer Blick über die Schulter zu ihrer Tante und anschließend zu ihrem Onkel zeigte ihm, dass die beiden anderer Meinung waren. Ihr Gesichtsausdruck ließ erkennen, dass sie nichts dagegen hätten, wenn er jede freie Minute opferte – nicht wenn dadurch das Leben ihrer Nichte nicht mehr bedroht war. Sie sagten jedoch nichts und gestanden Ivy das Recht zu, es ihm auszureden, ohne sich einzumischen. Er konnte nicht umhin, ihre Zurückhaltung zu bewundern. »Das ist schon in Ordnung, Ivy«, sagte er. »Es macht mir nichts aus.«

»Aber wir können dir doch nicht den Freitagabend verderben. Ich hätte ein schrecklich schlechtes Gewissen.«

»Das musst du nicht«, beruhigte er sie. »Ich habe nichts

vor, und außerdem tue ich das nicht allein deinetwegen. Ich arbeite jetzt seit drei Monaten an diesem Fall, und es kommt mir so vor, als würde ich einem Schatten hinterherjagen. Ich war noch nie so nah dran, dem Mann, den ich suche, ein Gesicht zu geben.« Er sah wieder zu Mack und Babe. »Das Ganze muss allerdings so unauffällig wie möglich vonstatten gehen. Immerhin können wir nicht ausschließen, dass der Kerl von Zeit zu Zeit vorbeischaut, in der Hoffnung, dass Ivy hier ist. Wenn das der Fall ist und er mitbekommt, dass die Polizei Bescheid weiß, könnte er völlig ausrasten ... und das müssen wir unbedingt verhindern. Wir wollen ihn nicht zu irgendetwas provozieren, das ihr in irgendeiner Weise schaden könnte.«

Sobald er erfahren hatte, dass es einen Raum gab, den er benutzen konnte, schob er seinen Barhocker zurück. »Dann gehe ich mal besser was essen, solange ich noch die Gelegenheit dazu habe«, sagte er. »Ich bin in ungefähr einer Stunde wieder da.«

»Jetzt seien Sie nicht albern«, sagte Babe und erhob sich. »Entspannen Sie sich, junger Mann – gönnen Sie sich eine Pause.« Sie wandte sich ihrem Mann zu. »Mack, schenk ihm einen Drink ein. Ich mache uns was zu essen, dauert nur ein paar Minuten.« Sie entfernte sich.

Vincent stand neben seinem Stuhl und öffnete bereits den Mund, um zu protestieren, doch Ivy versetzte ihm einen leichten Stoß in die Rippen. »Das kannst du dir sparen«, sagte sie und lächelte ihn an. »Keiner kommt gegen Tante Babe an – jedenfalls nicht, wenn sie es sich erst einmal in den Kopf gesetzt hat, dass er was zu essen braucht. Und glaub mir, Vincent, das würdest du auch gar nicht wollen. Wirf nur mal einen Blick auf Onkel Macks Bauch. Sie kocht noch besser als du.«

Mack lachte und klopfte sich auf seinen dicken Bauch. »Das ist die volle Wahrheit, Detective, Babe ist die beste Köchin in der Stadt. Also, was darf ich Ihnen zu trinken anbieten?«

Vincent warf einen Blick zum Fenster und stellte fest, dass es nach wie vor in Strömen regnete. Zu seinem eigenen Erstaunen gab er seinen Widerstand auf. Es entsprach ganz und gar nicht seiner Art, seine berufliche Distanz so ohne weiteres aufzugeben.

Andererseits war in seinem Leben nichts mehr normal, seit diese langbeinige, rothaarige Ärztin seinen Weg gekreuzt hatte. Er nahm den Drink an, und bis das Essen fertig war, unterhielt er sich mit Mack darüber, wie die Chancen standen, dass die Mariners die World Series gewannen. Sie aßen an einem der Tische in der Bar, und während die Frauen das Geschirr abräumten, zeigte ihm Mack das kleine, voll gestopfte Büro im hinteren Teil.

Sie verschoben einige Getränkekästen, um etwas mehr Platz um den Schreibtisch zu schaffen, stellten einen Stuhl davor und legten Papier und Stift bereit.

»Gibt es hier eine Hintertür?«, fragte Vincent, als er sich wieder aufrichtete, nachdem er den letzten Kasten herumgewuchtet hatte, und klopfte sich an seiner Hose den Staub von den Händen.

»Du lieber Himmel, Junge, was glauben Sie, was wir hier gerade verbarrikadiert haben?« Mack deutete mit dem Kopf auf die Wand aus Getränkekästen. »Die ganze Zeit, während wir hier rumgeräumt haben, habe ich gebetet, dass nicht ausgerechnet heute Abend jemand vom Brandschutz hier erscheint.«

»Mist, ich dachte, das ist ein Schrank.« Vincent sah sich in dem abgeschlossenen Raum um. »Ich denke, ich schiebe sie da hinüber in die Ecke«, sagte er schließlich. Er sah

Ivys Onkel an. »Ich will Sie nicht unnötig beunruhigen, wenn die Wahrscheinlichkeit, dass der Vergewaltiger sich heute Abend hier blicken lässt, praktisch gleich null ist«, sagte er. »Aber in der Nacht, in der er Ivy vermutlich zum ersten Mal gesehen hat, war ich im Krankenhaus und habe eine Weile mit ihr geredet. Ob er sie in dieser Nacht tatsächlich gesehen hat, weiß ich nicht, und vermutlich kennt er mich nicht. Aber um ganz sicherzugehen, werde ich durch diese Tür verschwinden, sobald ich heute Abend hier fertig bin.«

Mack betrachtete ihn nachdenklich. »Sie sind ein ziemlich vorsichtiger Bursche, was?«

»Ja, das bin ich vermutlich.« Vincent erwiderte Macks Blick. »Höchstwahrscheinlich bin ich vorsichtiger, als es nötig wäre. Aber ich will nicht, dass Ivy etwas passiert, nur weil ich irgendeine Kleinigkeit übersehen habe.«

»Dagegen lässt sich nichts einwenden«, sagte Mack und bückte sich, um Vincent dabei zu helfen, die Kästen ein zweites Mal zu verschieben.

»Wohin führt die Tür eigentlich?«, presste Vincent hervor, während er zwei Kästen auf einmal stemmte. »Auf eine Seitenstraße?«

»Ja.« Mack setzte den Kasten ab, den er gerade herumgewuchtet hatte und zog ein sauberes Taschentuch aus seiner Hosentasche. Während er sich damit über die Stirn wischte, erklärte er: »Direkt vor der Tür sind zwei Parkplätze. Sie können Ihr Auto genauso gut da hinten abstellen und Ivy soll das auch tun. Ich bringe unseres auf den Parkplatz weiter unten an der Straße.« Er hob den letzten Kasten hoch. Sobald er ihn an seinem neuen Standort abgestellt hatte, nahm er eine Windjacke von einem Haken an der Bürotür, kramte einen Schlüssel hervor und öffnete die Hintertür. Vincent ging zurück in die Bar, um Ivys

Schlüssel zu holen. Kurze Zeit später trat er zu Mack hinaus auf den Parkplatz, warf ihm den Schlüssel zu ihrem Wagen zu, und sie fuhren die beiden Wagen in die Seitenstraße. Es regnete noch immer.

Wenig später trudelten nach und nach die ersten Stammgäste ein. Einer von ihnen war auch am Mittwoch da gewesen, und Vincent führte ihn in das Büro. Es war eine kurze Unterhaltung, da der Mann wieder gegangen war, bevor sich die Bar gefüllt hatte, und sich sicher war, in dieser Zeit keinen ihm unbekannten blonden jungen Mann gesehen zu haben. (»Ich komm jetzt schon seit beinahe zwanzig Jahren in diese Bar, mein Junge, und ich kenn alle Gesichter. Außer den Leuten, die die Pennington-Kinder mitgebracht hatten, war hier kein neues Gesicht, solange ich da war.«) Vincent begleitete ihn nach draußen und stellte fest, dass die Kellnerin namens Sandy inzwischen ihren Dienst angetreten hatte. Er bat sie ins Büro.

Sandy erinnerte sich an zwei einzelne Männer an ihren Tischen an diesem Abend. Einer davon war dunkelhaarig und schon früher einige Male da gewesen. Der andere Mann hatte eine Baseballkappe getragen.

»Möglich, dass er blond war, Detective«, sagte sie unsicher, »aber ich kann es nicht beschwören. Für einen Mittwoch war ungewöhnlich viel los, und ich habe nicht darauf geachtet.«

»Haben Sie ihn vorher schon mal gesehen?«

»Nein, Sir. Er verhielt sich wie die meisten neuen Gäste. Saß still da und hat die anderen beobachtet. Seitdem war er nicht mehr da.«

»Können Sie sich erinnern, wann er ging?«

Sandy kramte in ihrem Gedächtnis. »Ziemlich früh, glaube ich. Warten Sie mal … Er hat einen Wodka Tonic bestellt und muss so um … ich würde sagen, um zehn gegangen sein. Ja, ich bin ziemlich sicher, dass es zehn war, weil sich die Garrisons an seinen Tisch gesetzt haben, und die kommen normalerweise um diese Zeit.«

»Okay, Sandy, vielen Dank.« Vincent begleitete sie hinaus und schalt sich im Stillen wegen seiner hochgeschraubten Erwartungen. Wie hatte er auf eine schnelle Identifizierung hoffen können? Er sollte es eigentlich besser wissen. Verdammt, er konnte von Glück sagen, wenn die Kellnerin, die heute frei hatte, etwas mehr beizutragen hatte.

Er lehnte sich in dem dämmrigen Gang, der zu den Toiletten, dem Billardraum und dem Büro führte, an die Wand und beobachtete Ivy einen Moment lang. Sie war für Sandy eingesprungen und schlängelte sich mit einem Tablett voller Getränke, das sie auf dem Handteller balancierte, geschickt zwischen den Tischen hindurch. Sie trat an einen Tisch in der Ecke und servierte den vier Gästen dort ihre Drinks und lachte über irgendetwas, das einer von ihnen gesagt hatte, während sie sich vorbeugte, um einen schmutzigen Aschenbecher auszutauschen. Als sich dabei die ausgewaschene Jeans über ihrem Hinterteil spannte, sah er kurz wieder das Bild vor sich, wie sie an diesem Morgen in seinem Bett gelegen hatte.

Er war ins Schlafzimmer geschlichen, um seine Sachen zu holen, fest entschlossen, genauso schnell wieder zu verschwinden. Doch bei ihrem Anblick war er in der Tür stehen geblieben.

Sie hatte die Decken weggeschoben und lag nur in das Laken gewickelt zusammengerollt auf der Seite. Ihr Kopf ruhte auf einem Zipfel seines Kissens, den Rest hielt sie an sich gedrückt und ihre Züge waren unter den Haaren verborgen, die ihr übers Gesicht gefallen waren. Eines ihrer angezogenen Beine lag von der Wade bis zu dem hohen Beinausschnitt des seidig schimmernden Einteilers, den sie anhatte, bloß. Der Spitzenrand schmiegte sich um ihre Hüfte und den sichtbaren Ansatz ihrer runden Pobacke.

Er hatte dagestanden und das lange schlanke Bein angestarrt, und plötzlich hatte ihn ein so heftiger Unmut erfasst, dass er kaum wusste, wohin damit. Unfähig, seinen Blick von ihr abzuwenden, hatte er sich im Stillen einen Idioten gescholten. Verdammt noch mal, hatte er das in der vergangenen Nacht nicht ein für alle Mal geklärt und aufgehört, sich einzureden, dass er sich nicht von ihr angezogen fühlte?

Aber das Eingeständnis hieß offensichtlich noch lange nicht, dass er es auch akzeptierte.

An diesem Morgen war ihm nichts weiter übrig geblieben, als zuzugeben, dass er es nicht schaffte, seine Empfindungen zu beherrschen. Gleichzeitig hatte er sich über seine Schwäche geärgert und über die Macht, die sie scheinbar mühelos über ihn ausübte. Das starke Verlangen, das ihn gepackt hatte, als er da stand und sie anstarrte, und seine Unfähigkeit, diese spontane Reaktion zu unterdrücken oder im Zaum zu halten, hatten ihn wütend gemacht, und sein Zorn hatte sich direkt gegen Ivy gerichtet.

Als er sie jetzt beobachtete, wurde ihm klar, dass er sich mit seinen Gefühlen auseinander setzen musste, er konnte den Fisch entweder fangen oder schwimmen lassen, wie die Farmer zu Hause in Iowa immer gesagt hatten. Fest stand, dass er sie nicht begehren wollte. Trotzdem tat er es.

Entschied er sich also dafür, um das zu kämpfen, was er wollte – und das hieß, damit aufzuhören, auf sie wütend zu sein, weil sie ihn dazu brachte, es zu wollen –, oder zog er sich gänzlich aus ihrem Leben zurück … selbst wenn das bedeutete, dass er umziehen musste? So wie bisher konnte es auf jeden Fall nicht weitergehen. Bis er eine Entscheidung getroffen hatte, blieb ihm, wie heute Morgen, nichts weiter übrig, als den Rückzug anzutreten und sich nicht ihrem Anblick auszusetzen.

In den nächsten Stunden befragte er einige weitere Stammgäste, und als er mit dem letzten fertig war, war er völlig entmutigt und frustriert. Das Ergebnis erinnerte ihn an einen dieser alten Witze, in denen es um eine gute und eine schlechte Nachricht ging. Die gute Nachricht war: Ein oder zwei Leute erinnerten sich daran, am Mittwochabend einen Mann gesehen zu haben, auf den seine zugegebenermaßen vage Beschreibung passte. Die schlechte Nachricht? Diejenigen, die sich an einen solchen Mann erinnerten, schienen sich hinsichtlich der Einzelheiten nicht einig zu sein, und die brauchte er, um eine Zeichnung von ihm anfertigen zu lassen.

Sie hatten sich auf seine Bitte hin bereit erklärt, im Lauf der nächsten Woche aufs Revier zu kommen, um die Verbrecherkartei durchzublättern, aber es stand in den Sternen, ob das etwas bringen würde. Im Augenblick sprühte er zwar nicht gerade vor Optimismus, aber man konnte ja nie wissen; vielleicht sah er alles nicht mehr ganz so schwarz, wenn er am Wochenende etwas ausspannen konnte.

Der Gedanke tröstete ihn allerdings nicht wirklich. Je länger er in dem nüchternen Büro saß und auf das Gelächter und das Stimmengewirr aus der Bar lauschte, das durch die Wände an sein Ohr drang, umso unbehaglicher und ausgeschlossener begann er sich zu fühlen.

Er hatte es so verdammt satt, immer der Außenseiter zu sein. Was irgendwie lächerlich war, denn diese kleine Bar am Pioneer Square war wohl kaum mit der gesamten Gemeinde von Gentry zu vergleichen, wo er in der einzigen italienischen Familie am Ort aufgewachsen war, inmitten einer verschworenen Gemeinschaft schwedischstämmiger Farmer, die schon in der vierten Generation dort ansässig waren. Seine Gegenwart war toleriert worden, bis er die Pubertät erreichte. Dann hatten die Farmer plötzlich angefangen, sich um die Tugendhaftigkeit ihrer hübschen blonden Töchter Sorgen zu machen, wenn sie mit dem dunkelhäutigen, fremdländisch aussehenden Jungen der D'Ambruzzis zusammen waren. Die Einsamkeit, die er heute Nacht empfand, hatte nichts mit diesem engstirnigen, dörflichen Denken zu tun. Es war etwas völlig anderes … und trotzdem rief es die gleichen Empfindungen hervor.

Nein, das war einfach bescheuert. Er selbst war derjenige, der beschlossen hatte, sich heute Nacht von der Bar und allen Vergnügungen dort fern zu halten. Sich das ins Gedächtnis zu rufen schien jedoch nur wenig Einfluss auf seine zunehmend düstere Stimmung zu haben.

Reiß dich zusammen, D'Ambruzzi, ermahnte Vincent sich streng, um seiner Niedergeschlagenheit Herr zu werden. Er sagte sich, dass Selbstmitleid keine besonders attraktive Eigenschaft war – bei einem Teenager war Selbstmitleid vielleicht noch irgendwie verständlich, für einen erwachsenen Mann Mitte dreißig war es jedoch kaum angemessen.

Aber andererseits war Freitagnacht, verdammt noch mal, sein Dienst war beendet, und er verspürte wenig Neigung, nach Hause in seine leere Wohnung zurückzukehren. *Sie* war da draußen in dem anderen Raum, wahrscheinlich amüsierte sie sich, während er einsam hier festsaß und alles nur aus der Entfernung mitbekam, von all dem Spaß ausgeschlossen blieb.

Wie immer.

Außerdem, wer sagte denn, dass Stimmungswechsel der

Vernunft gehorchen mussten? Gefühle waren nun einmal das, was sie waren … Und ob es ihm gefiel oder nicht, er war eben mieser Stimmung.

Na und?

9

Entgegen Vincents übellaunigen Vermutungen amüsierte sich Ivy keineswegs. Sie war allerdings ganz zufrieden damit, dort zu sein, wo sie war. Umgeben von ihren Verwandten, die heute Abend in die Bar gekommen waren, und den Stammgästen, die sie seit Jahren kannte, gelang es ihr hin und wieder, für ein paar Minuten die gefährliche neue Wendung, die ihr Leben genommen hatte, zu vergessen. Hier fühlte sie sich sicher, und noch sicherer fühlte sie sich, wenn sie daran dachte, dass Vincent nur ein paar Meter weiter den Gang entlang im Büro saß.

Sie rechnete damit, dass er sich zu ihnen nach vorne gesellen würde, sobald die Befragung der Stammgäste beendet war. Ein Gast, von dem sie wusste, dass Vincent mit ihm gesprochen hatte, kehrte in die Bar zurück, und so angestrengt sie auch Ausschau hielt, kein anderer erhob sich, um sich als Nächster auf den Weg ins Büro zu machen. Trotzdem tauchte Vincent nicht auf. Sie ließ weitere zwanzig Minuten verstreichen, bevor sie schließlich ihren Stuhl vom Tisch zurückschob und aufstand, um nachzusehen. Er würde doch wohl nicht einfach gehen, ohne sich zu verabschieden, oder?

Während sie mit raschen Schritten den Gang entlangeilte, wurde ihr klar, dass sie keine Ahnung hatte, was Vincent D'Ambruzzi tun würde.

Als sich unvermittelt die Tür zur Damentoilette öffnete und Sherry auf den Gang trat, musste Ivy abrupt bremsen, um nicht mir ihr zusammenzustoßen. In den folgenden Sekunden vollführten sie ein merkwürdiges stummes Ballett. Sie versuchten sich gegenseitig den Weg frei zu machen und verstellten ihn sich dabei nur immer wieder, bevor sich schließlich ihre Blicke trafen und sie in schallendes Gelächter ausbrachen.

»Na, das war doch mal eine nette kleine Slapstick-Einlage«, meinte Sherry schließlich grinsend und trat einen Schritt zurück. »Apropos minderbemittelt, hat Terry dich schon mit seiner neuesten Errungenschaft bekannt gemacht?« Sie schüttelte widerwillig den Kopf. »Ich wünschte wirklich, mein Bruder würde sich einmal im Leben mit einer normalen Frau verabreden.«

»Was meinst du damit?«, fragte Ivy.

»Eine, die nicht ›Uuuuh-wow, danke fürs Nachfüllen‹ quietscht, wenn er ihr ins Ohr pustet«, erwiderte Sherry wie aus der Pistole geschossen.

Ivy musste lachen. »Sherry McDonald, schäm dich.« Dann fiel ihr ein, dass sie sie wahrscheinlich nicht noch weiter anstacheln sollte, und sie fügte schwach hinzu: »Das war aber nicht nett.« Sie versuchte, ihrer Stimme einen tadelnden Klang zu verleihen, wusste jedoch, dass das vergebliche Liebesmüh war.

Sherry wusste es ebenfalls. Sie zuckte mit den Schultern. »Habe ich etwa nicht Recht?« Sie hob eine Augenbraue. »Lassen wir mal außer Acht, dass sie genauso hohlköpfig ist wie die anderen Dummchen, die er für gewöhnlich anschleppt – daran habe ich mich inzwischen ja schon fast gewöhnt. Aber dieses Mal steht er außerdem noch mit einem Fuß im Gefängnis. Wenn die schon volljährig ist, fress ich einen Besen.«

»Na, dann guten Appetit«, sagte Ivy, »ich weiß nämlich zufällig, dass sie über einundzwanzig ist.« Sie sah ihre Cousine mit einem hinterhältigen Blick an. »Ich saß direkt daneben, als Sandy sich ihren Ausweis zeigen ließ.«

»Wer hätte das gedacht!« Sherry lachte und schüttelte den Kopf. »Ich kapier's einfach nicht, Ive, ehrlich. Er ist doch ein intelligenter Mann, sollte man da nicht annehmen, dass er sich eine Frau sucht, mit der er nach dem Sex wenigstens noch eine Unterhaltung führen kann?« Mit einem Achselzucken gab sie zu verstehen, dass sie ihren Bruder für einen hoffnungslosen Fall hielt, was seinen Frauengeschmack betraf, und ihre Miene wurde wieder ernst, als sie einen ihrer kräftigen Arme um Ivys Taille schlang und sie an sich drückte. »Aber jetzt mal zu dir. Wie kommst du klar? Tante Babe hat Mom von der Sache erzählt, und die hat es mir gesagt.«

Ivy gab zu, dass ihr die Karten, die sie erhalten hatte, Angst machten. »Aber jetzt stecke ich nun mal in der Sache drin. Vincent« – sie deutete mit dem Kinn in Richtung Büro – »hat seinen Freitagabend geopfert, um ein paar von den Stammgästen, die am Mittwoch hier waren, zu befragen. Er hofft auf eine Beschreibung des Kerls, der sie mir geschickt hat.«

»Ach ja?« Sherry warf interessiert einen Blick auf die geschlossene Tür. »Ist er noch da?«

»Keine Ahnung«, erwiderte Ivy. »Ich wollte gerade nachsehen.«

»Oh, gut.« Sherrys Arm um Ivys Taille dirigierte sie den Gang entlang. »Worauf warten wir? Ich will mich nur schnell versichern, ob der Typ wirklich so attraktiv ist, wie ich ihn in Erinnerung habe.«

Als sie ins Büro platzten, fanden sie Vincent vor, wie er mit den Füßen auf dem Schreibtisch zurückgelehnt in seinem Stuhl saß und verdrießlich an die Decke starrte. Er hatte sein Jackett ausgezogen und seine Krawatte gelockert, und Sherry starrte fasziniert auf die Pistole, die an seinem Gürtel hing, während sie sagte: »Warum sitzen Sie denn ganz allein hier herum? Kommen Sie in die Bar, und leisten Sie uns Gesellschaft.«

»Wir haben auf dich gewartet«, ergänzte Ivy. Sie freute sich, dass er noch nicht gegangen war, aber der Ausdruck in seinen dunklen Augen, mit dem er sie jetzt ansah, ließ sie auf der Hut sein. Sie trat zögernd näher. »Stimmt was nicht, Vincent?«

Die hölzernen Stuhlbeine landeten mit einem lauten Knall auf dem Linoleumboden, als er seine Füße vom Schreibtisch schwang und sich aufrichtete. Er konnte nur mit Mühe der Versuchung widerstehen, seine schlechte Laune an ihr auszulassen. Doch dann erinnerte er sich daran, dass es nicht ihre Schuld war, wenn er sich schlecht behandelt fühlte, und außerdem hatte er den Eindruck, dass das Schweigen jetzt schon zu lange dauerte, deshalb erwiderte er kurz angebunden: »Nein. Ich tu mir nur selbst Leid.« Bevor sie ihn fragen konnten, warum, sah er Sherry scharf an. »Wer sind Sie?«

Sie schenkte ihm ein Lächeln und antwortete fröhlich: »Ivys Lieblingscousine.«

»Ich habe ganz vergessen, dass ihr euch noch nicht richtig kennen gelernt habt«, sagte Ivy und stellte sie einander vor.

»Die Freude liegt ganz auf meiner Seite.« Sherry ließ sich die gute Laune durch Vincents knappes Nicken nicht verderben und strahlte ihn an. »Gut, nachdem wir das jetzt hinter uns gebracht haben, kommen Sie mit raus, und setzen Sie sich zu uns.«

Hin- und hergerissen zwischen dem Wunsch, weiter

seine schlechte Laune zu pflegen, und Sherrys Herzlichkeit, sagte Vincent ein paar Sekunden lang gar nichts. Dann dämmerte ihm, dass er sich wie ein Idiot benahm. Er wandte sich Ivys Cousine zu und lehnte ihre Einladung mit aufrichtigem Bedauern ab, indem er ihr die gleiche Erklärung gab wie ihrem Onkel.

»Oh.« Sherry wirkte enttäuscht. »Na ja, klar, das ist vermutlich sinnvoll. Aber ich würde lügen, wenn ich sagen würde, dass ich nicht enttäuscht bin. Ich hätte Sie gern näher kennen gelernt.« Sie bemerkte, dass ein nachdenklicher Ausdruck auf seinem Gesicht erschien, als sein Blick von ihr zu Ivy wanderte. Dann, als hätte er die Bedeutung von Sherrys Worten erst verspätet begriffen, verzog sich sein Mund zu einem leichten Lächeln.

»Vielleicht ein anderes Mal.« Er zuckte die Achseln. »Trotzdem vielen Dank für die Einladung«, fuhr er fort. »Sehr freundlich von Ihnen.«

Er stand auf und begann seine Aufzeichnungen einzusammeln. »Hier gibt es nichts mehr für mich zu tun, da kann ich genauso gut gehen.«

»Ich komme mit«, sagte Ivy. Als Vincents Kopf hochzuckte und sie seine verblüffte Miene sah, fügte sie verunsichert hinzu: »Ich … Das heißt … Vielleicht hast du ja noch etwas vor.« Oh Gott, vielleicht war er mit einer anderen bedauernswerten Frau verabredet und hatte wieder mal vor, sich aus dem Staub zu machen, nachdem er mit ihr ins Bett gegangen war. »Vergiss es. Ich kann einen meiner Cousins bitten, mich nach Hause zu bringen.«

»Nein«, widersprach er sofort. »Ich fahre in meinem Wagen hinter dir her. Ich wollte es schon selbst vorschlagen, aber, äh, bist du sicher, dass du nicht noch bleiben willst? Es ist Freitagabend. Nur weil ich mein Gesicht nicht da draußen zeigen sollte, heißt das nicht, dass du so früh aufbrechen musst.« Ivy schüttelte den Kopf und verließ gemeinsam mit ihm das Büro durch die Hintertür.

Nachdem Ivy und Vincent gegangen waren, sagte Sherry draußen in der Bar zu ihrem Bruder: »Bei den beiden blicke ich hinten und vorn nicht durch. Ich weiß, dass sie miteinander geschlafen haben, und es ist nicht zu übersehen, dass die Sache noch nicht vorbei ist, aber was immer es auch ist, keiner von beiden scheint dem Ganzen zu trauen. Jedes Mal, wenn er sie ansieht, flackert das Begehren in seinen Augen auf, da kann er noch so finster schauen, und Ivy ist nicht wiederzuerkennen.« Sie schwenkte die Eiswürfel in ihrem Drink herum und schüttelte den Kopf. »Du hättest sie eben hören sollen, wie sie sich beinahe überschlagen haben, dem anderen eine Ausrede zu liefern, damit sie bloß nicht zusammen nach Hause fahren müssen.«

Terry grunzte nur, und Sherry musterte ihn mit plötzlich erwachtem Argwohn. »Du weißt nicht zufällig, was da los ist, oder?«, fragte sie. »Falls doch, Terry, dann rück besser damit heraus. Schließlich ist es deine Schuld, dass sie mir nichts mehr erzählt.«

»Wie kommst du denn auf die Idee?«

»Du hast mich dazu gebracht, ihr Vertrauen zu enttäuschen.«

Angesichts dieser Logik musste er grinsen, aber im Gegensatz zu seiner Schwester wusste er, wann er den Mund zu halten hatte … egal, wer Druck auf ihn ausübte. »Mir hat sie auch nichts erzählt, Sher, aber selbst wenn, würde ich es dir nicht auf die Nase binden. Entweder kommen die beiden miteinander klar oder nicht.« Neben ihm brach seine neue Freundin über eine Bemerkung ihres Tischnachbarn in kreischendes Gelächter aus, und er drehte sich so, dass er sich und Sherry mit seiner Schulter etwas abschirmte. Er beugte sich zu seiner Zwillingsschwester. Jemand stimmte »Sea of Love« an, und die anderen Gäste fielen nach und nach mit ein, so dass er seine Stimme heben musste. »Wo wir gerade von merkwürdigem Benehmen reden«, sagte er betont lässig, »was fehlt Jaz denn zurzeit?«

Männer, hätte Jaz erwidern können, wenn er diese Frage an sie statt an Sherry gerichtet hätte. War es nicht immer so? Oder um genau zu sein, das Fehlen des einen, besonderen Mannes in ihrem Leben.

Anders als Ivy hatte sie nie den brennenden Ehrgeiz besessen, Karriere zu machen, und hin und wieder hatte sie das bedauert ... aber nie sehr lange. Wie Terry gesagt hatte, hatte Ivy den Tod ihrer Eltern miterleben müssen, um diesen Ehrgeiz zu entwickeln, und Jaz erinnerte sich zu gut an die Alpträume, von denen ihre Cousine jahrelang gequält worden war, als dass sie ihr ihren hart erarbeiteten Erfolg geneidet hätte. Nein, meistens war sie mit ihrer Stelle in der Bank völlig zufrieden. Außerdem musste der Wunsch, einen solchen Beruf zu ergreifen, so stark sein, dass es schon an Besessenheit grenzte, damit man bereit war, so viele Jahre zu opfern, um zu erreichen, was Ivy inzwischen erreicht hatte. Jaz wusste, dass diese Art von Zielgerichtetheit nicht gerade zu ihren hervorstechendsten Eigenschaften gehörte.

Sie beneidete Ivy darum, aber der Mensch, den sie noch viel mehr beneidete, war Sherry.

Sie hatte das, was Jaz sich am meisten im Leben wünschte. Einen netten, normalen Mann, der sie einfach um ihrer selbst willen liebte.

Es machte sie verrückt, dass Sherry offensichtbar gar nicht wusste, wie viel Glück sie mit Ben hatte. Nicht dass ihre Cousine ihren Mann nicht geliebt hätte – das tat sie. Aber gleichzeitig hegte sie diese lächerliche Vorstellung, dass Jaz' Leben so viel interessanter war als ihres. Sherry hatte regelrecht einen blinden Fleck, wenn es um Jaz' Aussehen ging und darum, dass sie nicht den gleichen Dauerkampf gegen ihre Pfunde führen musste wie sie selbst.

Jaz selbst war über ihr umwerfendes Aussehen nicht nur froh. Ein Teil von ihr war ernsthaft davon überzeugt, dass es ihr nichts weiter gebracht hatte, als alle anständigen, normalen Männer in die Flucht zu schlagen. Die netten Männer schien sie einzuschüchtern, während sie gleichzeitig mehr als genug oberflächliche Schönlinge anzog. Von Männern, denen es weniger um sie ging als darum, sich mit einer dekorativen Trophäe zu schmücken, bekam sie mehr Aufmerksamkeit, als sie sich wünschte.

Andererseits tat sie alles in ihrer Macht Stehende, um den Verlust ihrer Schönheit aufzuhalten. Sie ging ins Fitnessstudio, hielt Diät, pflegte ihre Haut; und trotzdem wurde sie von einer leisen Verzweiflung ergriffen, je näher ihr dreißigster Geburtstag rückte. Nicht nur dass ihre biologische Uhr immer lauter tickte, ihr Aussehen würde ihr nicht ewig erhalten bleiben, und tief in ihrem Innern hegte sie die Befürchtung, wenn sie nicht schnell jemanden fand, bevor ihre Schönheit dahin war, würde sie es nie schaffen.

Ihre Laune befand sich in letzter Zeit auf Achterbahnfahrt, aber im Großen und Ganzen neigte sie dazu, optimistisch zu sein, und im Augenblick war sie eindeutig in Hochstimmung. Gestern war nämlich ein Mann zur ihr in die Bank gekommen, um sich über Anlagemöglichkeiten zu informieren, und zu ihrer Freude war er noch eine Weile geblieben, als der geschäftliche Teil erledigt war, und hatte sich mit ihr unterhalten. Er sah gut aus, war ledig und besaß einen Blumenladen. Und was das Beste von allem war, er schien die Person zu sehen, die hinter der makellosen Schönheit ihres Gesichts steckte.

Sie setzte hohe Erwartungen in die Verabredung zum Abendessen mit Tyler Griffus morgen Abend. Vielleicht wäre es ja der Beginn von etwas ganz Besonderem.

Als Vincent und Ivy bei ihrem Apartmenthaus ankamen, hatte es aufgehört zu regnen. Er kam wortlos zu ihr an den Wagen und begleitete sie zur Eingangstür, geschickt den vielen Pfützen ausweichend, die auf dem Parkplatz standen.

Zu dem Zeitpunkt, als sich die Aufzugtüren hinter ihnen schlossen, hatten sie noch immer kein Wort miteinander gewechselt, aber es war kein angenehmes Schweigen. Er stand viel zu dicht bei ihr und sah sie viel zu eindringlich an, als dass sie hätte entspannt sein können. War es wirklich nötig, dass er ihr so nahe kam, wenn sie den ganzen, wenn auch nicht übermäßig großen Aufzug für sich hatten? In seinen Augen flackerte das Begehren auf, aber der Ausdruck seiner Lippen ließ erkennen, dass das gegen seinen Willen geschah. Er wollte sie, das war klar. Aber er war nicht glücklich darüber.

Und in diesem Moment wurde ihr klar, dass es ihm wahrscheinlich gar nicht darum gegangen war, ein Spielchen mit ihr zu treiben, als er wortlos verschwunden war, nachdem sie miteinander geschlafen hatten. Als sie jetzt in seine glühenden schwarzen Augen sah, fiel ihr auf, wie missmutig sich seine dichten schwarzen Augenbrauen über seiner Nase zusammengezogen hatten. Von plötzlicher Erkenntnis durchzuckt, dachte sie ungläubig: *Du hattest Angst. Mein Gott, ich werd verrückt. Der große, starke Vincent D'Ambruzzi hatte Angst.*

Auf diese Idee war sie bis jetzt überhaupt nicht gekommen. Okay, sie hatte sich nicht die Mühe gemacht, zu irgendetwas seinen Standpunkt einzunehmen, weil sie zu beschäftigt damit gewesen war, ihre Wunden zu lecken. Doch es schien plausibel. Sie hegte schon seit längerem den Verdacht, dass er eine gescheiterte Beziehung hinter sich hatte, eine Geschichte, die irgendwie mit dazu beigetragen hatte, dass er dieses übertriebene Misstrauen entwickelte. Allerdings hatte sie das nicht ein Mal damit in Verbindung gebracht, wie er sie behandelt hatte.

Nicht dass das eine Entschuldigung gewesen wäre, natürlich nicht, aber irgendwie …

Nein! Nein, nein, nein, nein, nein. Sie hatten ihr Stockwerk erreicht, die Aufzugtüren öffneten sich und Ivy schob Vincent zur Seite und eilte schnurstracks in Richtung ihrer Wohnung, wütend auf sich selbst. *Hast du jetzt auch noch den letzten Rest von Verstand verloren?*, fragte sie sich voll Zorn. *Das ist ja wohl die älteste Falle der Welt. Untersteh dich, sein Verhalten romantisch zu verklären – dafür tut es viel zu weh!*

Da Vincent eine Weile brauchte, um sich aus dem fortwährenden Kampf, der in ihrer Gesellschaft jedes Mal zwischen seinem Verstand und seinen Hormonen zu toben schien, zu befreien, holte er sie erst an ihrer Wohnungstür ein. Gegen die Wand gelehnt sah er ihr zu, wie sie in ihrer Handtasche nach dem Schlüssel kramte, und wartete bis sie ihn ins Schloss gesteckt und aufgeschlossen hatte. Sie betrat ihre Wohnung, drehte sich um, um ihn mit großen, wachsamen Augen anzusehen, und machte mit einem leise gemurmelten »Gute Nacht« Anstalten, die Tür zu schließen.

Vincent stieß sich von der Wand ab. Was sollte das denn? Sie ließ sich von ihm nach Hause bringen, nur um ihn dann eiskalt vor ihrer Wohnungstür wegzuschicken?

Er legte seine Hand um ihren Oberarm. »Moment mal!«, sagte er in Befehlston. »Das war's dann? Du knallst mir einfach die Tür vor der Nase zu – ohne ein Wort?«

»Ja«, erklärte sie knapp. Ihm ging es sowieso nicht ums Reden, und sie brauchte Zeit zum Nachdenken.

»Vorhin in der Bar … warum hast du da gesagt, dass du mit mir nach Hause fahren willst?«

Sie zuckte mit den Schultern.

Das war neu. Sie war doch sonst nie um eine Antwort verlegen. Er hatte es bisher nicht einmal erlebt, dass sie sich vor einer Auseinandersetzung drückte, so wie sie es jetzt tat, und ihre offensichtliche Gleichgültigkeit machte ihn unsicher und nervös. »Was ist denn mit der überaus redegewandten Ivy Pennington passiert?«, fragte er mit vor Spott triefender Stimme, um sie aus der Reserve zu locken.

Sie biss nicht an. »Die hat sich heute Abend freigenommen.«

Er knirschte frustriert mit den Zähnen. »Verdammt noch mal, warum redest du nicht mit mir? Wovor hast du Angst?«

Fassungslos erwiderte Ivy seinen Blick, und das Lachen, das sie von sich gab, klang bitter. »Mein Gott, Vincent, wo soll ich anfangen?« *Fang ich damit an, dass ich mir ernsthaft Entschuldigungen für dein Verhalten überlege, obwohl du mich einmal so verletzt hast und ich mir geschworen habe, dir nie eine zweite Gelegenheit dazu zu geben?*

Nein. Das würde sie ihm ganz bestimmt nicht auf die Nase binden.

Stattdessen drehte sie den Spieß um. »Ich könnte dich dasselbe fragen, nicht wahr? Wovor hast du so viel Angst?«

Sein Griff um ihren Arm verstärkte sich für einen kurzen Moment, doch sein Gesicht war plötzlich völlig ausdruckslos. »Ich habe keine Ahnung, wovon du redest«, erklärte er steif.

Genau diese Antwort hatte sie erwartet, aber das änderte nichts an ihrem Ärger und ihrer Enttäuschung. »Nein, natürlich nicht.« Sie löste seine Finger von ihrem Arm und sah ihm in die Augen. »Warum belassen wir es dann nicht einfach dabei?«

Das wäre wohl das Beste, stimmte er ihr innerlich zu. Trotzdem hörte er sich sagen: »Nein, verdammt noch mal, das werden wir nicht tun. Ich will wissen, was du damit meinst.«

Sie konnte ja schlecht fragen: »Bist du in der Nacht, die wir miteinander verbracht haben, deshalb wortlos verschwunden, weil du es mit der Angst gekriegt hast?« Stattdessen sagte sie: »Ich rede davon, dass du einfach aus dem Bett springst und die Flucht ergreifst, Vincent. Wie viele Frauen hast du schon verführt, nur um zu verschwinden, sobald du bekommen hattest, was du wolltest?« Sie hielt den Atem an, plötzlich kamen ihr Zweifel an ihrer vermeintlichen Erkenntnis. Was, wenn er sagte: »Dutzende, Baby, also was willst du?«

Sie machte sich auf das Schlimmste gefasst und war deshalb überhaupt nicht darauf vorbereitet, als er statt einer Antwort den Arm um ihre Taille legte und sie an sich zog. Mit der anderen Hand umfasste er ihren Nacken und hielt ihren Kopf mit eisernem Griff fest, als er seinen Mund auf ihren presste.

Es war ein Kuss voll Zorn, Verlangen, Frustration. Er war fordernd und forschend, und voll glühender Leidenschaft, die das Blut in ihren Adern zum Sieden brachte.

Sie konnte sich nicht dagegen wehren. Sie hatte es geschafft, sich einzureden, dass er nicht annähernd so gut gewesen sein konnte, wie sie es in Erinnerung hatte, aber sein jäher Überfall auf ihren Mund und ihre Sinne ließ diese Überzeugung wie ein Häuflein Asche in sich zusammenfallen. Ivy konnte nichts anderes tun, als seinen Kuss zu erwidern, sie krallte ihre Finger in sein Revers, um nicht den Halt zu verlieren.

Allzu bald riss er seinen Mund los und schob sie von sich, hielt sie auf Armeslänge von sich weg. »Keine einzige«, sagte er heiser und schüttelte sie leicht. »Okay? Bist du jetzt zufrieden? Vor dir habe ich drei Jahre im Zölibat gelebt.«

Im ersten Augenblick brachte sie seine Worte nicht mit der Frage in Zusammenhang, die sie ihm gestellt hatte. Dann starrte sie ihn mit offenem Mund an.

Ihr ungläubiger Gesichtsausdruck machte ihn gereizt, und er war wütend auf sich selbst. Himmel, wie hatte er sich bloß darauf einlassen können? Sie hatte ihm die Chance geboten, es auf sich beruhen zu lassen, aber nein, sein Ego hatte diesen verächtlichen Unterton in ihrer Stimme ja nicht ertragen können, und er musste das Ganze noch weiter treiben, nicht wahr?

Voll Selbstverachtung ließ er sie los und fuhr sich mit den Fingern durch die Haare. Die verspannten Muskeln in seinem Nacken massierend, wandte er ihr den Rücken zu.

Ivy sah ihn an, seinen gebeugten Kopf, seine gebräunte Hand, den Stoff seines Jacketts, der sich über die harten Muskeln spannte, und flüsterte: »Warum?«

Er verharrte mitten in der Bewegung und warf ihr einen Blick über die Schulter zu. »Warum ich im Zölibat gelebt habe?«, fragte er kühl. »Warum du? Warum ich nicht geblieben bin?«

»Ja!«

Er ließ die Hand sinken, drehte sich um und sah sie seufzend an. Mit einem Blick nach links und rechts in den schwach beleuchteten Flur fragte er: »Kann ich vielleicht reinkommen?«

»Was? Oh!« Sie hatte völlig vergessen, wo sie sich befanden: im Flur vor ihrer Wohnungstür, von der er sie weggezogen hatte, um sie zu küssen. Sie merkte, dass sie rot wurde, und trat hastig einen Schritt zurück. Vincent schloss die Tür hinter sich und folgte ihr in die Küche, wo sie sich zu ihm umdrehte und ihn ansah. »Willst du einen Kaffee?«, fragte sie.

Was er wirklich wollte, war, irgendwo zu sein, nur nicht hier. Dem fühlte er sich nicht gewachsen. Er wusste, dass er ihr eine Erklärung schuldete, aber er hatte weiß Gott keine Lust, über LaDonna zu reden oder über seine Weigerung, eine neue Beziehung einzugehen. Es war ihm zuwider, sein Privatleben vor anderen auszubreiten. Warum konnten sie sich nicht einfach um den Verstand vögeln, die Vergangenheit ruhen lassen und herausfinden, was zwischen ihnen war, bis es von selbst endete? Warum wollten Frauen immer reden, während Männer Taten vorzogen? »Ja«, sagte er schließlich. »Kaffee wäre gut.«

Ivy machte eine Kanne und sie nahmen die Tassen mit ins Wohnzimmer. Sie setzte sich so auf das Sofa, dass sie ihn ansehen konnte, zog einen Fuß unter sich, nahm einen Schluck von ihrem Kaffee und musterte über den Rand ihrer Tasse sein verschlossenes Gesicht. Ein leises, ironisches Lächeln umspielte ihren Mund, und sie schüttelte den Kopf. »Mein Gott, Vincent. Du machst ein Gesicht, als ob du lieber ohne Betäubung eine Wurzelbehandlung über dich ergehen lassen würdest.«

Er knurrte etwas Unverständliches.

Ihr Anflug von Humor schwand. »Hör mal«, sagte sie ungeduldig, »du bist derjenige, der reden wollte. Wenn du nichts zu sagen hast, dann lass es einfach bleiben.«

»Ich finde, du hättest mich wenigstens fragen können, was ich heute Abend herausgefunden haben, statt mir die Tür vor der Nase zuzuknallen.«

»Oh!« Ivy wurde rot. »Du hast Recht.« Sie stellte ihre Tasse auf den Tisch und beugte sich vor. »Was hast du herausgefunden?«

»Eigentlich nichts.« Nichts Konkretes jedenfalls.

Sie sah ihn ärgerlich an. »Ich schätze, das war ein ziemlich kurzes Gespräch, oder? Kaum wert, dass du deswegen so aus der Fassung gerätst.«

»Verdammt noch mal, Ivy, darum geht es doch nicht!« Vincent beugte sich vor, stellte seine Tasse ab und rieb sich mit den Händen übers Gesicht. Schließlich hob er wieder den Kopf und sagte in etwas ruhigerem Ton: »Das ist nicht einfach für mich, verstehst du?«

Sie nickte.

»Erst mal möchte ich was loswerden. Es tut mir Leid, dass ich ohne ein Wort verschwunden bin, nachdem wir miteinander geschlafen haben.« Seine finstere Miene verflüchtigte sich, als er die Hand ausstreckte, um ihr eine Haarsträhne von der Wange zu streichen. »Das wollte ich dir schon lange sagen, ehrlich, aber irgendwie schien sich nie die passende Gelegenheit zu ergeben.«

»Das hat mich sehr verletzt, Vincent. Ich kam mir benutzt vor.«

»Ja, das ist mir klar geworden, als du mich letzte Woche auf dem Revier so angefahren hast, aber du musst mir glauben …« Er wandte den Blick ab und rieb sich den Hals. Nach ein paar Sekunden sah er sie wieder an, seufzte und sagte: »Sieh mal, ich habe keine Entschuldigung dafür. Ich hatte nicht die Absicht, dich zu verletzen, ich habe nur einfach nicht darüber nachgedacht, welche Wirkung mein Verhalten auf dich haben könnte. Wahrscheinlich habe ich nur an mich gedacht. Aber diese Nacht, Ivy … es war schön. Es war sehr schön. Und nicht nur deshalb, weil das letzte Mal sehr lange her war.«

»Aber?«

»Aber, verdammt noch mal, es war im Grunde zu schön, um wahr zu sein, und vielleicht hast du Recht – vielleicht hatte ich Angst. Angst, dass es … ich weiß nicht … dass es zu einer festen Beziehung führt. Angst, dass du etwas von mir erwartest, was ich dir vermutlich nicht geben kann. Ich habe es auf die harte Tour gelernt, dass ich nicht beziehungstauglich bin. Deshalb habe ich das Weite gesucht, um zu verhindern, dass das mit dir eine wird.«

Ivy betrachtete sein angespanntes Gesicht. »Du hast eine ziemlich schwierige Beziehung hinter dir, wenn ich richtig verstehe.«

Sein kurzes, hartes Lachen hatte nichts Fröhliches an sich. »Ja, das könnte man sagen«, stimmte er zu und sah sie verbittert an. »Ich war vier Jahre lang mit einer Frau verheiratet, die ständig die Beine breit gemacht hat.« Ivys Augen weiteten sich, und für den Fall, dass sie die Bedeutung seiner Worte nicht richtig begriffen hatte, fügte er hinzu: »Nicht nur für mich, Ivy – für jeden Kerl, der einen hochkriegen konnte.«

Das erklärte vieles, doch gleichzeitig war sie überrascht, sowohl von der Tatsache, dass er verheiratet gewesen war – darüber hatte sie sich nie Gedanken gemacht –, als auch von dem Bild, das diese Worte von seiner Exfrau zeichneten. »Oh Vincent, das tut mir Leid«, sagte sie und griff unwillkürlich nach seiner Hand. Sie drückte sie und fuhr fort: »Wirklich. Ich weiß gar nicht, was ich sagen soll. Ich bin … überrascht.«

Wenn er verlegen war, neigte er dazu, grob zu werden,

und er entriss ihr seine Hand. »Spar dir dein Mitgefühl«, knurrte er. Verdammt … sie bedauerte ihn. Das hatte ihm gerade noch gefehlt. »Und was genau findest du überraschend? Dass irgendeine Frau auf die Idee kommen könnte, mich zu heiraten?«

»Nein«, erwiderte sie sanft und hielt seinem finsteren Blick ruhig stand. »Dass irgendeine Frau dich zu betrügen vermag, nachdem du sie geliebt hast.«

»Glaub mir«, versicherte er ihr. »Wenn es darum ging, Männer aufzureißen, hatte das Luder ein besonderes Talent entwickelt.« Sein Tonfall ließ es angeraten erscheinen, auf weitere Mitleidsbekundungen zu verzichten. Trotzdem legten sich ihre Worte wie Balsam auf eine Wunde, die in den vergangenen drei Jahren unablässig geschwärt hatte.

Die Art, wie er dieses Schimpfwort aussprach, so als sei es der Name seiner Exfrau, erregte Ivys Neugier, und sie fragte, ohne lange nachzudenken: »Warum nennst du sie so – ›das Luder‹?« Gleich darauf zog sie eine Grimasse und hob abwehrend die Hand. »Tut mir Leid. Das war eine blöde Frage.«

Zu ihrem Erstaunen lächelte Vincent. »Um ehrlich zu sein, bin nicht ich derjenige, der ihr diesen Namen verpasst hat – den hat sie Anna Graham zu verdanken. Sie und ihr Mann Keith sind Freunde von mir, und Anna konnte LaDonna vom ersten Moment an nicht ausstehen. Im Gegensatz zu mir«, sagte er ohne Groll, »hatte Anna sie vom ersten Augenblick an durchschaut. Na, jedenfalls hat Anna LaDonna immer so bezeichnet, wenn sie mit Keith über sie gesprochen hat, auch wenn ich das erst mitbekommen habe, nachdem wir uns getrennt hatten.« Er zuckte gleichgültig mit den Schultern. »Es passt.«

»Und«, erkundigte Ivy sich zögernd, »liebst du sie immer noch, Vincent?« War das der Grund, warum er sich nicht auf eine Beziehung einlassen wollte?

»Verdammt noch mal, nein!« Die Frage kränkte ihn offensichtlich. »Ich habe dir doch gerade erzählt, dass sie mit jedem Kerl in der Stadt in der Kiste war – wofür hältst du mich, Ivy, für einen Waschlappen?«

»Tut mir Leid.« Sie fand die Frage ganz logisch – selbst wenn alle Umstände dagegen sprachen, war es weiß Gott nicht immer möglich, Gefühle einfach abzuschalten. »Warum müssen sich Männer immer so machomäßig gebärden, sobald man sie nach ihren Gefühlen fragt?«

»Wahrscheinlich weil Frauen immer so dumme Fragen stellen.«

»Die Frage ist nicht dumm«, widersprach sie. »Ich versuche nur herauszufinden, welche Rolle ich bei der ganzen Sache spiele.«

»Welche Rolle …?« Er richtete sich auf. »Was hat das denn mit dir zu tun?«

»Die beleidigende Art und Weise, wie du mich vom ersten Augenblick an behandelt hast, hat nichts mit der Geschichte zu tun, die du hinter dir hast?« Er starrte sie an, als könnte er so viel Selbstüberschätzung nicht fassen, und sie fuhr leicht verwirrt fort: »Tut mir Leid, ich glaube, ich begreife nicht, warum du mir das alles erzählt hast. Als du sagtest, ich sei die erste Frau, mit der du seit drei Jahren geschlafen hast, dachte ich, du meinst damit vielleicht …«

»Bild dir bloß nicht zu viel ein«, unterbrach er sie in einem beleidigend arroganten Ton. »Ich habe nicht gesagt, dass du die Erste seit LaDonna warst, du warst lediglich die Erste nach langer Zeit.« Er hatte nicht die Absicht, mit ihr darüber zu reden, dass durch LaDonnas Untreue sein Selbstbewusstsein schwer angeschlagen worden war, und auch nicht über die kurze Zeitspanne, in der er krampfhaft versucht hatte, es zwischen den Schenkeln irgendwelcher Frauen wiederherzustellen. Genauso wenig hatte er vor, Ivys Ego zu hätscheln, indem er ihr erzählte, dass ihm keine andere Frau jemals so unter die Haut gegangen war wie sie.

»Oh, Verzeihung.« Es tat weh, dass er nur von seiner Gewohnheit abgewichen war, um ihre Illusion zu zerstören. Das, was er mit seiner Exfrau erlebt hatte, erklärte zwar einiges, aber so Leid es ihr auch tat, dass er diese zweifellos sehr schmerzliche Erfahrung hatte machen müssen, sein Verhalten ließ ihr Mitgefühl schnell schwinden. »Was willst du dann von mir, Vincent?«

Er wusste es nicht, verdammt noch mal. Warum hörte sie nicht auf nachzubohren? Verärgert und in Abwehrhaltung nannte er das Einzige, dessen er sich absolut sicher war. »Deinen Körper.«

»Meinen Körper«, wiederholte sie mit einem Gefühl, als hätte er ihr gerade einen Kinnhaken verpasst. Sie verschränkte die Arme vor der Brust, blickte in sein verschlossenes Gesicht und sagte mit leiser gepresster Stimme: »Mal sehen, ob ich das richtig verstanden haben. Damit willst du vermutlich sagen, dass du es gerne hättest, wenn ich dir zu Diensten stehe, wann immer du Lust hast, und verschwinde, wenn das nicht der Fall ist. Du legst keinen Wert darauf, mich richtig kennen lernen, und du willst keine feste Beziehung ... ich nehme also an, dass sich meine Dienste nicht ausschließlich auf dich beschränken müssten. Kommt das einigermaßen hin?«

»Nein, verflucht, das tut es nicht!« Er fuhr sich mit den Fingern durch die Haare. »Mein Gott, Ivy, müssen wir das denn jetzt auf der Stelle entscheiden?«

»Ach, am Timing hast du auch etwas auszusetzen?« Sie würde nicht weinen – auf gar keinen Fall. »Tja, ich finde das alles auch nicht besonders toll. Ich meine, gestern bekomme ich einen Liebesbrief von einem Vergewaltiger, und heute habe ich es mit einem hormongesteuerten Cop zu tun, der mich zu seiner Mätresse machen will.«

»Gottverdammt!«, schrie er. »Das will ich nicht.« Verzweifelt raufte er sich die Haare. Er holte tief Luft, stieß sie heftig aus, und dann gestand er in einem etwas gemäßigteren Ton: »Ich weiß nicht, was ich will, okay?«

»Dann sollte ich dir vielleicht sagen, was ich zu geben bereit bin.« Sie sah auf ihre ineinander verschlungenen Hände in ihrem Schoß. »Ich bin nicht deine Exfrau, Vincent, ich schlafe nicht in der Gegend herum, und ich werde den Teufel tun und zulassen, dass du mich für ihr Fehlverhalten bestrafst. Wenn du von mir nichts weiter willst als Sex, dann hast du in meinem Leben nichts zu suchen.« Sie richtete ihren Blick auf ihn. »Ich ertrage das nicht länger – deine Art, in der einen Minute so leidenschaftlich zu sein und in der nächsten eiskalt.« Die unterschiedlichen Empfindungen, die nacheinander über sein kurz zuvor noch völlig ausdrucksloses Gesicht huschten, zeigten ihr, dass er genauso durcheinander war wie sie. »Ich will dich, Vincent«, gestand sie leise. »Aber nicht so sehr, dass ich bereit bin, dein Spielzeug zu sein.« Lüge, Lüge, Lüge. Aber sie dachte nicht daran, ihn erkennen zu lassen, wie willenlos sie war, wenn es um ihn ging.

Sie stand auf und sah ihn kühl an, bis er sich ebenfalls erhob. Sie brachte ihn zur Tür, öffnete sie, schob ihn sanft hinaus auf den Flur und sagte: »Wenn du eine klarere Vorstellung davon hast, was du von mir willst, lass es mich wissen.«

Dann schlug sie ihm die Tür vor der Nase zu.

10

Tyler Griffus nahm Jaz Merricks Adressbuch in die Hand. *Ivy*. Der Name hallte in seinem Kopf wider und von seiner Brust aus strömte Wärme durch seinen Körper bis in die Finger- und Zehenspitzen. An jenem Abend in der Bar hatte er ihren Vornamen erfahren.

Er blätterte zu »P« und stieß einen leisen Fluch aus, als er ihren Namen nicht fand. Er wollte gerade zurück zu »I«, als Jaz' Stimme aus der Küche ertönte.

»Haben Sie etwas gesagt?«, fragte sie und sah um die Ecke.

Er klappte das Buch unauffällig zu und drehte sich so, dass Jaz es nicht sehen konnte. »Nein. Jedenfalls nichts Wichtiges.« Er zuckte mit den Schultern und verzog den Mund zu einem jungenhaften Lächeln, das die Frauen liebten, wie er wusste. »Ich habe mit mir selbst gesprochen.«

Sie lächelte. »Gefährliche Gewohnheit.« Ihr Kopf verschwand. »Kaffee ist in einer Minute fertig.«

»Lassen Sie sich ruhig Zeit.« Erneut schlug Tyler das Adressbuch mit dem geblümten Stoffeinband auf. Vielleicht musste er seine gesamte Vorgehensweise noch einmal überdenken. Sein ursprünglicher Plan hatte schlicht und ergreifend vorgesehen, über das Adressbuch der schönen Ms. Merrick an die Ärztin heranzukommen. Er wollte sich mit Jasmine verabreden, sich die Information verschaffen und dann verschwinden. Was konnte einfacher sein?

Doch jetzt …

Oh, all die Möglichkeiten, die sich boten. Er konnte Ivy Pennington tatsächlich treffen. Wenn er seine Karten geschickt ausspielte, konnte er ihr von Angesicht zu Angesicht gegenüberstehen, mit ihr sprechen.

Ihr verständnisvolles Wesen würde ihm helfen, den Dämon zu besänftigen.

Natürlich bedeutete das, dass er sich zu gewissen Intimitäten mit Jaz Merrick zwingen musste, aber immerhin war sie schön, und er hatte so etwas früher auch schon getan. Nicht unbedingt oft, aber verdammt, seine kleinen monatlichen Ausflüge bedeuteten ja nicht, dass er völlig degeneriert war oder so. Er wusste, wie er sich zu benehmen hatte.

Es war allerdings wirklich Pech, dass sie nicht ein kleines bisschen schüchterner war. Etwas weniger selbstbewusste Frauen waren ihm lieber.

Er biss einen winzigen Fetzen Haut neben seinem Fingernagel ab, zupfte ihn mit den Fingerspitzen von seiner Zungenspitze und dachte an die nächste Vollmondnacht. In ein paar Tagen war es so weit. Vielleicht …?

Einen kurzen Moment lang spielte er mit dem Gedanken, seine Verkleidung anzulegen und sich gewaltsam Zutritt zu Jaz' Wohnung zu verschaffen, um ihr seine wahre Macht zu zeigen. Das wäre sicher toll zu sehen, wie ihr Selbstbewusstsein mit einem Schlag schwand. Allein bei dem Gedanken daran verspürte er ein vertrautes Ziehen in seinen Lenden.

Aber … nein. Mit Bedauern kam er zu Schluss, dass es wahrscheinlich nicht gut wäre. Ivy würde vermutlich nicht allzu viel Sympathie für einen Mann empfinden, der ihrer Cousine wehtat, das konnte sogar er nachvollziehen. Tief in seinem Innern wusste er jedoch, dass sie verstand, was ihn trieb – er spürte es ganz einfach. Ihr Mitgefühl beruhigte ihn, ermöglichte es ihm, normal zu funktionieren, während er sich in den Fängen des Jägers befand. Allerdings gab es so etwas wie Loyalität gegenüber der Familie.

Es war die Verbundenheit zwischen den beiden Frauen, die er an dem Abend in der Bar gespürt hatte und die ihn veranlasst hatte, Jaz bis nach Hause zu folgen … nachdem er erst einmal die Enttäuschung überwunden hatte, dass man ihn der Gelegenheit beraubt hatte, Ivy zu folgen. Er hatte sie an dem Abend beobachtet. Während er in der Bar herumgewandert war, sorgsam darauf bedacht, sich unter die anderen Gäste zu mischen und nie so lange an einer Stelle zu bleiben, dass er irgendjemandes Aufmerksamkeit auf sich zog, hatte er auch den einen oder anderen Gesprächsfetzen aufgeschnappt, in dem es um die Penningtons ging.

Nachdem er erst einmal wusste, wo Jaz wohnte, war es ein Kinderspiel gewesen herauszufinden, wo sie arbeitete, und anschließend ein Treffen zu arrangieren. Er hatte die Sache so schnell wie möglich über die Bühne bringen wollen. Sie treffen, sich Zutritt zu ihrer Wohnung verschaffen, die Adresse der Ärztin in Erfahrung bringen und verschwinden.

Nun ja, jetzt würde sein Plan eine leichte Abwandlung erfahren. Der übervorsichtige Teil seiner Persönlichkeit, der stets aufmerksame Wächter mit seinen unablässigen Ermahnungen, dank deren er den Hütern alberner Gesetze in all den Jahren immer einen Schritt voraus gewesen war, versetzte ihn in Alarmzustand, forderte ihn auf, es sich noch einmal zu überlegen, erklärte, es sei gefährlich, sich zu weit in ihre Nähe zu begeben.

Er achtete nicht darauf. Diese Einwände hatten gegen das Verlangen, das in ihm brannte, einfach keine Chance. Er konnte diesem beruhigenden Einfluss gar nicht nahe genug kommen.

In dem Augenblick, in dem Vincent die Notaufnahme betrat, war ihm klar, dass er die Sache anders angehen musste. Er hatte bereits vor langer Zeit aufgehört, mit schnellen Lösungen zu rechnen, doch in diesem Fall hatte er es geschafft, noch etwas anderes zu unterschätzen – den Umstand, dass eine Notaufnahme der reinste Hexenkessel war. Eigentlich hätte er sich aus der Zeit, als er noch Streife ging, daran erinnern müssen.

Er löste sich aus dem Strom von Leuten, die an ihm vorbeieilten, lehnte sich an die Wand und beobachtete, was um ihn herum vorging. In weniger als zehn Minuten hatte er mehr dramatische Szenen gesehen als der durchschnittliche Kinobesucher an einem ganzen Abend.

Er sah Pfleger und Ärzte nach draußen zu einem Auto rennen, das mit quietschenden Bremsen und gellender Hupe direkt vor der Eingangstür der Notaufnahme zum Stehen kam. In Rekordzeit hatten sie den Beifahrer aus dem Wagen geholt, auf eine Trage gelegt und waren mit ihm in einem der Korridore verschwunden. Die Fahrerin, die sich am Rand der Hysterie befand, wurde zum Empfang geführt, wo überlastete Schwestern sich bemühten, die nötigen Informationen für die Aufnahmeformulare von ihr zu erhalten, während sie immer wieder flehte, man möge ihr doch sagen, wie es um ihren Passagier stehe. Damit befand sie sich in Konkurrenz mit den Angehörigen anderer Patienten, die alle mit diversen Bitten um Auskunft oder eine schnellere Behandlung ihrer Lieben um die Aufmerksamkeit der Schwestern wetteiferten.

Wenige Augenblicke später stürmten durch die gleiche Tür einige Sanitäter mit einer Trage. Im Nu waren sie von einem Notfallteam umringt, das nur einen Blick auf den blutüberströmten Mann auf der Trage warf und mit routinierter Schnelligkeit schon mit der Behandlung begann, während der Patient noch durch den Korridor gerollt wurde.

Von der Stelle aus, an der Vincent stand, sah er Ärzte und Schwestern kommen und gehen, und während er sie beobachtete, dachte er, dass es kein Wunder war, wenn man hier einen einzelnen Mann übersah, der darüber hinaus darauf bedacht war, sich unauffällig zu verhalten.

Aber ebenso wie er vergessen hatte, was für ein Irrenhaus eine Notaufnahme sein konnte, hatte er vergessen, wie unvermittelt auch wieder Ruhe einkehren konnte. Auf einmal waren alle wartenden Patienten in den Behandlungsräumen verschwunden, und die Menge um den Empfang hatte sich gelichtet. Selbst die hysterische Autofahrerin saß inzwischen auf einem Stuhl im Wartebereich und füllte Formulare aus. Vincent stieß sich von der Wand ab und näherte sich dem Empfang, um sich zu erkundigen, wer heute Abend hier zuständig war.

Die nächsten Stunden verbrachte er damit, mit dem Personal der Notaufnahme zu sprechen, sie auf ihrem Weg zwischen den einzelnen Notfällen abzufangen. Er sprach mit Ärzten, Schwestern, Hilfskräften, Pflegern und Verwaltungsangestellten. Diese Befragungen dienten einem doppelten Zweck: Einerseits versuchte er, so viele Informationen wie möglich zu sammeln, und andererseits wollte er erreichen, dass sich die Krankenhausangestellten der Gefahr, in der eine ihrer Kolleginnen möglicherweise schwebte, bewusst wurden, damit sie auf der Hut sein konnten.

Ivy sah er nur einmal aus der Ferne. Sie war von Kopf bis Fuß in einen zerknitterten grünen OP-Anzug gehüllt, und wären nicht ihre großen Schritte gewesen, mit denen sie neben einer rasch dahinrollenden Trage herlief, hätte er sie vermutlich nicht einmal erkannt. Er sah ihr nach, bis sie um eine Ecke verschwunden war, und verlor für einen Moment den Faden bei seiner Befragung.

Er sagte es sich zum wiederholten Mal: Er musste mit dem Unsinn aufhören und sich darüber klar werden, was er eigentlich von ihr wollte. Das hatte er zwar schon getan – mehrmals sogar. Das Problem war nur, dass er seine Entscheidungen, so unumstößlich sie ihm auch erschienen waren, als er sie für sich getroffen hatte, in dem Augenblick vergaß, in dem er mit Ivy zusammen war. Es endete immer damit, dass er in Abwehrstellung ging, sich ihr gegenüber feindselig verhielt und gleichzeitig wahnsinnig scharf auf sie war.

In der vergangenen Nacht, als er eigentlich hätte schlafen sollen, hatte er sich stundenlang im Bett herumgewälzt. Man musste kein Genie sein, um zu erkennen, dass er deshalb so ruhelos war, weil er dauernd daran denken musste, was sie gesagt hatte … und an das Benehmen, das er jedes Mal an den Tag legte, wenn er sie sah. Sie durfte weiß Gott mehr erwarten, als er ihr bot – sehr viel mehr. Und verflucht noch mal, wenn er nicht bereit war, sich auf sie einzulassen, gab es da draußen wahrscheinlich jede Menge anderer Kerle, die es waren.

Es gefiel ihm nicht, wie der Gedanke daran an ihm nagte, er konnte es sich einfach nicht leisten, dass sie ihm so viel bedeutete. Es überraschte ihn nicht besonders, dass er darauf brannte, wieder mit ihr ins Bett zu gehen – sein Sexualtrieb war praktisch in der Sekunde, in der er Ivy zum ersten Mal erblickt hatte, aus seinem Tiefschlaf erwacht, und man konnte nicht gerade behaupten, dass er das ihr gegenüber verborgen hätte. Beunruhigend fand er es dagegen, wie eifersüchtig und wütend er plötzlich geworden war, als sie am vergangenen Abend die Bemerkung fallen ließ, dass sich ihre Dienste ja nicht ausschließlich auf ihn beschränken müssten.

Verdammt, er wollte sie ausschließlich für sich; der Gedanke, dass ein anderer Mann sie auf die gleiche Weise besitzen könnte, wie er es getan hatte, hatte Mordinstinkte in ihm geweckt. Aber jedes Mal, wenn er an so etwas wie eine Beziehung dachte, brach ihm der kalte Schweiß aus.

Er hatte eine Beziehung hinter sich, und allein das Wort rief Bilder von dem Nachmittag in ihm wach, an dem er früher von der Arbeit nach Hause gekommen war, weil er LaDonna überraschen wollte. Und überrascht hatte er sie – im Bett mit Ray Lenderbaum.

Er konnte es heute noch kaum glauben, dass er bis zu diesem Moment nicht den geringsten Verdacht gehegt hatte. Aber damals war er eben noch vertrauensselig gewesen. Damit war es ein für alle Mal vorbei. Selbst wenn er sie dabei beobachtet hatte, wie sie auf Partys mit anderen Männern flirtete, war er nicht eifersüchtig gewesen. Flirten war harmlos, und in seiner grenzenlosen Dummheit war er sogar noch stolz darauf gewesen, dass andere Männer sie attraktiv fanden. Vielleicht hatte es ihn sogar mit einer gewissen hämischen Freude erfüllt zu wissen, dass er derjenige war, der sie mit nach Hause nehmen und lieben würde.

Das war wirklich ein guter Witz. Er und jeder andere, der Interesse zeigte.

Aber davon hatte er erst später erfahren. Als er an diesem Nachmittag ins Schlafzimmer gekommen war, hatte es ihn wie ein Blitz aus heiterem Himmel getroffen, und in diesem einen kurzen Augenblick war eine ganze Welt für ihn zusammengebrochen und alles in Frage gestellt worden, woran er vorher geglaubt hatte.

Er hatte niemals begriffen, warum er seine Pistole gezogen und sie Ray an den Kopf gehalten hatte statt LaDonna. Vielleicht war es einfacher gewesen, sich mit den Konsequenzen von dessen Betrug auseinander zu setzen. Bis zu diesen Augenblick hatte er Lenderbaum wenn auch nicht gerade als Freund, so doch zumindest als guten Bekannten betrachtet.

Natürlich wäre es ihm nie auch nur in den Sinn gekommen, seine Frau könnte ihn betrügen. Was für eine Trantüte war er doch gewesen. Seine Naivität schrie wirklich zum Himmel.

Was damals gesprochen worden war, haftete nur verschwommen in seiner Erinnerung. Er erinnerte sich daran, dass er alles wie durch einen roten Schleier aus Schmerz und Wut wahrgenommen hatte, und an Beschimpfungen und hysterisches Geschrei. Nur an eine Sache konnte er sich klar und deutlich erinnern – nachdem er seine Pistole wieder weggesteckt und LaDonna erklärt hatte, sie sei es nicht wert, dass er ihretwegen ins Gefängnis ging, hatte sie ihm trotzig entgegengeschleudert, sie sei froh, dass sie sein Baby abgetrieben habe, froh! In diesem Moment hätte er sie beinahe doch noch umgebracht; was ihn letztlich zurückgehalten hatte, war das Wissen, dass ihre Worte so kalkuliert waren, dass sie ihn möglichst tief verletzten.

Wortlos hatte er sich umgedreht und war gegangen. Einige Zeit später fand er sich bei Keith und Anna wieder, ohne dass er hätte sagen können, wie er dorthin gekommen war. Nach dem Gespräch mit ihnen, das ihm auf schmerzhafte Weise die Augen geöffnet hatte, war er schnurstracks zum nächsten Anwalt gefahren.

In den folgenden Wochen war er in erster Linie damit beschäftigt gewesen zu beweisen – sich selbst und allen anderen, die lange vor ihm gewusst hatten, dass LaDonna mit jedem ins Bett stieg –, dass sie es nicht geschafft hatte, ihm seine Männlichkeit zu rauben. Er hatte mit zahllosen Frauen geschlafen, an deren Gesichter er sich am nächsten Tag nicht mehr erinnern konnte, um freudlose Erleichterung und ein klein wenig Befriedigung zu finden. Dann war er eines Morgens im Bett einer weiteren fremden Frau aufgewacht und hatte festgestellt, dass er nicht einmal wusste, wie sie hieß. Voll Verachtung für sich selbst war er zu dem Schluss gelangt, dass er es nicht nötig hatte, irgendjemandem etwas zu beweisen. Von diesem Tag an hatte er im Zölibat gelebt ... bis zu der Nacht, in der er Ivy Pennington verführt hatte.

Jetzt musste er sich darüber klar werden, ob sein wiedererwachtes Verlangen ein ausreichender Grund war, sich noch einmal auf eine Beziehung einzulassen.

Ivy überließ den kleinen Jaime Newman der Obhut der Krankenschwester und trat hinaus auf den Korridor. Dort ließ sie sich gegen die Wand sinken und schloss die Augen. Was für ein Tag.

Vincent war irgendwo auf der Station, seine Gegenwart war zu spüren, auch wenn er nicht zu sehen war. Sie brauchte dringend etwas Abstand von diesem Mann, aber er war hier heute umtriebiger gewesen als ein Eisverkäufer im Hochsommer. Sie hatte den Überblick verloren, wie viele Leute sie während ihrer Schicht angesprochen hatten, einige entsetzt, andere neugierig und alle voll Mitgefühl wegen der Bedrohung, unter der sie stand. Sie wusste, dass sie es gut meinten, aber immer wieder erzählen zu müssen, wie es war, unfreiwillig im Zentrum der Aufmerksamkeit eines Vergewaltigers zu stehen, war nicht gerade ein Vergnügen. Allmählich begann sie die Anspannung zu spüren.

Aber am schlimmsten von allem war die Geschichte des

kleinen Jaime. Es schien sich um einen dieser aussichtslosen Fälle zu handeln, von denen sie bereits zu viele erlebt hatte. Gott, sie hatte das alles so satt.

Zuerst hatte sie der Mutter geglaubt, als sie ihr erzählte, ihr viereinhalbjähriger Sohn sei ein kleiner Tollpatsch und sei die Kellertreppe hinuntergefallen, als sie einen Augenblick lang nicht auf ihn aufgepasst habe. Die Frau wirkte nervös, aber sie war aufrichtig besorgt um ihr Kind. Den Vater hatte Ivy nur kurz zu Gesicht bekommen, als man den Eltern mitgeteilt hatte, dass nur einer von ihnen beiden bei ihrem Sohn in dem engen Behandlungsraum bleiben könne. Er hatte auf sie den Eindruck eines Mannes gemacht, der seinen Zorn unterdrückte, aber sie hatte zu oft miterlebt, wie unterschiedlich Eltern auf eine Verletzung ihres Kindes reagierten, als dass sie sich ein voreiliges Urteil erlaubt hätte. Häufig äußerte sich Besorgnis auf diese Weise.

Doch als man ihr dann die Aufnahmen aus der Röntgenabteilung gebracht hatte, war ihr schwer ums Herz geworden. Nachdem die Krankenschwester sie am Leuchtschirm befestigt hatte, hatte Ivy zwei alte Brüche entdeckt. Sie hatte Ellen wortlos auf die verheilten Verletzungen aufmerksam gemacht, und sie hatten einen düsteren Blick ausgetauscht. »Informieren Sie das Jugendamt«, hatte sie die Schwester mit leiser Stimme angewiesen.

Ellen wollte schon zum Telefon gehen, aber Ivy hatte sie mit einer Handbewegung zurückgehalten und gesagt: »Warten Sie.« Sie hatte sich zu Jaimes Mutter umgedreht. »Mrs. Newman, ich muss Sie bitten, zu Ihrem Mann in den Warteraum zu gehen, während wir Jaime den Gipsverband anlegen. Wir brauchen dazu noch etwas mehr Platz.«

In dem Augenblick, in dem sich der Vorhang hinter der Frau geschlossen hatte, hatte sie sich wieder Ellen zugewandt. »Wenn Sie mit dem Jugendamt gesprochen haben«, hatte sie leise gesagt, »… rufen Sie bitte im Archiv an. Erkundigen Sie sich, ob Jaime früher schon mal eingeliefert wurde. Wenn die etwas finden, egal was, sollen sie es uns sofort schicken.« Anschließend hatte sie zusammen mit der zweiten Krankenschwester vorsichtig Jaimes gebrochenen Arm eingegipst. Währenddessen hatte sie den Kleinen behutsam ausgefragt. Es waren seine in aller Unschuld formulierten Antworten, die sie letztlich hinaus auf den Korridor getrieben hatten. Sie brauchte einen Augenblick Ruhe, um sich zu sammeln.

»Ivy?« Sie riss die Augen auf und sah sich Vincent gegenüber, der dicht vor ihr stand. Sie war nicht einmal überrascht, ihn zu sehen. Besorgt musterte er ihr Gesicht. »Alles in Ordnung?«, fragte er schließlich.

»Nein.« Sie deutete mit dem Kinn auf den geschlossenen Vorhang. »Ich habe da drin ein misshandeltes Kind liegen«, sagte sie mit leiser Stimme.

»Ach du Scheiße.«

»Ja. Du nimmst mir das Wort aus dem Mund.« Ivy stieß sich von der Wand ab und ging ein Stück den Korridor hinunter, um ganz sicher zu sein, dass man sie im Behandlungsraum nicht hören konnte. Sie drehte sich um und sah Vincent an, der ihr gefolgt war. »Er ist noch nicht einmal fünf Jahre alt, Vincent, und das ist schon das dritte Mal, dass sein Arm gebrochen ist. Das dritte Mal. Mein Gott, wie ich solche Fälle hasse. Wir informieren gerade das Jugendamt, und aller Wahrscheinlichkeit nach werden sie Jaime von seinen Eltern wegholen. Nach allem, was er uns erzählt hat, bestehen kaum Zweifel daran, dass er von seinem Vater misshandelt wird.«

»Aber das ist doch gut, oder?« Vincent betrachtete ihr erschöpftes Gesicht und nickte verständnisvoll. »Abgesehen davon, dass der Junge damit aus seiner gewohnten Umgebung gerissen wird und sich dann in den Fängen des Fürsorgesystems befindet.«

»Ja.« Ivy seufzte. »Und wir wissen beide, was dabei herauskommen kann.«

»Er könnte Glück haben, Ivy. Es gibt auch ein paar gute Heime.«

»Ich weiß«, stimmte sie zu. »Aber wenn er im falschen landet, ist das der erste von vielen Schritten, die ihn schließlich zum Täter machen.«

Dem konnte er nicht widersprechen; genau so war es. Seine Abteilung hatte ununterbrochen mit den Kinderschändern zu tun, und alle, mit denen er gesprochen hatte, waren als Kind selbst missbraucht worden. Es fiel nicht leicht, Mitleid für erwachsene Täter zu empfinden, aber die viel beklagte wachsende Kriminalitätsrate würde innerhalb einer Generation drastisch sinken, wenn sich die Gesellschaft insgesamt besser um ihre Kinder kümmern würde.

Er konnte sie nicht trösten, und er versuchte es auch gar nicht erst. Ivy zuzuhören und ihre Verzweiflung zu spüren half ihm jedoch, die Entscheidung zu treffen, über die er nachgegrübelt hatte, seit er in der vergangenen Nacht von ihr weggegangen war. Er atmete einmal tief durch und sagte: »Hör mal, ich kann dir leider keine Lösung anbieten, aber ich habe einen Vorschlag, um dich ein bisschen abzulenken.«

»Ach ja?« Sie legte den Kopf zur Seite und lächelte ihn müde an. »Und was wäre das?«

»Warum kommt du am Samstag nicht mit zum alljährlichen Gartengrillfest von Anna und Keith.« Sobald er die Einladung ausgesprochen hatte, fragte er sich, ob er nicht doch den Verstand verloren hatte.

»Oh, Vincent, das klingt großartig«, sagte sie und fügte dann mit aufrichtigem Bedauern hinzu: »… aber ich muss diesen Samstag arbeiten.«

Er hörte nicht das Bedauern, er hörte nur die Ablehnung. »Macht nichts«, sagte er steif. »War ja nur ein Vorschlag.« Er machte Anstalten wegzugehen.

»Nein, warte.« Sie packte ihn am Ärmel, um ihn daran zu hindern, ließ ihre Hand jedoch sofort wieder sinken, als sie spürte, wie sich unter ihrem Griff seine Muskeln anspannten. Was für eine Mimose. »Ich rufe dich heute Abend an. Wenn ich Glück habe, kann ich vielleicht mit jemandem tauschen … oder zumindest ausmachen, dass ich früher gehe.«

Mit nervtötend unbewegter Miene erwiderte er kühl: »Mach dir meinetwegen keine Umstände. Es war nur eine Idee.«

Seine Sturheit gab ihren sowieso schon zum Zerreißen gespannten Nerven den Rest. »Verdammt noch mal, Vincent«, fuhr sie ihn an, »könntest du wenigstens mal eine Minute aufhören, so verdammt störrisch zu sein? Ich habe doch gesagt, dass ich gerne mitkommen würde, und ich habe auch gesagt, dass ich versuchen werde freizubekommen. Warum musst du dich eigentlich dauernd so aufführen!« Damit machte sie auf dem Absatz kehrt und eilte zurück in den Behandlungsraum. Bevor sie hineinging, warf sie einen Blick zurück und stellte fest, dass er bewegungslos an der gleichen Stelle stand, an der sie ihn verlassen hatte, und ihr hinterherstarrte. »Ich rufe dich heute Abend an«, wiederholte sie.

Der Arzt, für den sie in der Nacht eingesprungen war, in der man Bess Polsen eingeliefert hatte, erklärte sich bereit, ihre Schicht zu übernehmen, und so fand sie sich am Samstagnachmittag neben einem schweigsamen Vincent im Auto wieder. Seit er vor ihrer Tür gestanden hatte, um sie abzuholen, hatte er kaum ein Wort gesagt.

Sie hielt mit einer Hand ihre im Fahrtwind flatternden Haare fest, legte den Ellbogen in das offene Fenster und betrachtete die vorbeiziehende Landschaft. Sie hatte nicht die Absicht, krampfhaft eine Unterhaltung mit ihm zu führen, wenn ihm offensichtlich nicht danach war, aber das angespannte Schweigen zwischen ihnen veranlasste sie zu der stillen Frage, wie dieser Tag wohl werden mochte. Warum hatte er sie überhaupt eingeladen, wenn er nicht einmal mit ihr reden wollte?

Doch dann drehte er sich an der nächsten Ampel plötzlich zu ihr herum und sah sie an. »Hübsch siehst du aus«, sagte er leise.

»Danke«, erwiderte sie. Ein Lächeln huschte über ihre Lippen, als sie sich an das Telefongespräch erinnerte, in dem sie ihm mitgeteilt hatte, dass sie ihre Schicht getauscht hatte und seine Einladung annehmen konnte. »Was soll ich anziehen?«, hatte sie gefragt, bevor sie aufgelegt hatten.

»Hä?«

»Na, du weißt schon, Kleidung. Wird das eher eine legere Veranstaltung, oder geht's bei deinen Freunden förmlich zu?«

»Verdammt noch mal, Ivy, woher soll ich das denn wissen?«, hatte er leicht gereizt zurückgefragt. »Zieh an, was du willst.«

Er hatte leicht reden. Er kannte jeden, der da sein würde, sie dagegen keine Menschenseele. Sie war zwar nicht besonders schüchtern, wenn sie neue Leute kennen lernte, aber sie wollte wenigstens passend angezogen sein. Eine andere Frau hätte sofort verstanden, was sie meinte; er hatte offensichtlich nicht die geringste Ahnung.

Sie warf einen kurzen Blick auf die olivgrünen, ordentlich gebügelten Shorts und das enge schwarze Oberteil, das sie dazu trug, und sah anschließend wieder ihn an. »Das hier ist dann also okay?«

»Ja, es ist mehr als okay. Vor allem das da.« Er nahm eine Hand lange genug vom Lenkrad, um zu ihr hinüberzugreifen und den Stoff ihres Oberteils am Ausschnitt zwischen Daumen und Zeigefinger zu nehmen. Sorgsam darauf bedacht, nicht ihre Haut zu berühren, rieb er kurz über das Material. »Hübsch.«

Sie spürte, dass sie bis zu den Haarwurzeln errötete, und war dankbar dafür, dass er seine Aufmerksamkeit wieder der Straße zuwandte. Natürlich war ihm sofort dasjenige Detail ins Auge gestochen, das sie zunächst hatte zögern lassen, dieses Oberteil anzuziehen.

Ach was, dachte sie trotzig, eigentlich ist es ziemlich schlicht. Wirklich. Größtenteils. Es war aus schwarzer Baumwolle, hatte schmale Träger und war wie ein Mieder geschnitten, das ihren Busen züchtig bedeckte. Kein offenherziges Dekolletee, kein tiefer Rückenausschnitt. Es zeigte praktisch überhaupt nichts ... abgesehen von dem kleinen V-förmigen Ausschnitt zwischen ihren Brüsten. Und selbst der ließ lediglich einen flüchtigen Blick auf ein bisschen zarte weiße Haut hier, eine blasse Rundung dort erhaschen ... aus einem bestimmten Blickwinkel. Sie hatte nicht die Absicht, ihn zu becircen. Dieses Oberteil war auf eine äußerst zurückhaltende Art sexy.

Sie hörte auf, sich darüber Gedanken zu machen, als Vincent sich schließlich doch noch mit ihr zu unterhalten begann. Der Rest der Fahrt verlief sehr angenehm.

Es war schön, Vincent an diesem Nachmittag im Kreis seiner Freunde und Bekannten zu beobachten. Ivy hatte ihn bisher noch nie so entspannt erlebt und noch nie so viel lächeln und lachen sehen. Einen Großteil des Nachmittags verbrachte sie damit, mit seinem Arm um ihre Taille im Haus der Grahams oder draußen im Garten neben ihm zu stehen. Er stellte sie jedem vor, der ihnen über den Weg lief, und sorgte dafür, dass sie in die Unterhaltung mit einbezogen wurde.

Irgendwann zog Suse McGill sie zur Seite, um ihr ihren Freund vorzustellen, und etwas später fand sie sich allein mit Anna Graham in der ausnahmsweise leeren Küche wieder. Sie schnitt Tomaten und Gurken in Scheiben, während Anna durch den Raum wirbelte, Salate aus dem Kühlschrank nahm und Teller und Besteck bereitstellte. Durch die offene Tür drangen das Gelächter der Männer und der Geruch von gegrilltem Fleisch in die Küche.

Anna legte noch Servietten auf das große Tablett, das sie eben beladen hatte. Nachdem sie alles, was darauf stand, mit einer Liste in ihrem Kopf verglichen hatte, hielt sie einen Augenblick inne und sah Ivy lächelnd an. »Ich freue mich sehr, dass Sie heute kommen konnten«, sagte sie. Sie griff nach den Salz- und Pfefferstreuern und stellte sie auf die Pappteller.

»Ich mich auch«, sagte Ivy und erwiderte ihr Lächeln. Anna hatte etwas an sich, dass man sich in ihrer Gesellschaft sofort wohl fühlte – es kam ihr so vor, als wären sie schon lange miteinander befreundet und würden sich nicht erst seit ein paar Stunden kennen. »Und ich finde es ungemein interessant«, fuhr sie mit einem Grinsen fort. »Ich habe noch nie in meinem Leben so viele Pistolen auf einer Party gesehen.«

Anna lachte. »Ja, so sind sie, die Cops. Ich habe früher versucht, meine Kollegen und die von Keith auf solchen Gartenfesten zusammenzubringen, aber nach einer Weile habe ich es aufgegeben. Cops bleiben gern unter sich, und mit ihrem Gehabe und ihren Schießeisen haben sie meine Freunde sowieso bloß eingeschüchtert.« Sie warf Ivy einen raschen Blick zu. »Sie scheinen allerdings ganz gut damit zurechtzukommen.«

»Oh, hier und da hatte ich ein kleines Problem, aber das hatte nichts mit einem bestimmten Gehabe oder Schießeisen zu tun.« Sie schnitt eine Grimasse. »Immerhin habe ich jetzt eine völlig andere Vorstellung davon, wie es sein muss, auf einer Freak-Show ausgestellt zu werden.«

»Ach, du lieber Gott.« Anna lachte. »War es sehr schlimm? Die Witzbolde da draußen sind nicht gerade taktvoll.« Sie zuckte leicht die Achseln. »Sie wissen vielleicht, dass Sie die erste Frau sind, die Vincent zu einer dieser Partys mitgebracht hat, seit er von dem Luder geschieden ist. Und natürlich weiß jeder, dass er jahrelang wie ein Mönch gelebt hat, daher sind sie natürlich neugierig auf Sie.«

Ivys klappte der Unterkiefer herunter. »Sie wissen davon?«

»Klar.« Als Ivy sie fassungslos anstarrte, erklärte Anna: »Keith hat mir erzählt, dass Sie auf dem Revier waren – da haben Sie ja gesehen, wie dicht die Schreibtische beieinander stehen.« Sie lachte gutmütig. »In so einem Büro gibt es verdammt wenig Geheimnisse.«

»Da bin ich platt«, sagte Ivy mit schwacher Stimme. Und dann: »Erinnert mich an meine Familie.«

»In gewisser Weise sind sie ja auch so was wie eine Familie. Na ja, jedenfalls …« – sie machte eine wegwerfende Handbewegung und kehrte zum ursprünglichen Thema zurück – »… freue ich mich, dass er Sie heute mitgebracht hat, Ivy. Keith hat mir schon von Ihnen erzählt, und ich finde es schön, Sie endlich kennen zu lernen. Vor allem aber ist es fast so, als hätten wir den alten Vince wieder. Ich habe ihn immer sehr gern gemocht, aber in den letzten Jahren hatte er sich verändert. Und nicht zum Besseren.«

Ivy nickte verständnisvoll. »Ich durfte schon einige Kostproben seiner schlechten Laune genießen.« Sie griff nach einem Salatkopf und begann die Blätter abzureißen, um sie auf einen Beilagenteller zu legen.

»Oh nein, das habe ich gar nicht gemeint.« Anna schüttelte den Kopf. »Ich habe seit Jahren keinen Wutausbruch mehr bei ihm erlebt«, erklärte sie mit einem bedauernden Unterton, den Ivy, die mehr als einmal die Zielscheibe seines Zorns gewesen war, nicht ganz nachvollziehen konnte. Anna musste ihre Verwunderung bemerkt haben, da sie versuchte, es ihr zu erklären. »Sehen Sie, genau das ist das Problem. Seit diese Frau sein Leben ruiniert hat, ist er immer so … beherrscht gewesen.«

Sie legte Hamburger-Brötchen auf ein Backblech, schob sie in den Ofen, dann richtete sie sich wieder auf und sah Ivy an. »Vincent war schon immer zurückhaltend, aber sein italienisches Erbe konnte er trotzdem nie völlig verleugnen. Wenn er gut drauf war, steckte er mit seinem Lachen alle an, wenn er sauer war, brüllte er wie ein verwundeter Stier und machte seinem Ärger laut Luft. Und seine Witze …?« Sie lächelte bei der Erinnerung. »Mein Gott, er konnte so komisch sein.« Ihr Lächeln schwand, und sie fuhr fort: »Aber in den vergangenen drei Jahren war er so – ach, ich weiß nicht –, als schleppte er ständig Schmerzen mit sich herum. Er zog sich zurück und ließ nichts mehr an sich heran. Wenn ich ihn jetzt mit Ihnen sehe, ist das dagegen wie –«

Ivy sollte nie erfahren, wie es war, da ihre Unterhaltung durch die Frauen einiger Polizisten unterbrochen wurde, die in die Küche kamen, um bei der Vorbereitung des Essens zu helfen. Sie bauten das Büffet auf dem Tisch im Esszimmer auf, und kaum dass sie alle Schüsseln darauf verteilt hatten, brachte Keith einen Teller mit einem Berg gegrillter Hamburger herein. Alle drängten sich um den Tisch, um sich die Teller voll zu laden.

Als Ivy anschließend dicht gedrängt mit den anderen draußen an dem großen Gartentisch saß, lauschte sie den Gesprächen um sie herum nur mit halbem Ohr, weil sie dauernd daran denken musste, was Anna ihr über Vincent erzählt hatte. Sie spürte seinen festen warmen Oberschenkel, der sich gegen ihren presste. War sie zu stur, wenn sie darauf bestand, dass es zwischen ihnen keinen Sex mehr geben konnte? Vielleicht …

»Sind Sie wirklich Ärztin?«

Sie brauchte einen Moment, um zu merken, dass sie mit der Frage gemeint war. Während sie ihre Aufmerksamkeit der jungen Ehefrau eines Streifenpolizisten zuwandte, die ihr gegenübersaß, wischte sie sich im Geiste den Schweiß von der Stirn. Puh. Das waren gefährliche Überlegungen. »Ja«, erwiderte sie. »Ich arbeite in der chirurgischen Nothilfe.«

»Wow«, stieß die junge Frau hervor und sah Ivy über den Tisch hinweg bewundernd an. »Das ist toll. Ich mache nichts«, gestand sie verlegen. »Na ja, ich kümmere mich um das Haus und um das Baby, klar, aber …«

»Wenn Sie mich fragen«, unterbrach Ivy sie freundlich, »würde ich sagen, dass die Erziehung eines Kindes wahrscheinlich der wichtigste Job ist, den es gibt. Vincent und ich haben erst neulich darüber gesprochen – nicht wahr, Vincent?«

»Ja.« Er lächelte die junge Frau an. »Ivy musste einen kleinen Jungen verarzten, der von seinem Vater misshandelt worden war, und das ist ihr sehr nahe gegangen. Das war einer der Gründe, warum ich sie heute hierher eingeladen habe, ich fand, sie brauchte ein bisschen Ablenkung.«

»Das, was Eltern tun, ist so bedeutend«, fuhr Ivy mit Nachdruck fort. »In ihren Händen liegt es, was einmal aus dem Leben eines Menschen wird. Haben Sie einen Jungen oder ein Mädchen?«

»Ein Mädchen. Hilary. Sie ist dreizehn Monate alt.« Die junge Frau lächelte voll Stolz und Liebe. »Wollen Sie ein Foto von ihr sehen?«

»Oh ja, sehr gern«, sagte Ivy mit einem warmen Lächeln.

Nach dem Essen verzogen Vincent und die anderen Männer sich auf den Rasen. Er hatte die Beine lang ausgestreckt und die Füße übereinander gelegt und stützte sich mit einem Arm auf. Hin und wieder nahm er einen Schluck aus der Bierflasche, die er in der Hand hielt, und gelegentlich warf er eine Bemerkung in die Unterhaltung ein, um zu zeigen, dass er den verschiedenen Gesprächen folgte. Die meiste Zeit beobachtete er jedoch Ivy, die immer noch mit den anderen Frauen am Tisch saß.

Sie war das glatte Gegenteil von LaDonna. Er wusste, dass es nicht gerecht war, Vergleiche anzustellen, aber er konnte nicht anders. Schon rein äußerlich hatten sie nichts gemeinsam. LaDonna war eher klein gewesen und beinahe so dunkelhäutig wie er. Ihr Aussehen war ihr immer äußerst wichtig gewesen, und ihre größte Sorge schien stets ihrer Frisur und ihren Fingernägeln zu gelten. Das war auch eines der Hauptthemen in ihren Gesprächen gewesen. Sie hatte eine Vorliebe für leuchtende Farben und aufreizende Kleidung. Bei ihr hatte er sich nie so anstrengen müssen, wie er es heute beinahe bei Ivy getan hatte, um mehr als einen flüchtigen Blick auf die verlockenden Rundungen in diesem braven kleinen Mieder zu erhaschen, das sie trug.

Die Unterschiede reichten jedoch viel weiter. Vincent versuchte, sich vorzustellen, dass seine Exfrau mit den anderen Frauen zusammensaß oder sich bemühte, einer schüchternen jungen Mutter das Gefühl zu vermitteln, dass die Erziehung ihres Kindes genauso wichtig war wie die Tätigkeit einer Ärztin. Er schnaubte. Eine absurde Vorstellung. LaDonna hatte die Frauen für gewöhnlich links liegen lassen. Sie war immer dort zu finden, wo die Männer waren, und das hätte ihm eigentlich zu denken geben sollen.

Als die Sonne unterzugehen begann, gesellten sich die Frauen zu ihren Männern. Vincent verscheuchte alle Gedanken an LaDonna aus seinem Kopf. Zum Teufel mit ihr. Er war sie los, es ging ihm gut, warum über sie nachgrübeln? Der Abend war friedlich und warm, die Unterhaltung gut, das Bier kalt. Der Vollmond tauchte den Garten der Grahams in einen Schimmer. Was konnte man sich mehr wünschen?

Freu dich bloß nicht zu früh, meldete sich eine Stimme in seinem Kopf zu Wort.

Als im Haus das Telefon läutete, ahnte er noch nichts. Am Rand seines Bewusstseins registrierte er, dass die Fliegentür mit einem Knall zuschlug, als Anna ins Haus lief, um abzuheben, und gleich darauf noch einmal, als sie wieder in den Garten kam. Im Übrigen galt seine Aufmerksamkeit jedoch der Diskussion, die er gerade mit Keith und Ivy über Rock 'n' Roll versus klassische Musik führte. Er lächelte zu Anna hoch, als sie sich über ihn beugte, nahm ihre Hand, die sie ihm auf die Schulter gelegt hatte, und hielt sie fest, bis er fertig geredet hatte. In dem Augenblick, in dem er zu sprechen aufhörte, um Luft zu holen, drückte sie seine Finger.

»Tut mir Leid, dass ich deine gewichtigen Ausführungen unterbrechen muss«, sagte sie spöttisch, »aber da ist ein Anruf für dich.«

11

»Dieser Hurensohn.« Vincent legte langsam den Hörer auf und drehte sich von dem Telefontischchen weg. Er strich sich mit beiden Händen die Haare aus der Stirn. »Dieser verfluchte Hurensohn!«

Zugegeben, es war nicht wirklich eine Überraschung. Aber als er dem Dienst habenden Sergeant und seinem Kollegen, der heute Nacht Bereitschaft hatte, die Nummer von Keith gegeben hatte, damit sie ihn benachrichtigen konnten, falls sein Vollmondtäter wieder zuschlug, hatte er gehofft, ein solcher Anruf würde ausbleiben.

Scheiße.

Dabei hatte er eigentlich von vornherein gewusst, dass seine Hoffnung vergeblich war. Bis jetzt hatte der Kerl noch keinen Monat ausgesetzt, Vincent hatte also keinen Grund zu der Annahme, dass er ihm ausgerechnet in dieser Vollmondnacht eine Pause gönnen würde. Im Gegenteil, er hatte sogar fest damit gerechnet, dass er keinen ungestörten Abend verbringen würde, allerdings war er so damit beschäftigt gewesen, es sich zur Abwechslung mal gut gehen zu lassen, dass er irgendwann überhaupt nicht mehr daran gedacht hatte.

Die Frage war: Was sollte er jetzt machen, auf der Grillparty bleiben – was ihm am liebsten gewesen wäre – oder gehen? Seine Stellenbeschreibung enthielt keinen Passus, der es erforderte, dass er noch heute Nacht mit dem Opfer sprach. Und er verspürte auch keineswegs den dringenden

Wunsch loszuziehen, um irgendeine unglückliche Frau zu vernehmen, die wahrscheinlich sowieso viel zu traumatisiert war, um eine brauchbare Aussage zu machen. Er könnte getrost bis Montag damit warten … und normalerweise hätte er das auch getan.

Das Problem war nur, dass dieser Fall alles andere als normal war. Er unterschied sich grundlegend von nahezu jedem anderen Fall, mit dem er jemals zu tun gehabt hatte.

Statistisch gesehen – und seine Erfahrungen bestätigten das – war bei sieben von zehn vergewaltigten Frauen der Täter jemand, den sie kannten oder mit dem sie zumindest flüchtig bekannt waren, von einem Unbekannten begangene Serienvergewaltigungen waren dagegen eine ganz andere Sache.

Nicht, dass er noch nie Fälle bearbeitet hätte, bei denen die Frau von einem ihr unbekannten Mann sexuell missbraucht worden war. Er hatte es jedoch noch nie mit einem Fall wie diesem zu tun gehabt, bei dem der Vergewaltiger so viel Sorgfalt walten ließ, wenn er seine Tat beging, und er hatte es auch noch nie mit einem Täter zu tun gehabt, der ein Ritual daraus machte. Vergewaltiger trugen im Allgemeinen keine Skimasken, und für gewöhnlich hatte er wenigstens einen Hinweis, mit dem er arbeiten konnte, und er ging so lange immer wieder alle Details von vorne durch, bis sie ihm schließlich einen sei es auch noch so vagen Anhaltspunkt lieferten, der ihm weiterhalf. Aber dieser Kerl …

Verdammter Mist. Er musste mit dem Opfer reden; eigentlich war ihm von der Sekunde an, in der Anna ihn ans Telefon geholt hatte, klar gewesen, dass er gar keine andere Wahl hatte. Auch wenn man es in seiner Abteilung nicht von ihm erwartete, hielt er es für seine Pflicht.

Vincent sah an sich hinunter, betrachtete das rote T-

Shirt, die Flip-Flops und die abgeschnittenen Jeans und stieß einen leisen Fluch aus. Er musste zuerst nach Hause fahren und sich umziehen. Aus einem der schief abgeschnittenen Beine seiner Levis lugte die Tasche hervor, und die Ränder waren völlig ausgefranst. Für eine Grillparty mochte dieser Aufzug in Ordnung sein, aber er konnte darin unmöglich am Bett eines Opfers im Krankenhaus aufkreuzen.

Auf der Rückfahrt saß Ivy schweigend neben ihm, sie hatte den Kopf zur Seite gedreht und sah nachdenklich aus dem Fenster. Vincent ertappte sich dabei, wie er immer wieder einen verstohlenen Blick auf ihr Profil warf.

»Tut mir Leid wegen des hastigen Aufbruchs«, sagte er schließlich, und das meinte er ernst. Sie hatte sich amüsiert, und er verdarb ihr nur ungern den Rest des Abends.

Vertrauen war jedoch nicht gerade seine starke Seite, und er hatte keine Sekunde lang in Erwägung gezogen, einen anderen zu bitten, sie nach Hause zu bringen. Er hatte gesehen, wie viel Anklang sie bei seinen Kollegen gefunden hatte – und nicht nur bei den Frauen. Es war ihm nicht entgangen, wie beispielsweise Ryan Bell sie den ganzen Abend über mit Blicken verfolgt hatte. Der Kerl war groß, blond und als Herzensbrecher bekannt. Vincent hätte sie niemals allein zurückgelassen.

Überrascht von seiner Entschuldigung wandte Ivy ihm ihr Gesicht zu und sah ihn an. »Das macht mir nichts aus«, versicherte sie ihm. »Aber, Vincent …?« Sie drehte sich auf ihrem Sitz ganz zu ihm herum. »Dass wir so früh gegangen sind, hat doch etwas mit dem Vergewaltiger zu tun, der mir diese Karten geschickt hat, nicht wahr?«

Jetzt war es an ihm, überrascht zu sein, und er musste im Stillen seine Meinung revidieren. Er hatte eigentlich angenommen, sie sei deshalb so wortkarg, weil sie sich darüber ärgerte, die Party so früh verlassen zu müssen. Stattdessen hatte sie sich Gedanken über den Grund dafür gemacht und war zu einem Schluss gekommen, der sie offensichtlich betroffen machte.

Er zögerte, und für einen kurzen Moment war er ernsthaft in Versuchung zu lügen. Allerdings war er ein so ungeübter Lügner, dass er ein paar Sekunden zu lang brauchte, um sich eine plausibel klingende Ausrede einfallen zu lassen, mit der er sie hätte beruhigen können.

Mittlerweile sagte Ivy mit einem ungeduldigen Stirnrunzeln: »Hör mal, du brauchst mich nicht in Watte zu packen, okay? Du hast gesagt, bei deiner Arbeit sei ein Problem aufgetaucht, das keinen Aufschub dulde, und ich bin nicht völlig naiv, Vincent.« Sie deutete mit dem ausgestreckten Finger durch die Windschutzscheibe auf den nächtlichen Himmel und stellte nüchtern fest: »Heute Nacht ist Vollmond. Er hat wieder eine Frau vergewaltigt, nicht wahr?«

»Ja.« Er warf ihr einen kurzen Blick zu und wünschte, er wäre ein besserer Lügner, als er ihre besorgte Miene sah. Aber jetzt war es zu spät. »Ich ziehe mich nur schnell um, wenn ich dich zu Hause abgeliefert habe, und dann fahre ich ins Krankenhaus, um herauszufinden, ob mir das Opfer irgendetwas sagen kann.«

»Du lieber Gott«, flüsterte sie. »Wohin haben sie sie gebracht?«

»Ins Swedish.« Zumindest in der Hinsicht konnte er sie beruhigen. Ihr Krankenhaus hatte dieses Mal nichts damit zu tun.

»Und es ist genauso wie bei Bess Polsen, das Herz auf ihrer Brust und alles?«

»Ja.« Als er vor der nächsten roten Ampel halten musste, drehte er den Kopf und sah sie an. »Nur dass er diesmal genug Zeit hatte, sein Werk zu Ende zu bringen. Deshalb wussten sie auch, dass sie mich benachrichtigen müssen.«

Obwohl es im Wagen dunkel war, konnte er den Schreck auf ihrem Gesicht erkennen. Sie sagte nichts. Stattdessen erwiderte sie seinen Blick einen Moment lang, dann biss sie sich auf die Lippe und drehte sich weg, um wieder aus dem Seitenfenster zu starren. Vincent umklammerte das Lenkrad noch etwas fester.

Worauf in aller Welt hatte sie sich da eingelassen?

Ivy lief ruhelos in ihrer Wohnung auf und ab, ohne sich die Mühe zu machen, das Licht anzuschalten; der Mond, der durch die schräg gestellten Jalousien schien, war hell genug, um zu verhindern, dass sie über irgendein Möbelstück stolperte. Sie tigerte vom Wohnzimmer in die Küche, von dort ins Bad, ins Schlafzimmer, und dann begann sie ihre Wanderung wieder von vorne, zu nervös, um irgendwo länger zu bleiben.

In ihrem angespannten Zustand wusste sie nicht, was sie mit sich anfangen sollte. Es war zu spät, um einen ihrer Verwandten anzurufen, und es war zu früh, um ins Bett zu gehen. Die Bilder, die in ihrem Kopf herumwirbelten, ließen den Gedanken an Schlaf sowieso lächerlich erscheinen.

Ihre Überlegungen sprangen zwischen Vincent und dem Vergewaltiger hin und her. Wie hatte es dazu kommen können? Wie zum Teufel hatte es dazu kommen können?

Sie hatte sich fest vorgenommen, Vincent auf Abstand zu halten. Ein Vorsatz, dem leicht zu folgen war, wenn er sich nicht in der Nähe befand, aber sobald er auftauchte … lieber Himmel, dann wurde er wirklich zu einem Witz.

Sie sollte ihn überhaupt nicht mehr treffen. Bei diesem Typen war die Gefahr, dass er ihr das Herz brach, einfach zu groß. Und doch brauchte er nur mit dem Finger zu winken, und sie überschlug sich beinahe, um zu tun, was er verlangte. Er saß ihr unter der Haut wie ein lästiger Pickel, eine juckende Stelle, die sie dauernd kratzen musste, auch wenn sie es nicht wollte. So wie heute Abend.

Sie hatte die üblichen Floskeln von sich gegeben, als sie vor ihrer Wohnungstür gestanden hatten – vielen Dank für die Einladung, ich habe mich wunderbar unterhalten. Durchaus aufrichtig gemeint, trotzdem war sie mit ihren Gedanken nur halb bei dem gewesen, was sie sagte, die andere Hälfte hatte dem Vergewaltiger gegolten und sie in größte Unruhe versetzt. Bis zu dem Augenblick, als Vincent sie zum Abschied geküsst hatte. Ihr Verstand hatte sich auf der Stelle ausgeschaltet.

Na ja, gut, vielleicht war es ein Fehler gewesen, ihm die Hand zu geben. Sie wusste, dass sie darüber schon lange hinaus waren, aber irgendwie streckte ihre Hand sich ihm mehr oder weniger von selbst entgegen. Er warf einen kurzen Blick darauf, schüttelte sie mit einem leichten Grinsen, und dann griff er nach ihrer anderen Hand und drückte ihre Hände links und rechts von ihrem Kopf gegen die Türfüllung. »Ivy«, flüsterte er, »es macht mich ganz verrückt, wenn du so etwas tust. Dann kann ich nur noch daran denken, dass ich mehr will.« Mit leiser, heiserer Stimme wiederholte er: »Mehr, mehr, mehr.«

Und sie gab ihm mehr, weiß Gott! Ihr Verstand klinkte sich aus, und sie wurde nur noch von ihren Hormonen gelenkt. Er presste sich mit seinem ganzen Körper an sie, und ohne den geringsten Protest erwiderte sie seinen Kuss mit aller Leidenschaft, deren sie fähig war. Ihr Kopf war plötzlich völlig leer; sie war sich nur noch seines Geschmacks, seines Geruchs, seines Körpers bewusst, besonders seiner nackten Oberschenkel, die sich fest und warm gegen ihre drückten.

Sie schlang die Arme um seinen Hals und drängte sich an ihn, streckte ihre Brust seiner Hand entgegen, die sich unter ihr Oberteil gestohlen hatte. Wenn es nach ihr gegangen wäre, hätte es wahrscheinlich damit geendet, dass sie sich gleich an Ort und Stelle im Hausflur auf dem Boden gewälzt hätten, wo jeder Bewohner des dritten Stocks hätte zusehen können. Es war er, dem plötzlich einfiel, dass er eigentlich ein paar andere Dinge zu erledigen hatte.

Widerstrebend unterbrach er ihren Kuss und beugte die Knie, so dass seine Wange über ihren Hals und ihre Schulter strich und schließlich auf ihrer Brust ruhte. Sein Atem drang heiß durch den Stoff ihres Oberteils. »Es tut mir Leid«, stieß er heiser hervor. »Es tut mir Leid, aber ich muss los.« Er umfasste ihre Brust und biss zart in die Brustwarze, die sich durch den Stoff abzeichnete. »Ich will nicht, Ivy, aber ich muss.« Und damit zog er seine Hand zurück und richtete sich auf. Dann küsste er sie noch einmal, ein kurzer, fester Kuss, und sagte: »Ich ruf dich an«, und noch bevor sie wieder zu Atem gekommen war, drehte er auf dem Absatz um und verschwand in seiner Wohnung.

Sie verfluchte abwechselnd ihn und sich selbst, als sie jetzt von Zimmer zu Zimmer wanderte, doch tief in ihrem Inneren wusste sie, dass sie auf verlorenem Posten kämpfte. Sie konnte ebenso gut damit aufhören und es sich einfach eingestehen, denn selbst wenn sie nicht genau erklären konnte, was es war, das sie an ihm anzog, blieb die Tatsache also solche bestehen. Es gab keinen Zweifel: Er hatte sie richtig an der Angel.

Sie seufzte resigniert. Aller Wahrscheinlichkeit nach

würde sie mit einem gebrochenen Herzen zurückbleiben, wenn er irgendwann die Lust verlor. Aber es fiel ihr zusehends schwerer, gegen Vincents Anziehungskraft und ihre Bedürfnisse anzukämpfen. Und als ob das noch nicht gereicht hätte, um jeder auf ihre Selbstständigkeit und Unabhängigkeit bedachten Frau den Angstschweiß auf die Stirn zu treiben, gab es da auch noch diesen aufmerksamen Vergewaltiger.

Sie war nicht eben stolz auf die Erleichterung, die sie empfunden hatte, als sie hörte, dass das Opfer in ein anderes Krankenhaus gebracht worden war. Das Einzige, was sie sich zugute halten konnte, war, dass sie zuallererst Mitleid mit der bedauernswerten Frau verspürt hatte, genau genommen hatte die Nachricht sie bis ins Mark getroffen – das war der schlimmste Alptraum jeder Frau. Darüber lag jedoch der ausgesprochen egoistische Wunsch, nichts damit zu tun haben zu müssen. Die Aufmerksamkeit, die ihr der Vergewaltiger entgegengebracht hatte, beunruhigte sie aufs Äußerste, und es erfüllte sie mit Scham, wie sehnlich sie sich wünschte, er würde sie jetzt der Person zuwenden, die sich um das Opfer der heutigen Nacht kümmerte. Das war egoistisch, aber es war nun einmal so.

Sie begriff nicht einmal ansatzweise, wie ein Mann innerlich beschaffen sein musste, dass er zu einer solch entsetzlichen Tat fähig war. Er war nichts weiter als ein Tier. Nicht zufrieden damit, einem Menschen das Schlimmste anzutun, was man sich nur vorstellen konnte, musste er seine Opfer auch noch mit einem körperlichen Mal zeichnen, das sie für immer daran erinnerte, was er mit ihnen gemacht hatte. Was für ein krankes Hirn dachte sich so etwas aus?

Ivy war auf ihrer Wanderung inzwischen ungefähr zum vierten Mal wieder im Schlafzimmer angelangt und jetzt fielen ihr die auf dem Boden verstreuten Kleidungsstücke auf, durch die sie bisher achtlos durchgewatet war. Ihre hausfraulichen Fähigkeiten verbesserten sich allmählich, aber bisher hatte sie sich darauf beschränkt, Wohnzimmer, Bad und Küche in Ordnung zu halten – die Bereiche, die Gäste am ehesten zu Gesicht bekamen. Das Schlafzimmer neigte nach wie vor dazu, auszusehen wie nach einem schweren Erdbeben. Auf der verzweifelten Suche nach etwas, das ihr dabei half, die schrecklichen Gedanken aus ihrem Kopf zu verdrängen, machte sie sich daran aufzuräumen.

Es hatte tatsächlich etwas Beruhigendes, in dem von Mondlicht erhellten Zimmer herumzuräumen, saubere Kleidung und Schmutzwäsche auseinander zu sortieren, Erstere auf Bügel zu hängen und Letztere in den Wäschekorb zu werfen. Als der Teppich wieder zum Vorschein kam, zog sie den Überwurf auf dem Bett glatt, holte sich aus der Küche ein Glas Wein und nahm ab und zu einen Schluck, während sie Staub saugte. Ohne es zu merken, begann sie vor sich hin zu summen, während sie die wüst durcheinander liegenden Schuhe in ihrem Schrank zu Paaren ordnete. Als sie den Staubsauger schließlich wieder weggeräumt hatte, fühlte sie sich entspannt genug, um an Schlaf denken zu können.

Über die Maßen stolz auf ihre Leistung, trug sie das leere Weinglas in die Küche, stellte es in den Geschirrspüler und wischte die Arbeitsplatte. Im Badezimmer räumte sie alles an seinen Platz, und sie ging sogar so weit, ihre Sachen nicht einfach auf dem Boden liegen zu lassen, als sie sich auszog und in ihr kurzes Satinnachthemd schlüpfte. Sie ging zum Fenster, schloss die Jalousie und schlüpfte ins Bett, ihre Nervosität war schläfriger Gelassenheit gewichen.

Sie war gerade am Einschlafen, als das Telefon klingelte. Mit einem Ruck fuhr sie hoch, ihr Herz begann heftig zu klopfen, und sofort überkamen sie all die Befürchtungen, die sich bei Anrufen spät in der Nacht für gewöhnlich einstellen. Weniger ein konkreter Gedanke als vielmehr eine instinktive Angst, dass einem Mitglied ihrer Familie etwas passiert sein könnte. Bis sie den Telefonhörer ertastet hatte, war sie davon überzeugt, dass entweder Onkel Mack einen Herzinfarkt erlitten hatte, Jaz in einen Autounfall verwickelt worden war oder Terry oder Sherry ... »Hallo?«, presste sie hervor.

»Dr. Pennington?« Eine gedämpfte männliche Stimme drang an ihr Ohr, und es dauerte einen Moment, bis ihr klar wurde, dass der Anrufer flüsterte. Du lieber Gott! War die Nachricht so schlimm, dass er Angst hatte, in normaler Lautstärke zu sprechen? War das der Tonfall eines Angestellten im Leichenschauhaus?

Sie musste beide Hände zu Hilfe nehmen, um den Hörer nicht fallen zu lassen. »Ja, am Apparat.« Bitte, oh bitte, lass ihnen nichts passiert sein. Mit allem anderen konnte sie fertig werden, wenn es sein musste ... wenn nur keinem etwas Schlimmes passiert war.

»Ich musste Sie einfach anrufen, Doc«, flüsterte die Stimme selbstgefällig, »weil ich weiß, dass Sie es verstehen. Niemand außer Ihnen versteht es. Das habe ich schon gespürt, als ich Sie zum ersten Mal sah, und ich wollte Sie nur wissen lassen, dass ich endlich meinen Frieden gefunden habe.«

»Was?« Ein plötzliches Gefühl von Schwäche, das zu gleichen Teilen von Erleichterung und Ärger herrührte, ließ sie in die Kissen zurücksinken, den Telefonhörer nach wie vor ans Ohr gepresst. Diesen Schrecken hatte sie einem Scherzanruf zu verdanken? Plötzlicher Ärger ließ sie sich aufsetzen. »Haben Sie eigentlich eine Ahnung, wie spät es ist?«, fragte sie aufgebracht. »Haben Sie mal auf die Uhr gesehen? Mein Gott, Sie haben mich fast zu Tode erschreckt. Wer ist denn überhaupt dran?«, fragte sie – und im selben Augenblick wusste sie es.

Sie wusste es … und dieses Wissen ließ sie in kalten Schweiß ausbrechen.

»Tut mir Leid«, flüsterte er. »Es war nicht meine Absicht, Sie zu erschrecken; ich wollte Ihnen das nur sagen, weil ich wusste, dass Sie verstehen, wie wichtig es ist.« Er zögerte kurz, bevor er hinzufügte: »Sie dürfen mich Hart nennen.«

Es folgte ein kurzes, selbstzufriedenes Lachen, und dann war die Leitung tot. Ivy rollte sich mit an die Brust gezogenen Knien in der Mitte ihres Betts zusammen.

Sie war wie in einem Alptraum gefangen.

Tyler Griffus war zwar ein wenig enttäuscht von der Reaktion der Ärztin, als er auflegte, aber im Großen und Ganzen konnte er zufrieden sein, fand er. Sie hatte sich nur aufgeregt, weil er so spät angerufen hatte. Wenn sie sich wieder beruhigt hatte, würde sie sich freuen, dass er einen Zustand der Ruhe erreicht hatte.

Was ihn betraf, betraf auch die Ärztin – das spürte er tief in seinem Inneren.

Vielleicht sollte er noch einmal zu einem günstigeren Zeitpunkt anrufen, nur um ihre Stimme zu hören, um diese Verbundenheit zu spüren. Das sollte er wirklich machen, aber er musste vorsichtig sein; er durfte nicht zu oft anrufen. Er konnte es sich nicht erlauben, eine Spur für die Polizei zu hinterlassen. Es fiel ihm überhaupt nicht auf, wie sehr sich diese beiden Überlegungen widersprachen.

Eine Faust hämmerte gegen die Tür, und Ivy fuhr erschrocken zusammen. »Ivy!«, ertönte Vincents Stimme dröhnend. »Mach auf!« Erneut hämmerte es gegen die Tür, nur noch lauter. »Ich bin's. Mach auf.«

Sie sprang aus dem Bett, rannte zur Tür und riss sie auf, noch bevor er das letzte Wort ausgesprochen hatte. Eine Wohnung weiter ging die Tür auf, und ein Mann streckte den Kopf heraus und funkelte sie wütend an. Gerade als er den Mund öffnete, um seinem Zorn Luft zu machen, packte Ivy Vincent bei den Jackenaufschlägen, zog ihn in ihre Wohnung und schlug die Tür hinter ihm zu.

Er fasste sie bei den Oberarmen und hielt sie ein Stück von sich weg, um in dem dunklen Flur ihr Gesicht zu mustern. »Alles in Ordnung?«, fragte er. »Ich bin so schnell wie möglich nach Hause gekommen.« Als sie unsicher nickte, ließ er sie los und ging quer durchs Wohnzimmer zu einem Fenster. Er schob zwei Lamellen der Jalousie auseinander und sah auf die Straße.

Ivy starrte auf seinen gebeugten Rücken. Da waren sie wieder, diese beiden Worte: nach Hause. Er hatte sie schon einmal gesagt, als sie ihn im Krankenhaus angepiepst hatte. »Was?«, hatte er ungläubig gerufen, als sie ihm mit sich überschlagender Stimme von dem Anruf berichtet hatte. Es folgte eine Reihe Flüche, dann: »Bleib, wo du bist, ich komme nach Hause. Mach kein Licht an, und bleib von den Fenstern und der Tür weg, bis ich da bin, hast du verstanden?«

Vincent ließ die Jalousie los und drehte sich wieder zu ihr um. »Wahrscheinlich ist alles in Ordnung, ich kann niemanden sehen«, sagte er, und dann holte er tief Luft und fuhr sich mit den Fingern durch die Haare. Sich innerlich gegen die zu erwartende Auseinandersetzung wappnend, sah er Ivy durch den Raum hinweg an und sagte im Befehlston: »Pack das Nötigste zusammen. Du bleibst heute Nacht bei mir.«

Ivy hatte nicht im Entferntesten die Absicht, ihm zu widersprechen. Mit einem knappen Nicken machte sie kehrt und verließ wortlos das Zimmer. In ihrem Schlafzimmer warf sie Unterwäsche und Kleider für den kommenden Tag in eine Tasche, dann drehte sie sich um und betrachtete nachdenklich die Schale mit den Kondomen. Nach Hause, hatte er gesagt. Zweimal. Er hatte hartnäckig behauptet, dass er nur an ihrem Körper interessiert sei. Sein Verhalten und seine spontan geäußerten Worte schienen jedoch etwas ganz anderes auszudrücken.

Oder interpretierte sie zu viel hinein? Ach zum Teufel, und wenn schon, wen kümmerte es? Sie hatte es satt, gegen die Bedürfnisse anzukämpfen, die er in ihr weckte, und insbesondere heute Nacht könnte sie ein bisschen Körperkontakt gut brauchen, um sich wieder wie ein ganzer Mensch zu fühlen. Sie nahm ein paar Kondome und stopfte sie in die Seitentasche ihres kleinen Koffers.

Dann ging sie zurück ins Wohnzimmer zu Vincent. Er streckte die Hand aus, um ihr das Köfferchen abzunehmen, legte ihr die andere Hand leicht auf den Rücken und geleitete sie aus ihrer Wohnung.

Vincent beobachtete Ivy mit wachsender Verblüffung, als sie kurze Zeit später schweigend auf seinem Sofa saß. Er hatte gegen so gut wie jede Verkehrsregel verstoßen, um so schnell wie möglich zu ihr nach Hause zu kommen. Und während der ganzen Fahrt hatte er erwartet, an der Tür mit einem ärgerlichen oder panischen Wortschwall empfangen zu werden, mit wütenden Fragen, wie der Vergewaltiger ihre Geheimnummer herausbekommen hatte. Zumindest hatte er erwartet, Ivy in einem Zustand nervöser Zerfahrenheit zu sehen, wie an dem Tag nach ihrem Gesangsauftritt, an dem sie die Karte erhalten hatte.

Stattdessen hatte sie kaum etwas gesagt, seit er über ihre Schwelle getreten war. Keine Tränen, keine Wut, überhaupt keine Reaktion, die ihm einen Hinweis hätte geben können, was er nun tun sollte. Das sah Ivy gar nicht ähnlich, und es fing an, ihn nervös zu machen.

Er sah sie an, wie sie da vor ihm saß, merkwürdig still in ihrem dünnen Kimono mit Blumenmuster, die bloßen Füße mit eingezogenen Zehen übereinander gestellt, und mit gesenktem Kopf auf ihre ineinander verkrampften Hände in ihrem Schoß starrte. Sie wirkte wie gelähmt, und Vincent wusste nicht, ob er sie einfach ins Bett bringen und sich am nächsten Morgen mit dem Problem beschäftigen sollte oder ob er alles aus ihr herauspressen sollte, so wie man eine eiternde Wunde öffnete, um Linderung zu schaffen. Gott allein wusste, was in ihrem Kopf vor sich ging. Dann bemerkte er, wie straff sich die Haut über ihren Wangen und an ihrem Kiefer spannte und traf rasch eine Entscheidung. Zum Teufel damit, was sie vermutlich nötiger brauchte als alles andere, waren ein paar Stunden ungestörter Schlaf. Er konnte morgen früh wieder in seine Rolle als Polizist schlüpfen – heute Nacht würde er einfach nur ihr Freund sein.

Er streckte die Hand aus, und mit ungewohnter Nachgiebigkeit ließ Ivy es zu, dass er sie hochzog und durch den Flur in sein Schlafzimmer führte.

Er ließ ihre Hand los, stellte das Köfferchen, das er mit ins Schlafzimmer genommen hatte, auf der Kommode ab und ging durchs Zimmer, um die Bettdecke zurückzuschlagen. Er schüttelte ein Kissen auf und drehte sich wieder zu ihr um. Der Anblick, der sich ihm bot, ließ ihn mitten in der Bewegung erstarren.

Sie hatte ihren Kimono auf den Boden fallen lassen, und jetzt stand sie vor der Kommode und wühlte in ihrem Köfferchen. Das Einzige, was ihre Blöße bedeckte, war ein kurzes smaragdgrünes Satinnachthemd. Er konnte den Blick nicht davon abwenden und musste ein paarmal hart schlucken.

Kurz war eigentlich noch übertrieben. Auf der anderen Seite des Zimmers stand eine ein Meter achtzig große Frau, die ihm den Rücken zukehrte und einen Hauch Satin trug, der höchstwahrscheinlich für eine durchschnittlich große Frau gedacht war. Das Hemd hatte schmale Träger und einen tiefen V-Ausschnitt und endete knapp unterhalb ihres wohlgerundeten Hinterteils, das es schmeichelnd umfloss. Es ließ viel von ihrer zarten blassen Haut und ihren langen, wunderbaren Beinen sehen. Als sie sich umdrehte, sah er, dass es vorne ebenfalls einen tiefen V-Ausschnitt hatte. Für dieses Kleidungsstück konnten nicht mehr Stoff als im Wert von zwei Dollar verarbeitet worden sein.

Ivy registrierte mit Befriedigung, dass seine Augen förmlich an ihrem Körper klebten, als sie durch den Raum auf ihn zuging, und kam zu dem Schluss, dass es nicht allzu kompliziert sein dürfte, ihn zu verführen. Das war gut, weil sie ihn heute Nacht nämlich wirklich brauchte.

Seit dem Moment, in dem sie sich wieder so weit im Griff gehabt hatte, um Vincent im Krankenhaus anzurufen, hatte sie das merkwürdige Gefühl, geschrumpft zu sein. Der Anruf hatte bei ihr das Bedürfnis ausgelöst, sich in sich selbst zurückzuziehen, sich so klein und unauffällig wie möglich zu machen … als ob sie auf diese Weise ein weniger leicht zu treffendes Ziel abgeben würde. Es war beunruhigend, sich plötzlich nicht mehr als vollständige Person zu empfinden. Sie fühlte sich, als wäre heute Nacht ein Teil ihrer Identität verloren gegangen, und sie wollte sich in leidenschaftlichem Sex verlieren, um ihn wiederzugewinnen. Oder zumindest irgendetwas wiederzugewinnen. Etwas, das dieser Anruf ihr geraubt hatte.

Vincent war so in die Betrachtung der Bewegungen ihres Körpers unter diesem Nichts von Nachthemd versunken, dass er überhaupt nicht darauf vorbereitet war, als sie sich plötzlich in seine Arme warf.

Ihr Gewicht brachte ihn ins Stolpern, und sie fielen nach hinten und landeten ineinander verschlungen auf der Matratze. Die unnatürliche Apathie, die von Ivy Besitz ergriffen hatte, war wie weggeblasen. Sie umfasste Vincents stoppelige Wangen und küsste ihn voll heftigem Verlangen: seinen Mund, seine Augen, seinen Hals. Sie drückte ihn auf den Rücken und ließ sich auf ihn gleiten, lustvoll rieb sie sich an seiner Brust. Mit flatternden Händen bahnte sie einen Weg für ihren Mund, bedeckte seinen Hals mit Küssen, knabberte an seiner Haut, fuhr mit der Zunge darüber. Als sie bei seinem Schlüsselbein ankam, hatte sie in ihrer Hast, seine Brust zu entblößen, bereits zwei Knöpfe von seinem Hemd gerissen.

Vincent fasste mit beiden Händen in ihre Haare und schlang seine Beine um die ihren in dem Versuch, ihrem Angriff wenigstens ein bisschen Einhalt zu gebieten. Obwohl ihn die Empfindungen, die auf ihn einstürmten – der Geruch einer erregten Frau, nackte Haut und glatter Satin, die über seine Brust strichen, ein heißer, feuchter Frauenkörper, der sich gegen seine beinahe schmerzhaft harte Erektion presste –, aufs Äußerste erregten, verspürte er gleichzeitig ein leichtes Unbehagen. An der Art, wie sie seinen Körper zum Lodern brachte, war etwas Verzweifeltes, das ihm merkwürdig unpersönlich vorkam. Ihr Mund trieb ihn zum Wahnsinn, die feuchten Küsse, die mit heiserer Stimme geflüsterten Worte, die von Begehren und Verlangen sprachen, und dennoch … sie schienen nicht direkt an ihn gerichtet zu sein. Kein einziges Mal sagte sie seinen Namen.

»Warte«, sagte er rau. Er rollte sie auf den Rücken, beugte sich über sie und packte ihre Hände, als sie nach ihm griff, um sie auf die Matratze zu pressen. »Ivy, warte einen Moment.«

»Nein«, wimmerte sie und wand sich unter ihm in dem Bestreben, ihm näher zu kommen, immer noch näher. »Liebe mich. Bitte.« Sie hob den Kopf und drückte ihre heißen geöffneten Lippen wieder und wieder auf seine Wange. »Liebe mich.«

Er wollte es ja. Oh, wie sehr er es wollte, aber er musste ganz sicher sein … »Wie heiße ich?«, stieß er hervor.

»Was?« Sie ließ den Kopf aufs Kissen sinken und sah ihn verwirrt an. »Wie du …? Du … heißt Vincent.«

Die Seitensprünge seiner Exfrau hatten Vincent darauf konditioniert, misstrauisch zu sein, und Ivys Zögern kam ihm verdammt lange vor. Mit einem Schlag war sein Verlangen verschwunden, als hätte ihm jemand einen Kübel Wasser über den Kopf geschüttet. »Jeder würde es tun«, flüsterte er fassungslos und richtete sich auf den Armen auf. Mit einem anklagenden Funkeln in seinen schwarzen Augen sah er auf sie hinunter. »Nicht wahr, Ivy?«, fuhr er in bitterem Ton fort. Er ließ ihre Handgelenke los und machte Anstalten, sich zu erheben.

Ivy blinzelte, sie begriff seinen plötzlichen Stimmungsumschwung nicht. Wo wollte er hin? Wollte er sie etwa einfach so liegen lassen? Nein! Sie brauchte ihn, sie sehnte sich nach dem Vergessen, das es ihr bringen würde, wenn er sie liebte.

Das war der Tropfen, der das Fass zum Überlaufen

brachte. Vincents Frage war in ihrer Erregung kaum zu ihr durchgedrungen, und sie verstand sie auch nicht. Sie begriff nur, dass er sich von ihr zurückzog, wenn sie ihn am meisten brauchte. Die Wut, die bis jetzt von blankem Entsetzen und dem Bedürfnis, einen Rest von Fassung zu bewahren, in Schach gehalten worden war, brach sich plötzlich ungehemmt Bahn. Ohne nachzudenken, schlug sie mit beiden Fäusten auf ihn ein.

»Verdammt noch mal, Vincent!«, schrie sie und zielte auf seinen Kopf, seine Schultern, wohin sie traf. »Verdammt noch mal. Seit Wochen drängst du mich, mit dir zu schlafen, und dabei treibst du nur dein mieses Spiel mit mir ...« Getrieben von dem Wunsch, ihm wehzutun, drosch sie weiter in blinder Wut auf ihn ein.

Verblüfft über Ivys Kraft wich Vincent ihren Schlägen aus, während er versuchte, ihre wild fuchtelnden Arme zu packen. Schließlich bekam er sie an den Unterarmen zu fassen, drückte sie aufs Bett und legte sich mit seinem vollen Gewicht auf sie. Als er eine Weile später den Kopf hob, um ihr ins Gesicht zu sehen, atmeten sie beide in keuchenden Stößen, und die Atmosphäre um sie herum schien geradezu vor sexueller Frustration zu knistern. »Wenn du nichts weiter willst als ein bisschen Vergessen, Lady, brauchst du es nur zu sagen, und ich vögel dich, dass dir Hören und Sehen vergeht«, knurrte er und schüttelte sie. »Aber ich will verdammt sein, wenn ich das tue, solange du nicht mal weißt, wen du in dir hast.«

»Was?« Einen Moment lang lag sie ruhig da und sah ihn erschrocken an. »Das ist nicht wahr!«, flüsterte sie heiser, als ihr dämmerte, was er dachte. Dann bäumte sie sich heftig auf, um ihn von sich zu werfen, und ihre Wut steigerte sich noch, als er das mit Leichtigkeit vereitelte. »Verdammt, D'Ambruzzi, das ist nicht wahr! Wann kriegst du es endlich in deinen Dickschädel, dass ich nicht deine Exfrau bin? Mein Gott! Ich habe dir nie ewige Treue geschworen. Aber lass mich eins klarstellen – wenn ich irgendeinen x-beliebigen Kerl gewollt hätte, dann gäbe es genug, die ich hätte anrufen können!«

Das Gefühl, betrogen worden zu sein, ließ seine dunklen Augen glühen. »Warum zum Teufel hast du dann nicht mal gewusst, wie ich heiße?«

»Ich habe es gewusst!«

»Ja, klar, nachdem du fünf Minuten darüber nachgedacht hast.«

Sie fletschte die Zähne und stöhnte frustriert auf. »Fünf Minuten! Das ist Blödsinn, und das weißt du auch.« Dann sah sie ihm in die Augen und sagte beleidigend langsam, als spräche sie mit jemandem, der geistig minderbemittelt war: »Ich ... war ... einfach ... zu ... erregt ... du Idiot. Es ... hat ... ein ... paar ... Sekunden ... gedauert ... bis ... ich ... umgeschaltet ... hatte. Aber glaub mir, D'Ambruzzi«, fuhr sie fort, jetzt in normaler Geschwindigkeit, wenn auch jedes einzelne Wort betonend, »ich wusste ganz genau, wen ich verführen wollte.«

Dann wurde ihr auf einmal alles zu viel, und ihr Gesicht verlor jeden Ausdruck. Ihre Leidenschaft war erloschen, und sie war einfach zu erschöpft, um ihren Zorn aufrechtzuerhalten. Das hieß, dass ihr nichts mehr blieb, um das Entsetzen zu unterdrücken, was sie so verzweifelt versucht hatte. Sie begann zu zittern. »Oh Gott, Vincent«, schluchzte sie. »Ich habe solche Angst. Bitte sei nicht böse auf mich – ich wollte nur für einen Moment alles vergessen, und ich wusste, dass mir das gelingt, wenn du mich liebst. Okay? Mehr wollte ich nicht. Ich wusste, dass du es bist.« Er rollte sich mit ihr herum, und seine Arme legten sich fest und warm um sie. Sie hob ihre Wange von seiner

Brust und sah ihm in die Augen. »Warum passiert das ausgerechnet mir? Gott, es kommt mir vor, als würde er versuchen, eine Persönlichkeit für mich zurechtzuzimmern, damit ich irgendeinem Bild entspreche, das nur er kennt. Was passiert, wenn er herausfindet, dass das nicht funktioniert?« Tränen strömten über ihr Gesicht.

»Sch, sch«, sagte Vincent sanft, strich ihr die feuchten Haare aus dem Gesicht und tupfte ihr mit den Fingerspitzen die Tränen von den Wangen. »Nicht weinen, Ivy. Nicht weinen.« Voller Schuldgefühle, weil er so misstrauisch gewesen war, und verwirrt, weil sie so plötzlich die Fassung verloren hatte, drückte er ihren Kopf wieder an seine Brust und umfing sie schützend. Er streichelte ihr über den Rücken und gab ihr einen Kuss auf den Scheitel. »Nichts wird passieren, weil wir es erst gar nicht so weit kommen lassen werden. Alles wird gut, Ivy«, versprach er ihr. »Ich werde diesen Mistkerl finden und dafür sorgen, dass er dir nichts tun kann. Alles wird gut werden.«

Aber noch lange nachdem Ivy in seinen Armen erschöpft eingeschlafen war, lag Vincent wach und fragte sich, wie in aller Welt er dieses Versprechen halten sollte.

12

Beim Aufwachen stellte Ivy fest, dass sie auf Vincent D'Ambruzzis Brust lag. Sie strich sich die Haare aus den Augen, zog ihr Bein aus der warmen Höhle zwischen seinen Oberschenkeln und stützte sich auf einem Ellbogen auf, um ihn anzusehen. Bei dem Anblick, der sich ihr bot, verzog sich ihr Mund zu einem leichten Lächeln.

Armer Kerl. Für einen Mann, der nur an ihrem Körper

interessiert war, hatte er zweifellos eine sehr merkwürdige Art, das zu zeigen.

Er war vollständig bekleidet gewesen, als sie vergangene Nacht oder heute Morgen oder wann auch immer über ihn hergefallen war. Und das war er noch. Er hatte seine Waffe abgelegt – das Holster mit der Pistole lag am Kopfende der Matratze – und sich mit einem Arm aus seinem zerrissenen Hemd gewunden. Sein anderer Arm, mit dem er sie selbst im Schlaf die ganze Zeit gehalten hatte, steckte jedoch immer noch im Hemdärmel, und das Hemd selbst hatte sich unter seinem Rücken verknüllt. Er hatte es zwar geschafft, die Schuhe abzustreifen, aber seine Füße steckten in Socken, und er hatte auch noch seine Hose an, obwohl er den Bund geöffnet hatte, um es sich etwas bequemer zu machen. Alles in allem konnte er keine sehr angenehme Nacht hinter sich haben.

Für einen Mann, der behauptete, er wolle nur das eine, nahm er ganz schön viel auf sich. Grinsend wandte sie sich von ihm ab und hätte beinahe laut gelacht, als er protestierend ihren Namen murmelte und sich sein Arm einen kurzen Moment lang fester um sie legte, bevor er sie losließ. Sie war sich beinahe sicher, dass er tiefere Gefühle für sie hegte, als er zuzugeben bereit war.

Das wollte sie ihm aber auch geraten haben. Immerhin war sie im Begriff, ihren Stolz aufs Spiel zu setzen. Sie kramte ihre Zahnbürste aus ihrem Koffer, ging durch den Flur ins Badezimmer und schloss leise die Tür hinter sich. Dann schaltete sie die Deckenlampe ein und drehte sich zum Waschbecken.

Während sie sich die Zähne putzte, beugte sie sich näher zum Spiegel und betrachtete das verschlungene Muster, das die Haare auf Vincents Brust auf ihrer Wange hinterlassen hatten. Sie spuckte den Schaum ins Waschbecken, spülte ihren Mund aus, schlang sich ein Handtuch um die Haare und griff nach Vincents Duschlotion. Ein wenig Schadensbegrenzung war nötig, und das war das Einzige, was verfügbar war.

Als sie kurze Zeit später ihr tropfendes Gesicht im Spiegel betrachtete, wurde ihr bewusst, was sie eigentlich antrieb. Vielleicht sollte sie sich einen Augenblick Zeit nehmen, um noch einmal gründlich über das nachzudenken, was sie vorhatte. Schließlich hatte sie letzte Nacht versucht, ihn zu verführen, und man brauchte sich ja nur anzusehen, wie weit sie damit gekommen war. Vielleicht sollte sie …

Nein.

Sie wollte es, sie wollte es wirklich. Ihr war klar, dass es vieles gab, worüber sie reden mussten, aber das brauchte ja nicht auf der Stelle zu passieren. Der Zeitpunkt wäre bestimmt günstiger, nachdem er sie geliebt hatte. Ja, hinterher, wenn sie ihre Anspannung los war, wäre sie eher in der Lage, mit ihrer furchtbaren Situation umzugehen. Und wenn Vincent ihr letzten Endes das Herz brechen sollte – nun ja, dieses Risiko musste sie eben eingehen. Einer musste den ersten Schritt machen.

Irgendetwas nagte an Vincents Bewusstsein, drängte ihn aufzuwachen, aber er wehrte sich dagegen, er wollte nicht aufwachen, jedenfalls nicht bevor er diesen Traum, in dem er mit Ivy Sex hatte, zu Ende geträumt hatte. Niemand, der einigermaßen bei Verstand war, würde dem das Wachsein vorziehen, nicht, wenn Wachsein ein leeres Bett in einer leeren Wohnung bedeutete. Nicht, wenn es bedeutete, dass er, statt in den Genuss des besten aller feuchten Träume zu kommen, einmal mehr als einsamer Mann aufwachte, mit einem einsamen Morgenständer. Nein danke – das war eine Realität, auf die er nicht besonders versessen war.

In letzter Zeit hatte es zu viele solcher Morgen gegeben. Und wenn er damit auch nie Probleme gehabt hatte, bis er der reizenden Dr. Pennington über den Weg gelaufen war, hatte er jedenfalls seither zunehmend Probleme damit.

Leider spielte es keine Rolle, wie sehr er dagegen ankämpfte – sein Bewusstsein bemühte sich trotzdem, aus den dunklen Tiefen des Schlafs an die Oberfläche zu gelangen. Und das Gemeine dabei war, je stärker er sich darauf konzentrierte, im Traumzustand zu verharren, desto wacher wurde er, bevor ihm zu guter Letzt dämmerte, dass es gar kein Traumgebilde war, das seinen Körper in Flammen stehen ließ.

Er wusste, wie diese Haut sich anfühlte, dieser Satin; er hatte beides schon an seinem Körper gespürt.

»Gott«, murmelte er heiser und öffnete die Augen. Jetzt erinnerte er sich wieder. Es war letzte Nacht gewesen. Sie hatte unbedingt mit ihm schlafen wollen, aber weil er ihren Motiven misstraute, hatte er sich geweigert. Er erinnerte sich daran, dass er ihr schwere Vorwürfe gemacht hatte, erinnerte sich an ihren Zorn und daran, wie sie zusammengebrochen war …

Ihre Stimme, kehlig und warm, vertrieb die diffusen Erinnerungen aus seinem Kopf. »Guten Morgen, Vincent.«

Er hob den Kopf und sah an sich hinunter. Er war nackt, wann zum Teufel war das denn geschehen? Letzte Nacht hatte er nur einen halbherzigen Versuch unternommen, sich auszuziehen. Doch wie auch immer, jetzt kniete Ivy zwischen seinen nackten, gespreizten Oberschenkeln und presste Küsse auf seinen Bauch. Und als sie den Kopf in den Nacken legte, um ihm zuzulächeln, merkte er, dass das, was er für einen Traum gehalten hatte, Wirklichkeit war. Sie hatte tatsächlich die Träger ihres Nachthemds abgestreift, um seinen steifen Penis zwischen ihren Brüsten zu bergen. »Ivy?«, flüsterte er unsicher. Unmöglich, das passierte nicht wirklich, es musste eine Fortsetzung seines Traums sein ... und er würde jede Sekunde endgültig aufwachen.

Aber so gut konnte kein Traum sein. »Mmmm«, gab sie träge von sich, lächelte ihn an und senkte dann wieder den Kopf, um noch mehr Küsse auf seinen festen Bauch zu drücken. Er spürte, wie er tiefer zwischen ihre Brüste glitt, als sie leicht ihr Gewicht verlagerte.

»Mein Gott!« Er stemmte sich auf den Ellbogen hoch und starrte mit großen Augen auf ihren gesenkten Kopf. Ihre Haare hatten sich im Nacken geteilt und ließen die zart geschwungene Linie zwischen ihrem Hals und ihren Schultern sehen. Er spürte, wie ihre Haare über seinen Bauch strichen, registrierte die Grübchen auf ihren Schultern und musste die Zähne zusammenbeißen, um das Stöhnen zu unterdrücken, das tief aus seiner Kehle stieg.

Er folgte mit den Augen der langen Kurve ihres Rückens und ihren noch längeren Beinen und stellte fest, dass sie abgesehen von dem bisschen smaragdgrünen Satin, das ihr bis zu den Hüften gerutscht war, von Kopf bis Fuß nichts als ihre nackte, helle, sommersprossige Haut trug. Er war sich ihres Mundes bewusst, weich und süß, der Küsse auf seinem Bauch verteilte, ihrer Arme und Hände, die sich warm gegen seine Oberschenkel und seine Seiten drückten. Am stärksten war er sich jedoch ihrer Brüste bewusst. Von ihren Armen zusammengepresst, strahlten sie eine Hitze aus, die ihn beinahe um den Verstand brachte.

Seine Finger gruben sich in das Laken. Er wollte die Hände ausstrecken und über ihren Rücken streichen; er wollte sie in ihren Haaren vergraben und ihren Mund dahin dirigieren, wo die Spitze seines Schwanzes zwischen ihren Brüsten pochte. Stattdessen hörte er sich mit rauer Stimme fragen: »Wer hat dir das beigebracht?«

Die Frage war unverzeihlich, und das wusste er auch … aber er konnte sie sich einfach nicht verkneifen. Die Vorstellung, dass sie dasselbe mit einem anderen Mann machte, hatte sich in seinen Kopf geschlichen und breitete sich dort aus wie ein bösartiges Geschwür, bis für keinen anderen Gedanken mehr Platz war.

Ivy verharrte einen Moment lang reglos. Dann lösten sich ihre Lippen von seiner Haut, ihre Hände glitten links und rechts von seinem Körper auf die Matratze, und sie hob langsam den Kopf und ließ ihren Blick über seine Brust wandern, bis er schließlich auf seine Augen traf. »Hör auf damit, Vincent«, sagte sie leise. »Niemand hat mir irgendetwas beigebracht, okay? Ich bin eine einfallsreiche Frau, warum kannst du dich nicht einfach damit abfinden, dass es keinen Grund für deine Paranoia gibt?«

Sie richtete sich auf Händen und Knien auf und ließ sich dann langsam nach hinten sinken, so dass sie zwischen seinen gespreizten Beinen auf den Fersen zu sitzen kam. Ihr Blick glitt von seiner Erektion zu seinem Gesicht, und sie war wieder einmal erstaunt über die zwei völlig unterschiedlichen Seiten seiner Persönlichkeit. Es schien, als läge sein Geist ständig im Widerstreit mit seinem Körper. Er starrte sie ausdruckslos mit beinahe puritanischer Strenge an, doch sein Blick wurde Lügen gestraft von den zerstrubbelten Haaren, die ihn ungemein sexy aussehen ließen, und den dunklen Schatten auf seinen Wangen, von seiner Erektion. Sie schien zu sagen: Ich glaube nicht die Hälfte von dem, was aus meinem Mund kommt. Überzeug mich davon, dass ich Unrecht habe; es ist nicht so, als wollte ich die ganze Zeit misstrauisch sein.

Ihr Mund verzog sich zu einem leichten Lächeln. »Das hier ließ sich einfach nicht übersehen, als ich dich ausgezogen habe«, sagte sie und fuhr sanft mit den Fingerspitzen über sein Glied, vielleicht konnte sie ihn ja neckend dazu bringen, seine Eifersucht abzulegen. »Es erschien mir als eine furchtbare Verschwendung, nichts damit anzufangen.«

Sie wartete auf seine Reaktion, irgendeine Reaktion, und hoffte, dass er wenigstens einmal weniger verkrampft sein würde. Bitte, flehte sie im Stillen, kannst du nicht ausnahmsweise mal ein bisschen locker sein und dich auf den spielerischen Ausweg einlassen, den ich dir biete? Bitte Vincent, lass uns einfach weitermachen.

Sie nahm an, dass die Wahrscheinlichkeit einer positiven und einer negativen Reaktion gleich war. Womit sie allerdings nicht gerechnet hatte, war, dass sie ihm keinerlei Reaktion entlocken konnte. Und genau das war es, was sie bekam – nichts. Vincent starrte sie einfach nur mit einem nicht zu deutenden Ausdruck in den Augen an.

Sie fuhr sich mit den Fingern durch die Haare und erwiderte seinen Blick. Sie war sich ihrer Nacktheit nicht bewusst und merkte deshalb auch nicht, wie sich ihre Brüste hoben, als sie den Arm hob, genauso wenig merkte sie, wie ihr die Haare seidig durch ihre Finger glitten, bevor sie ihr wieder als dichter Vorhang über die Schulter fielen.

Aber Vincent sah es. Es zerriss ihn förmlich, weil er sich nichts sehnlicher wünschte, als die Hand auszustrecken und zu nehmen, was sie ihm bot. Doch irgendetwas hielt ihn davon ab. Eine ungewohnte Mischung aus Besitzanspruch und Argwohn nagte an ihm, und er schien diese Gefühle nicht unter Kontrolle bekommen zu können. Zutiefst verwirrt, von zwiespältigen Gefühlen hin- und hergerissen und nicht willens, seine Verletzlichkeit zu zeigen, lag er einfach nur da und sah sie mit starrem Blick an.

Ivy seufzte resigniert und griff nach den Trägern ihres Nachthemds. »Ich gebe es auf«, sagte sie langsam, während sie sich die dünnen Bänder über die Schultern streifte. Sie krabbelte über Vincents Bein und rutschte bis an die Bettkante, wo sie kurz mit dem Rücken zu ihm sitzen blieb, während sie überlegte, wie in aller Welt sie unter diesen Umständen weiter zusammenarbeiten sollten. Sie hatte tausend Fragen zu dem Vergewaltiger und zu den Ereignissen der vergangenen Nacht. Darauf hätte sie sich konzentrieren sollen, statt diesen lächerlichen Verführungsversuch zu starten. Sie hatte nicht die geringste Ahnung, was sie jetzt tun sollte, da die Spannung zwischen ihnen geradezu mit Händen zu greifen war.

Sie sah ihn über die Schulter an. »Ich gehe noch unter die Dusche, wenn du nichts dagegen hast«, sagte sie steif und erhob sich. »Ich beeile mich … und dann bist du mich auch schon los.« Sie verließ das Zimmer, ohne sich noch einmal umzudrehen, während sie wünschte, er würde irgendetwas sagen – ganz gleich was –, um sie zurückzuhalten.

Vincent lag da und wartete darauf, dass seine Panik abebbte. Sie hatte in dem Augenblick von ihm Besitz ergriffen, als Ivy ihre Niederlage eingestand. Nach ein paar Minuten wurde ihm klar, dass sie nicht nachlassen würde, und er stand auf.

Als er die Tür zum Badezimmer öffnete, hatte er keine Ahnung, was er sagen sollte. Er wusste nur, dass er Ivy so nicht gehen lassen durfte – wenn er nicht jede Achtung vor sich selbst verlieren wollte. Er hob ihr Nachthemd vom Boden auf und ließ den Stoff geistesabwesend durch seine Hand gleiten, während er sich bemühte, einen klaren Gedanken zu fassen. Dann drehte er sich um, und dabei fiel sein Blick auf sein Spiegelbild, und er vergaß für einen Moment seine Verzweiflung.

Du lieber Himmel. Das war wirklich ein Gesicht, das Vertrauen einflößte. Wie Ivy einige Zeit vor ihm, beugte er sich näher zum Spiegel. Es war ein reines Wunder, dass sie nicht schreiend aus der Wohnung gerannt war, sobald sie aufgewacht war, er hatte Männer verhaftet, die ehrbarer ausgesehen hatten als er. Er warf einen Blick auf Ivys Silhouette in der Duschkabine und beschloss, dass ein bisschen Schönheitspflege angesagt war – das war die paar Minuten, die es ihn kosten würde, wert, wenn es seine Chancen erhöhte, dass sie ihn anhörte.

Er legte die Träger ihres Nachthemds über den Haken an der Tür und griff nach Zahnbürste und Rasierapparat.

Ivy gehörte nicht zu den Frauen, die nah am Wasser gebaut haben. Als sie jedoch unter dem prasselnden Strahl der Dusche stand, brach sie zum zweiten Mal innerhalb von zwölf Stunden in Tränen aus. Es kam ihr so vor, als hätte sie seit ihrer ersten Begegnung mit Vincent D'Ambruzzi öfter geheult als im ganzen letzten Jahr.

Sie fuhr mit der Zunge an ihrem Mundwinkel entlang, um den salzigen Tränenfluss aufzufangen, und verfluchte dabei im Stillen Vincent, seine italienische Abstammung, seine Anziehungskraft, die sie hilflos machte und dazu führte, dass sie nach wie vor mit ihm zusammen sein wollte. Und sie verfluchte dieses Miststück von Exfrau. Wenn in diesem Drama einer die Rolle des Schurken hatte, dann sie. Die Art und Weise, wie diese Frau Vincents Fähigkeit, jemandem zu vertrauen, zerstört hatte, war geradezu kriminell.

Während Ivy mit Tränen in den Augen an die weiß geflieste Wand starrte, brachte sie das leise Klicken, mit dem sich die Tür der Duschkabine öffnete, nicht gleich mit dem Gegenstand ihrer Überlegungen in Verbindung. Sie drehte sich zur Tür. Vincent stand nackt in der Öffnung.

Sofort kehrte sie ihm wieder den Rücken zu und hielt ihr Gesicht unter den Wasserstrahl, voller Scham, dass er sie in Tränen aufgelöst überrascht hatte. Dann merkte sie, dass er hinter ihr in die Kabine trat und die Tür zuzog.

Die Duschkabine war nicht für zwei große Erwachsene gebaut worden, und Vincent war gezwungen, sich an Ivys Rücken zu pressen. Das war ihm allerdings ganz recht, er suchte sowieso nach einem Vorwand, um sie zu berühren. »Tut mir Leid«, sagte er. Er versuchte, sie auf den Nacken zu küssen, aber sie zog die Schulter bis zum Ohr hoch und ließ ihm damit nur die Wahl, entweder zurückzuweichen oder sich den Kiefer zerquetschen zu lassen. Er wich zurück. »Es tut mir Leid, Ivy«, wiederholte er und rieb stattdessen seine Wange an ihrer Schläfe. »Wirklich. Bitte … ich will nicht, dass du gehst.«

Es erstaunte ihn nicht wirklich, dass sie ihm keine Antwort gab. Ihre Tränen waren ihm nicht entgangen; und bei dem Anblick hatte sich sein Herz zusammengezogen.

Auch in der vergangenen Nacht hatte sie geweint, und es hatte ihn verwirrt. Er kannte sie inzwischen gut genug, um zu wissen, dass sie keine Frau war, die leicht die Beherrschung verlor. Aber diese Tränen hatte er hauptsächlich einem Übermaß an Schrecken und Wut zugeschrieben … Schrecken darüber, unter einer Geheimnummer von einem Vergewaltiger angerufen zu werden, und Wut auf ihn, weil er so argwöhnisch war. Die Tränen jetzt gingen jedoch allein auf sein Konto, das wusste er.

Er griff nach der Seife und rieb seine Hände damit ein. Dann begann er ihre Schultern zu massieren und knetete die verspannten Muskeln an ihrem Nacken. »Bei so vielem von dem, was ich zu dir sage, weiß ich nicht, warum ich es tue«, gestand er ihrem abgewandten Gesicht mit leiser Stimme. »Du hast gesagt, dass es keinen Grund für meine Eifersucht gibt, und dem Kopf nach weiß ich, dass du Recht hast. Aber im Herzen ...?« Ivy spürte, wie er mit den Schultern zuckte.

Er massierte schweigend eine Weile ihren Nacken. Dann lachte er kurz auf, kaum hörbar und ohne eine Spur von Fröhlichkeit. »Ich habe mich noch nie einem anderen Menschen gegenüber so verhalten«, gab er zu. »Und ich schwöre bei Gott, dass ich mich selbst nicht verstehe ... wie soll ich mein Verhalten dann dir erklären? Du hast nur einfach etwas an dir, das mich bis ins Innerste trifft und rasend vor Eifersucht macht. Ich kann den Gedanken nicht ertragen, dass andere Männer dich so sehen oder mit dir schlafen.«

Sie versteifte sich unter seinen Händen, und er fuhr fort: »Weißt du eigentlich, dass ich praktisch seit der Sekunde, in der ich dich zum ersten Mal gesehen habe, der Fantasie nachhänge, dich mit Handschellen ans Kopfende meines Betts zu fesseln und mich auf jede erdenkliche Art über dich herzumachen? Und das nach drei Jahren Zölibat, in denen ich über Wochen nicht einmal einen Gedanken an Sex verschwendet habe.«

»Ich kann nicht mehr viele von deinen Stimmungsumschwüngen ertragen«, sagte Ivy. Sie wischte sich verstohlen die Tränen von den Wangen, warf ihm einen kurzen Blick über die Schulter zu und drehte sich dann wieder weg. »Am einen Tag schläfst du mit mir und am nächsten ignorierst du mich«, sagte sie verbittert. »Dann bedrängst du mich mit allen möglichen Mitteln, aber wenn ich dir gebe, was du willst – oder, Gott bewahre, es wage, selbst die Initiative zu ergreifen –, bekomme ich entweder zu hören, dass ich nicht weiß, mit wem ich zusammen bin, oder dass ich eine Hure bin.«

Vincent zuckte zusammen. »Ich weiß«, sagte er und strich mit seinen Händen an ihren Armen auf und ab. »Ich habe mich wie ein Verrückter aufgeführt –«

»Du vertraust mir nicht – das ist es, worauf es letzten Endes hinausläuft. Wie sollen wir weitermachen, wenn kein Vertrauen zwischen uns herrscht?«

»Es liegt nicht an dir, Ivy«, versicherte er ihr. Dann fügte er mit schmerzlicher Aufrichtigkeit hinzu: »I-ich … ich bin nicht sicher, ob ich überhaupt noch in der Lage bin, jemandem zu vertrauen. Ich glaube, diese Fähigkeit habe ich irgendwann verloren.«

»Du meinst, du hast sie dir von deiner Ex rauben lassen!«

Seine Hände packten unwillkürlich ihre Schultern; er musste sich dazu zwingen, seinen Griff wieder zu lockern. »Das stimmt wahrscheinlich. Aber ich werde sie zurückgewinnen«, versprach er und drehte Ivy zu sich herum. Er sah zu, wie der Wasserstrahl den Schaum von ihren Schultern spülte, bevor er ihr in die Augen blickte.

»Keith hat mal gesagt, LaDonna hätte mich um den Verstand gebracht, und vermutlich hat er damit ins Schwarze getroffen, auch wenn ich es damals nicht zugeben wollte. Aber ich verspreche dir, dass ich dich in Zukunft nicht mehr damit quälen werde.« Er strich ihre nassen Haare zurück und nahm ihr Gesicht zwischen seine Hände, küsste ihre Augenlider, die Schatten unter ihren Wangenknochen, ihre Schläfen. Dann sah er in ihre Augen, die der Gefühlsaufruhr, in dem sie sich befand, hellgrün funkeln ließ, und sagte: »Ich will nicht, dass du gehst, Ivy. Bitte. Sag, dass du bleibst, und ich tue alles, damit du es nicht bereust.«

Dann küsste er sie, und Ivy wusste, dass sie ihm alles geben würde, was er wollte. Ein winzig kleiner Teil von ihr hätte gern noch länger an ihrem Groll festgehalten – und sei es auch nur, um sich selbst zu beweisen, dass sie über die Willensstärke verfügte, sich nicht von ihrer Lust manipulieren zu lassen wie ein Teenager, der sich zum ersten Mal verliebt hat. Aber sein Mund war heiß, seine Zunge erfahren, und sie wollte sich nur zu gern überzeugen lassen.

Sie hob die Arme und legte die Hände an seine Wangen, ein kleiner wohliger Schauer durchfuhr sie, als sie die glatt rasierte Haut unter ihren Fingern spürte.

Aus Vincents Kehle stieg ein heiserer Laut, und er wirbelte sie herum und drückte sie gegen die warme, nasse Wand. Der Strahl der Dusche prasselte auf sie nieder, und Vincent tastete nach dem Hahn und stellte das Wasser ab.

Ivy spürte die Bewegung seiner Wangen unter ihren Händen, als er ihren Mund mit seinen Lippen verschloss, sie nahm den Geschmack seiner forschenden Zunge auf. Ihr Kopf wurde nach hinten gegen die Wand gedrückt, und sie stieß laut die Luft aus, als er seine Hand vorschob und besitzergreifend auf ihre Brust legte. Ihr Atmen ging in ein stoßweises Keuchen über, das in der Duschkabine noch lauter klang.

Vincent riss seinen Mund von ihr los. Seine Brust hob und senkte sich heftig, als er vor ihr stand und ihre verhangenen Augen, ihre geschwollenen Lippen betrachtete. »Oh mein Gott«, flüsterte er ehrfürchtig und beugte die Knie, um ihren Hals mit Küssen zu bedecken. Schwer atmend, den Mund gegen ihre feuchte, zart duftende Haut gepresst, murmelte er: »Was machst du bloß mit mir?« Seine Zunge erforschte die kleine Einbuchtung an ihrem Hals, seine Zähne strichen leicht über ihr Schlüsselbein.

Es gefiel ihm, dass sie kaum kleiner war als er. Das bedeutete, dass er sich nicht den Hals verrenken musste, um sie zu küssen, es bedeutete außerdem, dass sie besser zueinander passten, als es jemals mit einer anderen Frau der Fall gewesen war.

Es bedeutete, dass er sich nicht so weit bücken musste, um sein Gesicht an ihrem Busen zu verbergen.

Er drückte ihre Brüste mit den Händen gegen seine Wangen, um ihre weiche Wärme zu spüren, und rieb sein Gesicht daran wie eine Katze. Ivy stöhnte auf, als sich Haut an Haut presste, und ließ ihre Hände über seine Schulterblätter nach unten gleiten. Ihr Kopf sank nach hinten, und ihre Finger gruben sich in die festen Muskeln in seinem Rücken, als er plötzlich beschloss, seine Zunge zu Hilfe zu nehmen.

Genüsslich fuhr er mit der Zunge über eine der vollen Rundungen, dann umschloss er mit den Lippen die sich ihm entgegendrängende dunkelrote Warze. Während er mit der Zunge die vorwitzige Knospe umkreiste und daran saugte, griff er mit einer Hand nach dem vernachlässigten Gegenstück und dann … stieß er mit voller Wucht mit dem Ellbogen gegen die Wand. Sein Mund löste sich abrupt von Ivys Brust, und er taumelte gegen die Wand in seinem Rücken, mit schmerzverzerrtem Gesicht rieb er sich den Ellbogen, bis das Stechen aufhörte.

Ivy öffnete langsam die Augen und blinzelte ihn verwirrt an. »Vincent?«, murmelte sie. »Was …? Warum hast du …?«

Plötzlich klärte sich ihr Blick, und gleich darauf kniff sie die Augen zusammen. »Verdammt noch mal, Vincent D'Ambruzzi, jetzt erzähl mir bloß nicht, du hast es dir wieder mal anders überlegt!«

Er musste über ihre Empörung grinsen, stieß sich von der Wand ab und presste sich wieder an sie. »Ich habe mir gar nichts anders überlegt«, sagte er und nahm ihre Unterlippe zwischen seine Zähne. Er knabberte spielerisch daran. »Machen wir, dass wir hier rauskommen«, murmelte er, »bevor ich als Krüppel ende.«

Er ließ ihr kaum genug Zeit, um ein Handtuch um ihre tropfnassen Haare zu schlingen, trocknete flüchtig die Rinnsale, die über ihren Rücken und seine Brust liefen, und warf sein Handtuch dann zur Seite. Er packte ihr Handgelenk und zog sie mit unverkennbarer Ungeduld durch den Flur. Im Schlafzimmer angekommen, stieß er mit einem Fuß die Tür hinter ihnen zu und zerrte Ivy so eilig zum Bett, dass sie das Gleichgewicht verloren und mit ineinander verschlungenen Armen und Beinen mitten auf der Matratze landeten.

»Das ist schon besser«, erklärte er mit leiser, heiserer Stimme, als er sich mit den Armen aufstützte und sich über sie beugte. Genussvoll ließ er seinen Blick über ihren Körper gleiten, dann sah er ihr in die Augen. Er senkte den Kopf, um mit seinem Mund ihre volle Unterlippe zu liebkosen, und stieß mit rauer Stimme hervor: »Mein Gott, du bist so schön.«

Ivy wurde rot, sie fühlte sich auf einmal ganz befangen und wusste nicht, was sie darauf erwidern sollte. Sein Kompliment hatte etwas so Eindringliches an sich, dass ihre Stimmbänder wie gelähmt waren.

Vincent schien keine Antwort zu erwarten. Er ließ sich auf sie sinken und küsste sie so wild, dass ihr Kopf in die Matratze gepresst wurde. Er legte seine Daumen auf ihre Schläfen, seine Finger umschlossen ihren Nacken. Das Handtuch, das sie sich um die Haare geschlungen hatte, löste sich, als sie ihren Kopf leicht nach hinten bog, so dass sich ihm ihr Mund noch williger darbot.

Ivy grub ihre Finger in seine Rückenmuskeln, als sich

ihre Lippen voneinander lösten. Sie nahm mit jeder Faser seinen Körper wahr, der heiß und feucht auf ihr lag. Gott, er fühlte sich so fest an, Schultern, Arme, Brust, Bauch und Beine hüllten sie mit seiner Wärme und seinem Geruch ein. Sie genoss, was er mit ihr machte, die Gefühle, die er in ihr hervorrief … körperlich zumindest. Emotional …? Na ja, was das betraf, hatte sie die Befürchtung, dass sie dabei war, sich in ihn zu verlieben.

Das war vermutlich nicht besonders klug, es war ganz bestimmt nicht zu ihrem Besten, aber die Wahrscheinlichkeit, dass sie es tun würde, war nichtsdestoweniger sehr groß. Als sie an all den Kummer dachte, den es möglicherweise mit sich bringen würde, wurde sie einen Moment lang ganz starr, als ob ihre zukünftige Sicherheit gewährleistet wäre, wenn sie sich körperlich verweigerte.

Dann glitt Vincents Mund tiefer zu ihren Brüsten und begann sie zu küssen. Sie bäumte sich unter ihm auf, als sie spürte, wie er ihre Brustwarze zwischen die Lippen nahm … und sie beschloss, sich über den Zustand ihres Herzens am nächsten Tag Gedanken zu machen.

Sie grub ihre Finger in seine Haare und schloss die Augen, aber unmittelbar darauf versetzte sie der unausgesetzte Angriff auf ihre Sinne in eine Erregung, die sie zwang, ihn wieder anzusehen. Sie strich mit den Händen über seinen Nacken, seine Schultern, fuhr mit ihren Nägeln über seinen Rücken. Vincent erschauerte, und seine Lippen gaben ihre Brustwarze frei, als er den Kopf hob, um sie anzusehen.

»Oh mein Gott, ja«, stöhnte er, die Augen verhangen vor Lust. »Fass mich an, Ivy. Ich will deine Hände überall auf meinem Körper spüren.« Er rieb seine Wange an ihrer Brust. »Gott, du bist unglaublich. Du riechst so gut … du fühlst dich so gut an.«

Er rollte sich von ihr herunter auf die Seite. Sie drehte sich zu ihm um und richtete sich auf einem Ellbogen auf. Sie strich mit der Hand über das Gespinst schwarzer Haare auf seiner Brust, zog daran, kämmte mit ihren Fingern hindurch, tastete sich zu der flachen kupferfarbenen Scheibe seiner Brustwarze vor.

Er stieß laut den Atem aus und krümmte sich. Aber gleich darauf lag er wieder still da und überließ sich ihrem Spiel. Er hatte sich eine Hand unter den Kopf geschoben, die andere lag bewegungslos an seiner Seite, als Ivy sich über ihn beugte, an seinem Hals knabberte und ihre Brüste aufreizend über seinen Brustkorb rieb.

Ivy zog sich so weit zurück, dass sich ihre Körper nicht mehr berührten ... abgesehen von ihrer Hand, die überall war – sie erforschte die Muskeln an seinen Schultern, strich an seiner Seite entlang, glitt über seinen Bauch, umrundete seine Hüfte und umfasste seine feste Pobacke. Sie schob ihr Knie zwischen seine Beine und rieb damit an der Innenseite seiner Schenkel auf und ab, kam der Stelle nahe, an der er so sehr berührt werden wollte, tat es jedoch nicht.

»Gott.« Seine Hände schlossen sich zu Fäusten, und Schweiß glänzte auf seinem Körper und seinem Gesicht, als er seine dunklen, glühenden Augen auf sie richtete. »Du tanzt gern am Rand des Abgrunds, was?«

Ihr Lächeln war so verschlagen wie das einer Katze, die mit einer Maus spielt. »Hmmhm.«

»Aber weißt du auch, was das Problem dabei ist, Ivy?«

»Nein, was denn?« Ihr Knie strich leicht über seinen harten Penis, der zwischen ihnen aufragte.

Er sog scharf die Luft ein, und seine Stimme klang brüchig, als er sagte: »Dieses Spielchen können auch zwei spielen«, und bevor sie wusste, wie ihr geschah, lag sie flach auf dem Rücken, und er hielt mit einer Hand ihre Hände über ihrem Kopf fest.

Ivy grinste ihn von unten an. »Darauf habe ich gehofft«, flüsterte sie. Sie drehte versuchsweise ihre Handgelenke, um festzustellen, ob sie sich befreien konnte, aber sein Griff gab keinen Millimeter nach. »Gehört das zu der Fantasie mit den Handschellen, von der du mir erzählt hast?«

Vincents Zähne blitzten weiß auf. »So was Ähnliches«, sagte er und senkte den Kopf, um sie zu küssen. Dann hob er ihn wieder und sagte: »Du bist wirklich ein Quälgeist. Aber meine Mutter hat immer gesagt, Geben sei seliger denn Nehmen. Wollen wir doch mal sehen, ob sie Recht hatte.«

Und dann war es seine Hand, die mit ihren Sinnen spielte. Er liebkoste ihre Brüste, vermied es jedoch geflissentlich, ihre Brustwarzen zu berühren. Er strich mit den Fingern über ihre Schenkel, streichelte das flaumige Dreieck aus roten Löckchen, drang jedoch nicht weiter vor, selbst dann nicht, als sie die Schenkel spreizte und ihm flehend die Hüften entgegenstreckte. Ivy begann zu keuchen, und aus ihrer Kehle stiegen kleine verlangende Laute. Sie bäumte sich auf, wand sich in dem Versuch, seinen folternden Fingern zu folgen.

Und schließlich bettelte sie: »Oh Gott, Vincent, bitte. Ich will dieses Spiel nicht mehr spielen – fass mich an! Bitte, Vincent, fass mich an!«

Er stöhnte auf und gab ihre Handgelenke frei. Er rollte sich auf sie und küsste sie – ein feuchter, wilder, ungezügelter Kuss, und seine Hand schob sich zwischen ihre Körper und glitt in die roten Locken, berührte sie endlich so, wie sie berührt werden wollte, seine Finger schlüpften in dem feuchten, einladenden Spalt hin und her. Er drückte ihre Schenkel mit seinem Knie weiter auseinander, senkte die Hüften, und dann, als die Spitze seines harten Schwanzes ihre Schwelle berührte – fiel ihm ein, dass er kein Kondom übergestreift hatte und sich im Übrigen auch keins in seiner Wohnung befand.

Bei dem Fluch, den er von sich gab, riss Ivy erschrocken die Augen auf. »Was, was ist denn? Hör nicht auf, Vincent!«

»Keine Kondome«, keuchte er. »Oh Scheiße! Warum tue ich uns beiden das an … Ivy, ich hab keine Kondome!« Seine Lenden drängten sich ihr entgegen. »Ich ziehe mich rechtzeitig zurück, ich schwöre dir, dass ich rechtzeitig …«

»Nein, warte.« Sie packte ihn an den Schultern. Als er nicht aufhörte, leise vor sich hin zu fluchen, fasste sie ihn mit der Hand am Kinn und zwang ihn, sie anzusehen. »Vincent, alles in Ordnung. Ich hab welche mitgebracht. Meine große Verführungsaktion vergangene Nacht, du erinnerst dich? Sie sind in meinem Koffer.«

Wie der Blitz war er aus dem Bett gesprungen und zur Kommode geeilt. Ivy presste in schmerzlicher Ungeduld die Schenkel zusammen und starrte auf seinen schlanken braunen Rücken. Sie hörte, wie er in ihrem Köfferchen herumwühlte, bis er fand, was er suchte, das kleine Päckchen aufriss und fluchte, als er das Kondom hastig überstreifte.

»Lila?«, knurrte er angewidert. »Ivy, ich habe einen großen, lila –«

»Mein Gott, Vincent«, klagte sie, »das ist doch völlig egal. Hör auf rumzujammern, und komm endlich her!«

»Jawohl, Ma'am.« Und dann war er wieder bei ihr, ließ sich auf sie sinken, stützte sich mit den Händen ab, um in ihr erhitztes Gesicht zu sehen. »Aber wenn du dich schonen möchtest«, sagte er mit einem hinterhältigen Lächeln,

»dann wirfst du lieber keinen Blick auf mein Liebeswerkzeug. Es sieht aus, als hätte es sich für den Karneval kostümiert.« Er schüttelte den Kopf, unsicher, ob er in seiner Ehre gekränkt oder belustigt sein sollte. Das war nicht gerade das, was er sich unter Erotik vorstellte. »Mein Gott, bin ich höflich«, murmelte er.

Sie lachte. Das hatte sie nicht erwartet. Die Intensität, die beinahe unerträgliche Erregung, ja – aber nicht diesen liebenswerten, selbstironischen Humor. Sie schlang ihre Arme um seinen Nacken und sagte, ohne nachzudenken: »Liebeswerkzeug sagst du? Oh, Vincent, ich liebe dich.«

Oh, sie hätte sich die Zunge abbeißen mögen! Wenn sie ihn jetzt vergrault hatte, würde sie sich die Pulsadern aufschneiden – sie würde es tun, Ehrenwort. Aber er murmelte nur ihren Namen und küsste sie, genauso wie er sie geküsst hatte, bevor die Kondomkrise sie unterbrochen hatte. Seine Hand kehrte in das warme Nest zwischen ihren Beinen zurück, und dann drang er in sie ein.

Er war groß und hart, aber gleichzeitig so sanft, er tastete sich vorsichtig vorwärts, ließ ihr Zeit, sich an ihn zu gewöhnen, bevor er sich wieder etwas weiter vorwagte. Er sog laut die Luft durch seine zusammengebissenen Zähne, als er sie mit einem letzten sanften Stoß plötzlich ganz ausfüllte. »Wie konnte ich bloß vergessen, wie eng du bist?«, fragte er verwundert. Er sah auf sie hinunter. »Geht's dir gut?«

Sie bewegte leicht ihr Becken, was ihn erneut nach Luft schnappen ließ. »Oh ja«, murmelte sie. »Mir geht's fantastisch.«

»Dem kann ich mich nur anschließen«, stieß er hervor. Er bewegte seine Hüften sachte vor und zurück, mit langsamen geschmeidigen Stößen, die Ivy schier den Atem raubten. Dann schob er seine Arme unter sie und umfasste mit seinen großen Händen ihre Pobacken, hob sie jedem seiner Stöße noch weiter entgegen.

»Oh mein Gott, Vincent.« Ivy legte die Arme um seinen Hals, schlang ihre Beine um seine Taille und passte sich seinen Bewegungen an. »Oh mein Gott.«

Sie wünschte sich, es würde ewig dauern, gleichzeitig sehnte sie sich nach der letzten Erfüllung. Tief in ihrem Inneren begannen bereits die Nerven zu vibrieren, immer stärker, und nach Erlösung zu schreien. Ihr Kopf fiel zurück, sie grub ihre Fingernägel in seine Schultern. Ein leises Keuchen entwich ihrer Kehle, als sie ihre Beine noch etwas höher hob und spürte, wie er ins Zentrum ihres Begehrens vordrang. Dann zog er sich zurück. »Vincent!« Und stieß wieder zu. Zog sich zurück. Stieß zu. »Oh, bitte …«, wisperte sie, zu keinem klaren Gedanken mehr fähig.

Und wie eine Feder, die unter zu großer, sich auf einmal lösender Spannung stand, erbebte sie plötzlich unter einer Reihe von Explosionen, von denen jede noch stärker, noch intensiver war als die vorhergehende. Sie stieß einen heiseren Schrei aus und erstarrte. Ihre Arme umklammerten seinen Hals, ihre Beine legten sich noch fester um ihn, damit er tief in ihr blieb, während sie sich mit jeder neuen Zuckung aufbäumte und sein Name als langer, klagender Laut aus ihrer Kehle stieg.

»Oh Gott.« Sie zu hören, zu spüren, wie sie ihn wie mit einer samtenen Faust umklammerte, raubte Vincent den letzten Rest von Beherrschung. Er grub die Zehen in die Matratze, und seine Stöße wurden heftiger. Er löste eine Hand von ihrem Hintern und legte sie auf ihren Hals, umfasste mit Daumen und Zeigefinger ihr Kinn. Er küsste sie mit hemmungsloser Begierde und stöhnte laut auf, als er mit einem letzten wilden Stoß kam. Als die letzte heiße

Zuckung verebbte, ließ sich Vincent schwer auf Ivy sinken.

»Entschuldige.« Er richtete sich ein wenig auf, um ihr Luft zum Atmen zu lassen.

»Nein, beweg dich nicht.« Sie zog ihn wieder zu sich herunter. »Ich spüre gern dein Gewicht auf mir.«

»Du bist wunderbar, Ivy.« Er presste seinen Mund auf ihre Wangen, ihre Stirn, die Vertiefung hinter ihrem Ohr und bahnte sich anschließend mit Küssen einen Weg an ihrem Hals entlang. Er erschauerte unter der Berührung ihrer Fingernägel, die an seinem Rückgrat auf und ab fuhren. »Wirklich wunderbar.«

Das war das Nachspiel, das sie beim letzten Mal, als sie sich geliebt hatten, verpasst hatte, weil sie eingeschlafen war, und jetzt stellte sie zu ihrer größten Freude fest, dass Vincent zu den Männern gehörte, die es bestens beherrschten. Lange nachdem sein Orgasmus abgeklungen war, schien er zufrieden, sich an sie zu schmiegen, ihr über die feuchten Haare zu streichen, mit den Fingern die Linien ihres Gesichts und ihres Halses nachzuziehen. Er bedeckte ihre Schultern mit Küssen, ihr Gesicht, ihren Hals, jede Stelle, die er erreichen konnte. Er nahm sich viel Zeit, mit seinen Zärtlichkeiten den unvermeidlich folgenden Schock abzumildern.

Der kam, als er ihr in die Augen sah, seufzte und bedauernd sagte: »So ungern ich auch davon anfange, Ivy … wir müssen über diesen Anruf reden, den du letzte Nacht bekommen hast.«

13

Ivy verzog voller Widerwillen das Gesicht und lag einen Augenblick lang reglos da. Dann nickte sie, wiederholte seinen Seufzer wie ein Echo und ließ die Arme kraftlos auf die Matratze fallen. »Ja, das müssen wir wohl.«

Sie hätte eigentlich nicht überrascht sein sollen; immerhin hatte sie seit dem Aufwachen gewusst, dass sie diese Sache nicht einfach stillschweigend übergehen konnten. Und offen gestanden wollte sie auch endlich darüber reden.

Dennoch traf es sie unvorbereitet. Was wahrscheinlich vor allem damit zu tun hatte, dass sie nicht bereit war, sich schon wieder der Realität zu stellen.

Vincent rollte sich zur Seite, doch als sie an den Rand des Betts rutschte, um aufzustehen, streckte er die Hand aus und hielt sie zurück. Er schlang seine Arme um ihre Taille, zog sie an sich und drehte sich auf den Rücken, so dass sie auf ihm lag. Ivy wischte die Haarsträhnen weg, die sich in ihren Mund verirrt hatten, stützte sich mit den Unterarmen auf seiner Brust ab und lehnte sich zurück, um ihm ins Gesicht sehen zu können.

»Ich habe nicht gemeint, dass du deshalb sofort aus dem Bett springen musst«, sagte er sanft. »Wie wär's mit einem Kuss, bevor wir uns den ernsten Dingen zuwenden?«

Dieser Aufforderung kam sie nur zu gerne nach, und das Ergebnis ihrer Bemühungen machte sich kaum eine Sekunde später als verräterisches Pochen gegen ihren Bauch bemerkbar. Vincent stöhnte, und seine Hände, die ihren Rücken gestreichelt hatten, umfassten plötzlich ihren Kopf und schoben ihn weg.

»Das war vielleicht doch keine so gute Idee«, keuchte

er. Dieses Mal war er es, der an die Bettkante rutschte und aufstand. Er drehte sich zu ihr um, sah auf sie hinunter und sagte: »Warum, äh, ziehst du dir nicht was an? Ich mache inzwischen Frühstück.«

Als Ivy sich kurze Zeit später zu ihm in die Küche gesellte, trug sie ein Paar uralte Jeans und ein kupferfarbenes Trägerhemd, die Haare hatte sie aus dem Gesicht gekämmt und zu einem Zopf geflochten. Sie blieb in der Tür stehen, um Vincent zuzusehen, der sich damit begnügt hatte, dieselbe abgeschnittene ausgefranste Jeans überzustreifen, die er am Tag zuvor auf der Grillparty getragen hatte. Sie sah ihm voll Bewunderung zu, wie er geschickt mit zwei Pfannen gleichzeitig hantierte. Gott steh mir bei, dachte sie. Sie wusste, dass sie wirklich in Schwierigkeiten steckte, wenn sie schon solche banalen Alltagsverrichtungen derart anziehend fand. »Soll ich den Tisch decken?«, fragte sie.

»Ja.« Er lächelte ihr über seine nackte Schulter zu. »Und schenk schon mal den Saft ein. Es gibt aber auch Milch, wenn dir das lieber ist. Kaffee« – er deutete mit dem Kinn zu der Kanne auf dem Herd – »hab ich auch schon gemacht.«

»Saft ist wunderbar.« Sie legte zwei Sets auf den kleinen Tisch und deckte für sie beide. Sie hatte bereits den Orangensaft und die Salz- und Pfefferstreuer geholt und hingestellt und faltete gerade die Servietten, um sie neben die Teller zu legen, als Vincent mit einem Teller kam, auf dem sich gebratene Champignons, Rührei und Bratkartoffeln häuften. Sie setzten sich und schoben ihr Gespräch in stiller Übereinkunft auf, bis sie gegessen hatten.

»Ich hole den Kaffee«, sagte Vincent und schob seinen Stuhl zurück. »Bist du fertig? Dann gib mir deinen Teller.« Er trug den kleinen Stapel Geschirr zurück in die Küche.

»Vielleicht solltest du bei mir einziehen«, rief er lässig und erschien einen Moment später mit der Kaffeekanne in der Hand wieder in der Tür. Am Zeigefinger seiner anderen Hand baumelten zwei Becher.

Ivy, die noch am Tisch saß, starrte ihn verblüfft an, und Vincent ließ unbehaglich die Schultern kreisen. Na gut, das war vielleicht ein bisschen unvermittelt gewesen, und er hatte auch nicht erwartet, dass sie sein Angebot sofort begeistert annehmen würde, aber genauso wenig hatte er damit gerechnet, dass es sie so sehr aus der Fassung bringen würde. »Sag doch was«, knurrte er und stellte Kanne und Becher unsanft ab. Er setzte sich rittlings auf den Stuhl ihr gegenüber. »Nein, lass es mich erst erklären –«

»Ich soll bei dir einziehen?«, krächzte sie.

»Es ist sinnvoll, Ivy, wenn du darüber nachdenkst.« Er sprach schnell weiter, um einer ablehnenden Antwort zuvorzukommen. »Hier wärst du sicherer. Wir können bei deinem Telefon eine Rufumleitung einrichten, damit alle deine Anrufe hier ankommen, ohne dass die Nummer geändert werden muss. Niemand wüsste, dass sie nicht in deiner Wohnung landen.« An ihrem Gesichtsausdruck hatte sich nicht das Geringste geändert, und Vincent fuhr sich mit den Fingern durch die Haare. »Hör mal«, sagte er eindringlich, »es macht mir Sorgen, dass dieser Kerl es geschafft hat, deine Nummer rauszukriegen, obwohl sie nicht eingetragen ist. Das gefällt mir nicht. Verdammt noch mal, wenn er das fertig bringt, dann kennt er inzwischen vermutlich auch deine Adresse. Wenn du bei mir einziehst, findet er dich wenigstens nicht in deiner Wohnung, falls er so weit geht und hier aufkreuzt.« Das klang etwas wirr, aber er hoffte, dass sie verstand, worauf er hinauswollte.

»Du willst also, dass ich bei dir einziehe, damit ich in Sicherheit bin«, stellte sie nüchtern fest.

Er hätte beinahe ja gesagt, die Versuchung war allzu groß. Das wäre das Einfachste gewesen, eine Möglichkeit, sich davor zu schützen, etwas zu sagen, das als Bekenntnis ausgelegt werden konnte – eine Möglichkeit, seinen Stolz zu retten, falls sie ihm ins Gesicht lachte und sagte, das könne er vergessen. Aber dann sah er ihr in die Augen, bemerkte, wie unnatürlich aufrecht sie sich hielt, und ganz tief in seinem Inneren wusste er, dass er damit den letzten Rest an Glaubwürdigkeit verlieren würde, den er für sie noch besaß.

Sie hatte ihren Stolz häufiger geopfert, als Vincent es verdiente, indem sie zuerst geschworen hatte, sie würde ihn nie mehr so nah an sich heranlassen, dass er sie verletzen konnte, und dann eine Kehrtwendung gemacht und sich selbst verraten hatte, als sie ihn wieder in ihr Leben ließ. Und er hatte es ihr damit vergolten, dass er sie mehr als einmal zum Weinen gebracht hatte. Zumindest war er ihr jetzt eine ehrliche Antwort schuldig.

»Zum Teil«, gab er zu. Er schenkte Kaffee in einen der Becher und schob ihn über den Tisch zu ihr. »Zu einem großen Teil, aber du weißt verdammt gut, dass das nicht alles ist.«

Er zögerte, als Ivy ihren Becher mit beiden Händen umklammerte und ihn mit großen ernsten Augen ansah. Er schämte sich ein wenig dafür, dass er sie am liebsten dazu überreden würde, bei ihm einzuziehen, ohne ihr zu sagen, wie viel es ihm bedeutete. Er war ihr eine ehrliche Antwort schuldig, ja. Aber nicht, wenn der Preis dafür war, dass er sich in eine Situation hineinmanövrierte, die es wieder jemandem erlauben würde, auf seinen Gefühlen herumzutrampeln. Schließlich holte er tief Luft und sagte: »Ich will neben dir in meinem Bett aufwachen. Ich will die Hand ausstrecken und dich berühren, wann immer mir danach ist. Ich will mehr über dich wissen – was du gerne isst, deine Lieblingsfarbe, ob du Hunde oder Katzen lieber magst.«

Noch immer gab sie keine Antwort, und er kämpfte – nicht besonders erfolgreich – gegen seine Enttäuschung an. »Verdammt, Ivy«, gestand er schließlich widerstrebend, »ich muss die ganze Zeit an dich denken, ob du da bist oder nicht. Ich habe mich dagegen gesträubt, aber es hilft nichts. Was ich damit sagen will, ist, dass ich eine« – er erstickte beinahe an dem Wort – »Beziehung mit dir will, okay?« Als sie blinzelte, nach wie vor stumm, platzte er heraus: »Sag endlich was, Herrgott noch mal! Ziehst du jetzt bei mir ein oder nicht?«

Ivy hob den Kaffeebecher an die Lippen, um sich noch einen kurzen Aufschub zu verschaffen. Er war so launisch. Zuerst versuchte er sie zu überreden, und am Ende schrie er sie praktisch an.

Und dennoch …

Aus »Ich will deinen Körper« war »eine Beziehung« geworden. Und auch wenn es ein bisschen so aussah, als versuche Vincent, einen Golfball hinunterzuschlucken, als er die Worte hervorpresste … er gab sich wenigstens Mühe.

Sie dachte darüber nach, was sie selbst sich am sehnlichsten wünschte, und erinnerte sich an das, was Anna gestern gesagt hatte, dass Vincent seit seiner Scheidung seine Gefühle permanent unter Kontrolle hielt, und sie beschloss, seine unvorsehbaren Stimmungswechsel ihr gegenüber so zu betrachten, wie Anna es tat – als Verbesserung im Vergleich zu dem zwanghaften Bestreben, stets Haltung zu bewahren. Und wenn sie ehrlich war, zog sie seine Launen immer noch der Mauer vor, die er schon zwischen ihnen errichtet hatte und hinter der er seine wahren Gefühle verbarg. Launen waren etwas, mit dem sie umgehen konnte, während sein Bedürfnis nach Kontrolle manchmal unerträglich schien.

Sie nahm einen Schluck von ihrem Kaffee, stellte den Becher auf den Tisch, sah ihm in die Augen und beantwortete seine aggressiv vorgebrachte Frage: »Ja, tu ich.«

Er hatte sich seine Argumente bereits zurechtgelegt und öffnete den Mund, um sie vorzubringen, als er begriff, dass sie eingewilligt hatte. »Ja?« Sein Mund verzog sich langsam zu einem glücklichen Lächeln, das Ivy wunderschön fand.

»Ja.« Sie erwiderte sein Lächeln, streckte die Hand aus und strich ihm mit den Fingerspitzen über die Wange. Er umschloss sie mit seiner Hand und schmiegte sein Gesicht hinein. »Der Himmel mag wissen, was dabei herauskommt, Vincent. Ich habe noch nie mit jemandem zusammengelebt, und bei dir ist immer alles so furchtbar ordentlich und aufgeräumt. Ich bin dagegen ein bisschen schlampig –«

»Ja, das habe ich schon gemerkt.« Sein Grinsen wurde noch breiter.

»– obwohl ich schon Fortschritte mache. Das größte Problem ist allerdings, was meine Familie davon halten wird. Und nach dem, was du mir am Tag meines Einzugs vor versammelter Mannschaft an den Kopf geworfen hast, wage ich nicht vorauszusagen –«

Vincent rutschte unbehaglich auf seinem Stuhl hin und her. Er nahm ihre Hand, legte sie auf den Tisch und umschloss sie mit beiden Händen, dann fuhr er mit dem Daumen über ihre hellen Fingerspitzen, die zwischen seinen Händen hervorschauten, und verfolgte die Bewegung mit den Augen, als wäre sie das Interessanteste auf der Welt. »Äh … also, was das angeht, Ivy – darüber müssen wir sowieso reden.«

»Über meine Familie?« Sie betrachtete misstrauisch seinen gesenkten Kopf. »Sagst du mir jetzt gleich etwas, das ich nicht gern höre?«

»Vielleicht.« Er sah sie an. »Es wäre mir, äh, lieber, wenn du ihnen noch nichts von uns erzählst.«

»Es wäre dir lieber ...?« Abrupt richtete sie sich auf ihrem Stuhl auf. »Und was, bitte, ist der Grund dafür?« Sie versuchte, ihm ihre Hand zu entziehen, was jedoch nur dazu führte, dass er sie noch fester umklammerte.

»Nicht, Ivy – bleib hier.« Ohne sie loszulassen, fasste er ihr mit einer Hand unters Kinn und fuhr mit dem Daumen sanft über ihre Unterlippe. »Und sieh mich nicht an, als würde ich etwas Schreckliches im Schilde führen, weil das nämlich nicht der Fall ist. Wir hatten letzte Nacht keine Gelegenheit, über diesen Anruf zu reden. Wie du weißt, ist es nicht so einfach, an eine Geheimnummer zu kommen.« Als er sah, dass er jetzt ihre volle Aufmerksamkeit hatte, ließ er ihr Kinn los und fuhr fort. »Möglicherweise arbeitet dieser Hart bei der Telefongesellschaft, dann hätte er vermutlich Zugang dazu. Aber es könnte auch sein, dass er jemanden kennt, der dich kennt. Das Wichtigste ist deine Sicherheit, und überall zu verbreiten, dass du mit einem Cop zusammenwohnst, ist dem nicht gerade zuträglich.«

»Meine Verwandten haben nichts mit Vergewaltigern zu tun!«

»Da hast du sicher Recht, und vielleicht sehe ich Probleme, wo gar keine sind. Aber andererseits ist es auch nicht so, dass man einen Sexualverbrecher sofort als solchen erkennt, Ivy, die sehen genauso normal aus wie du und ich, und im Allgemeinen verhalten sie sich auch normal. Vielleicht ist er der Freund eines Freundes oder der Freund eines Verwandten, möglicherweise hat er aber auch nicht das Geringste mit den Leuten zu tun, die du kennst. Gib mir einfach ein paar Wochen Zeit, um es mit meiner üblichen Vorgehensweise zu versuchen, mehr verlange ich nicht. Wir richten eine Rufumleitung für dein Telefon ein, und ich lasse jedes eingehende Gespräch zurückverfolgen. Wenn wir Glück haben, kommen wir ihm auf diese Weise auf die Spur.« Sie sah ihn mit großen Augen an, und er fragte behutsam: »Willst du mir jetzt von dem Anruf erzählen, den du letzte Nacht bekommen hast? Wie klang seine Stimme?«

Sie wiederholte etwas zusammenhängender als beim ersten Mal, was sie ihm in der vergangenen Nacht erzählt hatte, nachdem sie ihn im Krankenhaus aufgespürt hatte. »Er hat geflüstert, Vincent. Ich weiß nicht einmal, ob ich seine Stimme erkennen würde, wenn er normal spricht. Weißt du, meine Verwandten sind nicht dumm«, fügte sie unvermittelt hinzu und kehrte damit zum vorherigen Thema zurück. »Sie werden sich denken, dass irgendetwas nicht stimmt, wenn sie vorbeischauen und ich nie zu Hause bin.«

Ihre Hartnäckigkeit brachte ihn zum Lächeln, auch wenn es eine Spur ironisch war. »Die Sprechanlage unten an der Tür läuft über das Telefon«, erinnerte er sie. »Das wird also genauso weitergeleitet wie deine normalen Telefongespräche. Du brauchst nichts weiter zu tun, als den Summer zu betätigen und sie in deiner Wohnung zu empfangen.«

»Oh Gott, Vincent, das ist alles so kompliziert. Vielleicht handeln wir viel zu überstürzt, ohne richtig nachgedacht zu haben.«

»Wo fühlst du dich sicherer, Ive? Wenn du hier bei mir bist oder allein eine Tür weiter?«

»Na ja … hier. Aber wir bezahlen doppelt Miete, und ich kann meine wunderbaren neuen Möbel nicht benutzen, und ich werde nicht mal was zu essen im Haus haben, wenn ich Besuch bekomme.« Sie stützte den Ellbogen auf den Tisch, nahm ihren Zopf in die Hand und spielte damit herum, während sie Vincent betrübt ansah. »Ich bin Tante Babe und Onkel Mack eine Einladung zum Essen schuldig, und bisher habe ich es nicht geschafft. Was soll ich denn jetzt machen?«

»Ivy, das wird nicht ewig dauern. Lad deine Tante und deinen Onkel ein, koch was für sie, und komm zu mir, wenn sie gegangen sind. Es ist nicht so, dass ich deine Familie nicht gern kennen lernen würde – ich brauche nur ein bisschen Zeit, um herauszufinden, ob ich diesen Kerl irgendwie festnageln kann. Bis jetzt ist er wie ein Gewitter in der Ferne: bedrohlich, aber etwas, das noch weit weg ist. Ich will verhindern, dass er dir so nahe kommt, dass er dir etwas antun kann … verstehst du das?«

»Ja.« Sie entzog ihm ihre Hand und erhob sich. Dann ging sie um den Tisch herum und bedeutete Vincent, seinen Stuhl zurückzuschieben. Nachdem er das getan hatte, schwang sie eines ihrer langen Beine über seine Oberschenkel und setzte sich rittlings auf seinen Schoß. Sie sah ihm in die Augen und sagte ernst: »Aber du musst auch etwas verstehen … bei solchen Spielchen komme ich mir wie eine Lügnerin vor. Kann ich es nicht wenigstens Tante Babe und Onkel Mack erzählen? Sie werden es für sich behalten, wenn ich sie darum bitte.«

Er dachte darüber nach, was er über Ivys Tante und ihren Onkel wusste, und nickte schließlich. »Okay«, sagte er. »Lad sie diese Woche irgendwann hierher zum Essen ein, und dann sagen wir es ihnen. Sie scheinen vernünftige Leute zu sein, und ich nehme an, sie werden verstehen, wie wichtig ihr Stillschweigen ist.«

»Danke, Vincent.« Sie lächelte, legte die Arme über seine nackten Schultern und gab ihm einen Kuss. Dann lehnte sie sich zurück, sah ihn mit einem übermütigen Funkeln in den Augen an und sagte: »Vielleicht klappt das mit dem Zusammenleben ja sogar.«

Streng erwiderte er ihren Blick. »Solange du nicht erwartest, dass du bei allem deinen Kopf durchsetzen kannst.«

»Hey, ich bin eine vernünftige Frau. Und ich bin jederzeit zu Kompromissen bereit.« Sie wackelte versuchsweise ein bisschen mit dem Hintern und grinste, als er genießerisch die Augen schloss und seine Hände fester um ihre Hüften legte, damit sie weitermachte. »Solange du es auch bist.«

Er atmete einmal tief durch und stemmte sich ihren Bewegungen noch ein wenig mehr entgegen. »Kompromisse sind gut«, stimmte er heiser zu.

Das Gespräch mit ihrer Tante und ihrem Onkel war weniger schwierig, als Ivy befürchtet hatte. Sie empfing sie am Dienstagabend in ihrer Wohnung, und nachdem sie Babe genug Zeit gelassen hatte, um Terrys Polsterarbeit zu bewundern, führte sie sie eine Tür weiter, wo sie ihnen gemeinsam mit Vincent ihre veränderte Wohnsituation erklärte und von dem Telefonanruf berichtete, der dem Ganzen vorausgegangen war. Ihre Tante und ihr Onkel waren entsetzt über die neueste Entwicklung, aber während Mack offensichtlich auch leicht konsterniert über Ivys Entscheidung war, bei dem Mann einzuziehen, von dem er gedacht hatte, dass er fast ein Fremder für seine Nichte war, wirkte Babe nicht im Geringsten erstaunt.

Vincent hatte ein wunderbares Essen gezaubert, und es gab während des ganzen Abends nur ein einziges Mal einen kritischen Moment, als Onkel Mack unvermittelt und in der für ihn typischen Direktheit sagte: »Diese Zusammenwohnerei ist als Notbehelf ja ganz gut. Soweit ich verstanden habe, meinen Sie, dass sie hier sicherer ist.« Er durchbohrte Vincent mit einem forschenden Blick aus seinen braunen Augen. »Aber lassen wir doch die Augenwischerei sein – oder wollen Sie mir erzählen, dass sie auf der Couch schläft?« Die roten Flecken, die auf Vincents Wangen erschienen, führten ihn zu dem Schluss, dass das wohl eher unwahrscheinlich war. »Unter diesen Umständen würde ich dann von euch beiden gern etwas über eure Heiratspläne hören, bevor das Jahr zu Ende ist.«

Armer Vincent – Ivy war klar, dass er nicht wusste, was er darauf erwidern sollte. Er saß steif da und begegnete dem Blick ihres Onkels mit ausdrucklosem Gesicht. In Anbetracht dessen, wie schwer es ihm schon gefallen war zuzugeben, dass er eine Beziehung mit ihr wollte, konnte sie sich vorstellen, dass er jetzt wahrscheinlich laut die Falle zuschnappen hörte. Sie kam ihm zu Hilfe, indem sie ihrem Onkel einen Kuss auf seine Glatze drückte, als sie mit der Kaffeekanne in der Hand hinter ihm vorbeiging, und während sie sich vorbeugte, um ihm einzuschenken, leichthin sagte: »Holst du sonst dein altes Gewehr raus, um es schon mal zu reinigen und zu ölen, wenn du heute Nacht nach Hause kommst, Onkel Mack?«

Er funkelte sie über die Schulter an. »Du hältst das wohl für einen Witz, junge Dame, aber das könnte durchaus passieren.«

»Lass die Kinder in Ruhe, Schatz«, sagte Babe ernst und hielt ihre Tasse in die Höhe, damit Ivy ihr einschenkte. »Sie sind alt genug, um zu wissen, was sie tun … Und ich bin sicher, dass sie zu gegebener Zeit eine Entscheidung treffen.«

»Dann sollte es aber verdammt noch mal die richtige

Entscheidung sein«, war alles, was Mack noch murmeln konnte, bevor seine Frau geschickt das Thema wechselte.

»Na, das lief doch ganz gut, würde ich sagen«, meinte Ivy später und behielt klugerweise ihre Belustigung für sich, als sie Vincent dabei zusah, wie er in den Schubladen seiner Kommode herumwühlte. Sie rechnete jeden Augenblick damit, dass er sagen würde, ihre Verwandten sollten sich besser aus seinem Liebesleben heraushalten.

Vincent drehte sich mit finsterer Miene zu ihr um. Sein Hemd stand offen, und er fummelte ungeschickt an seinen Manschettenknöpfen herum, während er sie quer durchs Zimmer ungläubig anstarrte. »Oh ja, es lief wirklich gut«, sagte er sarkastisch. »Dein Onkel kann mich nicht ausstehen!«

Das war es, was ihm zu schaffen machte? Ivy sah ihn überrascht an. Sie hätte nicht gedacht, dass er sich darüber Gedanken machen würde – wie süß. Ruhig gab sie zurück: »Aber er hat sich einverstanden erklärt, mit niemandem über unser Zusammenleben zu sprechen, und das ist doch das Wichtigste, oder?«

»Verdammt, Ivy, er ist nicht gerade mit einem Pokerface gesegnet – ich glaube, er denkt ernsthaft über eine Kastration nach!«

»Na ja, du treibst immerhin Unzucht mit seiner Lieblingsnichte.« Dann, als sie sah, wie sehr es ihn verstörte, dass ihr Onkel offenbar eine schlechte Meinung von ihm hatte, hörte sie auf, ihn zu necken, und ging zu ihm. Sie blieb vor ihm stehen, zog die Manschetten über seine geballten Fäuste und warf das Hemd zur Seite. Dann legte sie ihm die Hände auf die Schultern und begann, gekonnt mit den Daumen die verspannten Muskeln auf beiden Seiten seines Halses zu massieren, während sie ihm versicherte: »Er hat nichts gegen dich, Vincent – Onkel Mack gehört einer anderen Generation an, das ist alles. Die sexuelle Revolution ist spurlos an ihm vorbeigezogen, deshalb sind einige seiner Vorstellungen von Anstand ein bisschen altmodischer als deine oder meine.« Sie lächelte ihm zu. »Aber sieh es doch mal positiv. Er wurde in einer Zeit groß, in der es hieß, dass Männer nichts für ihren Trieb können. Damals betrachtete man es als Sache der Frau, eine Grenze zu ziehen, was Sex betraf, wenn er also von jemandem enttäuscht ist, dann bin das wahrscheinlich ich und nicht du.«

Vincent musterte mit zusammengekniffenen Augen ihr Gesicht, diese Erklärung gefiel ihm auch nicht wesentlich besser. Er wusste, wie viel Ivy an ihrer Tante und ihrem Onkel lag. »Und das macht dir nichts aus?«

»Ich würde es ja gerne jedem recht machen. Nur leider habe ich bis jetzt noch nicht herausgefunden, wie man das anstellt.« Sie zuckte die Achseln. »Natürlich tut es mir Leid, wenn ich Onkel Mack enttäusche, ich liebe ihn wirklich sehr. Aber letztlich muss ich das tun, was für mich das Richtige ist … und bevor ich mir Gedanken machen kann, was andere Leute von mir erwarten, muss ich mir darüber klar werden, was ich will.« Ihr Mund verzog sich zu einem selbstironischen Lächeln. »Also werde ich wohl einfach so weitermachen wie bisher und meine eigenen Entscheidungen treffen.«

»Du hast wirklich deinen eigenen Kopf.« Er legte seine Arme um ihre Taille und drückte sie an sich. »Und in diesem Fall, Ivy, bin ich sehr froh darüber.« Er strich mit den Händen langsam über die Rundungen ihres Hinterteils. »Trotzdem wünschte ich, er könnte mich besser leiden. Na, wenigstens scheint mich deine Tante für ganz passabel zu halten – was zum Teufel ist das denn?« Er hörte auf, sie zu streicheln, als seine Finger zum dritten Mal eine längliche Ausbuchtung in ihrer Gesäßtasche berührten. Er zog den Gegenstand heraus.

»Ach, nichts weiter«, murmelte sie und wurde rot. »Gib her.« Sie versuchte, es ihm aus der Hand zu nehmen.

Er wehrte sie ab und musterte zuerst ihr Gesicht und dann die Hülse aus rostfreiem Stahl in seiner Hand. »Ein Skalpell?« Er entfernte mit dem Daumen den Verschluss, vergewisserte sich, dass es sich bei dem Gegenstand in seiner Hand tatsächlich um ein chirurgisches Instrument handelte, und sah dann wieder Ivy an. »Hattest du vor, eine kleine mitternächtliche Operation an mir durchzuführen?«

»Oje, ist das peinlich.« Sie versuchte, sich seiner Umarmung zu entziehen, unter keinen Umständen wollte sie, dass er merkte, wie weit sie von ihren Prinzipien abgewichen war, als sie dieses Skalpell in ihre Tasche gesteckt hatte. Über diese Entscheidung wäre er wahrscheinlich nicht sehr froh.

Vincent legte seinen Arm jedoch nur noch etwas fester um ihre Taille und sah sie streng an. Es war klar, dass er sie nicht ohne Erklärung davonkommen lassen würde.

Gereizt stieß sie hervor: »Ich trage es mit mir herum, seit dieser Typ angerufen hat, okay?«, und wäre beinahe selbst zusammengezuckt, als sie den trotzigen Unterton in ihrer Stimme hörte. Du lieber Himmel, sie klang wie eine schlecht gelaunte Dreizehnjährige. Das Ganze war ihr furchtbar peinlich, und wenn ihr etwas peinlich war, benahm sie sich manchmal so.

»Mein Gott«, sagte Vincent leise. Er konnte es nicht fassen, dass ihm entgangen war, in welche Angst sie die offensichtliche Fixierung des Vergewaltigers auf sie versetzt hatte. Er bückte sich, um die Verschlusskappe aufzuheben, schob sie auf das Skalpell und gab es ihr zurück. Sie steckte es wieder in ihre Tasche und vermied es geflissentlich, ihm in die Augen zu sehen. Mit einem Seufzer zog er sie zum Bett und zwang sie, sich neben ihn zu setzen. Sie starrte auf die Wand.

»Du trägst das seit Sonntagmorgen in deiner Hosentasche mit dir herum?« Erneut wurde sie rot, aber sie gab keine Antwort. Vincent strich mit den Fingern über ihre gerötete Wange und hob mit sanfter Gewalt ihr Kinn an, bis sie ihn endlich ansah. »Ist es so?«

»Ja«, gab sie widerwillig zu.

»Zum Schutz?«

Sie zuckte mit den Schultern.

»Hör mal, wahrscheinlich wird es nie so weit kommen, aber wenn du das Bedürfnis nach persönlichem Schutz hast …« Er zögerte kurz und fuhr dann fort: »Ich könnte dir beibringen, wie man mit einer Pistole umgeht.«

»Oh Gott, nein.« Sie atmete hörbar aus und wandte ihm zum ersten Mal, seit er das Skalpell aus ihrer Hosentasche gefischt hatte, ihr Gesicht zu. »Es steht schon in Konflikt mit meinen moralischen Prinzipien, mit diesem verdammten Skalpell herumzulaufen.«

»Warum das denn, wenn du dich nur schützen willst?«

Sie sah ihm in die Augen. »Ich habe einen Eid geleistet, alles zu tun, um Leben zu retten, Vincent, und es war – und ist – mir ernst damit. Du weißt, welches der wichtigste Teil des hippokratischen Eids ist? Die Verpflichtung, niemandem Schaden zuzufügen.« Sie schüttelte den Kopf. »Mein Gott, es ist schon schlimm genug, dass ich es offenbar nicht schaffe, das blöde Ding zurück in meinen Arztkoffer zu stecken, wo es hingehört. Das Bedürfnis, es bei mir zu tragen, verursacht mir Magenschmerzen, denn lass uns doch mal den Tatsachen ins Auge sehen, ich trage es nur zu dem Zweck mit mir herum, jemanden zu verletzen. Andererseits will ich diesem Mann nicht schutzlos ausgeliefert sein, wie es Bess Polsen passiert ist. Aber eine Pistole ...« Erneut schüttelte sie den Kopf. »Wenn es hart auf hart kommt, bin ich vielleicht fähig, das Skalpell zu benutzen. Ich möchte nicht darauf wetten, aber es könnte sein. Und vielleicht, aber nur vielleicht, könnte ich es hinterher mir selbst gegenüber auch rechtfertigen. Aber ich glaube, ich könnte mich niemals dazu überwinden, eine Pistole auf einen Menschen zu richten. Und wenn ich es tatsächlich täte, weiß ich nicht, ob ich später damit leben könnte.« Sie sah zu ihm hoch. »Das ergibt alles nicht viel Sinn, was?«

»Nicht besonders viel.« Er strich ihr ein paarmal schweigend über die Haare, bevor er ihren Kopf an seine Schulter drückte. Soweit es ihn betraf, hatte sie jedes Recht der Welt, sich zu verteidigen, wenn es hart auf hart kam. Für ihn war das keine Frage der Moral. Aber er betrachtete ihre Situation auch aus einer völlig anderen Perspektive – seiner eigenen. Er rieb seine Wange an ihrem Kopf, während er versuchte, es so zu sehen wie sie, und sagte schließlich: »Du meinst doch, dass du hin- und hergerissen bist zwischen deinem Schwur, Leben zu retten, und der Notwendigkeit, vielleicht dein eigenes auf Kosten des Lebens eines anderen Menschen zu retten.«

»Ja, genau.« Ivy entdeckte eine besonders weiche Stelle zwischen seiner Schulter und seinem Schlüsselbein und presste ihre Wange dagegen. Sie seufzte. »Und diese Vorstellung lähmt mich fast.«

Insgeheim war Ivy erstaunt, wie schnell sie sich an das Zusammenleben mit Vincent gewöhnte. Es stimmte, dass sie ihn praktisch von dem Moment an, als sie ihm zum ersten

Mal begegnet war, begehrt hatte, und natürlich war ihr schon mehr als einmal der Verdacht gekommen, dass sie im Begriff stand, sich in ihn zu verlieben.

Na gut, dass sie sich in ihn verliebt hatte.

Womit sie nicht gerechnet hatte, war, dass sie ihn so sehr mögen würden.

Die meiste Zeit war es ausgesprochen unkompliziert, mit ihm zusammenzuleben, und das war wirklich eine Überraschung. Sie hatte zwar nur eine vage Vorstellung gehabt, aber sie hatte erwartet, dass sie entweder erbittert miteinander stritten oder sich mit solch heißer Leidenschaft liebten, dass die Bettlaken in Flammen aufgingen. Dazwischen, hatte sie gedacht, gab es nichts. Bisher hatten sie kein einziges Mal miteinander gestritten.

Nicht dass sie schon lange zusammenlebten – es war gerade mal eine Woche. Trotzdem hätte sie nie damit gerechnet, dass Vincent sie dazu drängen würde, sich aufs Sofa zu setzen und die Füße in seinen Schoß zu legen, damit er sie mit seinen kräftigen Händen massieren konnte, wenn er merkte, wie erschöpft sie nach einem langen Tag in der Notaufnahme war.

Sie hätte nie gedacht, dass er so offen über alles Mögliche mit ihr reden würde oder sie so zum Lachen bringen würde, dass sie Bauchschmerzen bekam, während sie gemeinsam kochten oder seine Wohnung aufräumten. Um ehrlich zu sein, hätte sie ihm überhaupt nicht viel Humor zugetraut. Anna Graham hatte ihr auf der Grillparty in der Küche zu erklären versucht, wie witzig Vincent sein konnte, aber Ivy hatte es ihr nicht geglaubt, weil sie diese Seite an ihm kaum erlebt hatte.

Bis jetzt.

Es war natürlich nicht alles eitel Sonnenschein. Gelegentlich zog er sich in sich selbst zurück und schloss sie bewusst aus, was sie sehr verletzte. Nie kam das Wort Liebe über seine Lippen. Sie dagegen musste sich ständig auf die Zunge beißen, um ihm nicht jedes Mal, wenn er sie berührte, eine Liebeserklärung zu machen. Und er gebrauchte nie Kosenamen, nicht einmal solche, die man im Zustand größter Leidenschaft von sich gibt.

Aber die Leidenschaft. Sie hatte nicht einmal gewusst, dass es diese Art von Sex tatsächlich gab. Unersättlich, einfallsreich, hemmungslos hatte Vincent den Bestand an Kondomen in der Schale, die sie in seine Wohnung mitgenommen hatten, bereits erheblich dezimiert. Er liebte sie an Orten und in Stellungen, von denen sie keinerlei Ahnung gehabt hatte … und bis vor einer Woche hätte sie geschworen, dass sie von alldem zumindest schon gehört hatte. Für einen Mann, den sie anfangs in Verdacht gehabt hatte, verklemmt und puritanisch zu sein, war er mit einer unerschöpflichen Fantasie gesegnet.

Alles in allem wäre sie wahrscheinlich mehr als zufrieden gewesen, hätte nicht das Wissen, einen Vergewaltiger als Verehrer zu haben, ihr Leben überschattet.

Dass sich der Mann, der sich Hart nannte, in ihr Leben gedrängt hatte, brachte sie völlig aus dem Gleichgewicht. Unter normalen Umständen wäre es eine Zeit gewesen, die sie rundum genossen hätte. Sie hatte einen Beruf, den sie liebte, eine Familie, die sie liebte, und – wenn sie ehrlich war – einen Mann, den sie liebte.

Leider war an dieser Situation nichts normal. Höchstwahrscheinlich hätte Vincent sie niemals aufgefordert, zu ihm zu ziehen, wäre da nicht die Bedrohung durch diesen unbekannten Verrückten gewesen. Und falls er sie doch gebeten hätte, bei ihm einzuziehen, hätte es bestimmt nicht so viele Einschränkungen gegeben, mit denen sie sich abfinden mussten.

Vincent beharrte nach wie vor darauf, dass sie ihr Zusammenleben geheim hielten. Außerdem hatte er angeordnet, dass sie alle Anrufe entgegennahm, während er immer die Tür öffnete. Sie durfte nie allein zu ihrem Auto gehen. Morgens verließen Vincent und sie gemeinsam das Haus. Für gewöhnlich trafen gleichzeitig mit ihr immer ein paar andere Angestellte des Krankenhauses ein, mit denen sie hineingehen konnte, wenn das nicht der Fall war, hatte sie Vincents strikte Anweisung, in ihrem Wagen zu warten, bis jemand kam. Abends suchte sie sich einen Mann, der sie zu ihrem Auto brachte, und sie vergaß nie, Vincent auf dem Handy, das er ihr besorgt hatte, anzurufen, um ihm zu sagen, wann sie zu Hause sein würde; dort wartete er dann auf dem Parkplatz auf sie.

Beschränkungen und Geheimhaltung. Wie sollte man da eine Beziehung aufbauen?

Dennoch schienen sie genau das zu tun, trotz aller Hindernisse, die sich ihnen in den Weg stellten. Gleichzeitig gab es eine Ebene ihres Bewusstseins, die nicht zuließ, dass sie sich völlig entspannte. Ständig wartete sie mit angehaltenem Atem darauf, dass Hart den nächsten Schritt unternahm.

Was er bisher nicht getan hatte. Bisher war sie von weiteren Anrufen verschont geblieben. Das verhinderte allerdings nicht, dass sie jedes Mal zusammenzuckte, wenn das Telefon klingelte. Inzwischen fürchtete sie sich regelrecht davor.

Sein Schweigen brachte sie allerdings genauso wenig dazu, das Skalpell zurück in den Arztkoffer zu stecken, wohin es gehörte. Ständig in Alarmbereitschaft, trug sie es weiterhin mit sich herum und verschloss weiterhin hartnäckig ihre Ohren vor den Ermahnungen ihres Gewissens.

Vincent hatte ein Gerät besorgt, mit dem eingehende Anrufe zurückverfolgt werden konnten. Doch jetzt, da Ivy fast wünschte, der perverse Kerl würde anrufen, damit sie es endlich hinter sich hatte, rührte er sich nicht mehr. Das Warten darauf, dass er den nächsten Schritt unternahm, ließen ihre Anspannung und ihre Unsicherheit ins Unerträgliche wachsen. Ivy befürchtete, dass irgendetwas auf der Strecke bleiben würde.

Sie konnte nur beten, dass es nicht ihre Nerven sein würden.

14

Vincent stieß im Stillen einen Fluch aus, als er seine Wohnungstür öffnete und sah, wer davorstand. Du lieber Gott, verfügte ihre Familie über eine Art Radar, mit dem sie sie überall aufspüren konnte?

»Hi«, sagte Terry Pennington. »Haben Sie heute schon zufällig Ivy zu Gesicht bekommen?«

Er machte sich nicht die Mühe, sich vorzustellen, allerdings wusste Vincent ohnehin, wer er war. Erst vor ein paar Tagen hatte Ivy an ihn gelehnt neben ihm gesessen, ihr aufgeschlagenes Fotoalbum auf dem Schoß, und ihm stolz erklärt, wer die einzelnen Leute auf den verschiedenen Schnappschüssen waren.

Ein paar Sekunden lang war Vincent versucht, sarkastisch zu werden und zurückzufragen, ob er wie ein Callcenter aussah, oder einfach nein zu sagen und ihren dämlichen Cousin wegzuschicken. Aber er war ein erbärmlicher Lügner und außerdem bekam er mit, wie sich Ivy im Wohnzimmer vom Sofa erhob. Er wusste, dass sie ihn hören könnte, und wollte sich nicht unbedingt ihren Zorn zuziehen. Resigniert trat er einen Schritt zur Seite und öffnete die Tür etwas weiter. »Kommen Sie rein.«

Da Ivy Terrys Stimme erkannt hatte, war sie schon zur Tür gegangen, als die beiden Männer das Wohnzimmer betraten. Eine Sekunde lang blickte sie an ihrem Cousin vorbei zu Vincent und bemerkte die verspannten Muskeln an seinem Kiefer. Er war zweifellos nicht gerade begeistert, dass ihr Cousin sie hier aufgespürt hatte. Sie war ihrerseits nicht besonders erfreut über die böse Miene, mit der er ihren Cousin ansah, oder darüber, dass er mit einem Finger kurz über den Griff seiner Pistole strich, die er auf dem Weg zur Wohnungstür rasch hinten in seinen Hosenbund gesteckt hatte, und warf ihm einen warnenden Blick zu, bevor sie ihre Aufmerksamkeit ihrem Cousin zuwandte. Sie bedachte ihn mit einem leichten Lächeln. »Wie bist du denn dieses Mal ins Haus gekommen?«

»Es war nicht so, dass ich irgendwelche Tricks anwenden musste«, verteidigte er sich, während er zu ihr ging, um ihr einen flüchtigen Kuss zu geben, was Vincent ohne vernünftigen Grund noch feindseliger machte. »Die Sicherheitsvorkehrungen in diesem Haus sind einfach lächerlich.« Er sah sich im Wohnzimmer um und erfasste mit einem einzigen forschenden Blick das Durcheinander von Sachen, die herumlagen. Einige davon gehörten offensichtlich Ivy, und er sah sie mit hochgezogenen Augenbrauen an, als er sich ihr wieder zuwandte. »Sag mal, Kleine, wohnst du jetzt hier?«

Die Muskeln an Vincents Kiefer arbeiteten inzwischen auf Hochtouren, wie Ivy bemerkte, aber was sollte sie tun? Falls er dachte, dass sie zu diesem späten Zeitpunkt ihres Lebens zu lügen anfangen würde, hatte er sich getäuscht. Eine leichte Röte überzog ihr Gesicht, als sie nickte. »Ja.«

Sofort schaltete Vincent sich in einem unnötig barschen Ton ein: »Posaunen Sie das bloß nicht in der Gegend herum, Pennington.«

»Oh, Terry würde niemals …« setzte Ivy an, wurde jedoch von ihrem Cousin unterbrochen.

Er fuhr zu Vincent herum. Terry war sich vom ersten Augenblick an der Feindseligkeit bewusst gewesen, die dieser Mann ausstrahlte, und interpretierte sie auf seine Weise. »Wollen Sie damit sagen, dass meine Cousine nicht gut genug ist, um offiziell mit Ihnen zusammenzuleben, D'Ambruzzi?«, fragte er wütend und trat drohend einen Schritt näher auf Ivys Liebhaber zu. »Sie sind einfach ein Widerling. Ich hätte Ihnen schon damals das Genick brechen sollen, als Sie das erste Mal mit ihr geschlafen und sie anschließend abserviert haben, als wäre sie eine Zweidollar …«

»Wenn Sie sich mit mir anlegen wollen, müssen Sie sich hinten anstellen!«, fiel ihm Vincent brüllend ins Wort. Verdammt noch mal, er hatte es gewusst! Er hatte ganz genau gewusst, dass Ivys Cousin versuchen würde, sie von ihm wegzuholen, sobald er herausfand, dass sie bei ihm wohnte. Scheiße! Er kam gegen die männlichen Mitglieder ihrer Familie einfach nicht an, und er hatte keine Lust, mit ihnen herumzustreiten wie ein fauchender Kater, der sein Revier verteidigen musste. »Nur zu, Pennington – ich stehe Ihnen gern zur Verfügung. Aber zuerst ist Mack Merrick an der Reihe!«

Terry blieb vor Verblüffung der Mund offen stehen. Dann nahm er sich die Zeit, Vincent genauer zu betrachten, und kam zu dem Schluss, dass er vielleicht etwas voreilig gewesen war. Der Typ sah eher in die Enge getrieben als hinterhältig aus. Auf seinem Gesicht erschien ein erleichtertes Grinsen. »Oh Mann, da wär ich gern dabei gewesen, als Onkel Mack von der Sache erfahren hat.«

»Ja, wahrscheinlich hätten Sie Ihren Spaß gehabt«, gab Vincent säuerlich zurück. »Er kann mich nicht ausstehen.«

»Ach Vincent, darüber haben wir schon geredet, es stimmt einfach nicht«, sagte Ivy in scharfem Ton. »Und was dich angeht«, fuhr sie an ihren Cousin gewandt ärgerlich fort, »solltest du dich besser auf der Stelle entschuldigen. Vincent schämt sich meinetwegen nicht, und mir gefällt deine Unterstellung nicht, dass er das tun könnte.« Und dann führte sie in knappen Worten die Gründe auf, warum sie ihre Beziehung nicht an die große Glocke hängen wollten. Man musste es Terry zugute halten, dass er sich sofort zu Vincent umdrehte, nachdem sie geendet hatte.

»Tut mir Leid, D'Ambruzzi.«

Vincent zuckte missmutig mit den Schultern.

Terry wandte sich wieder seiner Cousine zu. »Tut mir Leid, Ive. Ich glaube, wenn es eine Frau gibt, die sich nicht mit einem Kerl einlässt, der zu blöd ist zu begreifen, dass er mit ihr das große Los gezogen hat, dann bist du es.«

Noch etwas gereizt wegen des Gockelgehabes, das die beiden Männer an den Tag gelegt hatten, fragte Ivy: »Was willst du eigentlich hier?«

Er grinste sie an. »Kann doch sein, dass ich einfach eine meiner Lieblingscousinen besuchen will, oder?«

Ivy sah ihm unverwandt in die Augen.

»Okay, okay.« Er ließ unbehaglich die Schultern kreisen, zögerte noch einen Moment, und dann platzte er heraus: »Weißt du, was das für eine Geschichte mit Jaz' neuem Freund ist? Warum hat ihn bis jetzt noch niemand zu Gesicht bekommen?«

Allmählich fing Tyler Griffus an zu glauben, dass er der Ärztin nie vorgestellt werden würde. Verdammt. Er konnte ja schlecht selbst mit diesem Vorschlag ankommen, und aus irgendeinem Grund war Jaz sehr zurückhaltend, wenn es darum ging, ihn mit ihrer Familie bekannt zu machen. Mit Absicht? Zum ersten Mal zog er diese Möglichkeit ernsthaft in Betracht.

Es stimmte, dass sie sich in letzter Zeit bei ihren Verabredungen etwas abweisend verhalten hatte. Er hatte keinerlei weitere Annäherungsversuche unternommen, seit sich ihre Bekanntschaft vertieft hatte. Er hatte sie absichtlich hingehalten, und jetzt fragte er sich, ob es das war, was sie verdross.

Aber das ergab eigentlich keinen Sinn. Sie hatte nie zu erkennen gegeben, dass ihr besonders viel daran lag, mit ihm ins Bett zu gehen. Ihre scheinbare Gleichgültigkeit war ihm anfangs gar nicht aufgefallen, vermutlich weil sie ihm gut in den Kram gepasst hatte. Verdammt noch mal, das Letzte, was er brauchen konnte, war, sich mit einer willensstarken Frau herumzuschlagen, die befriedigt werden wollte. Das lag ihm nicht besonders.

Aber allmählich wurde er nervös. Was, wenn sich sein Desinteresse irgendwie auf sie übertragen hatte? Was, wenn sie ihn deswegen in die Wüste schickte?

Allein bei dem Gedanken daran drohte seine Unruhe in Panik umzuschlagen. Das konnte sie nicht machen, das würde er nicht zulassen!

Nicht bevor er der Ärztin vorgestellt worden war.

»Ich sehe darin keine besondere Heimlichtuerei«, sagte Ivy zu Terry, verblüfft über seine Aufgeregtheit. »Wann hast du dich denn das letzte Mal dazu bequemt, mir eine deiner Spitzenwissenschaftlerinnen vorzustellen, oder hast eine mit nach Hause genommen, damit sie deine Leute kennen lernt?«

»Das ist was anderes!«

»Vielleicht wohnt sie ja mit dem Kerl zusammen«, warf Vincent hoffnungsvoll ein. Kluger Schachzug. Es würde vielleicht die Aufmerksamkeit von ihm ablenken, zumindest hätte Mack dann noch etwas, worüber er sich echauffieren konnte. Zufrieden legte er einen Arm um Ivy und zog sie an sich.

»Ja, das hättest du wohl gern.« Ivy lehnte den Kopf zurück und sah ihn lächelnd an, bevor sie sich wieder Terry zuwandte. »Warum soll das etwas anderes sein?« Sie war gespannt auf seine Antwort; irgendwann sollte sich wirklich einmal eine Frau die Zeit nehmen und aufzeichnen, welche lahmen Ausreden Männer ständig vorbrachten, um ihre alte Doppelmoral aufrechtzuerhalten.

»Keine Ahnung«, sagte Terry gereizt, »es ist einfach so.«

»Aha«, meinte Ivy sarkastisch, »mit solch scharfer Logik kann ich es natürlich nicht aufnehmen.«

»Schon gut«, blaffte er. »Zum Beispiel hat jeder von euch unmissverständlich klar gemacht, was er von den Frauen hält, mit denen ich ausgehe, ich habe also gute Gründe, meine Freundinnen von meiner Familie möglichst fern zu halten. Aber Jaz hat keinen Grund, das zu tun. Was stimmt mit diesem Clown also nicht, wenn sie ihn vor uns verstecken muss?«

»Um Himmels willen, Terry.« Ivy war von seiner Heftigkeit und der Hohlheit seiner Argumente aufs Äußerste überrascht. Normalerweise konnte man sich darauf verlassen, dass er in Diskussionen allen anderen den Wind aus den Segeln nahm. »Vielleicht«, sagte sie nachdenklich, »braucht Jaz einfach nur ein bisschen Zeit. Vielleicht will sie den Typ erst einmal besser kennen lernen, bevor sie ihn dem Pennington-Merrick-Clan zum Fraß vorwirft. Diese Familie kann auf einen Neuling etwas abschreckend wirken.«

»Kann man wohl sagen«, murmelte Vincent. Er rieb mit der Hand über Ivys Oberarm, während er ihren Cousin musterte. Der Mann stand unter großer Anspannung, er war offensichtlich verstört, und Vincent erfasste intuitiv, was mit ihm los war. »Wie lange sind Sie schon in sie verliebt?«, fragte er, bevor er sich überlegt hatte, ob es klug war, diese Frage zu stellen.

Er spürte, wie Ivy erschrocken zusammenzuckte, und bereute es auf der Stelle, dass er sich einfach gedankenlos dazu äußerte – oder besser gesagt, er wünschte, er hätte den Mund erst gar nicht aufgemacht. Sie legte den Kopf schief und sah ihn ungläubig an. »Vincent, wie kommst du denn darauf? Terry ist doch nicht …«

Dann fiel ihr die starre Haltung ihres Cousins auf, und ihr blieben die Worte im Hals stecken. Langsam drehte sie den Kopf, um ihn direkt anzusehen. »Du lieber Gott«, flüsterte sie. »Du bist tatsächlich in sie verliebt. Weiß Jaz davon?«

»Nein! Nein, bist du verrückt?« Er starrte sie für einen kurzen Moment fassungslos an, bevor er sich wieder unter Kontrolle hatte. »Denkst du, ich kann ihr mit so etwas kommen? Mit einer inzestuösen –«

»Hör auf!« Ivy, die den Ausdruck bitterer Selbstverachtung in seinen Augen nicht ertragen konnte, machte sich von Vincent los und ging zu ihrem Cousin, um ihn in die Arme zu nehmen und fest an sich zu drücken. Er rührte sich nicht. »Hör auf damit, Terry. Quäl dich nicht selbst.«

»Aber so ist es doch, Ive.« Er legte den Kopf zurück und sah sie mit einem bewusst ausdruckslosen Gesicht an.

»Erinnerst du dich, was Davis darüber gesagt hat, dass die Kinder von Cousin und Cousine als sabbernde Idioten auf die Welt kommen?«, sagte er nüchtern. »Und wie geht dieser alte Witz gleich noch mal – Inzest ist in Ordnung, solange es in der Familie bleibt? Ich habe jedenfalls nicht die Absicht, sie mit meinen Gefühlen zu belasten. Gott, alles, was Jaz jemals vom Leben gewollt hat, sind ein netter Ehemann und Kinder.« Terry sah Ivy mit undurchdringlichem Blick an, aber in der Tiefe konnte sie einen Schimmer seiner Qual erkennen.

»Ach Terry«, flüsterte sie hilflos, und das Herz tat ihr weh vor Mitleid mit ihm.

In der Hoffnung, die Spannung zu vertreiben, die plötzlich im Wohnzimmer herrschte, sagte Vincent aus einem Impuls heraus: »Wenn Sie wollen, kann ich ihren Freund durch den Computer laufen lassen – nur um sicherzugehen, dass er sauber ist.«

Terry befreite sich aus Ivys Umarmung, trat einen Schritt zurück und fuhr sich mit der Hand übers Gesicht. »Ich weiß nicht mal, wie der Kerl mit Nachnamen heißt«, murmelte er. Dann ließ er die Hand sinken und sah Vincent direkt an. »Aber ich könnte es rauskriegen.« Er nickte und nutzte die Gelegenheit, um nicht länger über seine aussichtslose Liebe sprechen zu müssen. »Danke, D'Ambruzzi, ich weiß das zu schätzen.«

Kurz danach ging er und ließ Vincent mit einer unglücklichen Ivy zurück, die sich bemühte, mit der neu gewonnen Erkenntnis fertig zu werden.

Vincent sagte nichts. Er hatte sich schon viel zu sehr in ihre Angelegenheiten hineinziehen lassen. Das hatte er nicht im Sinn gehabt, als er sie aufgefordert hatte, bei ihm einzuziehen. Er hatte einfach nur an eine nette, unkomplizierte Liebelei gedacht. Gut, eine Beziehung, aber nichts allzu Ernstes, nichts, was zu tief ging. Es sollte ihm eigentlich egal sein, was ihr Onkel von ihm hielt. Er sollte sich eigentlich nicht in die Probleme ihrer Familie verwickeln lassen.

Und das würde er auch nicht tun, verdammt noch mal. Er hatte vor, den Hurensohn, der hinter ihr her war, zur Strecke zu bringen und dafür zu sorgen, dass er für lange Zeit hinter Gittern verschwand. Und dann würde sie wieder in ihre eigene Wohnung ziehen, basta.

Er ließ sie nicht aus den Augen und beobachtete sie, ohne dass sie es merkte, wie sie kläglich zusammengesunken mit angezogenen Knien in einer Ecke des Sofas saß und ein Kissen an die Brust presste. Nachdenklich starrte sie auf ihre bloßen Zehen. Sollte sie sich mit ihren Empfindungen angesichts der überraschenden Gefühle, die ihr Cousin für ihre gemeinsame Cousine hegte, allein auseinander setzen. Damit hatte er nichts zu tun.

Er sammelte die verstreuten Teile der Zeitung ein, faltete sie ordentlich zusammen und legte sie aufeinander. Dann nahm er die Tassen und Teller, die sie vorhin benutzt hatten, und trug sie in die Küche. Als er zurückkam, saß sie genauso da, wie er sie verlassen hatte, und musterte immer noch mit einem unglücklichen Gesicht ihre Füße. Er räumte ein paar andere Sachen weg – das meiste davon gehörte ihr, wie er verdrossen feststellte. Dann nahm er das Holster mit der Pistole ab, legte es auf den Tisch, und als Nächstes saß er neben ihr. Er fasste nach einem ihrer Füße und massierte mit seinem Daumen den Spann. »Ich hätte wahrscheinlich meine große Klappe halten sollen«, sagte er leise.

»Nein.« Sie schüttelte den Kopf und sah ihn an. Sofort rutschte sie näher zu ihm, legte ihre Beine über seine Oberschenkel und schlang die Arme um seine Taille.

Dann legte sie ihren Kopf an seine Brust und drückte sich so eng an ihn, wie es ging, ohne ihm auf den Schoß zu krabbeln. Verdammt, ihm blieb wirklich keine andere Wahl, als ebenfalls die Arme um sie zu legen.

»Jetzt, wo ich es weiß«, gestand sie, »wundere ich mich, dass ich vorher nie auf die Idee gekommen bin. Es erklärt so vieles, Vincent. Seine dümmlichen Freundinnen. Dass er manchmal so einsam wirkte, selbst wenn gerade eine Frau an seinem Hals hing.« Sie seufzte. »Was für ein Durcheinander. Und weißt du, was das Tragische dabei ist?« Sie lehnte den Kopf zurück, um ihm in die Augen zu sehen.

»Nein, was?« Er strich ihr mit den Fingerspitzen sanft die Haare zurück.

»Er wäre vermutlich genau der Richtige für Jaz. Er ist zuverlässig und anständig und willensstark. Er würde sie auf Händen tragen. Genau der Mann, den sie immer gewollt hat.«

»Aber du glaubst nicht, dass es jemals dazu kommt.«

»Nein.« Das Lächeln, das sie sich abrang, war voller Kummer. »Ich glaube nicht, dass es jemals dazu kommt.«

Ivy ging die Sache einfach nicht aus dem Kopf. Zum ersten Mal war sie mit der Tatsache konfrontiert worden, dass es Dinge im Leben gab, die unerreichbar waren, egal wie sehr man sich bemühte, egal wie mustergültig man sich verhielt. Das widersprach all ihren Überzeugungen. Und da sie selbst bis jetzt nie an einem gebrochenen Herzen gelitten hatte, war es gleichzeitig eine Art Offenbarung für sie … keine, die sie besonders glücklich machte.

Sie war gezwungen, ihre Gefühle für Vincent ein für alle Mal zu akzeptieren. Na ja, vermutlich hatte sie tief in ihrem Inneren schon seit einer Weile gewusst, was sie wirklich empfand, aber das hatte nicht verhindert, dass sie um diese Erkenntnis herumgeschlichen war wie die Katze um den heißen Brei. Es war an der Zeit, es sich offen und ehrlich einzugestehen.

Sie liebte ihn. Und ob das nun gut oder schlecht war, so schnell würde sich daran nichts ändern. Deshalb gab sie es auch auf, sich diese Worte jedes Mal, wenn sie mit ihm schlief, zu verkneifen, und das war im Grunde eine Erleichterung. Das erste Mal, als sie es bewusst laut sagte, in der Nacht nach Terrys Besuch, erstarrte er einen kurzen Moment lang. Sie lag unter ihm, und er hielt mitten in der Bewegung inne, hob den Kopf und sah sie an. Gleich darauf geriet er auf eine Weise außer Kontrolle, wie sie es bisher noch nicht erlebt hatte, seine Hände packten sie so fest, dass es beinahe schmerzte, sein Mund war unersättlich, seine Hüften stießen immer schneller zu. Er schien es offenbar gerne zu hören.

Aber nie erwiderte er etwas darauf.

Es tat weh, das konnte sie nicht leugnen. Aber zumindest schien sich zwischen ihnen eine echte Beziehung zu entwickeln. Daran klammerte sie sich, daran erinnerte sie sich jedes Mal, wenn er bei ihren Worten von Raserei erfasst wurde und ihr gleichzeitig die Erwiderung vorenthielt, nach der sie sich am meisten sehnte.

Das war mehr, als Terry hatte.

Wie üblich ging Ivy ans Telefon.

»Heyheyhey, Bay-bee«, sagte Sherry mit gewohnter Munterkeit. »Wir sind's, Jaz und ich. Lass uns rein.«

Ivy legte auf, drückte auf den Türöffner und geriet fast in Panik. Sie schnappte sich ihre Schlüssel, holte einen Sechserpack Cola aus dem Kühlschrank und eine Packung Salzstangen aus dem Vorratsschrank und wirbelte zu Vincent herum: »Oh Gott, oh Gott, was soll ich denn jetzt bloß sagen, wie soll ich mich verhalten? Normalerweise ist Jaz diejenige, an die ich mich in solchen Situationen wende, um mir Rat zu holen. Und jetzt ist sie die Einzige, der ich es nicht erzählen kann. Mein Gott, mit wem soll ich denn darüber reden?«

Vincent kämpfte mit einem Anflug von schlechtem Gewissen. Sie hatte versucht, stattdessen mit ihm darüber zu reden, aber er hatte alles in seiner Macht Stehende getan, um sie daran zu hindern, ohne offen damit herauszurücken und ihr zu sagen, dass er mit der Sache nichts zu tun haben wollte.

»Du machst das schon«, versicherte er ihr lahm.

»Vielen herzlichen Dank, D'Ambruzzi«, erwiderte sie kühl. Plötzlich hatte sie es satt, ständig Entschuldigungen dafür zu finden, dass er sich in letzter Zeit ihr gegenüber so merkwürdig distanziert verhielt. »Ich kann dir gar nicht sagen, was für eine Beruhigung das ist.« Sie schlug die Tür hinter sich zu, als sie seine Wohnung verließ, und gleich darauf hörte er, wie ihre Wohnungstür mit einem lauten Knall an die Wand flog.

Nicht willens, sich weiteren Schuldgefühlen hinzugeben, schaltete er die Rufumleitung aus, so dass ihre Anrufe wieder in ihrer Wohnung ankamen. Es war einer der Tage, an denen er Bereitschaft hatte, und deshalb musste er ans Telefon gehen können, wenn es klingelte. Dann begann er, in seiner Wohnung auf und ab zu laufen.

Überall lauerten Fallen, und er hatte das Gefühl, ein falscher Schritt genügte, und er würde sich kopfüber an einem Seil baumelnd wiederfinden. Ivy sagte ihm immer wieder, dass sie ihn liebte, und jedes Mal, wenn diese Worte über ihre Lippen kamen, wurde sein Verlangen, sie zu hören, größer und band ihn noch fester an sie.

Alles, was sie betraf, schien auch ihn zu betreffen. Er

hätte es gern abgestritten, aber es ging nicht. Verdammt noch mal, da unternahm er jede erdenkliche Anstrengung, um Gesprächen über den Liebeskummer ihres Cousins aus dem Weg zu gehen – und alles, was er damit erreichte, war, dass Ivy anfing, ihn mit anderen Augen zu sehen. Es hatte nicht das Geringste dazu beigetragen, ihn aus der Seifenoper herauszuhalten, aus der ihr Familienleben bestand, so wie es ursprünglich seine Absicht gewesen war. Trotz all seiner Bemühungen schien er sich mit jedem Tag tiefer darin zu verstricken.

Und welcher Teufel hatte ihn geritten, als er Terry Pennington angeboten hatte, Jaz' neueste Flamme durch den Computer auf dem Revier laufen zu lassen? Ursprünglich hatte er es für eine gute Idee gehalten, aber als Terry vergangene Nacht angerufen hatte, um ihm den Namen des Kerls durchzugeben, hätte Vincent am liebsten laut geflucht. Jetzt musste er sich am Montagmorgen auch noch die Zeit abknapsen, eine Suche nach diesem Clown durchzuführen. Als ob er nicht schon genug zu tun hätte.

Scheiße. Er konnte es nicht fassen, wie es eine langbeinige Rothaarige – die zu allem Überfluss einen Haufen schwieriger Verwandter im Schlepptau hatte – so leicht schaffte, sein Leben auf den Kopf zu stellen. Es war so schön geordnet gewesen.

»Dein Leben war langweilig, Alter«, erklärte ihm Keith unverblümt. »Langweilig und festgefahren.«

»Ach zum Teufel«, sagte Vincent missmutig. »Ich hätte mir eigentlich denken können, dass du das nicht verstehst.«

»Oh, ich verstehe es sehr gut. Du bist bis über beide Ohren verliebt und machst dir deshalb vor lauter Angst in die Hose.«

»Blödsinn.« Vincent warf einen Blick durch die offene Schiebetür nach draußen und wandte sich dann wieder seinem Freund zu. »Es ist ein wunderbarer Samstag«, sagte er süffisant. »Solltest du nicht zu Hause sein und den Rasen mähen oder deine Frau flachlegen oder was in der Art?«

»Nee, die hat mich rausgeworfen. Sie veranstaltet ein Kaffeekränzchen, und da habe ich wirklich nichts verloren. Heute Nachmittag gehöre ich ganz dir.« Keith grinste boshaft, weil er wusste, dass das das Letzte war, was Vincent hören wollte. »Hast du ein Bier da?«

Vincent holte zwei Flaschen, und sie gingen damit hinaus auf den Balkon. Im Vorbeigehen deutete Keith auf das Gerät zum Zurückverfolgen von Anrufen, bevor er sich in einen Liegestuhl fallen ließ und fragte: »Hat der Perverse was von sich hören lassen?«

»Nada«, sagte Vincent, und seiner Stimme war die Enttäuschung anzuhören. »Nichts, keinen Pieps.«

»Toll. Das macht die Sache kaum leichter.«

Vincent knurrte zustimmend.

Keith merkte, dass dieses Thema Vincents Stimmung nicht heben würde, deshalb wechselte er zu einem anderen. »Die beiden Frauen, mit denen ich im Aufzug hochgefahren bin, sind Ivys Cousinen, oder?« Als Vincent statt einer Antwort nur mit den Schultern zuckte, fügte er hinzu: »Die kleine Brünette ist ein echter Hingucker.«

»Vermutlich«, erwiderte Vincent gleichgültig mit einem erneuten Schulterzucken. Er starrte auf die Wand, die seinen Balkon und Ivys voneinander trennte. »Ich frage mich, worüber sie da drüben reden.«

»War wohl sauer, als sie ging.« Keith grinste und hob die Flasche an die Lippen. Er trank einen Schluck, und dann fuhr er fort: »Jede Wette, Alter, dass sie gerade deinen guten Namen und deine Fähigkeiten im Bett durch den Kakao ziehen.«

»Meinen guten Namen vielleicht.« Zum ersten Mal, seit Keith aufgetaucht war, erschien ein Lächeln auf Vincents Gesicht, so anzüglich, dass es ihm wahrscheinlich eine Zurechtweisung von Ivy eingebracht hätte, wenn sie hier gewesen wäre und es gesehen hätte. »Ivy ist grundehrlich«, setzte er vertraulich hinzu. »Mein Ruf als Sexkanone ist also gesichert.«

»Männer sind Schweine«, verkündete Jaz.

»Amen.« Dem konnte Ivy, wütend, wie sie auf Vincent war, nur zustimmen. Es stand ihr bis oben hin, dass dauernd sie diejenige war, die in dieser Beziehung Zugeständnisse machte. Gleich darauf warf sie ihrer Cousine einen fragenden Blick zu. »Aber ich dachte, du hättest einen tollen neuen Typen aufgerissen.«

»Ja genau, wann lernen wir ihn denn endlich kennen?«, fragte Sherry.

»Vielleicht nie.« Jaz zuckte lässig mit einer Schulter. »Ich überlege, ob ich ihm nicht den Laufpass geben soll.«

»Im Ernst?« Sherry richtete sich auf, die Aussicht darauf, dass ein bisschen schmutzige Wäsche gewaschen wurde, weckte wie immer sofort ihr Interesse. »Warum das?«

»Ich weiß nicht; ich werde einfach nicht schlau aus ihm.«

Ivy gab ein Schnauben von sich. »Hast du jemals einen Mann kennen gelernt, bei dem das der Fall war?«

Jaz musste lächeln. »Wohl wahr. Aber selbst wenn ich das berücksichtige ...« Sie hielt inne, bemüht, die richtigen Worte zu finden. »Der Typ ist irgendwie anders. So, wie er mich am Anfang behandelt hat, fast, als ... na ja, ich dachte, er könnte der Richtige sein. Der Märchenprinz, versteht ihr. Ich meine, die ersten paar Mal, die wir uns getroffen haben, war es fast zu schön, um wahr zu sein …« Sie zuckte die Achseln. »Na ja, ihr wisst schon.«

»Ja – das ist meistens so am Anfang.«

»Ja.« Sie zögerte kurz, bevor sie weitersprach: »Er ist wirklich ausgesprochen charmant. Meistens. Aber hin und wieder ist er so – mein Gott, ich weiß nicht, wie ich es nennen soll –, so intensiv.«

»Aber das ist doch toll«, erklärte Sherry begeistert. »Wie bei Ivys düsterem italienischem Nachbarn – all diese aufgestauten Hormone.«

Ivy stellte erschrocken fest, dass ihr bei der Erwähnung von Vincents aufgestauten Hormonen und dem Gedanken daran, wozu sie ihn treiben konnten, ganz heiß zwischen den Beinen wurde.

»Genau darum geht's ja, Sher«, widersprach Jaz und richtete sich auf ihrem Stuhl auf. »Damit ist das Problem in einem Satz zusammengefasst. Bei dem Typ tut sich überhaupt nichts – kein einziges aufgestautes Hormon in Sicht.« Sie seufzte. »Anfangs war Tyler wahnsinnig romantisch, und ich bin darauf reingefallen. Ein absoluter Traummann: Er war aufmerksam und machte mir Komplimente – nicht so wie einige dieser Neandertaler, mit denen ich ausgegangen bin und deren Vorstellung von Verführung darin besteht, zu sagen: ›Hey Baby, du siehst echt scharf aus!‹ Er brachte mir Blumen mit, er ging mit mir ins Konzert.« Sie seufzte erneut. »Dann, als er, um dem Ganzen die Krone aufzusetzen, bei unseren ersten Verabredungen nicht einmal versucht hat, mich zu küssen, dachte ich, wie süß, er ist schüchtern. Aber wisst ihr was? Er hat noch nie versucht, mich zu küssen, geschweige denn, dass er versucht hätte, mich ins Bett zu kriegen. Das hat nichts mit Schüchternheit zu tun, Mädels, das ist Desinteresse. Und dieses Mal suche ich die Schuld ausnahmsweise nicht bei mir. Ich glaube, der Kerl ist komplett asexuell.«

»Könnte es sein, dass er schwul ist?«, fragte Ivy. »Vielleicht hat er sich einfach noch nicht zu seinem Coming-out durchringen können.«

Jaz schüttelte den Kopf. »Das habe ich auch überlegt, es wäre zumindest eine Erklärung. Nicht gerade eine sehr schmeichelhafte, aber wenigstens hätte es nichts mit mir persönlich zu tun – das würde jede Frau betreffen. Aber ich glaube es nicht, Ive. Ach, ich weiß nicht. Vielleicht sollte ich ihn euch wirklich vorstellen. Vielleicht kann mir eine von euch sagen, was mit ihm los ist, ich kann es jedenfalls nicht.«

»Aber hast du nicht gerade gesagt, dass du ihm den Laufpass geben willst?«, sagte Sherry irritiert.

»Na ja, die Hälfte der Zeit denke ich, dass ich das tun sollte.« Jaz lächelte kläglich. »Aber dann frage ich mich wieder: Und von wem lasse ich mich stattdessen ausführen?«

Ivy fing an zu lachen. Sherry schaute noch einen Moment lang verwirrt drein, aber dann glättete sich ihre gerunzelte Stirn, und sie lachte ebenfalls. »Ja, viele Kerle laufen da draußen nicht rum, die bereit sind, ein paar Scheine hinzublättern, um mit einem ins Konzert zu gehen.«

Jaz schnitt eine Grimasse. »Ich weiß nicht, ob mich das erfrischend ehrlich macht oder einfach nur sehr, sehr oberflächlich.«

Ivy lachte immer noch, als das Telefon läutete. Sie zuckte überrascht zusammen, fing sich jedoch rasch wieder, als ihr einfiel, dass Vincent an diesem Tag Bereitschaft hatte. Er musste die Rufumleitung ausgeschaltet haben, damit er seine Anrufe entgegennehmen konnte.

Sie klapperte mit den Eiswürfeln in ihrem Glas, als sie

sich erhob, um abzunehmen. »Ich brauche Nachschub. Holt mir eine von euch eine Cola aus dem Kühlschrank, während ich rangehe?«

Jaz sprang auf, um ihrer Bitte nachzukommen, und Ivy ging zum Telefon. »Hallo«, sagte sie fröhlich.

Sie hatte nicht damit gerechnet, dass sie die heisere Stimme, die ihr jetzt antwortete, jemals wieder hören würde. Sie merkte, dass Jaz durch den Raum auf sie zukam, aber bevor sie sie mit der Cola erreicht hatte, war Ivy das Glas aus den plötzlich erstarrten Fingern gefallen. Es schlug hart auf, und die Eiswürfel schlitterten in alle Richtungen über den Fußboden.

Tyler wäre beinahe explodiert, als Jaz ihm erzählt hatte, dass sie an diesem Nachmittag zusammen mit einer anderen Cousine die Ärztin in ihrer Wohnung besuchen würde. Nicht nur, dass sie ihn nicht aufgefordert hatte mitzukommen, sie hatte auch noch eine Beleidigung hinzugefügt, indem sie seine Einladung ablehnte, später am Abend mit ihm auszugehen. Er war so wütend gewesen, dass er sich beherrschen musste, um ihr nicht wehzutun, und zwar richtig weh. Wie gern hätte er ihr die Abreibung verpasst, die sie verdiente. Arrogante Ziege.

Aber letztlich war er über so etwas erhaben. Er hatte sich schnell wieder gefangen, und kurz darauf war ihm die großartige Idee gekommen, die Ärztin anzurufen, während Jasmine bei ihr war.

Oh Mann, das war geradezu perfekt – ein genialer Zug! Wenn er schon selbst nicht dort sein konnte, na gut, dann würde er sie eben einfach anrufen, wenn er sicher sein konnte, dass jemand an Ort und Stelle war, der ihre Reaktion mitbekam. Er brauchte das, um die Stimme in seinem Kopf zu beruhigen. Zumindest das brauchte er.

Und das nächste Mal würde er auch nicht den Fehler begehen, Jasmine vorher anzurufen, um sie zu fragen, ob sie mit ihm ausgehen wollte. Er würde morgen einfach vor ihrer Tür stehen. Er wünschte, er könnte es gleich heute Abend tun, aber sie hatte ihm erklärt, dass sie es heute nicht so spät werden lassen wollte, und er kannte die Spielchen mittlerweile gut genug, um zu wissen, dass man aus einer Frau, die sauer war, weil man ihre Wünsche nicht respektierte, nichts herausbekam.

Alles, was er jetzt tun musste, war warten. Tylers Augen funkelten wie im Fieber, während er in seinem abgeschlossenen Büro saß und auf den unerledigten Papierkram auf seinem Schreibtisch starrte. Alles, was er tun musste, war warten.

Manchmal war das am schwersten.

15

»Falls jemals der Tag kommt, an dem ich mich einem mikrochirurgischen Eingriff unterziehen muss«, witzelte Jaz, während sie sich bückte, um Ivys Glas aufzuheben, »dann erinnere mich daran, dass ich mir eine Ärztin suche, die sich etwas koordinierter bewegt als du.« Sie ließ die eingesammelten Eiswürfel in das Glas plumpsen und legte den Kopf schief, um Ivy von unten anzugrinsen.

Als sie den Ausdruck auf dem Gesicht ihrer Cousine sah, verging ihr das Lachen. »Was ist?«, flüsterte sie erschrocken und erhob sich langsam. »Was ist mit dir?«

Ivy bedeckte die Sprechmuschel mit einer Hand und zog mit der anderen Jaz zu sich heran. Ihre Finger krallten sich in den Arm ihrer Cousine, als sie sich zu ihr beugte und wisperte: »Hol Vincent, Jaz. Schnell. Sag ihm« – sie deutete mit dem Kinn auf den Telefonhörer –, »Hart ist dran.«

Sie zuckte zusammen, als Sherry laut fragte: »Was ist denn los?« Es war ihr nicht bewusst, dass sie selbst mit ihrer erstarrten, angespannten Haltung ihre Cousine zu dieser Frage gebracht hatte.

»Um Gottes willen, sei doch leise!«, zischte sie ihr automatisch zu, um sich sofort wieder zu Jaz umzudrehen und sie in Richtung Tür zu schieben. »Geh, Jasmine – mach schon!«

Die Dringlichkeit in Ivys Stimme ließ Jaz auf dem Absatz kehrtmachen und aus der Wohnung laufen, gefolgt von Sherry. Ivy wandte ihre Aufmerksamkeit wieder dem Anrufer zu.

Oh Gott, sie musste den Gesprächsfaden wieder aufnehmen, und in ihrem Kopf herrschte absolute Leere. Was hatte er zuletzt gesagt? Es kam ihr wie eine Ewigkeit vor, seit sie den Telefonhörer abgenommen hatte, aber sie wusste, dass inzwischen höchstens fünfzehn oder zwanzig Sekunden vergangen waren. Was hatte er auf ihr »Hallo« gesagt? Denk nach, verdammt noch mal! Es war so etwas gewesen wie »Ich nehme an, Sie haben meinen Anruf schon erwartet«, oder? Worauf sie automatisch mit einem neutralen »Hmm« geantwortet hatte.

Jetzt fragte sie vorsichtig: »Sind Sie das, Hart?«, obwohl sie bereits wusste, dass er es war. Allein die Frage zu stellen und zu hören, dass ihre Stimme verhältnismäßig ruhig klang, bewirkte, dass ihr das Atmen etwas leichter fiel. Gut. Sie klang nicht annähernd so nervös, wie sie sich fühlte. Automatisch fasste sie an ihre Hosentasche, um mit den Fingern über das Skalpell zu streichen. Vielleicht sollte sie so tun, als befände sie sich in ihrem praktischen Jahr und wäre gerade der psychiatrischen Abteilung zugeteilt. Diesen Teil der Ausbildung hatte sie zwar nicht mit besonders großer Begeisterung absolviert, aber sie hatte es trotzdem geschafft, ihn mit einer respektablen Beurteilung hinter sich zu bringen.

Und sie würde auch das hier hinter sich bringen.

»Ja«, wisperte die Stimme. »Ich bin's. Sind Sie allein?«

Ivy dachte ungefähr fünf Sekunden lang nach. »Nein«, sagte sie schließlich. »Ich habe Besuch.«

»Was für einen Besuch?«

Sie nahm sich nicht die Zeit, sich eine Antwort zu überlegen, sondern reagierte instinktiv, als sie kühl erwiderte: »Das geht Sie wirklich nichts an. Was kann ich für Sie tun?«

Die Tür ging auf und Vincent kam hereingerannt, barfuß, in der Hand hielt er das Gerät zum Zurückverfolgen von Anrufen. Er kauerte sich neben sie und begann an den Anschlüssen herumzufummeln. Seinem grimmigen Gesichtsausdruck nach zu schließen, hätte er eigentlich lauthals fluchen müssen, aber er gab keinen Ton von sich. Jaz, Sherry und Keith Graham kamen gleich hinter ihm, aber sie hielten sich in gebührendem Abstand und ließen ihm Platz zum Arbeiten. Keiner sagte ein Wort.

»Sie tun schon dadurch etwas für mich, dass es Sie gibt«, versicherte der Anrufer Ivy. »Sie existieren, Doc. Also bin ich.«

Ivy klappte der Unterkiefer herunter. »Wie bitte?« Oh Scheiße. Das hatte sie wirklich nicht sagen wollen, vor allem nicht in diesem beinahe beleidigend konsternierten Ton … Es war ihr einfach so herausgerutscht. Aber existenzialphilosophischer Schwachsinn? Das hatte ihr gerade noch gefehlt.

»Es ist, als wären wir eins, Doc«, führte er aus, offenbar

konnte ihn ihr skeptischer Ton nicht erschüttern. »Ich spüre ganz deutlich, dass Ihnen die Art, wie ich denke, vertraut ist. Niemand sonst versteht das, nur Sie – und das zu wissen hilft mir, die Stimme zu beruhigen.«

»Sie hören eine Stimme?« Beim letzten Wort versagte Ivy die ihre. Hitze kroch über ihren Hals bis zu ihren Wangen, und sie tastete mit der Hand blindlings nach Vincents Schulter, was ihr erst bewusst wurde, als sie seine warme Haut unter ihren Fingern spürte.

Bei ihren Worten hatte er ruckartig den Kopf gehoben, und einen Augenblick verharrten beide unbeweglich wie ein Standbild: Vincent, der zu Ivys Füßen kauerte und zu ihr hochsah, Ivy, die auf ihn hinunterstarrte und ihre Finger in seine Schulter grub. Sie fühlte sich völlig hilflos.

»Was sagt Ihnen diese Stimme denn?«, zwang sie sich schließlich in sachlichem Ton zu fragen, während sie widerwillig Vincents Schulter losließ, um den Hörer mit beiden Händen zu stützen. Vincent wandte sich wieder seinem Gerät zu und machte sich mit noch mehr Eifer daran zu schaffen.

»Sie befiehlt mir, ihnen das zuteil werden zu lassen, was sie verdienen«, antwortete Hart ohne jede Gefühlsregung. »Sie verlangt von mir, dafür Sorge zu tragen, dass sie sich an mich erinnern.«

Seine Emotionslosigkeit machte sie betroffen. »Wer sind ›sie‹, Hart?«, fragte sie ruhig. »Die Frauen, die Sie verletzt haben?«

»Ich habe verdammt noch mal nichts getan, worum sie nicht gebeten hätten!«, sagte er schroff, und für einen kurzen Moment wurde er lauter. Dann schien sich seine Empörung genauso schnell, wie sie ihn überkommen hatte, wieder zu legen. Er kehrte zu dem gewohnten heiseren Raunen zurück. »Sie haben etwas an sich, was die Stimme dazu veranlasst, mich nicht so oft zu quälen«, erklärte er ihr jetzt gelassen.

»Nur um sicherzugehen, dass ich das richtig verstanden habe«, sagte Ivy, um einen möglichst neutralen Ton bemüht. »Sie hören eine Stimme, die Sie dazu drängt, die Dinge zu tun, die Sie tun. Aber indem Sie mit mir reden –«

»Oder auch nur an Sie denke –«

»– oder auch nur an mich denken«, wiederholte sie, »können Sie die Stimme zum Schweigen bringen?«

»Vielleicht nicht zum Schweigen bringen, aber sie ist dann nicht mehr so laut, ja.«

»Also … wollen Sie damit sagen, dass Sie das, wozu die Stimme Sie auffordert, nicht tun möchten? Suchen Sie Hilfe, damit das aufhört?«

»Seien Sie nicht albern«, sagte er mit kalter Verachtung, die sie bis ins Mark traf. »Mir geht nur dieses ständige Genörgel auf die Nerven. Schließlich kann ich nicht das Geringste tun, um ihre Forderungen zu erfüllen, bevor wieder Vollmond ist. Warum soll ich mir das also dauernd anhören?«

Sie hätte ihm gern noch mehr Fragen gestellt, wäre gern darauf eingegangen, was es damit auf sich hatte, dass er immer nur bei Vollmond aktiv wurde, aber als ob in seinem Kopf ein unhörbarer Wecker geklingelt hätte, sagte er plötzlich: »Tja, ich muss jetzt los.«

»Nein, Hart, warten Sie! Erzählen Sie mir –«

»Ein anderes Mal«, flüsterte er. Dann war die Leitung tot.

»Verdammter Mist«, stieß sie hervor, als sie langsam den Hörer auflegte.

»Dieser Hurensohn«, brüllte Vincent. Er schleuderte das einzige noch nicht angeschlossene Kabel zur Seite und erhob sich. Dann packte er sie bei den Schultern und sah sie prüfend an. »Alles in Ordnung?«

Sie nickte und ließ ihren Kopf an seine Schulter sinken. Vincent nahm sie in die Arme und drückte sie an sich. Er rieb sein Kinn an ihrer Schläfe »Es tut mir Leid, Ivy«, sagte er anklagend gegen sich selbst gerichtet. »Es tut mir Leid. Ich hätte die verdammte Rufumleitung nicht ausschalten sollen.«

»Nein«, widersprach sie ihm. »Es ist nicht deine Schuld. Die Leitung musste frei sein für den Fall, dass sie dich brauchen, und wir wissen beide, wie Hart reagiert hätte, wenn du rangegangen wärst.« Sie legte den Kopf in den Nacken und sah ihm in die Augen. »Außerdem, findest du nicht, dass das schon ein sehr merkwürdiger Zufall ist, Vincent? Wie groß war die Wahrscheinlichkeit, dass er mich ausgerechnet dann erwischt, wenn ich nicht in deiner Wohnung bin?« Es kam ihr beinahe so vor, als würde sie durch ein Guckloch auf Schritt und Tritt beobachtet, eine Vorstellung, die ihr eine Gänsehaut verursachte.

»Normalerweise würde ich sagen, sehr gering.« Vincent zog mit seinen rauen Fingern eine ihre Augenbrauen nach, strich ihr eine Haarsträhne aus dem Gesicht, fuhr über die zarten Einbuchtungen unter ihren Wangenknochen. »Aber letztes Mal hat er auch an einem Samstag angerufen, oder? Sieht so aus, als hätten wir einfach Pech gehabt.«

Ein leises Geräusch zog seine Aufmerksamkeit auf sich, und zum ersten Mal, seit Ivy den Hörer aufgelegt hatte, löste er seinen Blick von ihr. Als er über ihre Schulter blickte, sah er zu seiner Überraschung die Augen ihrer Cousinen auf sich gerichtet.

Er hatte völlig vergessen, dass er nicht allein mit Ivy war. Keith stand im Flur und musterte angelegentlich die Farbe an der Wand, aber die beiden Frauen standen kaum zwei Meter von ihm entfernt und starrten ihn und Ivy verblüfft an. Vincent stieß langsam die Luft aus, zum einen ärgerte er sich über die Situation – die so rasch seiner Kontrolle zu entgleiten schien –, zum anderen, und weitaus mehr, ärgerte er sich über sich selbst. Was war er doch für ein Idiot. Ivy hatte ihm von Anfang an klar zu machen versucht, dass es ein Ding der Unmöglichkeit war, ihre Familie über ihre Beziehung im Dunkeln zu lassen, aber hatte er etwa auf sie gehört? Oh nein. Er hatte sich schlichtweg geweigert, ihren Worten Glauben zu schenken. So schwer konnte es doch nicht sein, ein kleines Geheimnis zu bewahren, hatte er gedacht.

Was nur von seiner Ahnungslosigkeit zeugte, während sie ganz genau gewusst hatte, wovon sie sprach. Erst ihre Tante und ihr Onkel, dann ihr Cousin Terry und jetzt das. Und die Art und Weise, wie ihn die Cousine, die offenbar jeder für eine atemberaubende Schönheit hielt, ansah, führte dazu, dass sich ihm sämtliche Nackenhaare aufstellten. Sie sah ihn an, als sei er etwas, das sie sich von der Schuhsohle kratzen müsste.

Ivy spürte seine plötzliche Anspannung. Offensichtlich dämmerte ihm gerade, dass sie aufgeflogen waren. Wenigstens konnte er nicht behaupten, dass sie nicht versucht hatte, ihn zu warnen. Sie drehte sich in seinem Arm um und sah Sherry und Jaz an.

»Ihr beiden lebt also zusammen?« Sherry hob eine Augenbraue, als sie sah, dass Vincent seinen Arm noch etwas fester um ihre Cousine legte und Ivys Hand auf seinem Bauch blieb, als sie sich ihnen jetzt zuwandte.

Mit hochroten Wangen nickte Ivy.

»Und du wohnst zurzeit in der Wohnung nebenan und nicht hier?«

»Ja.«

Sherry wirkte belustigt, aber Jaz fühlte sich, als hätte ihr jemand einen Schlag in die Magengrube versetzt. »Und warum machst du daraus ein solches Geheimnis, Ive?«, fragte sie und kämpfte gegen das Gefühl an, betrogen worden zu sein. »Was zum Teufel sollte dieses Versteckspiel heute? Dass du uns hier in deiner Wohnung empfängst und uns weiszumachen versuchst, dass sich in deinem Leben nichts geändert hat?«

Ihr war richtiggehend übel, so schockiert war sie. Sie und Ivy hatten ein Leben lang alles miteinander geteilt, es hatte kaum je Geheimnisse zwischen ihnen gegeben. Jetzt musste sie plötzlich feststellen, dass sie ausgeschlossen worden war. »Mein Gott«, flüsterte sie, zutiefst verletzt, aber gleichzeitig fest entschlossen, das diesen Kerl mit den kalten Augen, die sie vollkommen desinteressiert ansahen, auf keinen Fall merken zu lassen. »Ich kann es nicht fassen, dass ich hier sitze und dir mein Herz über Tyler ausschütte, und du selbst verrätst mit keinem Sterbenswörtchen, dass du …« Sie reckte das Kinn in die Höhe und wedelte mit der Hand zwischen Ivy und Vincent hin und her. Sie hatte das unangenehme Gefühl, Zielscheibe eines merkwürdigen Scherzes zu sein, aber der Teufel sollte sie holen, wenn sie das zu erkennen geben würde.

»Ich wollte es dir ja sagen, Jaz«, erwiderte Ivy. »Es ist einfach alles so verdammt … kompliziert.« Sie warf Vincent einen Blick zu, der ihn und Keith veranlasste, eine Entschuldigung zu murmeln und sich in Vincents Wohnung zu verziehen.

»Fünf Minuten, Ivy«, sagte Vincent, als er auf dem Weg nach draußen noch einmal kurz in der Tür stehen blieb, und das klang nicht nach einer Bitte. Es schien ihr wichtiger zu sein, ihren Cousinen eine Erklärung zu liefern, als mit ihm zusammenzuarbeiten, um das perverse Schwein dingfest zu machen, das sie gerade angerufen hatte. Es machte ihn eifersüchtig, und das ärgerte ihn. Er bedachte die drei Frauen mit einem so finsteren Blick, wie ihn Ivy seit geraumer Zeit nicht mehr an ihm gesehen hatte, bevor er sich ihr erneut zuwandte und kühl ergänzte: »Wir haben heute Nachmittag noch ein paar wichtigere Dinge zu erledigen, als uns um die verletzten Gefühle deiner Cousinen zu kümmern.« Damit trat er hinaus auf den Hausflur und zog die Tür hinter sich zu.

Jaz' Gefühle waren wirklich verletzt, und der Umstand, dass er das so mühelos erkannt hatte, fügte der Verletzung noch eine Beleidigung hinzu. Sie fand alles an ihm abstoßend: wie leicht er sie durchschaute, seinen verdammten Sexappeal ... die Tatsache, dass er offensichtlich eine wichtige Rolle im Leben ihrer Cousine spielte und sie keine Ahnung davon gehabt hatte. »Er ist ein richtiger Charmeur, was?«, fauchte sie in hilfloser Wut.

»Das kann er tatsächlich sein, Jaz«, erwiderte Ivy. »Er steht momentan nur ziemlich unter Druck.« Sie fühlte sich selbst reichlich unter Druck gesetzt. Seufzend fuhr sie sich mit den Fingern durch die Haare. »Kommt, setzen wir uns, und ich werde versuchen, euch alles zu erklären, okay?«

Es dauerte eine Weile, aber schließlich gelang es ihr, ihre Cousinen zu besänftigen. Mit Sherry hatte sie leichtes Spiel, es überraschte niemanden, dass sie das Ganze höchst romantisch fand. Jaz war dagegen schon schwerer zu versöhnen. Sie beharrte hartnäckig auf ihren verletzten Gefühlen.

Zu guter Letzt verlor Ivy die Geduld. »Hör mal, Jasmine«, sagte sie gereizt. »Ich habe nicht so viel Zeit, also lass es mich bitte so kurz wie möglich machen.« Sie holte tief Luft und fuhr fort: »Du kennst mich wahrscheinlich besser als irgendjemand sonst. Wir sind zusammen aufgewachsen, haben im selben Zimmer geschlafen. Ich dachte, du würdest eher als jeder andere verstehen, dass ich genauso ungern im Mittelpunkt der Aufmerksamkeit eines Irren stehe, wie … na ja, wie du es tätest.« Das Verhalten ihrer Cousine irritierte sie, und es tat ihr weh. Mit wachsendem Ärger sagte sie: »Verdammt noch mal, ist es dir denn völlig egal, was dieser Kerl mir antut? Tut mir Leid, wenn ich nicht alles nach deinen Vorstellungen mache, aber ich habe dir bereits gesagt, warum Vincent wollte, dass wir unsere Beziehung nicht an die große Glocke hängen, und warum ich mich damit einverstanden erklärt habe. Ich war auch nicht gerade begeistert davon, Jaz, aber Vincent versucht nicht, mich von meiner Familie fern zu halten, wie du anscheinend meinst. Das kannst du akzeptieren oder auch nicht, aber steig gefälligst von deinem hohen Ross und –«

»Tut mir Leid«, unterbrach Jaz sie. »Oh Gott, Ive, ich weiß auch nicht, was mit mir los ist.« Sie rieb über die steile Falte, die sich zwischen ihren fein geschwungenen Augenbrauen gebildet hatte. »Natürlich mache ich mir Sorgen um dich. Aber … na ja, ich glaube, ich bin auch ein bisschen eifersüchtig.« Sie ließ die Hand sinken und sah ihrer Cousine offen ins Gesicht. »Ach verdammt, ich bin total eifersüchtig, wenn du es unbedingt wissen willst. Und mehr als nur ein bisschen besorgt, dass er dich mir wegnimmt – uns wegnimmt.« Das war die Wahrheit. Sie hatte noch nie erlebt, dass Ivy einen Mann so ansah, wie sie Vincent D'Ambruzzi ansah, und er schien Jaz für ein egoistisches, nichtsnutziges Luder zu halten. Was, wenn er verlangte, dass Ivy sich zwischen ihnen beiden entschied? Das war nicht so weit hergeholt, wie sie noch vor kurzem gemeint hätte. Ihr war an diesem Nachmittag ein paarmal aufgefallen, dass Ivy sich ihr gegenüber merkwürdig verhielt.

Ivy, die nicht auf die Idee kam, dass Jaz das Unbehagen bemerkt haben könnte, das Terrys Geständnis bei ihr ausgelöst hatte, blieb vor Staunen der Mund offen stehen. »Mein Gott, Jaz«, sagte sie. »Wie kannst du bloß denken, dass Vincent jemals so etwas …« Sie sprach nicht zu Ende und schüttelte den Kopf. »Du bist wie eine Schwester für mich. Nichts und niemand kann daran jemals etwas ändern. Und worauf in aller Welt bist du denn eifersüchtig?«

»Soll das ein Witz sein? Niemand sieht mich so an, wie D'Ambruzzi dich ansieht. Wie … wie … ach, Scheiße, Ivy, du weißt, dass ich mich nicht gut ausdrücken kann.« Jaz drehte sich zu Sherry um. »Aber du verstehst, was ich sagen will, oder, Sher?«

»Ja. Wie ein Säufer seine letzte Flasche Fusel, wie ein streunender Hund einen leckeren Knochen«, sprang Sherry ihr bei, ihrer Fantasie freien Lauf lassend. »Ein Blinder mit Krückstock kann sehen, dass der Kerl verrückt nach dir ist.«

Dazu wären Ivy jede Menge Gegenargumente eingefallen, und wahrscheinlich hätte sie sie auch vorgebracht, wenn Jaz nicht sowieso schon eine gewisse Abneigung gegen Vincent an den Tag gelegt hätte. Ivy wollte sie darin nicht noch bestärken.

Dafür platzte sie damit heraus, dass Vincent sich bisher noch nicht gerade klar über seine Gefühle geäußert hatte und dass er niemals irgendwelche Kosenamen gebrauchte. »Ich wollte, er würde mich wenigstens einmal Baby nennen«, sagte sie versonnen. »Ich habe mir insgeheim immer gewünscht, dass mich mal jemand Baby nennt.« Dann riss sie sich zusammen und grinste. »Ach ja, richtig. Als ob das eine eins achtzig große Frau jemals zu hören bekäme!«

Vincent, der gerade die Wohnungstür geöffnet hatte, um den Frauen unmissverständlich zu erklären, dass ihre fünf Minuten vorbei waren, machte auf dem Absatz kehrt und schloss sie wieder leise hinter sich. Auf dem Flur lehnte er sich mit hängenden Schultern gegen die Wand und rieb sich mit den Handballen die Augen. Er atmete ein paarmal tief durch und versuchte den harten Klumpen herunterzuschlucken, der sich auf einmal in seiner Kehle gebildet hatte.

Dafür hatte er wirklich keine Zeit. Es gab wichtigere Dinge, um die er sich kümmern musste – und verdammt noch mal, er hatte ihr nie irgendetwas versprochen. Im Gegenteil, er hatte immer sorgsam darauf geachtet, ihr keine Versprechungen zu machen oder irgendetwas zu sagen, das sie falsch verstehen könnte. Es gab nichts, weswegen er sich schuldig fühlen müsste, nicht das Geringste.

Warum, fragte er sich ärgerlich, schaffte er es dann nicht, die Selbstverachtung in ihrer Stimme zu ignorieren, oder zu verhindern, dass sich ihre Worte wie Säure in sein Inneres fraßen?

Auch Sherry ging Ivys Bemerkung gewaltig gegen den Strich. »Du willst doch wohl nicht behaupten, dass deine Größe etwas damit zu tun hat? Bist du deswegen weniger wert? Und wenn es danach geht, bin ich dann vielleicht zu dick, um meine Lieblingskosenamen zu hören?«

»Nein, natürlich nicht«, sagte Ivy. »Es ist nur – ach, ich weiß nicht, Sher – ist es nicht irgendwie albern, wenn sich eine Frau meiner Größe nach so etwas sehnt?«

»Du lieber Himmel, Ivy, wenn dich die Feministinnen dieser Welt hören könnten, würden sie in lautes Wehklagen ausbrechen.« Sherry seufzte ungeduldig. Von einer Frau, die für gewöhnlich einen glasklaren Verstand besaß, waren solche Aussagen wirklich nur schwer zu verkraften. »Sobald sie genug Tränen über dein mangelndes Selbstwertgefühl vergossen hätten, würde sie in Anbetracht deiner bevorzugten Auswahl an Koseworten wahrscheinlich der Schlag treffen. Soweit ich mich erinnern kann, galt ›Baby‹ zuletzt als herablassend und abwertend.« Sie zuckte mit den Schultern und schloss grinsend: »Ich für meinen Teil fand es allerdings immer irgendwie nett.«

»Sherry hat Recht«, mischte sich jetzt Jaz ein. »Aber schweifen wir nicht gerade vom eigentlichen Thema ab? Ivy, glaubt D'Ambruzzi tatsächlich, dass irgendjemand aus der Familie diesen Perversen kennen könnte, der dich anruft?«

»Er hält es nicht für ausgeschlossen, Jaz. Oder vielleicht kennt ihn ein Freund von einem Freund. Deshalb dürft ihr kein Wort über meine Beziehung zu ihm verlauten lassen. Ich weiß, wie schwer es euch fällt, ein Geheimnis für euch zu behalten, aber es ist wichtig. Er findet es äußerst beunruhigend, dass Hart meine Geheimnummer rausgekriegt hat.«

Als Jaz die tiefere Bedeutung dieser Worte aufging, flüsterte sie: »Mein Gott, das heißt also, es könnte jemand wie Tyler sein! Ich habe ihn tatsächlich ungefähr um die Zeit kennen gelernt, als die ganze Sache anfing.« Sie schüttelte sich, doch dann hellte sich ihre Miene wieder auf. »Aber das ist wohl nicht sehr wahrscheinlich, oder? Immerhin habe ich mich heute Nachmittag stundenlang bei euch über sein mangelndes sexuelles Interesse beklagt. Und hier geht es um einen Vergewaltiger.«

Hätte Vincent die Wohnungstür nur fünf Sekunden eher geöffnet, dann hätte er dieses Missverständnis aufklären können. Vergewaltigung wurde von Fachleuten weniger als Verbrechen aus Leidenschaft betrachtet, sondern in erster Linie als Gewaltverbrechen. Das war auch der Grund, warum die Polizei von Seattle ihre Abteilung für Sexualdelikte einige Jahre zuvor in Special Assault Unit unbenannt hatte und warum im ganzen Land viele Abteilungen für Sexualdelikte ähnliche Namen bekamen. Trotz der Art, wie die Verbrechen, mit denen diese Abteilungen tagtäglich zu tun hatten, verübt wurden, hatten sie mehr mit der Ausübung von Macht und brutaler Gewalt zu tun als mit Sex.

Aber er kam ein paar Sekunden zu spät, um Jasmines Bemerkung noch zu hören, deshalb blieb ihm die Gelegenheit, die Sache richtig zu stellen, verwehrt.

Als er Ivys Wohnung zum zweiten Mal betrat, hatte er sein professionelles Gebaren angelegt wie eine kugelsichere Weste. Da er nicht in der Lage war, mit den widersprüchlichen Empfindungen umzugehen, die in seinem Inneren tobten, verschloss er sich ihnen einfach. Er legte eine unterkühlte Autorität an den Tag, als er Ivys Cousinen einschärfte, mit niemandem über deren Situation zu reden. Als er ihnen anschließend erklärte, sie sollten jetzt besser nach Hause gehen, stellte sein unpersönlicher Befehlston sicher, dass keine der Frauen auch nur auf die Idee kam, ihm zu widersprechen.

In dem Moment, in dem sich die Aufzugtüren hinter ihnen schlossen, schwand sein professionelles Verhalten dahin wie Schnee in der Sonne. Er drehte sich zu Ivy um und sah sie mit einem Blick an, der so viele widersprüchliche Signale enthielt, dass Ivy nicht wusste, was sie davon halten sollte. Bevor sie sich jedoch Gedanken darüber machen konnte, hatte er sie bereits am Handgelenk gepackt, zurück in seine Wohnung gezerrt und sie gezwungen, sich neben Keith aufs Sofa zu setzen.

Vincent war gleichermaßen wütend und verwirrt, als er vor ihr auf und ab zu gehen begann. Schließlich trat er zum Telefon, gab den Code für die Rufumleitung ein und setzte sich zu ihrer anderen Seite, wobei er geflissentlich den Blicken auswich, mit denen sie jeder seiner Bewegungen verfolgte. »Okay«, sagte er knapp. »Schieß los.«

»Er verstellt seine Stimme«, sagte Ivy. Vincents Verhalten war ihr ein Rätsel, aber sie wollte vorerst darauf verzichten, eine Diskussion darüber zu beginnen. »Allerdings kann er seine Herkunft nicht ganz verbergen. Seine Ausdrucksweise deutet auf eine höhere Schulbildung hin, und dann hör dir das mal an …« Sie wiederholte Harts existenzialistischen Ausspruch so wortgetreu, wie sie konnte. »Hast du schon jemals einen derartigen Schwachsinn gehört? Klingt nach Grundkurs Philosophie, findest du nicht?«

»Was soll dieses Gerede von der Stimme, die er hört?«, fragte Keith. Sie erzählte es ihm, und als sie geendet hatte, wechselten die beiden Männer einen bedeutungsvollen Blick.

»Was ist?«, fragte Ivy und sah von einem zum anderen. »Jetzt sagt schon!«

»Das gefällt mir nicht«, erklärte Vincent schließlich.

»Mir auch nicht«, stimmte Keith zu. »Der Kerl könnte tatsächlich unter Wahnvorstellungen leiden, oder er hat sich schon eine Verteidigungsstrategie zurechtgelegt.«

Ivy hielt Keiths letzte Bemerkung zuerst für den Versuch, einen Witz zu machen, aber sein Gesichtsausdruck ließ keinen Zweifel daran, dass dem nicht so war. »Nein Keith, bestimmt nicht«, widersprach sie, als ihr klar wurde, dass er es völlig ernst gemeint hatte. »Er wirkt viel zu kaltblütig und gerissen auf mich, als dass er jemals damit rechnen würde, erwischt zu werden.«

»Kaltblütig und gerissen«, wiederholte Vincent. »Das trifft es wohl ziemlich genau.« Zum ersten Mal, seit er sie vor dem Aufzug so seltsam angesehen hatte, suchten seine dunklen Augen ihren Blick und hielten ihn fest. Erfüllt von einem Zorn, den Ivy sich nicht erklären konnte, sagte er: »Vielleicht hört er noch andere Stimmen, von denen er dir bis jetzt nichts mitgeteilt hat. Und ich muss dir ganz offen sagen«, fügte er finster hinzu, »dass mir bei der Vorstellung, er könnte dich als seine einzige Rettung betrachten, Himmelangst wird.« Er rückte dicht an sie heran. »Aber ich sage dir noch was«, presste er zwischen den Zähnen hervor. »Er hat trotzdem ganz genau gewusst, und zwar auf die Sekunde genau, wann er auflegen muss, damit der Anruf nicht zurückverfolgt werden kann. Also auch wenn er verrückt ist, Baby, ist er noch lange nicht dumm.«

Vincents unerwartete Wortwahl ließ sie beide zusammenzucken. Einen Augenblick lang sagte keiner ein Wort. Ivys riss die Augen auf, Vincent kniff sie zusammen. Verdammt noch mal, das hatte er gar nicht sagen wollen. Es war ein Versehen ... Es war ihm einfach so herausgerutscht ... Er wollte nicht ...

»Vince, vielleicht wäre jetzt der richtige Zeitpunkt, um mit Doc O'Gally über die Sache zu reden«, schlug Keith vor.

Vincent sah an Ivy vorbei seinen Freund und Kollegen an, während Ivy Keith fragte, wer Doc O'Gally sei. »Die Psychologin in unserer Abteilung«, antwortete Vincent, bevor Keith es tun konnte, und brachte sie auf diese Weise dazu, sich erneut ihm zuzuwenden. Mit einem Seufzer ließ er sich in die Polster sinken. Wieder einmal hatte er vergessen, dass sie nicht allein waren. Das musste aufhören.

»Gute Idee«, sagte er zu Keith. Er erhob sich, streckte Ivy seine Hand entgegen, um ihr beim Aufstehen zu helfen, und sagte merkwürdig förmlich: »Hol bitte deine Tasche. Wir machen einen kleinen Besuch beim Seelenklempner. Vielleicht ist O'Gally ja in der Lage, uns einen

Hinweis darauf zu geben, mit was für einer Art Mensch wir es hier zu tun haben.

»Nur weil er vorsichtig ist, Detective, heißt das nicht unbedingt, dass Ihr Vergewaltiger nicht tatsächlich unter Wahnvorstellungen leidet«, erklärte Margaret O'Gally, die Polizeipsychologin.

Das war nicht gerade das, was Vincent hatte hören wollen. Irgendwie hatte er sich vorgestellt, mit einem planmäßig vorgehenden Perversen ließe sich leichter fertig werden als mit einem, der geisteskrank war.

»Die meisten Vergewaltiger besitzen die Fähigkeit, die Wahrheit zu verdrehen«, fuhr sie fort. »Sie halten ihrem Opfer ein Messer an den Hals und sind voll und ganz davon überzeugt, dass der Frau das gefällt.« Sie tippte auf die Notizen, die sie sich während Vincents Bericht gemacht hatte. »Aber in diesem Fall scheint das noch auf etwas anderes hinzudeuten. Aufgrund der Informationen, die Sie mir gegeben haben, halte ich es für wahrscheinlich, dass Ihr Vergewaltiger schon mal mit der Polizei zu tun hatte, so dass er jetzt mit äußerster Vorsicht vorgeht. So wie es aussieht, ist er bisher nicht das geringste Risiko eingegangen, bis Dr. Pennington seine Aufmerksamkeit erregt hat.« Sie wandte sich Ivy zu. »Sie haben in diesem Mann irgendeine Saite zum Klingen gebracht.«

»Ich existiere, also ist er«, sagte Ivy müde. Sie fühlte sich plötzlich restlos erschöpft, und das lag nicht nur an den beunruhigenden Anrufen des Vergewaltigers. In letzter Zeit schien ständig jemand etwas von ihr zu wollen, und keiner war mit dem zufrieden, was sie geben konnte. Ihre Familie war enttäuscht von ihr, und der Himmel mochte wissen, was Vincents unerklärlicher Stimmungsumschwung zu bedeuten hatte. Die Fahrt zum Revier hatten sie in eisigem

Schweigen zurückgelegt. Warum war er plötzlich so verärgert?

Dr. O'Gally sah sie fragend an, und sie machte eine entschuldigende Geste. »Tut mir Leid«, sagte sie und erklärte, worauf sich ihre Bemerkung bezog. »Was hat ihn Ihrer Meinung nach dazu veranlasst, sich auf mich zu konzentrieren?«

»Das ist schwer zu sagen, ohne mit ihm geredet zu haben oder den Fall besser zu kennen«, erwiderte Dr. O'Gally. »Es könnte verschiedene Gründe geben. Sie könnten ihn an jemanden erinnern, der gut zu ihm war. Er könnte eine Schwäche für große rothaarige Frauen haben –«

»Bis jetzt sind alle seine Opfer klein und dunkelhaarig gewesen«, warf Vincent ein.

»Dann hat er vielleicht eine Schwäche für Ärztinnen, Detective. Oder Dr. Pennington war einfach zufällig zur falschen Zeit am falschen Ort und ist ihm aufgefallen. Darüber ließe sich den ganzen Tag spekulieren, aber ohne irgendwelche Hintergrundinformationen bleibt das alles eben auch nur reine Spekulation.« Sie hielt kurz inne und sah zuerst Ivy und dann Vincent eindringlich an. Als sie weitersprach, hielt sie seinen Blick fest. »Der entscheidende Punkt ist meiner Meinung nach, dass es sich tatsächlich um Wahnvorstellungen handelt. Sie lassen zu viele Symptome eines klassischen wahnhaften Verhaltens erkennen, als dass er sie vortäuschen könnte.«

Vincent stieß einen Fluch aus, und auf Dr. O'Gallys Gesicht erschien ein schwaches Lächeln. »Ich weiß, dass Sie manchmal vielleicht einen anderen Eindruck haben, D'Ambruzzi, aber ich kann Ihre Enttäuschung nachvollziehen«, sagte sie. »Es ist erstaunlich, was in der Psychiatrie erreicht werden kann. Aber es ist keine exakte Wissenschaft, um es mal vorsichtig auszudrücken, und es gibt viel zu viele Fälle, aus denen wir nicht schlau werden.« Sie klopfte mit dem Bleistift auf die Schreibunterlage. »Ich fürchte, das Einzige, was ich Ihnen mit annähernder Sicherheit sagen kann, ist das, was Sie vermutlich sowieso schon wissen.«

Vincent nickte, und Ivys Blick wanderte zwischen ihm und der Psychologin hin und her. »Und das wäre …?«, fragte sie.

»Zum Beispiel, dass Hart als Kind oder Heranwachsender höchstwahrscheinlich selbst irgendwann sexuell missbraucht wurde«, antwortete Vincent anstelle von Dr. O'Gally. »Es ist außerdem wahrscheinlich, dass diese Frau klein und dunkelhaarig war – deshalb sucht er sich immer Opfer aus, die ihr in dieser Hinsicht ähnlich sind.«

»Frauen begehen auch sexuellen Missbrauch?«

»Häufiger, als man denkt«, erwiderte Vincent in kaltem, nüchternem Ton. Dr. O'Gally nickte bestätigend.

Aus irgendeinem Grund fand Ivy das noch abstoßender als die gängige Vorstellung von Männern als Sexualverbrecher. Sie sah Frauen vermutlich wie die meisten anderen Menschen vor allem in der Rolle der Fürsorgenden.

»Der einzige Trost, den ich Ihnen bieten kann«, sagte Dr. O'Gally, »ist der, dass Hart Sie offenbar sehr bewundert, Dr. Pennington. Sie sind ganz anders als seine sonstigen Opfer, deshalb ist es unwahrscheinlich, dass er Ihnen etwas zuleide tun will.« Sie zögerte einen Augenblick und fuhr dann fort: »Das ist die gute Nachricht. Die schlechte Nachricht ist, dass wir nicht wissen, wie oft er von seinen Wahnvorstellungen überfallen wird. Ich muss Sie warnen, dass sein Sinn für die Realität immer mehr nachlassen könnte. Aber auch das ist natürlich nur eine Vermutung. Es wäre allerdings möglich, dass Sie unwissentlich etwas tun, das er als Betrug auffasst. Wenn das der Fall sein sollte, könnte er Sie ohne Vorwarnung angreifen.«

»Toll. Ich kann Ihnen gar nicht sagen, wie sehr mich das beruhigt.« Die Beine von Ivys Stuhl quietschen laut über den Linoleumboden, als sie abrupt aufstand. Sie drehte sich so, dass die anderen ihr Gesicht nicht sehen konnten, und starrte mit leerem Blick aus dem schon länger nicht mehr geputzten Fenster, das auf eine trostlose Seitenstraße hinausführte, während sie versuchte, ihre Gedanken zu sammeln.

In den letzten Tagen stürmte ununterbrochen etwas auf sie ein. Allmählich hatte sie das Gefühl, oben und unten nicht mehr unterscheiden zu können. Schließlich drehte sie sich wieder um und sagte: »Danke, dass Sie sich Zeit für uns genommen haben, Dr. O'Gally.« Nachdem Sie der Psychologin zum Abschied die Hand geschüttelt hatte, wandte sie sich an Vincent. »Würde es dir etwas ausmachen, mich jetzt nach Hause zu bringen, Vincent?«, fragte sie höflich. »Ich bin müde.«

Und das war sie. Sie hatte diese ganze verdammte Geschichte bis oben hin satt.

16

Die Beziehung zwischen Vincent und Ivy ging in den folgenden Tagen immer weiter den Bach hinunter, und die Schuld daran lag vor allem bei ihm, das war ihm klar.

Aber sie lag nicht nur bei ihm.

Wenn sie nicht von einem Tag auf den anderen aufgehört hätte, mit ihm zu streiten, und so still geworden wäre; wenn sie nicht plötzlich so reserviert gewesen wäre …

Sie hatte sich in jeder Hinsicht zurückgezogen, außer im Bett. Dort verweigerte sie sich ihm nicht. Selbst wenn er in der Ekstase immer fordernder wurde, ging sie mehr als bereitwillig darauf ein. Außerhalb des Bettes jedoch war sie ausgesprochen kühl, und selbst wenn sie miteinander schliefen, sagte sie ihm nicht mehr, dass sie ihn liebte. Auf einmal hatte er jene rein sexuelle Beziehung, von der er immer gedacht hatte, dass er sie wollte – was eigentlich eine Erleichterung hätte sein sollen.

Nur, das war es nicht.

Stattdessen merkte er, dass er jede erdenkliche Anstrengung unternahm, sie dazu zu bringen, diese Zauberworte wieder zu sagen. Er zügelte seine Lust, bis sie nach Erlösung schrie, auch wenn er selbst meist verdammt nah dran war zu schreien, bis er seiner Lust endlich freien Lauf ließ. Aber egal, was er tat oder wie sehr er sie erregte – die Worte, die er hören wollte, kamen ihr nicht mehr über die Lippen.

Zwischen den Laken mochte er sich als Tiger gebärden, kaum kroch er jedoch unter ihnen hervor, verwandelte er sich in einen Paranoiker der schlimmsten Sorte.

Aber warum musste sie auch plötzlich so verdammt höflich sein? Es war kaum auszuhalten. Was war aus der Frau geworden, die ihm bei jedem Wort, das aus seinem Mund kam, munter widersprach? Was ging nur in ihr vor?

Aus den Tiefen seines Unterbewusstseins meldete sich dann eine leise Stimme und flüsterte ihm den allerschlimmsten Verdacht ein: War da ein anderer?

Nein, das konnte nicht sein … oder doch? Sie kam direkt von der Arbeit nach Hause und ging niemals allein aus. Wann sollte sie da Gelegenheit haben, sich mit einem anderen zu treffen? Aber was, wenn es doch so war? Er gab es auf, sich selbst etwas vorzumachen: Sie war wichtig für seinen Seelenfrieden. Und sollte jemals der Tag kommen, an dem sie ihn betrog …

Der Gedanke war schier unerträglich. Es wäre tausendmal schlimmer als LaDonnas Untreue.

Er merkte, dass er sie wie eine Verdächtige bei einer Überwachungsaktion beobachtete, was allerdings nur dazu führte, dass sie sich noch weiter zurückzog. Am Freitag ging er dann noch einen Schritt weiter.

Und vertrieb sie endgültig.

Was für eine Woche! Ivy warf ihre Tasche auf den Couchtisch, schlüpfte aus den Pumps und ließ sich auf die Couch fallen. Fünf Minuten nur, dachte sie, und hielt das Gesicht in den Luftzug, der durch die Schiebetür kam; fünf Minuten und dann würde sie aufstehen, etwas Bequemes anziehen und sich an die Vorbereitung des Abendessens machen. Im Moment wollte sie nichts weiter, als das unverhoffte Alleinsein genießen – praktisch das erste Mal, seit dieser Wahnsinn begonnen hatte.

Unter normalen Umständen – soweit man zurzeit von normal reden konnte – kam sie nie vor Vincent von der Arbeit nach Hause. Ein paar Minuten für sich zu haben, in denen sie nicht mit seinem Misstrauen, das seit kurzem ein schier unerträgliches Ausmaß angenommen hatte, fertig werden musste, war unbeschreiblich erholsam.

Sie wusste nicht, wie lange sie das noch ertragen konnte, sie wusste es wirklich nicht. Sie liebte ihn so sehr, und doch war sie furchtbar wütend auf ihn.

Sein Misstrauen machte alles kaputt. In der Literatur und im Film hatten eifersüchtige Liebhaber immer etwas Aufregendes an sich. Aber im richtigen Leben waren sie der reinste Alptraum. Vincents mangelndes Vertrauen nagte unablässig am Fundament ihrer Beziehung.

Der Ausdruck in seinen Augen, wenn sie ihn dabei ertappte, wie er sie beobachtete, verletzte sie. Sie war nicht dumm, sie wusste, was er bedeutete. Wie konnte er sie lieben (und das tat er, davon war sie überzeugt, auch wenn er es nie offen ausgesprochen hatte) und trotzdem an ihrer Treue zweifeln?

Sie wusste, woher seine Zweifel kamen, dass sie geschürt wurden durch die Untreue, unter der er so gelitten hatte. Aber wenn sie ehrlich sein sollte, hatte sich diese Entschuldigung langsam aufgebraucht. Es war schließlich sie, die er mit diesem argwöhnischen Blick ansah, und mittlerweile sollte er wirklich wissen, dass sie ihm niemals so etwas antun würde wie LaDonna.

Aus einem geradezu kindischen Rachebedürfnis heraus verkniff sie sich ihre Liebesschwüre, wohl wissend, dass ihn das verrückt machen würde. Das mochte von der gleichen Reife zeugen wie mitten im Spiel seine Glasmurmeln einzusammeln, weil es nicht so lief, wie man wollte – na und? Ihr Verständnis für ihn hatte von Tag zu Tag mehr nachgelassen, und Mitte der Woche war es ganz verschwunden. Wenn also ihre Reaktion auf seinen Mangel an Vertrauen etwas albern sein sollte – selbst schuld. Er sollte ihr einfach trauen.

So konnte sie nicht leben.

Das war einer der Gründe, warum sie keine Sekunde gezögert hatte, als Jaz sie vorhin in der Arbeit angerufen und vorgeschlagen hatte, sich am späteren Abend im Mack 'N Babe's zu treffen. Ein weiterer Grund war, wie Jaz sarkastisch anmerkte, dass Ivy auf diese Weise ihren neuen Freund Tyler kennen lernen würde, solange er noch ihr Freund war. Ihre Woche war offensichtlich nicht viel besser gewesen als die von Ivy. Sie klang so, als könnte auch sie ein wenig emotionale Unterstützung brauchen.

Vincent würde sich bei der Aussicht sicherlich die Haare raufen, aber das war sein Pech. Der Anruf von Jaz hatte auch etwas von einem Friedensangebot, und Ivy hatte die Absicht, es anzunehmen.

Wie sich herausstellen sollte, tat Vincent mehr, als sich nur die Haare zu raufen. Er rastete völlig aus.

Kaum hatte Jaz Merrick ihren Zweck erfüllt, beschloss Tyler Griffus, dass sie zahlen musste. Arrogante Ziege. Was glaubte sie eigentlich, mit wem sie es zu tun hatte?

Sie hatte ihm nichts gesagt, rein gar nichts. Als er sie gefragt hatte, wie der Nachmittag mit ihren Cousinen gewesen sei, hatte sie geantwortet: »Nicht so wahnsinnig toll«, und jede weitere Erklärung verweigert.

Er musste die Ärztin einfach kennen lernen. Das war von entscheidender Bedeutung für sein Leben geworden. Die Stimme in seinem Inneren flüsterte nicht mehr, sie brüllte, und diese Frau konnte sie in Schach halten, er wusste, dass sie das konnte. Aber wie zum Teufel sollte sie das tun, wenn es zu keinem Treffen zwischen ihnen beiden kam?

Na gut, dachte er und rieb sich seine schmerzenden Schläfen. Er musste seine Wut unterdrücken. Er musste sich konzentrieren. Er hatte Jasmine Merrick schon einmal bezirzt, da konnte er es genauso gut noch einmal machen. Er würde sie dazu bringen, genau das zu tun, was er wollte, und wenn sie es dieses Mal wieder vermasselte, dann würde sie den Tag verfluchen, an dem sie geboren wurde.

Als Vincent an diesem Morgen das Haus verlassen hatte, war er voll guter Vorsätze gewesen. Ivy hatte den Kopf weggedreht, als er sie zum Abschied küssen wollte, und da war ihm klar geworden, dass er etwas tun musste, wenn er nicht wollte, dass ihre Beziehung kaputtging. Auf der Fahrt in die Stadt hatte er daher beschlossen, sich an diesem Abend mit ihr zusammenzusetzen und dafür zu sorgen, dass sich keiner von ihnen von der Stelle rührte, bis sie eine Lösung für ihre dringlichsten Probleme gefunden hatten.

Womit er nicht gerechnet hatte, war, dass man ihm den Fall des kleinen Jeremy Dowdy übertrug. Er war ganz dazu angetan, auch die besten Vorsätze über den Haufen zu werfen.

Polizisten kannten eine ganze Menge Tricks, um mit dem zwangsläufig mit ihrer Arbeit verbundenen Druck fertig zu werden. Jeder Fall brachte massenhaft Verwaltungskram mit sich; und es gab erstaunlicherweise tatsächlich Momente, in denen Vincent dankbar dafür war. Manchmal war er froh, sich hinter seinem Schreibtisch verschanzen zu können, um dem emotionalen Druck seines Jobs zu entkommen. Der Stress bei Special Assault konnte so groß werden, dass er ihn bewusst beiseite schieben und sich darauf konzentrieren musste, die Fakten eines Falls zu prüfen. Diesen Trick wandte er dann insbesondere an, wenn es um Wiederholungsopfer ging.

Sie bildeten eine Gruppe in der Gesellschaft, von denen er sich noch während seiner Ausbildung nicht hätte vorstellen können, dass es sie gibt. Wiederholungstäter, klar. Aber Wiederholungsopfer? Was sollte das denn sein?

Und doch gab es sie.

Was seine Abteilung anging, waren es Frauen, die schon ihr Leben lang missbraucht wurden. Das begann normalerweise in ihrer Kindheit, meist mit der Vergewaltigung durch ein Familienmitglied oder einen engen Freund oder Nachbarn, und setzte sich bis ins Erwachsenenalter fort.

Wenn Vincent dann mit ihnen in Kontakt kam, gab es häufig nicht mehr viel, was er für sie tun konnte, und das deprimierte ihn zutiefst.

Er war dem schon viel zu oft begegnet. Solche Opfer besaßen kein Selbstwertgefühl und keine Selbstschutzmechanismen. Sie hatten keine Möglichkeit, sich gegen die Verbrechen, die ihnen ihr ganzes Leben hindurch angetan wurden, zu wehren, keine Möglichkeit, mit den Folgen fertig zu werden. Und häufig genug hatte sich bei solchen Frauen ein Muster ausgebildet. Eines, das dazu führte, dass sie sich auf die für sie schlimmsten Männer einließen, auf diejenigen, die garantiert dafür sorgten, dass ihnen weiterhin sexuelle, körperliche oder seelische Gewalt angetan wurde.

Das Schicksal dieser Frauen ging ihm ganz besonders nahe. Es gab Tage, an denen sich Vincent allein deshalb auf die stets wartende Schreibtischarbeit stürzte, um der Verzweiflung darüber zu entkommen.

Aber selbst das war nichts im Vergleich zu den sexuell missbrauchten Kindern. Kein Trick der Welt konnte den Stress, der mit diesen Fällen verbunden war, wirklich mindern.

Das Schlimmste dabei war vielleicht, dass dieser Missbrauch eine Art Dominoeffekt zu haben schien. Neuesten Statistiken zufolge, die auf seinem Schreibtisch gelandet waren, verging sich ein Pädophiler in seinem Leben schätzungsweise an dreihundert Opfern. Dreihundert. Wenn es nun tatsächlich zutraf, dass die meisten Kinderschänder als Kinder selbst missbraucht worden waren, dann resultierten daraus schwindelerregende Zahlen. So gesehen brütete die Gesellschaft ständig Pädophile aus, dachte Vincent. Ein Teil seiner Arbeit bestand darin, mit den Opfern umzugehen. Einige dieser Opfer waren Babys. Das verursachte einen Druck und eine Verzweiflung, gegen die ganz einfach kein Trick ankam.

Jeremy Dowdy war achteinhalb Jahre alt, ein reizendes Kerlchen, und möglicherweise gerade dabei, die Voraussetzungen für ein abweichendes Verhalten auszubilden. Eine aufmerksame Schulpsychologin hatte zufällig gehört, wie Jeremy eine sexuelle Anspielung gemacht hatte, die seinem Alter so überhaupt nicht entsprach, und sie hatte ihn beiseite genommen und behutsam dazu gebracht, sich ihr zu öffnen. Auf diese Weise hatte sie herausgefunden, dass Jeremy seit drei Jahren regelmäßig von seinem Onkel missbraucht wurde. Noch lange nachdem Vincent das Haus verlassen hatte, in dem Jeremy wohnte, verfolgte ihn der Ausdruck in den Augen des kleinen Jungen.

Und gleichzeitig quälte ihn die Frage, ob er nicht in zehn Jahren neben einem anderen Kind mit leerem Blick sitzen würde, das bei einer Gegenüberstellung auf Jeremy deutete, weil er ihm genau dasselbe angetan hatte, was ihm angetan worden war.

Was natürlich keine wirkliche Entschuldigung dafür war, wie er, Vincent, Ivy behandelt hatte, als er nach Hause kam. Aber es war einfach ein beschissener Tag gewesen, und er stand unter Hochspannung.

Im Grunde konnte er es selbst nicht glauben, dass er wegen ein bisschen Unterwäsche und einer lausigen Strumpfhose so ausgeflippt war. Schließlich warf sie, seit sie eingezogen war, fast jeden Tag irgendwelche Sachen über die Wände der Duschkabine – und das hatte ihn bislang nie gestört. Im Gegenteil, ohne dass es ihm wirklich bewusst gewesen wäre, hatte es ihn insgeheim erregt, wenn die Wäschestücke unerwartet über sein Gesicht strichen oder an seiner Schulter hängen blieben.

Doch als er an diesem Abend von der Arbeit nach Hause gekommen war, war es anders gewesen. Er war sofort in die Luft gegangen, als er aus der Dusche trat und sich in ihren Dessous verhedderte. Erst sehr, sehr viel später, als sich der Staub etwas gelegt hatte und er einige Stunden allein gewesen war und hatte nachdenken können, war ihm klar geworden, dass er wahrscheinlich nur irgendeinen Anlass gesucht hatte, einen Streit vom Zaun zu brechen.

»Scheiße!«, brüllte er, während er die Strumpfhose loszuwerden versuchte, die sich wie ein klebriges Spinnennetz in seinen Bartstoppeln verfangen hatte. Sie war ihm schon mehrmals übers Gesicht gestrichen, bevor sie sich endgültig festsetzte. Er warf das geblümte Satinhöschen, das sich über seine Schulter gelegt hatte, auf den Boden, und dann holte er wutentbrannt aus und fegte die gesamte Wäsche von der Duschkabine.

»Hey!«

Er drehte sich um und sah Ivy mit empörtem Blick in der Tür stehen. Sie rauschte ins Bad, schubste ihn zur Seite und bückte sich nach ihrer auf dem Boden verstreuten Wäsche. Vorwurfsvoll sagte sie: »Jetzt ist alles wieder nass.«

»Na und?«, sagte er. »Es nervt mich, im Bad ständig über diesen Scheiß zu stolpern.«

»Und wo soll ich meine Sachen trocknen, Vincent, wenn nicht hier? Kannst du mir das mal sagen?«

»Wie wäre es mit dem verdammten Balkon? Dann hat auch die Nachbarschaft was davon!«

»Wie nett.« Sie erhob sich, drehte ihm den Rücken zu und fing an, ihre Unterwäsche erneut Stück für Stück über die Duschstange zu verteilen.

»Spar dir deinen Kommentar.« Zornig starrte er ihren Rücken an und rubbelte sich kurz mit einem Handtuch ab, bevor er es sich um die Hüften schlang. »Wenn sie da draußen hinge, müsste ich mich wenigstens nicht ständig durch diesen Müllberg kämpfen, wenn ich mal pinkeln will!«

Ivy verzog den Mund. »Charmant wie immer, D'Ambruzzi.«

»Auch das kannst du dir sparen. Ich habe einfach die Nase voll davon, dass überall dein Kram herumfliegt.«

Sie drehte sich zu ihm um. Am liebsten hätte sie gesagt, dass sich dieses Problem ganz leicht lösen ließe, stattdessen holte sie nur einmal tief Luft und stieß sie langsam wieder aus. Wenn sie erst einmal anfing, würde sie womöglich etwas sagen, was sie später bereute. Und dieses Risiko wollte sie nicht eingehen – noch nicht.

»Bis nachher, ich gehe jetzt«, presste sie zwischen zusammengebissenen Zähnen hervor. Dann zwang sie sich, ihre Kiefermuskeln etwas zu entspannen, und fügte hinzu: »Ich hatte eigentlich vor, dich zu fragen, ob du heute Abend mitkommen willst, aber angesichts deiner momentanen Laune halte ich das doch nicht für eine so gute Idee.«

Erst jetzt bemerkte Vincent, dass sie sich umgezogen hatte und nicht mehr die Leggings und das T-Shirt trug, die sie angehabt hatte, als er nach Hause gekommen war. Es spielte keine Rolle, dass sie ihm gerade implizit zu verstehen gegeben hatte, dass sie nur wegen seiner schlechten Laune auf seine Gesellschaft an diesem Abend verzichtete, ihm erstarrte das Blut in den Adern beim Anblick des kurzen, schwingenden Röckchens, der Satinpumps, des schwarzen Oberteils – seines Oberteils, mein Gott – zumindest sah er es so … Es war dasjenige, das sie auf der Grillparty bei Keith getragen hatte. Sie hatte auch ein bisschen mehr Make-up aufgelegt als sonst. Während der

Viertelstunde, die sie in gespannter Atmosphäre beim Abendessen verbracht hatten, hatte sie ihre Verabredung mit keinem Wort erwähnt. Jetzt war es also so weit. Die ganze Zeit über hatte er gewusst, dass es früher oder später passieren würde.

Sie betrog ihn.

Er war so erfüllt von Misstrauen und der Gewissheit, dass irgendwann der Tag kommen würde, an dem sie ihn endgültig verließ, dass er fast geglaubt hatte, es wäre eine Erleichterung, wenn es tatsächlich passierte. Jetzt musste er allerdings feststellen, dass dem nicht so war.

»Wo zum Teufel willst du hin?«, fragte er und baute sich vor ihr auf.

Aber damit konnte er Ivy nicht einschüchtern, dafür war sie viel zu wütend. Sie reckte das Kinn in die Höhe, blickte ihm direkt in die Augen und antwortete knapp: »Mack 'N Babe's.«

»Aber nicht ohne mich.«

»Ich glaube, das habe ich eben schon erklärt, Vincent. Ich werde mit dir nirgendwohin gehen. Heute Abend nicht und auch in Zukunft nicht, wenn du dich weiterhin wie ein Neandertaler aufführst.«

»Fang nicht an, mit mir zu streiten, Ivy«, sagte er mit bedrohlich leiser Stimme, »ich hatte einen beschissenen Tag.«

Das brachte das Fass zum Überlaufen. »Einen beschissenen Tag?«, zischte sie. »Du meinst, das geht erst einen Tag so?« Mit steigender Wut wurde auch ihre Stimme lauter. »Weißt du was, D'Ambruzzi? Für mich war es eine beschissene Woche! Und hör mir gut zu, weil ich es nur einmal sagen werde. Ich habe die Nase voll von dir und deinen ekelhaften Verdächtigungen. Das Leben mit dir war in der letzten Zeit wirklich kein Vergnügen.« Mit bebender

Brust versuchte sie, sich wieder in den Griff zu bekommen. »Ich will ein bisschen Spaß haben und mich entspannen. Und das werde ich heute Abend auch tun … mit meiner Familie. Und du bist nicht eingeladen.«

»Mit deiner Familie? Mann, deine Familie macht mich wirklich krank.« Er beugte sich vor, und seine Augen bohrten sich in ihre. »Und was stellst du dir unter ein bisschen Spaß haben vor, Ivy? Oder sollte ich fragen, mit wem?«

»Was willst du damit sagen, Vincent?«

»Du weißt genau, was ich damit sagen will. Mit wem wirst du heute Abend ins Bett steigen – nur so zum Spaß?«

Ivys Gesicht wurde aschfahl. Das tat weh, das tat ungemein weh. Sie konnte nicht glauben, dass er den Verdacht, den sie in der letzten Woche so oft in seinen Augen gesehen hatte, tatsächlich ausgesprochen hatte.

»Du bist so gemein«, flüsterte sie mit belegter Stimme. »Du bist ein gemeiner, ekelhafter …« Dann straffte sie die Schultern. »Raus.« Sie schluckte den Kloß in ihrem Hals hinunter, und ihre Stimme war etwas kräftiger, als sie fortfuhr: »Ich will dich nicht mehr sehen, Vincent, geh!«

Stunden später begriff er, dass er genau das hätte tun sollen. An diesem Punkt hätte er gehen und ihnen beiden die Gelegenheit geben sollen, sich zu beruhigen. Stattdessen sah er sie von oben herab an und presste hervor: »Das ist meine Wohnung, Baby, vielleicht hast du das vergessen. Ich wohne hier.«

Ivy erstarrte. Einen Moment stand sie nur da und sah ihn an. »Gut«, sagte sie mit leiser Stimme und schob ihn zur Seite, damit sie zur Tür konnte. »Gut. Dann gehe eben ich.« Die Hand auf dem Türknauf, hielt sie inne. Sie hätte ihn gern ebenso tief verletzt wie er sie. Ohne sich umzudrehen, zischte sie: »In deinen Augen bin ich doch sowieso nicht viel mehr als eine Nutte.« Sie sah ihn über die Schulter an. »Nun, Vincent, ich hab's kapiert. Vielleicht werde ich es heute Abend wahr machen.«

Und im nächsten Augenblick war sie fort und ließ ihn allein zurück. Er starrte auf ihr Nachthemd, das an der Badezimmertür hing, während das Echo der zuknallenden Eingangstür durch die ganze Wohnung hallte.

17

Ivy war nicht mehr ganz nüchtern. Sie wusste, dass sich ihre Cousinen deswegen Sorgen um sie machten, weil ihr das gar nicht gleichsah. Aber ihnen die Gründe für ihren Alkoholkonsum auseinander zu setzen hätte sie mehr Mühe gekostet, als sie im Moment aufzubringen bereit war.

Unter normalen Umständen trank sie nie mehr als zwei, drei Gläser an einem Abend – zumindest seit ihrem dritten Studienjahr, als sie die unangenehme Erfahrung gemacht hatte, dass ihre Arbeit noch lange nachdem die Wirkung des Alkohols verflogen war darunter litt. Es war nicht nur der Kater, der sie davon abhielt, vielmehr hatte sie gemerkt, dass sie sich nicht so gut konzentrieren konnte und ihre Hände nicht so ruhig waren wie sonst. Es war, kurz gesagt, nicht klug, zu viel zu trinken.

An diesem Abend war es ihr allerdings egal, ob es klug war oder nicht. Wie konnte er nur so etwas zu ihr sagen? Warum? Sie brauchte etwas, das ihren Schmerz betäubte, und hatte sich für Bourbon entschieden.

Tyler Griffus war auch eine Hilfe.

In ihrem leicht angetrunkenem Zustand fand sie den

Freund von Jaz ausgesprochen reizend. Seine Aufmerksamkeit und sein Charme waren Balsam für die klaffende Wunde, die Vincent ihrem Ego mit seiner Bösartigkeit zugefügt hatte.

Sie beugte sich zu Jaz und flüsterte ihr im Schutz der lauten Musik zu: »Schätzchen, jetzt verstehe ich, warum du ihn für einen Märchenprinzen gehalten hast.« Sie bedachte Jasmine mit einem breiten Grinsen, in das sich allerdings ein kaum wahrnehmbarer Hauch Wehmut mischte. »Es ist wirklich schade, dass er nicht endlich mal zur Sache kommt, hm?« Dann stützte sie den Ellbogen auf den Tisch, legte das Kinn in die Hand und richtete ihr beschwipstes Lächeln auf Tyler, der ihnen gegenübersaß. »Sind Sie wirklich sicher, dass wir uns noch nie begegnet sind?«, fragte sie, beugte sich vor und hob ihre Stimme an, damit er sie über die Darbietung von »Stormy Weather« hören konnte. »Sie kommen mir so schräg vor« – sie lachte und korrigierte sich –, »äh, so schrecklich bekannt vor … Ich könnte schwören, dass ich Sie schon mal irgendwo gesehen habe.«

Tyler wartete, bis das Lied zu Ende war, dann beugte er sich zu Ivy. »Haben Sie je Blumen in ›Tys Blumenladen‹ in Ravenna gekauft?«, fragte er.

»Nein.«

»Wohnen Sie irgendwo in der Gegend von Roosevelt?«

Ivy schüttelte den Kopf.

Das Wissen, sie an der Angel zu haben, machte ihn stark. Er schenkte ihr sein oft erprobtes schüchternes Jungenlächeln und zuckte die Achseln. »Dann muss ich wohl eines dieser Allerweltsgesichter haben.«

Ivy kicherte. »Vermutlich.«

Der Stuhl von Jaz gab ein protestierendes Quietschen von sich, als sie ihn abrupt vom Tisch wegschob. Sie lächelte Tyler mit zusammengebissenen Zähnen an. »Entschuldigst du uns bitte für eine Sekunde?« Dann packte sie Ivy am Arm und zog sie so energisch hoch, dass Ivy, die im Moment nicht über ihre gewohnte Körperbeherrschung verfügte, beinahe seitlich von ihrem Stuhl kippte.

»Huch.« Ivy hielt sich mit einer raschen Bewegung an Jaz' Stuhl fest. Aus irgendeinem Grund fand sie das Ganze überaus lustig und fing erneut an zu kichern, als sie sich wieder aufrichtete und sich mit der freien Hand eine Haarsträhne aus den Augen strich. »So etwas dürft ihr zu Hause aber nicht nachmachen, Kinder«, sagte sie und lächelte in die Runde. »Diese studierte Ärztin brauchte viele Jahre, um sich solche überschallschnellen Reflexe anzutrainieren.«

»Ivy!«

»'tschuldigung, 'tschuldigung.« Sie erhob sich und trottete gehorsam hinter Jasmine her. Sherry murmelte rasch eine Entschuldigung und folgte den beiden.

Kaum hatte sich die Tür der Damentoilette hinter ihnen geschlossen, drückte Jaz Ivy auf einen der Drehstühle vor dem Frisierspiegel. Ivy hob ihre Füße an und drehte sich einmal im Kreis. Als sie wieder zum Stillstand kam, fiel ihr Blick auf Jaz, die sie finster anstarrte.

»Was zum Teufel ist los mit dir?«, fragte Jaz. Sherry lehnte an der Wand, die Hände in den Taschen ihres Sweatshirts vergraben, und beobachtete sie.

Ivy sah Jaz mit großen Augen an. »Hm?«

»Verdammt, Ivy, warum kippst du einen Whisky nach dem anderen runter, als wäre es Mineralwasser – willst du dich betrinken? Wie kommst du dazu, mit meinem Freund zu flirten? Und was zum Teufel«, setzte sie genervt hinzu, »gibt es eigentlich dauernd zu kichern? Mein Gott, das letzte Mal, als ich dich kichern gehört habe, musst du in der Grundschule gewesen sein.«

»Also, das stimmt aber nicht«, erwiderte Ivy mit einem kehligen Lachen. Den Rest ignorierte sie lieber.

»Was ist nur in dich gefahren – warum führst du dich plötzlich wie eine rebellische Dreizehnjährige auf?«

Jaz musterte ihre Cousine, als könne sie ihr die Gründe für ihr seltsames Verhalten am Gesicht ablesen. Dann schoss plötzlich eine ihrer Augenbrauen in die Höhe, und sie sagte: »Nein, warte, sag nichts, lass mich raten. Kann es sein, dass du und der italienische Hengst gestritten habt?«

Augenblicklich war Ivys gute Laune verflogen. »Nenn ihn nicht so«, fuhr sie Jaz an und wunderte sich gleich darauf, warum sie ihn immer noch instinktiv verteidigte. Wenn sie an die Namen dachte, mit denen sie Vincent seit Verlassen der Wohnung in Gedanken bedacht hatte, gab es eigentlich keinen vernünftigen Grund, etwas gegen Jaz' Bezeichnung einzuwenden.

Aber gerade das war es. Sie durfte ihn beschimpfen, aber sonst niemand. Ihre Augen füllten sich mit Tränen.

Entschlossen blinzelte sie sie weg und reckte ihr Kinn empor. Sie wollte verflucht sein, wenn sie weinte wegen dieses dummen, misstrauischen … Unvermittelt versetzte sie dem Stuhl einen Schubs, beugte sich dann zum Spiegel und tat so, als inspizierte sie ihr Make-up.

»Es tut mir Leid, Ivy«, sagte Jasmine, als sie die Verletztheit in den Augen ihrer Cousine sah. Sie berührte Ivys bloße Schulter und ihre Blicke trafen sich im Spiegel. »Hör nicht auf das, was ich sage. Es ist schließlich kein Geheimnis, dass ich eifersüchtig bin auf deine Beziehung mit D'Ambruzzi –«

Ivy schnaubte. Schöne Beziehung.

»– aber ich werde versuchen, meinen Sarkasmus etwas zu zügeln, okay?« Als Ivy nickte, schlug sie einen bewusst neutralen Ton an und fragte vorsichtig: »Dann ... habt ihr euch also tatsächlich gestritten?«

Ivy nickte.

»Offenbar ernsthaft. Willst du darüber reden?«

Ivy sah ihre Cousinen übertrieben gleichgültig an, dann befeuchtete sie eine Fingerspitze und strich sich damit über die Augenbrauen. »Nein«, erwiderte sie schließlich mit tonloser Stimme. Ihr Blick wanderte an Jaz vorbei zu Sherry. »Sher, hast du irgendeinen Lippenstift dabei? Ich sehe ja wie eine Wasserleiche aus.« Sie nahm den Lippenstift, den ihr ihre Cousine reichte, und fuhr sich damit sorgfältig über die Lippen. Dann lehnte sie sich ein wenig zurück und musterte das Ergebnis kritisch. »Schon besser.« Da sie jetzt keinen echten Grund mehr hatte, irgendwo anders hinzusehen, blickte sie Jaz erneut im Spiegel an und fragte sich, was hier eigentlich ablief. Sie verstand überhaupt nichts mehr. Sie hätte gedacht, dass sich Sherry aufregte, wenn ihre Beziehung in die Brüche ging. Von Jasmine hätte sie erwartet, dass sie im Stillen jubilierte. Aber es war Jaz, die nicht lockerließ, während Sherry nur an die Wand gelehnt dastand und nichts sagte. Seltsam.

»Um Himmels willen, was ist schon dabei?«, stieß sie hervor, und dann wurde sie wütend, weil sie sich zu einer Erklärung gezwungen fühlte. »Ich möchte mich heute Abend ein bisschen amüsieren, okay? Da kommt mir ein kleiner harmloser Flirt ganz recht. Vincent ist ein Idiot, und dein Freund ist greifbar, und, Jaz, du hast selbst gesagt, dass es zwischen euch beiden eigentlich nie richtig gefunkt hat.«

»Das stimmt, aber darum geht es hier nicht, Ivy.«

»Hey, ich halt mich zurück, wenn es das ist, was du willst, Jaz. Es ist nur ... Ich hatte nicht gedacht, dass er ein ernsthafter Bewerber ist.«

»Ist er auch nicht«, versicherte ihr Jaz, als sie Ivys wachsende Verzweiflung bemerkte. »Ich würde dir nie unterstellen, dass du mir den Mann ausspannen willst, Ive.«

»Als ob ich das könnte, selbst wenn ich es wollte«, sagte Ivy finster. Dann hellte sich ihre Miene auf. »Ich will ja mit dem Kerl auch nicht schlafen oder so. Ich möchte nur ein bisschen lachen.«

Jaz fragte vorsichtig: »Und was ist mit Vincent, Ivy?«

»Was soll mit ihm sein?«, fragte sie spitz zurück.

Die Kälte in Ivys Stimme verwunderte Jaz. Sie holte tief Luft und schüttelte den Kopf. »Mein Gott, ich hätte nicht gedacht, dass ich diesen Mann jemals verteidigen würde, aber mir war in dem Moment, als ich euch das erste Mal zusammen gesehen habe, vollkommen klar, dass D'Ambruzzi dich für die tollste Frau seit Marilyn Monroe hält.«

»Na sicher«, erwiderte Ivy bitter.

»Es ist wahr, Ive«, stimmte Sherry ihrer Cousine zu. »Das kann doch jeder sehen, dass er verrückt nach dir ist.«

Wie kommt es dann, dass er so überaus bereitwillig annimmt, ich würde mit dem erstbesten Kerl schlafen, der mir über den Weg läuft?, fragte sich Ivy unglücklich, und wieder überkam sie eine Woge des Schmerzes. Aber davon ließ sich an ihrem Gesicht nichts ablesen, wie ihr der Blick der beiden anderen im Spiegel verriet. Schließlich seufzte Jasmine.

»Ich gebe es auf«, sagte sie. »Meinetwegen, flirte mit Tyler, wenn du dich dann besser fühlst. Solange es dir Spaß macht. Aber hör auf zu trinken … Und treib es nicht zu weit, okay? Er ist zwar nicht der erhoffte Märchenprinz, aber er ist auch nicht Rumpelstilzchen. Tu nichts, was missverstanden werden könnte, Ivy Jayne – und dabei geht es mir nicht nur um ihn. Ich will nicht, dass du etwas tust, was du morgen, wenn du wieder nüchtern bist, bereust.«

»Ja, Mommy.«

Jaz und Sherry tauschten einen besorgten Blick, aber letztlich wussten sie, dass es nichts mehr zu sagen gab. Ivy war eine erwachsene Frau. Wenn sie auf Teufel komm raus auf Schwierigkeiten aus war, dann blieb ihnen nichts anderes übrig, als die Augen offen zu halten und zu versuchen, das Schlimmste zu verhindern.

Tyler fühlte sich unbesiegbar. Es war genau so, wie er es sich vorgestellt hatte – nein, es war sogar noch besser. Der Ärztin gegenüberzusitzen, mit ihr zu sprechen, sich ihrer Bewunderung sicher sein zu können … Wow, er fühlte sich so stark und mächtig, es war ein Wunder, dass nicht alle im Lokal das Strahlen, das von ihm ausging, bemerkten.

Sie war total verrückt nach ihm, genau wie er es sich gedacht hatte. Er und sie waren auf einer Wellenlänge. Sie hatte vielleicht noch nicht ganz begriffen, wem sie da gegenübersaß, aber sie spürte wie er die mystische Verbindung. Ihre Bewunderung für ihn war so groß, dass die Stimme in seinem Kopf nicht nur in den Hintergrund gedrängt wurde, sondern vollkommen verstummt war.

Wenn das kein Grund zum Feiern war.

Neben ihrer Wertschätzung versank alles andere um ihn herum in Bedeutungslosigkeit. Es trieb ihn nicht mehr zur Weißglut, dass Jaz eine halbe Ewigkeit gebraucht hatte, um dieses Treffen zu arrangieren, oder dass sie ihn heute Abend mit Blicken durchbohrte. Mann, das Erste zählt einfach nicht mehr, und das Zweite – nun, sie war einfach eifersüchtig, weil eine andere Frau ihn attraktiv fand und weil sie vielleicht spürte, dass sie jetzt jegliche Chance, von ihm gevögelt zu werden, die sie vielleicht einmal gehabt haben mochte, verspielt hatte. Es war ihm auch egal, dass dieser Terry ihn musterte wie ein exotisches Insekt unter einem Mikroskop. Die Ärztin mochte ihn, und das war das Wichtigste.

Einen solchen Frieden hatte er schon seit Wochen nicht mehr empfunden, seit Monaten – Jahren. Mann, vielleicht noch nie in seinem Leben. Nichts auf der Welt konnte seiner Euphorie etwas anhaben.

Das dachte er zumindest – bis zu dem Moment, als er den Kopf hob und den Cop erblickte, der schon im Krankenhaus gewesen war, als er Ivy Pennington das erste Mal gesehen hatte. Er trat gerade durch die Tür, blieb stehen und sah sich um.

Dann wandte er den Kopf genau in die Richtung, in der er saß.

Vincent musterte die Leute, die an Ivys Tisch saßen. Das lief ganz automatisch bei ihm ab, wie Atmen ... Nur war es in diesem Fall vollkommen sinnlos, weil er die Gesichter in dem Moment wieder vergaß, in dem er sie im Kopf abgehakt hatte. Als er auf den Tisch zusteuerte, runzelte er die Stirn – was suchte er eigentlich hier?

Na ja, immerhin hatte er es auch nicht geschafft wegzubleiben.

Als Ivy aus der Wohnung gestürmt war, hatte er erst nur mit den Schultern gezuckt, er war überzeugt, sich im Recht zu befinden. Dann hatte er sie entschlossen aus seinem Kopf verbannt und sich stattdessen auf den mit ihr verbundenen Fall konzentriert.

Er hatte jeden anderen Gedanken ausgeschaltet und die Fakten geordnet – eine Fähigkeit, die er sich schon vor langer Zeit antrainiert hatte – und anschließend seine gesamte Konzentration darauf verwandt, ein Diagramm zu entwerfen. Es enthielt alle mit diesem Fall in Zusammenhang stehenden Fakten, die er bislang gesammelt hatte. Leider gab es verdammt wenige Fakten, die konkret genug waren, um aufgenommen zu werden – eine Erkenntnis, die einen bitteren Geschmack hinterließ und ihn dazu zwang, sich einzugestehen, dass er diesen Fall schon vor einiger Zeit hätte beiseite legen müssen – wenn nicht Ivy darin verwickelt gewesen wäre.

Er legte nie besonders gern einen Fall beiseite, aber leider blieb ihm oft nichts anderes übrig. Er hatte genug Fälle am Hals, mehr als zu schaffen waren, und deshalb musste er Prioritäten setzen. Er musste seine Zeit solchen Fällen widmen, bei denen wenigstens der Hauch einer Chance bestand, dass er sie aufklären konnte. Was aber nicht bedeutete, dass er die Hoffnung aufgab, über etwas zu stolpern, das einen Durchbruch bei den schwer zu knackenden Fällen brachte, während er an den Fällen mit der höchsten Priorität arbeitete.

Er saß auf der Couch, studierte vornübergebeugt die wenigen Anhaltspunkte, die er fein säuberlich auf einem Blatt aufgelistet hatte, und zermarterte sich das Hirn nach irgendeiner Idee. Zu guter Letzt führte das allerdings nur dazu, dass er an genau den Menschen dachte, an den zu denken er unbedingt vermeiden wollte.

Ivy Jayne Pennington.

Als er ihr vorgeworfen hatte, dass sie eine Entschuldigung dafür suchte, mit einem anderen Mann zu schlafen, hatte er nicht eine Sekunde daran gezweifelt, dass er Recht hatte. Warum sollte er auch? Das Leben hatte ihn gelehrt, misstrauisch zu sein: eine einsame Jugend, seine Arbeit und natürlich die katastrophale Ehe mit LaDonna, die ihn ständig betrogen hatte.

Und doch …

Er konnte die Worte einfach nicht vergessen, die ihm unwillkürlich in den Sinn gekommen waren, als sie sich zu ihm gedreht und gesagt hatte, dass sie heute Abend das tun würde, was er ihr sowieso schon die ganze Zeit unterstellte. Er hatte keineswegs einen Stich der Eifersucht verspürt, wie vielleicht zu erwarten gewesen wäre. Stattdessen hatte er gedacht … Ich glaube dir ja alles, Ivy, aber das nicht.

Scheiße.

Er hatte versucht, diese spontane Reaktion zu ignorieren, und eine Weile hatte das auch ganz gut geklappt. Aber zu guter Letzt gelang es ihm nicht mehr. Je stärker er versuchte, den Gedanken zu verdrängen, desto beharrlicher kehrte er zurück.

Kein Zweifel, eine heftige Drohung. Aber eine leere. Das sagte ihm sein Instinkt, ein Gefühl, das so tief saß, dass es durch keine Argumente anfechtbar war. Ivy war zu ehrlich, zu integer, um jemals mit einem Mann zu schlafen, wenn sie mit einem anderen zusammen war.

Diese Erkenntnis hätte ihn eigentlich glücklich machen sollen, und das tat sie auch, natürlich – in einem entlegenen Winkel seines Kopfes oder Herzens, in dem solches Wissen abgespeichert wurde, ohne von Zweifeln berührt zu werden. Aber dann tat sie es auch wieder nicht. Und das machte ihn unruhig. Er hasste es, im Unrecht zu sein, insbesondere so gründlich wie in diesem Fall. Komplett. Dadurch fiel ein ganz neues Licht auf seine Handlungen in letzter Zeit, und er stand ziemlich dumm da.

Er hatte sich wie ein richtiges Arschloch verhalten.

Aber gleich darauf hatte sich wieder sein Stolz gemeldet, und er hatte sich gesagt, dass er sich keineswegs schnellstens in die Bar ihres Onkels begeben musste, um sich großartig zu entschuldigen. Aber nein. Er würde sie abpassen, wenn sie nach Hause kam.

Berühmte letzte Worte.

Er wusste immer noch nicht, was zum Teufel er hier eigentlich suchte.

Was er wusste, war, dass er hatte kommen müssen.

Terry fing ihn auf halbem Weg zu ihrem Tisch ab und stellte sich ihm in den Weg. Mit fester Stimme sagte er: »Ich glaube nicht, dass Sie dahinten willkommen sind.«

»Gehen Sie zur Seite, Pennington.«

»Ich meine es ernst, D'Ambruzzi. Ivy hat einen kleinen Schwips – und sie ist nicht gerade in der freundlichsten Stimmung, was Sie betrifft.« Er drehte Vincent an der Schulter in die andere Richtung. »Das muss ein ziemlich übler Streit gewesen sein. Lassen Sie uns an die Bar gehen, ich spendiere Ihnen was zu trinken.«

Vincent warf einen Blick zu dem Tisch in der Ecke und spürte selbst auf diese Distanz die von Ivy ausgehende Kälte, obwohl sie ihn bewusst ignorierte. Er zuckte die Achseln und fügte sich. Schweigend kletterte er auf einen Barhocker, nickte Ivys Onkel zu und bestellte ein Club Soda.

Terry wartete, bis Mack wieder ans andere Ende der Bar zurückgekehrt war, bevor er sich Vincent zuwandte. »Mir wäre es lieber, wenn Onkel Mack nicht mitbekommt, dass es ein Problem gibt«, sagte er leise.

»Wenn Sie meinen, gerne.« Vincent hob sein Glas und trank es mit einem Schluck zur Hälfte aus. Dann knallte er es auf den Tresen und sah Terry an. »Was wollen Sie von mir, Pennington?«

»Nun ja, zuerst würde ich gerne wissen, was Sie über Griffus herausbekommen haben.«

»Über wen?«

»Verdammt, D'Ambruzzi! Sie haben es vergessen, oder?«

»Jasmines Freund!« Er hatte es tatsächlich vergessen. Da er allerdings keine Lust hatte, sich deswegen auch noch ein schlechtes Gewissen zu machen, zuckte er nur gleichgültig die Achseln. »Tut mir Leid. War mir völlig entfallen.«

»Sie werden sich garantiert bald wünschen, Sie hätten es nicht vergessen«, sagte Terry trocken, »in Anbetracht dessen, dass Ivy schon den ganzen Abend mit diesem Kerl flirtet.«

Vincent fuhr so rasch herum, dass er beinahe vom Barhocker gefallen wäre. Gerade war ein Song zu Ende gegangen, und er starrte zu dem Mann hin, der gegenüber von Ivy saß und sich in diesem Moment vorbeugte und etwas sagte. Sie lachte. Vincents Magen verkrampfte sich, und er machte Anstalten aufzustehen, alle sein guten Vorsätze waren mit einem Mal vergessen, und das alte Misstrauen war in voller Stärke wieder da.

Terry hielt ihn zurück. »Mit dem Kerl stimmt was nicht«, sagte er grimmig. »Ich kann nicht genau sagen, was es ist, aber er kommt mir seltsam vor. Und das hat nichts mit Eifersucht zu tun, Vincent. Ich habe einfach so eine Ahnung.«

»Er flirtet mit Ivy? Warum zum Teufel flirtet er mit Ivy, wenn er mit einer anderen Frau hier ist?«, fragte Vincent.

»Keine Ahnung, Kumpel. Aber es scheint Jaz überhaupt nicht zu jucken. Und ich will ihn zwar nicht in Schutz nehmen, aber es sieht so aus, als habe Ivy damit angefangen. Sie ist heute Abend in einer gefährlichen Stimmung. Meine Schwester und Jaz haben sie vorhin sogar schon aufs Klo gezerrt, vermutlich um sie wieder zur Vernunft zu bringen, aber kaum kamen sie zurück, hat Ivy ihr Spielchen fortgesetzt. Ich habe Ivy noch nie in einem solchen Zustand gesehen, das schwöre ich, D'Ambruzzi. Worüber habt ihr euch denn gestritten?«

»Das geht Sie überhaupt nichts an.«

Terry zuckte mit den Schultern und trank einen Schluck Bier. »Sie müssen echt Scheiße gebaut haben, dass sie so versessen darauf ist, sich zu betrinken und den Knaben um den Finger zu wickeln.«

»Ja, das habe ich. Aber ich kann es wieder gutmachen. Und das werde ich auch.« Er erhob sich und streckte seine Hände, die zu Fäusten geballt gewesen waren. »Sobald ich dem Typen die Fresse poliert habe.«

Gott, worüber redeten die bloß? Tyler Griffus konnte sich nicht konzentrieren, die beiden Typen brachten ihn völlig aus dem Gleichgewicht. Er wollte sich in Gegenwart der Ärztin keine Blöße geben, hatte aber gleichzeitig Angst, ihren Cousin und den Detective auch nur eine Sekunde aus den Augen zu lassen. Jedes Mal, wenn dessen finsterer, kalter Blick sich auf ihn richtete, wurde ihm ganz mulmig zumute. Verfluchter Cop.

Wie zum Teufel hatte er ihn gefunden? Er war so vorsichtig gewesen. Oder – was viel wahrscheinlicher war – wie hatte der Cousin herausgefunden, wer er war? Dieser kleine Scheißer. Tyler hatte rein gar nichts gemacht, was ihn hätte verraten können, und doch sah es ganz so aus, als wäre der Cousin der Ärztin derjenige, der die bescheuerten Cops auf ihn gehetzt hatte.

Er musste hier weg.

Klar, und wo willst du hin, du Idiot? Da war die Stimme wieder, bahnte sich brausend ihren Weg durch seinen Kopf wie eine Sturzflut durch ein ausgetrocknetes Flussbett, und der Zorn schwoll sofort über jedes erträgliche Maß an und drohte ihn zu überschwemmen, die Mauern seiner Selbstbeherrschung niederzureißen. *Wenn sie alles herausgefunden haben – verdammt, wie haben sie das nur geschafft? –, dann kannst du deine Anonymität in den Wind schreiben. Und wenn die Schweine deinen Namen kennen, dann kriegen sie auch raus, wo du wohnst; sie wissen, wo dein Laden ist, deine einzige Einkommensquelle. Weglaufen kannst du zwar, du Blödmann, aber verstecken kannst du dich nicht.*

Immerhin funktionierte er noch, und er sagte etwas zu der Ärztin, das sie zum Lachen brachte, und dieser kleine Beweis seiner Fähigkeit, auf zwei Ebenen zu funktionieren, ließ den Hass auf ein erträgliches Maß schrumpfen.

Okay, was du auf jeden Fall tun kannst, ist bluffen, riet ihm die Stimme, inzwischen so weit beruhigt, dass Tyler für den Augenblick nicht befürchten musste, sie könnte wieder die Kontrolle über ihn übernehmen. *Bluff einfach. Etwas wissen ist nicht dasselbe wie etwas beweisen können. Außerdem besteht ja immerhin die Möglichkeit, dass er aus einem ganz anderen Grund hier ist.*

Und das war tatsächlich der Fall, wie sich zeigen sollte. Er konnte in diesem Moment allerdings noch nicht ahnen, dass dieser andere Grund noch viel weniger erwünscht war und sich weitaus zerstörerischer auf seine unzureichende Kontrolle über seinen inneren Dämon auswirken würde als die Situation, die er bereits für den schlimmstmöglichen Fall gehalten hatte.

»Nun mal langsam, Cowboy«, sagte Terry, packte Vincent am Arm und zog ihn zurück auf den Barhocker. »Immer mit der Ruhe.«

Vincent schüttelte Terrys Hand ab. Er sah Ivys Cousin mit kalten, harten Augen an, und er strömte eine erschreckende Entschlossenheit aus. Terry überkam ein ungutes Gefühl, als er bemerkte, dass Vincents rechte Hand immer wieder zu der Waffe zuckte, die in einem flachen Lederholster am Bund seiner Jeans hing, wenn er von ihm zu dem Kerl blickte, der mit Ivy flirtete. Da er sich für die ganze Aufregung verantwortlich fühlte, fand Terry, er täte gut daran, etwas zu unternehmen, bevor die Situation außer Kontrolle geriet. Er wäre niemals so gedankenlos mit allem herausgeplatzt – so ohne jedes Feingefühl –, wenn er nicht mit einem Cop gesprochen hätte. Er konnte an Vincents Haltung zwar die ständige Achtsamkeit des Cops erkennen, ansonsten reagierte er jedoch einfach nur wie ein eifersüchtiger Mann.

Terry graste sein Hirn nach irgendetwas ab, das die Situation entschärfen könnte, als sich Vincent plötzlich gegen die Lehne seines Barhockers sinken ließ und der besorgniserregende Ausdruck von Härte aus seinem Gesicht wich. Er fuhr sich mit zittrigen Händen durch die Haare. »Verdammt«, murmelte er, »ich bin in erster Linie hierher gekommen, weil ich dachte, sie verdient eine Entschuldigung. Aber sie sieht mich ja nicht mal an. Wie wird sie sich da erst freuen, wenn ich den Typen zu Hackfleisch mache?« Er rieb sich übers Gesicht. »Himmel Herrgott noch mal, ich bin Polizist – ich sollte nicht so ausrasten! Ich erkenne mich selbst nicht mehr wieder.«

»Wenn ich mich daran erinnere, wie bescheuert Sie sich aufgeführt haben, als Sie das erste Mal bei Ivy vor der Tür standen, ist das nicht unbedingt das Schlechteste«, bemerkte Terry.

Vincent schnaubte, und es klang fast belustigt. »Danke, Pennington, genau das will ich jetzt hören.« Er zuckte die Achseln. »Aber ich gebe zu, dass Sie nicht ganz Unrecht damit haben.«

Abrupt erhob er sich. »Nun, sosehr ich dieses Gespräch unter Männern auch schätze, bringt es nicht viel, wenn ich hier nur herumsitze. Ich muss mit Ivy sprechen.«

Er erwartete halb, dass Terry ihn wieder zurückhalten würde, aber der nickte nur. »Ja, das müssen Sie wohl«, sagte er. Er sah ihn ernst an. »Viel Glück D'Ambruzzi.«

Ivy straffte die Schultern, als sie sah, dass Vincent zielstrebig auf sie zukam. Das wurde aber auch Zeit.

Eine Weile hatte sie ein gewisses masochistisches Vergnügen dabei empfunden, ihn im Stillen zu quälen. Es war ein Spiel mit dem Feuer. Sie wusste genau, dass er wütend war, spürte seinen Zorn über den ganzen Raum hinweg. Was sie aber nicht davon abgehalten hatte, weiter mit Tyler zu flirten. Im Gegenteil, sie hatte rachsüchtige Befriedigung daraus gezogen und ein Gefühl von Macht empfunden, als ihr klar wurde, welche Wirkung ihr Tun auf Vincent hatte.

Mittlerweile hatte es allerdings seinen Reiz verloren. Sie suchte die Konfrontation, wollte nicht nur passiv herumsitzen. Außerdem war es anstrengend, so zu tun, als wäre er nicht da, während sie gleichzeitig versuchte, aus dem Augenwinkel jede seiner Reaktionen zu beobachten.

Hätte sie nur nicht so viel getrunken! Sie brannte auf eine Auseinandersetzung, wollte sich andererseits aber nicht zum Idioten machen, und sie war noch nüchtern genug, um sich bewusst zu sein, dass das durchaus im Bereich des Möglichen lag, bedachte man, dass ihre Gefühle gerade eine Achterbahnfahrt hinlegten. Sie hatte völlig die Kontrolle über sie verloren, und das gerade jetzt, wo es so wichtig war, rational zu agieren, egal was kam. Sie wollte ruhig und wortgewandt erscheinen und hatte Angst, dass sie stattdessen hysterisch werden und zu schreien anfangen würde.

Sie saß starr da, während sie beobachtete, wie Vincent

näher kam. Sie wollte keinesfalls weinen. Sie würde ihn umbringen, wenn er sie dazu brachte.

Scheiße, Scheiße, Scheiße! Tyler Griffus holte tief Luft, setzte sich stocksteif hin und sah mit einer Art fatalistischer Resignation zu, wie der Detective auf ihren Tisch zusteuerte. Wie zum Teufel hatte es so weit kommen können?

Egal – entscheidend war, dass es dazu gekommen war. Und er war entschlossen, in Würde unterzugehen, wenn es denn sein musste. Aus der Tür zu stürzen würde ihm nichts bringen. Er war einfach nicht für ein Leben auf der Flucht geschaffen, warum sich also lächerlich machen? Unnachgiebig brachte er den leise murrenden Jäger in seinem Innern dazu, still zu sein. *Halt jetzt bitte deine verdammte Klappe.*

Er versuchte nicht daran zu denken, was sie im Gefängnis mit ihm anstellen würden. Jeder wusste, dass Knackis Vergewaltiger nicht mochten. Die einzige Form von Leben, die sie für niedriger als andere hielten, waren Männer, die Kinder missbrauchten.

Verdammt, sie mussten doch verstehen, dass die Frauen immer darum gebeten hatten. Er würde es ihnen erklären. Irgendwie würde er das schaffen.

Mit stoischer Miene und hoch erhobenen Hauptes saß er da und blickte den Detective an, als er an ihren Tisch trat. In den schwarzen Augen des Cops stand Feindseligkeit geschrieben, als er sich mit einer Hand auf den Tisch stützte und nach vorne beugte, ohne den Blick von ihm zu wenden. An seinem Kiefer begann ein Muskel zu zucken, und die dichten Augenbrauen zogen sich über der Nasenwurzel zusammen. Sein Abscheu war unverkennbar. Seine Augen verrieten seine Wut, und der Wunsch, jemand anderem Schmerz zuzufügen, war unverkennbar. Aber dann wandte er sich von ihm ab.

Und streckte die Hand aus, um Ivys Kinn damit zu umschließen. Sanft drehte er ihren Kopf zu sich, so dass sie ihn ansehen musste.

»Wir müssen miteinander reden, Ivy«, sagte er. »Lass uns nach Hause gehen.«

18

Nach Hause? Diese beiden Wörter hatten Konnotationen, die einige der am Tisch versammelten Leute abrupt verstummen ließen.

Ivy war die Erste, die sich wieder erholt hatte. »Und wo soll das sein, Vincent?«, fragte sie kampflustig und schob seine Hand weg. »Etwa bei dir?«

Vincent wurde rot. »Es war falsch von mir, dich deswegen so anzufahren«, gab er mit leiser Stimme zu, und er hätte noch weitergesprochen, wenn die anderen ihn nicht unterbrochen hätten.

»Bei ihm?«, riefen Sam und Davis beinahe wie aus einem Munde, und Davis fuhr fort: »Was soll das heißen, Ivy? Lebst du etwa mit diesem Clown zusammen?«

»Ja!«, antwortete Vincent in aggressivem Ton. Er wandte sich Ivys Cousin mit einem Gesicht zu, dem die Frage abzulesen war, was ihn das eigentlich anging.

»Nein, nicht mehr«, sagte Ivy, kaum hatte er den Mund zugemacht.

»Bitte, Ive«, protestierte Vincent, und richtete seine Aufmerksamkeit wieder ganz auf sie. »Sei nicht so. Ich weiß, ich habe mich vorhin wie der letzte Idiot benommen, und es tut mir Leid. Aber bitte gib mir noch eine Chance. Wenn du keine Lust hast, gleich nach Hause zu gehen, könnten wir vielleicht irgendwo anders hingehen, wo wir ungestört sind. Wir müssen miteinander reden.«

»Ich denke, du hast alles gesagt, was du zu sagen hast, D'Ambruzzi.«

»Oh nein, ich habe noch nicht einmal einen Bruchteil dessen gesagt, was ich zu sagen habe, Pennington«, gab er zurück und bedachte sie mit einem sardonischen Lächeln, das zugleich etwas Zärtliches an sich hatte. Er war selbst überrascht, dass all seine Zweifel plötzlich wie weggewischt waren, und strich ihr mit der Hand sanft über die Wange. »Wenn es dir lieber ist, dass ich es in aller Öffentlichkeit sage, dann tue ich es eben. Ich liebe dich, Ivy Jayne.«

Sie hatte das Gefühl, als würde jemand nach ihrem Herzen greifen und zudrücken. Es schnürte ihr die Kehle zu, und um sie herum begann sich alles zu drehen – vor Verzweiflung, Verwirrung, wegen des Alkohols, vor Hoffnung –, und sie bekam kaum noch Luft.

Plötzlich merkte sie, dass der Gesang in der Bar verstummt war, und als sie sich umsah, stellte sie fest, dass alle Augen auf sie gerichtet waren. Wütend sprang sie auf. Vincent rührte sich nicht vom Fleck, und als sie sich zu ihrer vollen Größe aufgerichtet hatte, standen sie sich Auge in Auge gegenüber. Wegen ihres Schwipses und der raschen Bewegung geriet sie ins Schwanken und wäre beinahe aus dem Gleichgewicht geraten, wenn Vincent sie nicht an den Armen festgehalten hätte. Sie schüttelte seine Hände ab.

»Soll das ein Witz sein?«, fragte sie. »Findest du es vielleicht komisch, mich hier lächerlich zu machen?«

»Wie bitte? Denkst du etwa, ich mache mich lustig über dich?«, gab er ungläubig zurück. »Das ist kein Witz, Ivy.«

»Natürlich nicht! Ich finde das jedenfalls überhaupt nicht witzig. Vor drei Stunden –«

»– habe ich mich wie ein Vollidiot verhalten«, unterbrach Vincent sie und schlug einen gemäßigteren Ton an, während er betete, dass sie nicht die gesamte Bar davon in Kenntnis setzen würde – insbesondere ihren Onkel, der ihn schon jetzt nicht mochte –, wie bescheuert er sich verhalten hatte. Selbst wenn er es verdiente, hoffte er, dass sie es nicht täte. »Und ich wünschte, ich könnte alles zurücknehmen, Ivy. Ich wünschte, ich hätte dir nicht so wehgetan.«

»Du liebst mich nicht«, sagte sie stur. »Also spar es dir, das Gegenteil zu behaupten.«

»Und wie ich das tue, verdammt noch mal!« Plötzlich war er ebenso wütend wie sie, packte sie an den Ellbogen und zog sie in die Höhe, bis sie auf den Zehenspitzen stand. »Glaubst du vielleicht, das ist leicht für mich? Es tut mir Leid, was ich vorhin gesagt habe, Ivy, mehr, als du dir vorstellen kannst. Verdammt, ich dachte, ich hätte Recht – ich dachte, ich hätte dich durchschaut. Aber als du dann gesagt hast, was du eben gesagt hast, bevor du gegangen bist, na ja, da wusste ich, dass ich vollkommen falsch lag. Du hast mehr Integrität als ich und alle hier zusammen, und ich habe mich schlichtweg idiotisch verhalten.«

Als Vincent den leicht verschwommenen, trotzig verschlossenen Blick in ihren grünen Augen sah, wurde ihm klar, dass er nicht zu ihr durchgedrungen war. Sie war noch immer wütend und einfach nicht bereit, ihm zuzuhören. Mit einem Seufzer ließ er sie los und trat einen Schritt zurück. »Das war wohl ein Fehler«, sagte er leise. »Ich, äh, warte zu Hause auf dich.« Er drehte sich um und erblickte Terry, der sie mit den Händen in den Hosentaschen aus geringer Entfernung beobachtete. »Sie hat viel zu viel getrunken«, sagte er. »Sorgen Sie bitte dafür, dass sie gut nach Hause kommt, okay?«

»Klar.«

»Danke. Und begleiten Sie sie bis zu ihrer Wohnungstür. Seit einiger Zeit bringt ihr irgendein Perverser etwas zu viel Aufmerksamkeit entgegen.« Als er sich daran erinnerte, dass Terry das bereits wusste, schüttelte er den Kopf über seine Vergesslichkeit und wandte sich wieder Ivy zu. Er wollte ihr noch einmal über die Wange streichen, ließ es dann aber bleiben, als sie den Kopf wegdrehte. »Ich liebe dich«, sagte er leise.

Dann drehte er sich um und ging.

Ein Perverser? Tyler war wie vom Donner gerührt, als er sah, wie sich Ivy mit gesenktem Kopf wieder auf ihren Platz auf der anderen Seite des Tisches sinken ließ. Sie hielt ihn für einen Perversen? Wut stieg in ihm auf, kaum zu zügeln dieses Mal, und drohte ihn zu überwältigen, seine Fassade zum Einsturz zu bringen. Zu seinem Glück stimmte in dieser Sekunde jemand ein Lied an, rau und kehlig, in das nach und nach alle anderen Gäste in der Bar einfielen. Es übertönte den animalischen, blutrünstigen Laut, der ihm in seiner Wut entfuhr.

Diese gottverdammte, doppelzüngige Hure. Kein einziges ehrliches Wort kam über ihre Lippen. Tat so verständnisvoll. Tat so, als wären sie sich ähnlich, während sie ihn hinter seinem Rücken als Perversen beschimpfte. Schlecht über ihn redete, mit einem Scheißcop zusammenlebte und möglicherweise über ihn lachte. Sie war keinen Deut besser als die anderen. Keinen Deut besser als all die anderen verlogenen, hinterhältigen Weiber.

Oh nein, aber so leicht käme sie ihm nicht davon. Weil

sie noch schlimmer war. Tausendmal schlimmer. Und sie würde dafür bezahlen.

Sie würden alle dafür bezahlen.

»Bist du sicher, dass du nicht lieber zu der Tür dort drüben gebracht werden möchtest?«, fragte Terry mit sanfter Stimme, als Ivy vor ihrer Wohnung stehen blieb.

Sie sah von dem Schlüssel, den sie gerade ins Schloss gesteckt hatte, auf. Nachdenklich blickte sie zu der Tür, auf die er deutete. Sie wünschte, sie könnte ihrem Cousin mit einem eindeutigen »Nein« antworten. Aber wenn sie ehrlich war …

Sie zog den Schlüssel wieder heraus, nahm einen anderen in die Hand und ging eine Tür weiter. Sie sperrte sie auf und betrat die Wohnung, hielt aber gleich hinter der Schwelle inne. Bis auf die schimmernden Lichtstreifen auf dem Parkett, die der Vollmond durch die Jalousien warf, war Vincents Wohnung dunkel.

»Nun, so viel zu den innigen Liebesschwüren«, sagte sie mit ausdrucksloser Stimme und versuchte ihre Enttäuschung und ihren Schmerz zu verbergen.

Terry drängte sich an ihr vorbei. »Vincent!«, rief er, obwohl kein Zweifel daran bestehen konnte, dass die Wohnung leer war. Als wenig überraschend keine Antwort kam, drehte er sich zu Ivy um. »Höchstwahrscheinlich hat er dich nicht so bald zurückerwartet«, sagte er, was seiner Ansicht nach auch tatsächlich der Fall war. Das hielt ihn jedoch nicht davon ab, den Liebhaber seiner Cousine insgeheim zu verfluchen und seine sämtlichen Vorfahren dazu. »Du hast dich nicht gerade erfreut über seine Offenbarungen gezeigt«, fuhr Terry fort. »Wahrscheinlich dachte er, dass du die halbe Nacht wegbleibst, um ihm zu beweisen, dass niemand Ivy Pennington herumschubst.« Es hatte ihn wirklich überrascht, wie schnell sich Ivy zum Aufbruch entschlossen hatte, nachdem Vincent die Bar verlassen hatte. Kaum war er außer Sichtweite, war alle aufgesetzte Fröhlichkeit aus ihrem Gesicht verschwunden. Sie hatte nicht einmal etwas dagegen einzuwenden gehabt, dass er sie nach Hause fuhr.

»Im Zweifel für den Angeklagten, Ive«, sagte er. »Jeder, der Augen im Kopf hat, sieht, dass er verrückt nach dir ist.«

Aber seine Worte verhallten ungehört im Flur. Sie hatte auf dem Absatz kehrtgemacht und war in ihre Wohnung stolziert. Bevor er ihr hinterhereilen konnte, hatte sie die Tür von innen zugeworfen.

»Mannomann, was für ein Abend.« Jaz schlüpfte aus ihren Highheels und ging in die Küche. Sie trank ein paar Schlucke Orangensaft aus der Flasche, musterte den trostlosen Inhalt ihres Kühlschranks und klappte die Tür wieder zu.

Was für ein Abend, wiederholte sie im Stillen. Zuerst Ivy, die sich betrank und aufführte wie eine halsstarrige, überalterte Lolita, dann der italienische Hengst – oh verdammt, sie hatte ja versprochen, ihn nicht mehr so zu nennen –, dann also Vincent, der plötzlich auftauchte und sein Herz vor versammelter Mannschaft ausschüttete. Das musste ihn ziemlich viel Mut gekostet haben, auch wenn sie niemals angenommen hätte, dass D'Ambruzzi vor irgendetwas den Schwanz einzog. Und trotz ihrer Vorurteile musste sie zugeben, dass sie von dem Mann beeindruckt war. Zu schade, dass man das nicht von der Person behaupten konnte, die er beeindrucken wollte.

Und zur Krönung des Abends war Jaz klar geworden, dass es sie sehr überraschen würde, sollte sie Tyler Griffus jemals wiedersehen. Irgendetwas hatte auf der Rückfahrt an ihm genagt, und er hatte sie praktisch aus dem Auto geschmissen, nachdem sie vor ihrem Haus angekommen waren. Und wenn sie ehrlich sein sollte, war sie ziemlich erleichtert gewesen, als er davonfuhr. In den letzten Tagen waren sie nicht allzu gut miteinander ausgekommen, und gegen Ende des Abends hatte in seinen Augen ein äußerst merkwürdiger Ausdruck gelegen. Um genau zu sein, seit D'Ambruzzis unerwartetem Auftauchen in der Bar. Oje, war es vielleicht möglich, dass er den Flirt mit Ivy ernst genommen hatte? Nun, auch wenn dem so sein sollte, es interessierte sie einfach nicht mehr. Und das war eigentlich das Traurige an der Sache.

Sie hörte nicht, wie sich der Schlüssel im Schloss drehte, die Tür leise geöffnet und dann ebenso leise angelehnt wurde. Eben war sie noch allein gewesen und nichtsahnend in ihr Wohnzimmer gegangen, und jetzt sah sie sich plötzlich einem maskierten Fremden gegenüber. Er packte sie am Arm und hob langsam die andere behandschuhte Hand, in der er ein blitzendes Messer hielt. Ihre Augen folgten seiner Bewegung, als er es ihr unter die Nase hielt. Es waren keine Worte nötig.

Sie verstand die Drohung sofort.

Terry klopfte so lange an Ivys Tür und verlangte, sie solle ihm öffnen, bis schließlich ein verärgerter Nachbar den Kopf aus seiner Wohnung streckte und ihm erklärte, wenn er nicht augenblicklich damit aufhörte, würde er die Polizei rufen. Fluchend schlug Terry noch einmal gegen die geschlossene Tür, und dann ging er frustriert davon. Mann! Es war nicht zu fassen, wie sich heute Abend alle aufführten!

Das hatte ihm gerade noch gefehlt, er war ohnehin nervös genug wegen Jaz' Freund Griffus. Mit dem Kerl stimmte etwas nicht. Dieses Gefühl hatte sich im Laufe des Abends noch verstärkt. Ihn trennten zwar nur noch ein paar Kilometer von seiner Wohnung, aber aus einem plötzlichen Impuls heraus machte Terry vor der Abzweigung nach Mountlake eine Kehrtwendung und fuhr zurück auf die 520. Er würde heute Nacht kein Auge zubekommen, wenn er nicht noch ein paar Worte mit Jaz redete, das wusste er schon jetzt. Es war zwar ein bisschen spät, um einfach so bei ihr reinzuschneien, aber egal. Warum sollte sie in aller Seelenruhe schlafen, wenn er es nicht konnte?

Das Erste, was er bemerkte, als er aus seinem Auto stieg und auf ihr Haus zuging, war die offen stehende Eingangstür. Sein Herz fing an zu rasen, und er fiel in den Laufschritt, hielt dann aber kurz vor der Tür inne. Aus dem Haus drang kein Laut, und vorsichtig trat er über die Schwelle. Bis auf das Licht, das in der Küche brannte, und einen Lichtstreifen, der durch die einen Spalt offene Tür aus ihrem Schlafzimmer in den Flur drang, war es dunkel. Er schlich den Flur entlang. Sah er vielleicht Gefahren lauern, wo gar keine waren? Wahrscheinlich hatte sie einfach vergessen, die Tür hinter sich zu schließen.

Dann hörte er das Wimmern.

Terry stürzte ins Schlafzimmer, nur um im nächsten Moment bei dem Anblick, der sich ihm bot, schockiert stehen zu bleiben. Jasmine lag mit ausgestreckten Armen und Beinen auf dem Bett, ihre in Fetzen gerissenen Kleider waren um sie herum verstreut, sie hatte die Zähne zusammengebissen, und ihr Gesicht war aschfahl, während ein Mann mit einer Ninja-Maske rittlings auf ihrer Brust saß, sie brutal bei den Haaren gepackt hielt und versuchte, seinen erigierten Penis in ihren Mund zu schieben. Sie wehrte sich, trotz des Messers, das gegen ihren Hals gedrückt war.

»NEIN!« Terry warf sich auf den Mann. Aber sein anfängliches Zögern hatte ihn das Überraschungsmoment gekostet. Jasmines Angreifer warf sich herum und hob die Hand mit dem Messer, als Terry auf ihn zuflog. Er konnte seine Vorwärtsbewegung nicht mehr abbremsen und spürte, wie in seiner Brust und in seinem Arm ein glühender Schmerz explodierte.

Er taumelte zurück und presste die Hand auf die Wunde. Dann spürte er, wie warmes Blut durch seine Finger rann, hatte aber keine Zeit, die Verletzung zu untersuchen. Verzweifelt sah er sich nach irgendetwas um, das wie eine Waffe aussah, packte einen Schirm, der neben dem Schrank in einem Ständer stand, und hieb mit aller Kraft auf den Angreifer ein.

Aus schierem Glück, wie ihm später klar wurde, erwischte er den rechten Arm des Mannes und schlug ihm das Messer aus der Hand. Jaz packte es und schwang es gegen ihren Vergewaltiger.

Der Mann brüllte wütend auf und stürzte sich auf Terry. Bei dem Zusammenstoß jagte ein rasender Schmerz durch Terrys Brust, aber der Angreifer nutzte Terrys kurze Lähmung nicht aus. Rasch sprang er auf die Füße und verschwand durch die Tür.

Jaz kroch über das Bett und warf sich in Terrys Arme. Er fiel bei dem erneuten Stoß gegen seine Brust beinahe in Ohnmacht, riss sich jedoch zusammen und legte seinen unverletzten Arm um sie und hielt sie ganz fest. Er atmete in ihr Haar, während sie sich schluchzend an ihn klammerte.

»Sch, sch«, sagte er leise. »Du bist in Sicherheit. Alles wird wieder gut.« Dann kam ihm plötzlich ein Gedanke, und erschrocken beugte er den Kopf, um ihr in die Augen zu sehen. »Das heißt … er hat doch nicht …?«

»Nein«, schluchzte sie und klammerte sich noch fester an ihn. »Nein, oh Gott, Terry, d-danke, dass du im richtigen Moment gekommen bist. Oh Gott, ich hatte solche A-Angst. Noch nie habe ich solche Angst gehabt.«

»Sch«, flüsterte er nochmals. Er küsste ihren Scheitel. Und ihre Schläfen. Dann glitten seine Lippen zu ihrer Wange. Auf einmal wurde er sich ihrer Nacktheit unter seinen Händen bewusst, und ein lange unterdrücktes Begehren brach sich Bahn. Er hob ihr Kinn, sein Mund schloss sich über ihre Lippen, und er küsste sie mit wilder Leidenschaft.

In ihrer Überraschung ließ Jaz es einen Augenblick lang mit sich geschehen. Dann stieß sie ihn aufgebracht weg: »Terry Pennington!« Terry stöhnte und starrte sie mit verschwommenem Blick an. Der Schock, von ihrem Cousin auf diese Weise geküsst zu werden, wich augenblicklich allergrößter Sorge, als sie bemerkte, in welchem Zustand er sich befand.

Er war aschfahl und blutüberströmt. Jaz schlug die Hände vor den Mund und starrte ihn mit aufgerissenen Augen an. Oh Gott, er hatte vielleicht gar nicht mitbekommen, wer sie war, als er … Sie zog eine Decke vom Bett und legte sie ihm um die Schultern. »Ich rufe sofort den Notarzt.«

»Ja, das wäre vielleicht nicht schlecht«, sagte Terry mit schwacher Stimme. »Ich fühl mich nicht besonders toll. Und ruf Ivy an, Jaz. Vielleicht ist D'Ambruzzi mittlerweile zu Hause. Er sollte wissen, was hier passiert ist.«

Ivy hätte beinahe nicht abgehoben, als das Telefon klingelte. In ihrem alkoholgeschwängerten Selbstmitleid wollte sie mit niemanden sprechen. Dann nahm sie aber doch den Hörer ab, bevor der Anrufbeantworter anspringen konnte, weil sie wegen ihres Verhaltens Terry gegenüber ein schlechtes Gewissen hatte. »Ja?«, rief sie.

»Ivy? Ich bin's.« Ivy erkannte die Stimme ihrer Cousine und verdrehte die Augen. Was war denn jetzt wieder? Sie hörte ein zittriges Ausatmen am anderen Ende. »Ivy, jemand hat gerade versucht, mich zu vergewaltigen.«

»Jaz?« Ivy sprang auf, schlagartig war ihre Gereiztheit verschwunden. Sie fühlte sich auf einmal vollkommen nüchtern. »Wann? Wie? Oh Gott, geht es dir gut?«

»Ja. Aber, Ive? Ist D'Ambruzzi da?«

»Mein Gott, Jasmine, tut mir Leid, er ist nicht da. Ich weiß nicht, wo er ist, aber ich versuche, ihn zu finden, okay? Bist du sicher, dass es dir gut geht?«

»Terry ist gekommen. Er hat verhindert, dass dieser Mann ... aber Terry ist verletzt, Ivy. Ich glaube, ziemlich schwer. Der Mann, der versucht hat, mich zu vergewaltigen – er hat Terry mit einem Messer angegriffen, und jetzt blutet er wie verrückt.«

»Ich bin gleich bei euch.«

»Nein, das ist nicht nötig. Ich habe schon den Notarzt und die Polizei gerufen. Terry hat geahnt, dass du das anbieten würdest, aber er hat auch gesagt, dass du zu viel getrunken hast, um dich hinters Steuer zu setzen.«

»Mein Gott. Wer war dieser Kerl?«

»Ich weiß es nicht. Und ist es nicht komisch, nachdem ich mich all die Jahre über diese dummen Zeugen lustig gemacht habe, die in den Krimiserien im Fernsehen auftauchen? Ich dachte immer, ich würde eine fantastische Zeugin abgeben. Aber alles verschwimmt wie in einem Nebel. Er hatte sich so eine Ninja-Maske über den Kopf gezogen, und alles, an was ich mich klar erinnern kann, sind seine

Hände. Er trug OP-Handschuhe. Und er hatte das größte Messer, das ich je gesehen habe.« Bei diesen Worten fing sie so stark mit den Zähnen zu klappern an, dass Ivy es sogar am anderen Ende der Leitung hören konnte. Gleich darauf hörte sie, dass es bei Jaz an der Tür klopfte, und ihre Cousine sagte: »Ivy, ich muss aufhören. Der Notarzt ist da. Ich muss mich um Terry kümmern.«

Bevor Ivy fragen konnte, in welchem Krankenhaus sie die beiden finden könnte oder ob Jaz wollte, dass sie ihre Eltern anrief, hatte Jaz schon aufgelegt.

Sie hatte es ohne Erfolg im Polizeirevier versucht und wählte gerade Keiths Nummer, als es an der Wohnungstür klingelte. Sie legte den Hörer auf und ging öffnen.

Es war Tyler Griffus.

»Gott sei Dank«, sagte sie und zog ihn in die Wohnung. »Hat Jaz Sie geschickt? Sie hat aufgelegt, ohne mir zu sagen, in welches Krankenhaus sie Terry bringen.«

Die letzten Überbleibsel seiner Fassade waren hauchdünn. Der Jäger hatte inzwischen vollständig die Kontrolle über ihn übernommen und verleibte sich Stück für Stück die Reste seines Gewissens ein. Er hatte sich eine Weile in der Nähe von Jasmines Haus herumgetrieben – gefährlich nahe. Nachdem er von dort geflohen war, war er direkt hierher gekommen. Mit etwas Glück hatte er in das Gebäude eindringen können, aber dieses Glück hatte ihn gleich wieder verlassen.

Er wusste nicht, wie er in die Wohnung der Ärztin kommen sollte, ohne sich zu erkennen zu geben. Er war schließlich kein Einbrecher – bisher hatte er immer die Gelegenheit genutzt, wenn eine Frau ihre Tür öffnete. Daher hatte er einfach geklingelt. Das bedeutete allerdings, dass er seine Anonymität vergessen konnte. Er würde sie umbringen müssen. Der Gedanke bereitete ihm nicht gerade Freude, aber es blieb ihm wohl nichts anders übrig.

Und die Ärztin war schließlich selbst daran schuld.

Es kam ihm äußerst gelegen, dass sie ihm von sich aus den perfekten Vorwand lieferte, sie von hier wegzubringen. Vielleicht würde er ihr nicht allzu sehr wehtun, bevor er sie umbrachte. Er war ehrlich überrascht gewesen, sie nicht in der Wohnung des Cops nebenan zu finden, wo er es zuerst probiert hatte. Er hatte keine Ahnung, was er mit dem Cop hätte anstellen sollen, daher war es eine überaus glückliche Fügung, dass er sie allein antraf. Wenn er weiter auf diese Fügung setzen wollte, dann musste er sie von hier fortschaffen und eine möglichst große Entfernung zwischen sich und den langen Arm des Gesetzes bringen.

Er streckte die Hand aus. »Kommen Sie«, drängte er. »Jaz braucht Ihre Hilfe, aber sie wollte nicht, dass Sie sich selbst hinters Steuer setzen.«

»Ja, natürlich.« Ivy griff nach seiner Hand und warf dabei unwillkürlich einen kurzen Blick darauf. Da entdeckte sie den schwachen weißen Rand unter seinen Fingernägeln, an der Nagelhaut und in den feinen Falten an den Gelenken. In diesem Moment setzte ihr Herz kurz aus.

Als es wieder zu schlagen begann, tat es das so heftig, dass sie Angst bekam, er könnte es hören. Oh Gott. Sie war schon zu lange Ärztin, um diesen Puder nicht sofort als das zu erkennen, was er war.

Dann verdrängte Wut den Schrecken. Dieser Scheißkerl – wie konnte jemand nur so arrogant sein! Man brauchte ja nicht einmal eine Nagelbürste, um diesen verdammten Puder zu entfernen, es genügte, wenn man die Hände kurz unters Wasser hielt, um das feine Talkum, das an den Händen haften blieb, wenn man seine OP-Handschuhe auszog, abzuwaschen. Aber er hatte offensichtlich nur mal eben kurz die Hände aneinander geschlagen, und das war's.

Vincent hatte nach Verlassen der Bar eigentlich vorgehabt, direkt nach Hause zu fahren und dort auf Ivy zu warten. Aber kaum war er auf die Straße getreten, hatte er gemerkt, dass er viel zu aufgedreht war, um es in einer engen Wohnung auszuhalten – schließlich wollte er sie, während er auf Ivy wartete, nicht in ein Trümmerfeld verwandeln. Und Eile war wohl auch kaum nötig. Er war sich ziemlich sicher, dass sie ihn bis in die frühen Morgenstunden warten lassen würde, nur um ihn auf die Folter zu spannen.

Die Bürgersteige an der First Avenue am Pioneer Square waren außerordentlich breit, aber die vielen Tische, die dort bei schönem Wetter vor den Lokalen standen, zwangen die Fußgänger zu einer Art Slalomlauf. Es war ein warmer Sommerabend, und trotz der späten Stunde waren die Straßen voller Menschen. Vincent bahnte sich mit vorgeschobenen Schultern einen Weg durch die Horden von Touristen, Obdachlosen und Nachtschwärmern, vorbei an neonbeleuchteten In-Kneipen und exotischen Restaurants. Er blieb unter dem Schild des South End Steam Bath stehen, ohne dem jungen Ausrufer Beachtung zu schenken, der direkt neben ihm auf einem Barhocker saß und rief: »Sieben Clubs für sieben Kröten!«, und überlegte, was er als Nächstes machen sollte.

Die Straßenlampen im Stil der Jahrhundertwende mit ihren drei Kugeln leuchteten im Wettstreit mit den bunten Neonreklamen und einem fast vollen Mond jeden Winkel aus. In ihrem Licht sahen die Bäume auf dem Grünstreifen in der Mitte der Avenue ganz gescheckt aus, und die Blumenkörbe, die an den Laternenpfosten befestigt waren, traten deutlich hervor. Schwermütiger Rhythm and Blues drang auf die Straße, zusammen mit dicken Rauchschwaden, die jedes Mal durch die Türen der Clubs entwichen, wenn sie geöffnet wurden. Nichts von alledem bemerkte Vincent, was ihm gar nicht gleichsah. In Gedanken versunken, hatte er kein Auge für die niedlichen jungen Dinger in ihren kurzen Sommerkleidern, die über den Bürgersteig flanierten; genauso wenig schien er ihre gegenkulturellen Widerparts wahrzunehmen, die ebenso knapp, wenn auch fast ausschließlich schwarz gewandet waren und durch den unabdingbaren Nasenring und bunt gefärbte Haare auffielen. Touristen schleppten sich mit Tüten und Kameras ab, Bettler streckten ihm flehend die Hände entgegen, Streifenpolizisten liefen paarweise herum und unterhielten sich leise, lachten gelegentlich oder ließen ihre Gummiknüppel kreisen.

Von alldem bemerkte Vincent nichts.

Er wusste nicht, wie es so weit hatte kommen können. Wenn ihm vor sechs Monaten jemand gesagt hätte, dass er sich in eine Frau verlieben würde, die in einen seiner Fälle verstrickt war, hätte er einen Lachanfall bekommen. Ja, klar – und die Sonne kreist um die Erde. Nie wieder im Leben würde er sich verlieben – Punkt, aus, fertig. Und erst recht nicht in jemanden, der ihn seine Integrität als Cop kosten könnte. Garantiert nicht – so unprofessionell war er nun mal nicht. Und wenn er sonst nicht viel von sich behaupten konnte, er verhielt sich immer professionell.

Trotzdem war es passiert. Und mochte es auch unprofessionell sein, er würde sie nicht aufgeben. Was bedeutete das? Nun, zum einen konnte er sich von dem Fall, in dem sie mit drinhing, zurückziehen. Gleich Montag früh würde er mit seinem Captain sprechen und ihn bitten, den Fall einem anderen zu übertragen. Und was diesen Abend betraf – nun heute Abend konnte er nicht viel unternehmen.

Außer beim Revier vorbeizufahren und die Überprüfung von Jasmines Freund vorzunehmen.

Er war ein Mann, der sich rühmte, stets Wort zu halten, aber dieses Mal hatte er es glatt vergessen, und er wollte ungern bis Montag warten, um sein Versprechen einzulösen.

Das Revier war relativ nah – jedenfalls nah genug, dass es umständlicher gewesen wäre, sein Auto zu holen, nur um dann ein paar Straßen weiter wieder nach einem Parkplatz zu suchen. Er machte sich lieber zu Fuß auf den Weg.

Zwei Detectives, die er von der Sitte her kannte, begrüßten ihn, als er durch die Tür trat. Er hörte sich zehn Minuten lang den neuesten Tratsch aus ihrer Abteilung an, dann konnte er sich endlich loseisen. Es war dunkel in Special Assault, als er die Tür aufschloss.

Er erwartete nicht, dass er bei seiner Suche auf irgendetwas stoßen würde, und als er GRIFFITH, TYLER eingegeben hatte, war genau das das Ergebnis. Okay. Er wollte den Computer schon wieder ausschalten. Jetzt konnte er Terry Pennington anrufen und ihm guten Gewissens mitteilen, dass er den Namen überprüft hatte und der Mann nichts auf dem Kerbholz hatte.

Dann hielt seine Hand kurz vor dem Power-Knopf inne. Moment mal. So hieß der Typ ja gar nicht. Verdammt, wie war sein Name noch mal – Griffin, Griffis? Griffus, genau! Er gab den korrekten Namen ein.

Alarmiert sprang er auf, als die Worte auf dem Bildschirm erschienen.

19

Ivy brauchte nicht mehr als ein paar Sekunden, um zu erkennen, dass es nicht besonders klug war, einem Vergewaltiger gegenüber zu zeigen, dass man wütend war. Durch jahrelanges Training hatte sie gelernt, ihre Gefühle vor arroganten Chirurgen und anderen vorgesetzten Ärzten verschiedensten Naturells zu verbergen. Bislang war es ihr allerdings erspart geblieben, das im Zustand blanken Entsetzens tun zu müssen. *Komm, Ivy, spiel ihm etwas vor,* befahl sie sich. *Leg einen Auftritt hin, der die Bernhardt und die Streep vor Neid erblassen lassen würde. Denn wenn du nicht völlig überzeugend bist, wird er dich vergewaltigen – oder Schlimmeres.*

Im nächsten Augenblick fragte sie sich leicht hysterisch, was noch schlimmer sein könnte. Sie entzog ihm ihre Hand. »Ich will nur rasch meine Tasche holen«, sagte sie möglichst gelassen. »Ich bin gleich wieder da. Wenn Sie wollen«, rief sie ihm über die Schulter zu, als sie bereits Richtung Schlafzimmer ging, in dem sich das nächste Telefon befand –, »können Sie ja schon mal runtergehen und den Wagen anlassen. Ich komme dann gleich nach.«

Ivy erwartete nicht ernsthaft, dass Tyler ihren Vorschlag aufgriff, und er tat es auch nicht. Erst als sie den Flur halb hinter sich hatte, wurde ihr ihre schreckliche Lage voll bewusst … Die Erkenntnis traf sie wie ein Fausthieb und streckte sie beinahe zu Boden. Der Mann, der Jasmine fast vergewaltigt und Terry schwer verletzt hatte, stand nun in ihrem Wohnzimmer. Gott allein wusste, wie sie sich unbeschadet aus dieser Situation befreien sollte – sie war schließlich Ärztin und keine kampferprobte Soldatin, und wie es aussah, war sie ganz auf sich gestellt. Ihre Knie gaben unter ihr nach, und sie stützte sich kurz mit zittriger Hand an der Wand ab, als eine Woge von Übelkeit und Schwindel alles um sie herum in weißes Licht tauchte und einen sauren Geschmack in ihrem Mund hinterließ.

Sie holte ein paarmal tief Luft, reckte den Kopf in die Höhe und ging weiter. Im Schlafzimmer eilte sie sofort zu ihrem Nachttischchen, wo sie das Skalpell abgelegt hatte, das sie seit Wochen mit sich herumtrug. Sie hatte schon fast geglaubt, dass sie es bis ans Ende ihrer Tage von einer Tasche in die andere stecken würde.

Unordentlich, wie sie war, hatte sie es beim Nachhausekommen einfach neben die Schale gelegt, in der sich ihr mittlerweile fast erschöpfter Vorrat an Kondomen befand. Zum ersten Mal in ihrem Leben war sie froh darüber, dass ihr jeglicher Ordnungssinn fehlte, und sie nahm es und steckte es in die Tasche ihres Rocks. Sie wusste allerdings nicht, ob sie es tatsächlich über sich bringen würde, das Ding auch zu benutzen – aber sie würde es bei Gott bei sich haben, wenn sie sich letztlich dazu entschließen sollte.

Wo blieb nur Vincent? Wie konnte er ihr seine Liebe gestehen und dann einfach verschwinden – und sie in der Gefahr allein lassen? Sie hatte ihm geglaubt, als er es gesagt hatte – auch wenn sie einen vollkommen anderen Eindruck vermittelt haben mochte und er ihr früher an diesem Abend solch unverzeihliche Dinge an den Kopf geworfen hatte. Seine Anschuldigungen hatten sie beinahe über das Maß des Erträglichen hinaus wütend gemacht, und doch glaubte sie ihm seine Liebesschwüre, denn sie kannte Vincent, und er war nicht der Mann, der sein Innerstes vor aller Welt ausbreitete, wenn es ihm nicht verdammt ernst war … Nur wo zum Teufel blieb er? Sie brauchte ihn so dringend.

Aber er schien spurlos verschwunden.

Leise nahm Ivy den Hörer ab und wählte die Notrufnummer. Es klingelte am anderen Ende, einmal, zweimal. Oh, bitte, bitte. Nimm ab. Nimm ... bitte ... ab. Es begann zum dritten Mal zu klingeln, als sie mit einem Aufschrei den Hörer fallen ließ. Wie eine Schlange hatte sich plötzlich ein Arm um ihre Brust gelegt und mit eisernem Griff ihre Schulter gepackt. Drohend blitzte die Klinge eines Messers vor ihren Augen auf.

Dann war es wieder aus ihrem Blickfeld verschwunden. Aber nicht aus ihrem Kopf – weiß Gott nicht. Sie spürte den kalten Stahl, der unterhalb ihres Kiefers leicht gegen ihre Halsschlagader gedrückt wurde.

»Leg den Hörer auf«, sagte Tyler mit tonloser, tödlicher Stimme.

Ivy suchte blind nach dem Hörer, bis sie die Telefonschnur zu fassen bekam. Langsam zog sie daran, bis sie ihn in der Hand hatte, und legte ihn vorsichtig auf die Gabel. Jetzt bloß nicht schlucken, dachte sie.

»Mann, das muss ich dir wirklich lassen, du verlogenes Miststück«, keuchte er. »Du bist gut. Die Idee, ich könnte schon mal den Motor anlassen, war nicht schlecht – beinahe hättest du mich davon überzeugt, dass ich dich doch falsch eingeschätzt habe. Zu blöd, dass du im Flur gestolpert bist. Hat mich an diese Comics erinnert, wo man eine Glühbirne über dem Kopf einer der Figuren aufleuchten sieht.« Er nahm das Messer von ihrer Kehle weg, ließ ihre Schulter los und packte stattdessen ihr Kinn, um es brutal zur Seite zu drehen, so dass sie ihn über die Schulter hinweg ansah, den Kopf schmerzhaft verdreht. »Was hat mich verraten, Doc – hast du dich plötzlich daran erinnert, dass du mich schon mal in der Bar deines Onkels gesehen hast?«

Also war er tatsächlich schon früher im Mack 'N Babe's

gewesen. Aber wann? Und dann erinnerte sie sich plötzlich – viel zu spät, als dass es noch für irgendjemanden von Nutzen sein konnte. Natürlich: der Kerl, der sie beobachtet hatte, um sich dann sofort Jaz zuzuwenden, als sie ihn dabei ertappt hatte. Und dann nur noch ihre Cousine angehimmelt hatte. So viel dazu, wer von ihnen beiden wirklich gut war, dachte sie bitter. Hatte der Kerl vielleicht Psychologie studiert? Jedenfalls hatte er geschickt eine ihrer peinlicheren Schwächen auszunutzen gewusst.

»Das Talkum an Ihren Händen von den Handschuhen«, gab sie zurück, in einem Ton, der ihm zu verstehen geben sollte, dass er keineswegs so klug war, wie er dachte. Die Finger an ihrem Kiefer pressten sich drohend zusammen, so dass sich ihre Lippen zu einer Schnute verformten. Er drückte seinen Mund brutal auf ihre Lippen, und Ivy musste fast würgen. Dann stieß er sie von sich.

»Ich vergaß, dass eine Ärztin so etwas bemerken würde«, bekannte er mit einem gleichgültigen Schulterzucken und beobachtete, wie Ivy ihr Kinn vor- und zurückschob. Seine Miene verfinsterte sich augenblicklich, als er sah, dass sie sich mit dem Handrücken über den Mund wischte. »Tu nicht so, als hätte es dir nicht gefallen«, fuhr er sie an. »Du weißt, dass du es willst – ihr wollt es doch alle.«

»Nun, da täuschen Sie sich«, erwiderte Ivy unvermittelt aggressiv und stöhnte im nächsten Moment über ihre Dummheit. *Verdammt, Ivy, halt deine Klappe, halt bloß deine Klappe! Gebrauch deinen Verstand – du musst nicht in einem Streit mit einem Irren punkten … Versuch, ihn zu beruhigen. Du lieber Himmel, und du hältst dich für klug?* »Aus reiner Neugierde gefragt«, sagte sie in sanfterem Ton. »Wie kommen Sie darauf?«

»Weil ich es weiß«, gab er zurück, als sei es eine unumstößliche Wahrheit. »Das hat *sie* mir beigebracht.«

Ivy sah sich verstohlen um. Tyler stand zwischen ihr und der Tür, und das Telefon befand sich viel näher bei ihm als bei ihr. Im Grunde konnte sie nichts weiter tun, als ihn am Reden zu halten – und zu hoffen, dass Vincent sich endlich dazu bequemte, hier aufzutauchen, solange sie noch einigermaßen heil war. Gott, wie sehr sie wünschte, sie wäre im Mack 'N Babe's nicht so stur gewesen. »Wer ist ›sie?‹, Tyler?«, fragte sie.

»Das geht dich überhaupt nichts an – ich will nicht über sie sprechen!« Tyler musterte Ivy. »Zieh das Ding aus«, forderte er. »Zeig mir deine Titten!«

»Nein!« Instinktiv bedeckte Ivy ihre Brüste schützend mit den Händen.

Sein Messer hatte sie ganz vergessen. Aber plötzlich war es wieder da und schlitzte ihr Top vom Saum her auf, bis es von dem Draht gestoppt wurde, der das kleine V bildete. Er nahm die Klinge zwischen die Zähne, packte den Stoff und riss ihn brutal über ihren Brüsten auseinander. Seine Fingernägel hinterließen rote Kratzer auf ihrer Haut.

Ivy versuchte automatisch, mit gespreizten Fingern die entblößten Stellen so gut es ging zu bedecken.

»Nimm deine Pfoten da weg«, befahl er ihr grob, und als sie zögerte, machte er eine drohende Geste mit dem Messer. Ivy ließ langsam die Hände sinken und ballte sie in hilfloser Wut an ihren Seiten zu Fäusten.

Tyler lächelte kalt. Ja. Das war der Teil, den er liebte: die Angst der Frauen, seine eigene Macht. Und was für ein erhebendes Gefühl es war, einer Frau zur Abwechslung mal ohne Maske gegenüberzutreten, so dass sie seine ganze Verachtung sehen konnte.

Er betrachtete genießerisch Ivys nackte Brüste, wohl wissend, wie sehr er sie damit quälte, ohne dass sie etwas dagegen tun konnte. »Nett«, sagte er mit einem anzüglichen Grinsen. »Ich wette, dass dein Cop die ganze Zeit an ihnen herumnuckelt?« Zufrieden registrierte er, wie sich ihre Augen entsetzt weiteten, und er machte obszöne Kussgeräusche, um ihre Pein noch zu vergrößern. »Und wie fickt er ein so großes Mädchen wie dich, hm?«, fragte er und weidete sich an der tiefen Röte, die ihr über die Brust ins Gesicht stieg. »Er mag es von hinten, oder? Ja, ich wette, er liebt es, sich deine Haare um die Faust zu schlingen und daran wie an den Zügeln eines Pferdes zu ziehen, während er seinen Schwanz in dich ...«

»Halten Sie den Mund!«

Tyler streckte die Hand aus und packte grob Ivys Brust. »Sag mir nicht noch mal, dass ich den Mund halten soll! Ich rede, so viel ich will, und davon wird mich keine dumme, rothaarige Fotze abhalten.« Er fuhr ihr mit dem Rücken der Klinge über die Kehle, weiter bis zum Schlüsselbein und schlug ihr mit der flachen Seite der Klinge unvermittelt auf die Brust. Seine Lippen verzogen sich zu einem zufriedenen Grinsen, als sie zusammenzuckte. Dann beugte er sich plötzlich vor und biss sie heftig in die Brustwarze, die zwischen seinen Fingern hervorsah. Ivy schrie auf, und Tyler stieß sie befriedigt zur Seite.

Sie taumelte und konnte sich gerade noch an der Matratze festhalten, um einen Sturz abzufangen. Bevor sie sich wieder aufrichten konnte, hatte Tyler ihr sein Knie in die Kniekehle gestoßen. Ihr Bein knickte unter ihr weg. Er drückte ihr Gesicht gegen die Matratze, und sie lag hilflos da und spürte, wie er seinen erigierten Penis an ihrem Hintern rieb. »Ich wette, du selbst magst es auch von hinten«, murmelte er. »So werde ich dich jedenfalls ficken.«

Ivy wimmerte. Noch nie hatte sie sich so entblößt und ausgeliefert gefühlt.

Noch nie hatte sie solche Angst empfunden.

Und dann ließ der Druck plötzlich nach, und die Hand, die ihren Kopf gegen die Matratze gepresst hatte, war weg, und Tyler trat zurück. Hustend rollte sich Ivy herum und kam auf die Füße.

»Du sagst mir nicht, dass ich den Mund halten soll«, sagte er leise und griff an seine Gürtelschnalle. »Du brauchst wohl was, mit dem sich dein Mund beschäftigen kann? Ich geb's dir«, drohte er. Dann hielt er inne, rieb über die Ausbuchtung in seiner Hose, ließ den Reißverschluss jedoch zu. »Aber zuerst will ich deine Möse sehen. Ich habe noch nie die Möse einer Rothaarigen gesehen.« Als sie sich nicht bewegte, fuhr er sie an: »Zeig sie mir, du Nutte. Zieh dich aus, sofort. Und zwar ganz.«

»Bitte«, flüsterte sie, und die Tränen rollten ihr über die Wangen. Sie konnte nicht glauben, dass jemand so obszön, so brutal sein konnte.

»Mach schon!«

Sie ließ die Hand in die Tasche ihres Rocks gleiten und umschloss das Skalpell mit den Fingern. Vorsichtig nahm sie die Kappe ab, jetzt wusste sie, dass sie es benutzen musste. Es widersprach ihrer tiefsten Überzeugung, allem, wofür sie stand, aber sie konnte nicht zulassen, dass er sie so entwürdigte. Es war schon schlimm genug, ihm zuhören zu müssen, wie er sich über Vincents sexuelle Vorlieben erging. Ja, Vincent hatte sie auf jede erdenkliche Weise geliebt, aber dieses Monster hier versuchte, etwas, das schön war und etwas ganz Besonderes zwischen ihnen beiden, in den Dreck zu ziehen und zu etwas Abstoßendem zu machen. Nein, sie würde nicht zulassen, dass er sie zu einem wertlosen Gefäß degradierte, das ausschließlich dazu diente, dass er seinen Dreck darin abladen konnte, um dann weggeworfen zu werden. Der Mann war krank. Krank und widerlich.

Unbeholfen knöpfte sie ihren Rock auf und ließ ihn fallen und nahm heimlich das Skalpell aus der Tasche, als sie sich vorbeugte, um ihn vom Boden aufzuheben. Sie verbarg es zwischen den Stofffalten und richtete sich auf.

»Jetzt die Unterhose, du dummes Weibsstück«, fuhr er sie an.

Oh Gott, wie sollte sie mit dem Skalpell in der Hand ihre Unterwäsche ausziehen? Einen Augenblick lang nahm sie die Frage, wie sie ihre Haut retten konnte, mehr gefangen als der Widerwille, sich diesem Monster nackt zu präsentieren, und sie zögerte.

Aus Angst, er könnte sein Messer gebrauchen und ihr den Slip einfach vom Leib schneiden, schob Ivy den schmalen Streifen Seide mit ihrer freien Hand erst über die eine Hüfte, dann über die andere und richtete sich langsam auf. Das seidige Material rutschte an ihren Oberschenkeln und Knien nach unten, bis es an ihren Knöcheln hängen blieb.

Sie fühlte sich völlig ausgeliefert, nackt bis auf die Haut vor einem Mann stehend, der ihre Demütigung ganz offensichtlich genoss.

Und der Jäger, der Tyler Griffus beherrschte, genoss es tatsächlich. Er hatte komplett vergessen, dass er die Frau aus der Wohnung schaffen sollte, vergessen, dass er sich beeilen musste. Stattdessen schwelgte er im Gefühl seiner Macht und ihrer Entwürdigung, beschwor noch verheißungsvollere Bilder herauf, in denen sie noch hilfloser war. Bilder von langsamer, süßer Unterwerfung erfüllten seine Fantasie. Er fand langsam Geschmack an der Vorstellung, sie zu töten, weil sie weitaus böser war, als all die anderen Weiber es jemals sein würden – böser vielleicht sogar als *sie*. Zumindest hatte *sie* nie vorgegeben, seine Freundin zu sein, wie es die Ärztin getan hatte, während sie in Wirklichkeit die ganze Zeit über hinter seinem Rücken über ihn gelacht hatte.

Ein schneller Tod wäre zu gnädig, und er würde sie nicht eher gehen lassen, als bis sie den vollen Preis gezahlt hatte. Er wollte alles tun, um die Demütigung so lange wie möglich hinzuziehen; er wollte sie auf jede mögliche Weise peinigen.

»Was wird der alte Schweinepriester wohl denken, wenn er nach Hause kommt und dich splitterfasernackt vorfindet, während du mit mir all das tust, was eine Hure nun mal am besten kann?«, fragte Tyler und griff wieder nach seinem Reißverschluss. »Denkst du nicht, er wird sofort glauben, du hättest darum gebettelt?«

Oh Gott, das Schwein war ein Meister der psychologischen Kriegsführung, dachte Ivy in bitterer Verzweiflung. Daran hatte sie noch gar nicht gedacht – was würde Vincent glauben, nach dem, was sie ihm angedroht hatte, bevor sie ein paar Stunden zuvor aus seiner Wohnung gestürmt war, und nachdem er mit eigenen Augen gesehen hatte, dass sie mit ebendiesem Mann hier geflirtet hatte?

Oh Gott, bei all seinem Misstrauen gegenüber Frauen und deren Fähigkeit zur Treue?

Würde sie diesen widerlichen Mistkerl lange genug hinhalten können, bis Vincent zu ihrer Rettung herbeigeeilt käme, nur damit er dann auf dem Absatz kehrtmachte und wieder ging, sobald er sie beide erblickt hatte? Das Gefühl von Hoffnungslosigkeit legte sich wie Blei auf ihre Schultern, und als Tyler jetzt auf sie zutrat, seinen entblößten Schwanz in der Hand und damit drohend vor ihr herumwedelnd wie zuvor mit dem Messer, und ihr befahl, sich hinzuknien, da gaben ihre Knie von sich aus unter ihr nach.

Dann stieg das Bild von Vincents dunklen Augen vor

ihr auf, und sie hörte seine Stimme. »Ich liebe dich, Ivy Jayne«, hallte es in ihrem Kopf wider. »Du besitzt mehr Integrität ...« Ihre Beine gewannen ihre Stärke zurück, und sie erhob sich.

»Ich habe gesagt, auf die Knie, du Hure!«

Ivy schrie wutentbrannt auf und stürzte sich mit all ihrer in jahrelanger Schufterei in der Notaufnahme erworbenen Kraft auf ihren Peiniger. Tyler, der nicht mit diesem Angriff gerechnet hatte, stolperte einen Schritt zurück. Sie rammte ihm die stumpfe Seite des Skalpells gegen den Ellbogenknochen, und sein Messer fiel klappernd zu Boden. Ivy schnappte es sich und rannte laut schreiend zur Tür, als wäre der Leibhaftige hinter ihr her.

Kurz vor der Biegung im Flur holte er sie ein und brachte sie zu Fall, indem er sich auf sie warf. Er rollte sie auf den Rücken, setzte sich rittlings auf sie und schlug ihr einmal, zweimal mit voller Wucht ins Gesicht, so dass ihr Kopf von einer Seite zur anderen geschleudert wurde. In seinem Wutrausch bemerkte er nicht einmal das Skalpell in ihrer linken Hand, als er ihr rechtes Handgelenk umklammerte und ihre Hand mehrere Male auf den Parkettboden schlug. Sie ließ das Messer los, und es schlitterte über den Boden und blieb eine Armeslänge von Tyler entfernt liegen. Aber er beachtete es nicht, sondern spreizte mit dem Knie brutal ihre Beine auseinander und schob sich zwischen ihre Schenkel. »Darum hast du doch gebettelt, du hinterhältiges Miststück.«

Draußen vor ihrer Wohnungstür war ein leises Geräusch zu hören, aber Ivy bekam nichts davon mit. Ihre linke Hand schnellte hoch, und sie presste die Stahlklinge des Skalpells gegen Tylers Hals. »Ein falscher Schnaufer, du krankes Arschloch«, flüsterte sie mit rauer Stimme, »und ich schwöre, ich schlitze dir die Kehle auf, schneller, als du Piep sagen kannst« – und wusste im gleichen Augenblick, dass sie es nicht würde tun können.

Du lieber Gott, was sollte sie jetzt bloß machen? Warum nur musste sie solche Skrupel haben – das war nun wirklich nicht die richtige Zeit oder der richtige Ort dafür. Sie sollte sich besser schnell einen anderen Plan ausdenken, weil sie ihn sicher nicht mehr lange hinhalten konnte, bevor er merkte, dass sie nicht den Mut hatte, das Skalpell tatsächlich gegen ihn einzusetzen.

Sie spürte, wie sein Penis erschlaffte, und seufzte erleichtert auf. Wenigstens drohte ihr fürs Erste nicht mehr, vergewaltigt zu werden. Einen Moment lang war sie versucht, ihn wegen seiner fehlenden Manneskraft zu verspotten, aber sie besaß noch Verstand genug, die Worte hinunterzuschlucken, bevor sie ihr über die Lippen kamen. Für den Moment war sie in der stärkeren Position, und es wäre gut, wenn das auch so bliebe. Sie hatte es mit einem Verrückten zu tun. Schon ganz normale Männer hatten auf diesem Gebiet Probleme mit ihrem Ego; wenn sie sich deswegen über ihn lustig machte, dann könnte er möglicherweise eine durchgeschnittene Kehle für einen kleinen Preis dafür halten, sie so langsam und qualvoll wie möglich sterben zu lassen, bevor er selbst schließlich verblutete.

Der Gedanke daran weckte erneut ihren Zorn. Dieses Schwein hatte sie durch die Hölle geschickt; das konnte sie nicht auf sich beruhen lassen, ohne wenigstens zu versuchen, es ihm zu vergelten. »Wissen Sie, wie lange es dauert, bis ein Körper ausgeblutet ist?«, fragte sie ihn möglichst gleichmütig und lächelte zufrieden, als sie sah, wie alle Farbe aus seinem Gesicht wich. Gut. Sie hoffte, er machte sich vor Angst in die Hose.

Er brauchte nicht zu denken, dass nur er dieses grausame Psychospiel spielen konnte. Sie mochte darin nicht so gut sein wie er, aber sie lernte immerhin schnell. »Der Trick besteht natürlich darin, ruhig zu bleiben, damit das Herz nicht so schnell schlägt«, erklärte sie ihm mit einer gewissen Wonne und spürte, wie sein Herz bebend gegen ihre Brust schlug. »Aber das ist gar nicht so leicht, Tyler, besonders wenn man mit jedem Herzschlag spürt, wie das Blut aus einem herausströmt. Normalerweise dauert es nur –«

In diesem Augenblick schlug krachend die Wohnungstür gegen die Wand, und Vincents Stimme brüllte ihren Namen in einer jedes andere Geräusch verschlingenden Lautstärke. Ivy verließ jegliche Kraft.

»Vincent?«, wimmerte sie. Sie konnte hören, wie er durch den Flur stürzte, und ihre Augen füllten sich erneut mit Tränen. Ihre Hand begann zu zittern, und ihr Druck auf Terrys Kehle ließ nach. Sie bog den Kopf zurück, gerade als Vincent um die Ecke stürmte. »Oh Gott, Vincent!«

In diesem Bruchteil einer Sekunde, in dem ihre Aufmerksamkeit abgelenkt war, presste Tyler mit einem Knurren ihre linke Hand auf den Boden und schnappte sich das neben ihm liegende Messer. Er würde nicht ins Gefängnis gehen. Er war schon einmal dort gewesen und hatte es nicht gemocht, nie wieder würde er dorthin gehen. Er sah den Cop und den uniformierten Grünschnabel, der ihn begleitete, und beschloss, dass er nicht allein einen Abgang machen würde, wenn es so weit wäre. Er würde dieses Miststück von Ärztin mitnehmen.

Er hob das Messer.

»Nein!«, brüllte Vincent und brachte seine Pistole mit beiden Händen in Anschlag. Aber es war die Kugel des jungen Streifenpolizisten, der erst vor neun Monaten die Polizeiakademie verlassen hatte, die Tyler Griffus erwischte.

Der Knall war ohrenbetäubend und hallte in dem engen Flur mit dem Holzfußboden endlos wider. Ivy schrie auf und stemmte sich gegen den Körper, der wie ein Sack nasser Zement auf ihre Brust und ihren Kopf fiel. Tierische Laute formten sich tief in ihrer Kehle, und sie wand sich unter Griffus hervor, bis ihr Oberkörper befreit war. An ihren Händen lief Blut herab. Entsetzt starrte sie sie an. Das war nicht die Notaufnahme, das war nicht irgendein Fremder, der ihre Hilfe brauchte; das war sie. Es war eine ganz persönliche Sache, ganz nah, und mit wachsender Hysterie begann sie zu drücken und zu schieben und zu treten, versuchte, Griffus' Leiche, die sie an den Boden nagelte, von sich zu wälzen.

»Gott, befreien Sie sie doch endlich!«, brüllte Vincent den Streifenpolizisten an, der zwar näher getreten war, aber nur auf die blutüberströmte Leiche zu seinen Füßen starrte und so aussah, als würde er sich jede Minute übergeben. Vincent schubste den leblosen Körper weg, sank auf die Knie und zog die schreiende, um sich schlagende Ivy in seine Arme, hielt sie ganz fest. »Sch, sch, es ist alles gut, es ist alles gut. Alles wird wieder in Ordnung kommen.« Ihre nackte Haut fühlte sich kalt unter seinen Händen an, und noch immer wand sie sich im Kampf. Er sah zu dem Streifenpolizisten auf. »Geben Sie mir Ihr Hemd.«

Der junge Polizist riss seinen Blick von dem Mann, den er eben getötet hatte, los und sah Vincent fragend an. »Was?«

»Sie hat einen Schock erlitten, Mann, holen Sie irgendwas, in das ich sie wickeln kann! Geben Sie mir Ihr Hemd, schnappen Sie sich eine Decke. Und rufen Sie einen Arzt. Machen Sie schon, verdammt noch mal!« Er sah wieder auf die vollkommen panische Frau in seinen Armen. »Ivy«, sagte er in autoritärem Ton, »hörst du mich? Hör mir zu, Liebes, du bist in Sicherheit, ich bin bei dir, Ivy. Griffus ist tot. Du bist jetzt in Sicherheit.«

Auf einmal klärte sich ihr Blick, und sie sah ihn an. »Vincent?« Sie hörte auf, um sich zu schlagen, und fing stattdessen an zu schluchzen und zu zittern. In ihre Wangen kehrte ein wenig Farbe zurück, und sie fühlte sich nicht mehr ganz so kalt an. »Vincent, mein Gott, Vincent! Wo warst du nur? Warum hast du so lange gebraucht?« Sie klammerte sich an sein Hemd, vergrub ihr Gesicht an seiner Brust und weinte herzzerreißend.

Vincent sah die Kratzer auf ihren Brüsten und den Abdruck von Zähnen um eine der Brustwarzen. Er beugte seinen Kopf über sie. »Es tut mir Leid, Liebes; Gott, es tut mir so Leid.« Dann hob er den Kopf, als der Streifenpolizist ihm den Überwurf von Ivys Bett reichte, nickte ihm zu und wickelte sie sanft in die warme Decke. Er lehnte sich gegen die Wand und zog sie auf seinen Schoß. Als der junge Mann sich aufrichten wollte, legte Vincent die Hand auf seinen Arm. »Der Schuss war gerechtfertigt«, sagte er leise. »Sie hatten keine andere Wahl.«

Die Augen, die seinen Blick erwiderten, waren in den zwanzig Minuten, seit Vincent den Jungen vom Revier mitgenommen hatte, um Jahre gealtert. »Warum fühle ich mich dann so beschissen?«

Vincent sah ihn ruhig an. »Wahrscheinlich weil Sie ein anständiger Mensch sind.« Er nickte zu der weinenden Frau in seinen Armen. »Aber Sie haben ihr das Leben gerettet, und dafür danke ich Ihnen. Der Kerl hätte sie sonst getötet.«

Der Polizist nickte. »Ja, ich weiß.« Er richtete sich auf und sagte: »Ich sichere jetzt den Tatort, Sir.«

Vincent sah wieder auf Ivy hinunter. Sie war etwas ruhiger geworden, schniefte und atmete keuchend und hielt ihre Wange noch immer gegen seine Brust gepresst. Sanft berührte er mit dem Finger einen Blutstropfen, der sich unter ihrem rechten Nasenflügel gebildet hatte. Dann nahm er eine Ecke der Decke und tupfte ihn weg. »Ivy, ich muss dir jetzt ein paar Fragen stellen.«

Sie stöhnte.

»Ich weiß, ich weiß. Es tut mir Leid, Liebes, aber das gehört nun mal zu meinem Job. Möchtest du lieber mit einer Frau sprechen? Ich kann Suse McGill holen lassen.«

Sie schüttelte den Kopf. Eine ganze Weile lastete gespanntes Schweigen auf ihnen, dann seufzte sie, schniefte und wischte ihre Nase an seinem Hemd ab. »Er hat mich nicht vergewaltigt, Vincent«, flüsterte sie.

Sie spürte das heftige Schlagen seines Herzens an ihrer Wange und hob langsam den Kopf, um ihm ins Gesicht zu sehen.

»Wirklich?« Danke, lieber Gott, danke. Als er gesehen hatte, wie Griffus zwischen ihren nackten, gespreizten Beinen lag, war er überzeugt gewesen, dass er zu spät gekommen war. Vincent spürte, wie ein schweres Gewicht von seinem Herzen genommen wurde. Er drückte sie fest an sich und küsste sanft ihre Stirn. »Willst du mir nicht erzählen, was geschehen ist?«

Wieder begann sie zu weinen. »Oh Gott, Vincent, es war so schrecklich«, schluchzte sie. Um Fassung ringend fuhr sie mit rauer Stimme fort: »Es war so ernied…, ernied…« Sie atmete tief ein, hielt einen Moment lang die Luft an und stieß sie dann aus. »Er hat mich so erniedrigt. Er hat mich – als – Hure beschimpft und als F-fotze. Hat mich gezwungen, mich nackt auszuziehen und dann über meinen Körper geredet und darüber, wie du … du und ich, wie wir …«

»Uns lieben«, ergänzte Vincent durch zusammengebissene Zähne. Das Schwein konnte von Glück sagen, dass er schon tot war. Für das, was er ihr angetan hatte, hätte er ihn gerne umgebracht.

»Nur hatte es so, wie er davon sprach, nichts mit Liebe zu tun. Aus seinem Mund klang es so schmutzig und abstoßend, und Vincent, er versuchte, versuchte ...« Sie schlug sich die Hand vor den Mund und schluckte einige Male schwer. Schließlich atmete sie einmal tief durch und ließ ihre Hand sinken. Sie zwang sich weiterzusprechen. »Er versuchte, wollte, dass ich ... Vincent, er sagte, ich soll auf die Knie und ...« Gestern wäre es ihr nicht schwer gefallen, die Worte auszusprechen; jetzt konnte sie sich nicht dazu überwinden. Sie packte sein Hemd noch fester und sah ihn flehend an.

»Er wollte dich zum Oralverkehr zwingen.«

Sie nickte schwach. »Er sagte, du würdest mir die Schuld geben.«

Vincent zuckte zusammen, so, wie er sich ihr gegenüber in der letzten Zeit verhalten hatte, musste sie das völlig verunsichert haben. »Nein«, sagte er mit fester Stimme. Er schob die Decke von ihrer Brust und strich sanft über die blutigen Kratzer und ihre verletzte Brustwarze. »Und das ...?« Dann bedeckte er sie wieder.

Stotternd erzählte sie es ihm. Stück für Stück erfuhr er die ganze Geschichte. Das war eine ganz neue Erfahrung für ihn, die Geschichte des Opfers aus dem Mund einer Frau, mit der ihn eine persönliche Beziehung verband. Wie konnte er da angesichts ihres Schreckens, ihres Leids objektiv bleiben? Vollkommen überrascht vernahm er, dass sie das Skalpell an Griffus' Hals gehalten hatte – er hatte nichts davon bemerkt, als er auf sie zugestürmt war. Zunächst verstand er nicht, warum sie dem Kerl nicht einfach die Kehle aufgeschlitzt hatte, als sie die Möglichkeit dazu hatte – das Schwein hatte ihr Grund genug gegeben, ihn ins Jenseits zu befördern.

Als er dann jedoch in Ruhe darüber nachdachte, erkannte er, dass genau das Ivy Jayne Pennington ausmachte. Er dachte an ihre Hingabe gegenüber ihrem Beruf, ihre persönliche Integrität, und er war froh, dass nicht sie es war, die Griffus getötet hatte. Auf einer viel tieferen Ebene als derjenigen, auf der ihn das Ganze berührte, einer viel tieferen Ebene als der seines vergeblichen Wunsches, an einem toten Mann Rache zu üben für die entsetzlichen Dinge, die dieser der von ihm geliebten Frau angetan hatte, wusste Vincent, was das für sie bedeutet hätte.

Es wäre eine Entscheidung gewesen, die sie kaum mit ihren Überzeugungen hätte in Einklang bringen können. Letztlich hätte sich das als ein größeres Hindernis auf dem Weg zu ihrer Gesundung herausgestellt als all die Erlebnisse, mit denen sie ohnehin fertig werden musste.

20

Um Viertel nach vier in der Früh wurde Ivy aus der Notaufnahme entlassen, und das Erste, was sie tat, als Vincent sie in seine Wohnung gebracht hatte, war, unter die Dusche zu gehen. Sie blieb so lange darunter stehen, bis nur noch lauwarmes Wasser aus der Leitung kam.

Vincent saß mit angezogenen Knien auf dem Boden des Badezimmers, den Rücken gegen die Wand gelehnt, und döste, als sie aus der Duschkabine trat. Das erste Lächeln seit langer Zeit spielte um ihre Lippen, und sie kitzelte ihn mit ihrem Zeh. »Hey.«

»Mmmh?« Er blinzelte. »Oh. Entschuldige. Ich muss

wohl kurz eingeschlafen sein.« Das kratzende Geräusch seiner Finger, die über seine rauen Wangen strichen, wurde in dem gefliesten, engen Bad noch verstärkt. Er reichte ihr ein Handtuch. »Hier. Das brauchst du wohl.«

»Danke«, antwortete sie.

Vincent stand schweigend da, während sie sich abtrocknete. Er fühlte sich unsicher und wünschte, er könnte irgendetwas tun, was sie von dem Alptraum befreite, in den Griffus sie gestürzt hatte, wusste aber nicht, was das sein könnte. »Möchtest du darüber reden?«, fragte er schließlich.

Die Hand, mit der sie ihre Haare trocknete, hielt inne, und sie sah ihn mit gehetzten, umschatteten Augen an. »Nein. Ich habe alles gesagt.«

»Dann vielleicht morgen?«

»Ja.« Ivy warf das Handtuch in die Ecke. »Vielleicht morgen.« Sie trat auf Vincent zu, umfasste seine Taille mit beiden Armen und legte die Stirn in seine Halsbeuge. »Weißt du, was ich am liebsten täte?«

Vorsichtig strich er mit den Händen über ihren Nacken. »Nein, was denn, Liebes?«

»Am liebsten wäre mir, wenn du mich ins Bett bringen und ganz fest halten würdest, bis ich einschlafe.«

Vincent stieß die Luft aus, die er unbewusst angehalten hatte. Er hob sie auf seine Arme und trug sie durch die Tür. »Nun, das ist etwas«, sagte er, als er auf das Schlafzimmer zusteuerte, »womit ich gerade noch fertig werde.«

Als Ivy spät am nächsten Morgen aufwachte, lag Vincent auf einem Arm gestützt neben ihr und inspizierte das orangefarbene Antiseptikum, das über den Zahnabdrücken auf ihrer rechten Brust aufgetragen worden war. »Ich hätte da sein sollen«, sagte er, als er bemerkte, dass sie wach war. Er strich ihr sanft über die leicht geschwollene Wange und fügte reumütig hinzu: »Es war nicht das erste Mal, dass ich dich im Stich gelassen habe, Ivy. Es tut mir so Leid.«

»Wo warst du, Vincent?«

Nachdem er es ihr erzählt hatte, versuchte er, ihr zu erklären, wie es kam, dass er gestern Abend seinen Argwohn, der ihm jeden ihrer Schritte verdächtig erscheinen ließ, überwunden und plötzlich Vertrauen zu ihr gefasst hatte. »Ich wusste praktisch schon beim ersten Mal, als wir miteinander geschlafen haben, dass ich dir vollkommen ausgeliefert war«, gestand er ihr, legte sich neben sie und nahm sie in die Arme. »Ich war dir mit Haut und Haaren verfallen – und das hat mich zu Tode erschreckt, Ive.«

»Aha.« Dafür, dass dieser Laut praktisch nichts aussagte, schaffte sie es, eine ganze Menge Skepsis hineinzulegen.

»Glaubst du vielleicht, ich mache Spaß? Ich habe immer gewusst, dass du die Macht hast, mich zu vernichten. Verdammt, ich habe so lange mit angehaltenem Atem darauf gewartet, dass du genau das tun würdest, dass ich schon ganz blöd im Kopf davon war – Sauerstoffmangel«, witzelte er, aber die Augen, denen sein Blick begegnete, als er ihr den Kopf zuwandte, waren vollkommen ernst. Er atmete aus, wandte sich wieder ab und starrte an die Decke. »Ich schätze mal, dass ich dachte, Angriff wäre die beste Verteidigung. Womit ich allerdings nur erreicht habe, dich zu vertreiben.« Einen Moment lang war Vincent still, bis er sich erneut aufstützte und sie ansah. »Und dann, gestern Abend, zack! Ich wusste es, einfach so. Ich wusste, dass du mich nie betrügen würdest. Dass du mir nie in irgendeiner Weise wehtun würdest. Alle Zweifel waren wie fortgeblasen, Ive. Und ich wusste, dass ich ein Riesenidiot gewesen war.«

»Sag es, D'Ambruzzi«, flüsterte sie drängend. »Sag es mir jetzt, wo ich nüchtern bin und dir zuhöre.«

»Ich liebe dich, Ivy Jayne.«

Sie schloss ihre Augen, und als sie sie wieder öffnete, sagte sie mit leiser, rauer Stimme. »Er hat mein ganzes Verhältnis zum Sex verändert, Vincent.«

Vincents Stimme war genauso leise und erfüllt von hilfloser Wut. »Dieser Scheißkerl.« Er legte sich wieder neben sie und zog sie fest an sich.

»Oh Gott.« Sie stieß unsicher die Luft aus. »Was, wenn ich nie mehr so sein werde wie früher? Wirst du mich dann immer noch lieben?« Er versicherte ihr, dass er das natürlich tun würde, aber die bis in ihr tiefstes Innerstes verletzte Frau in Ivy blieb skeptisch.

Ein großer Teil von ihr wollte das grauenhafte Erlebnis des gestrigen Tages vergessen und so tun, als wäre es nie geschehen. Aber sie zwang sich dazu, sich an alles zu erinnern, was sich von dem Moment an, als Vincent die Bar verlassen hatte, bis zu dem, als er durch die Wohnungstür gestürmt war, ereignet hatte. Zögernd füllte sie alle Lücken in dem Geschehen auf, das am Abend zuvor in ihrem traumatischen Schockzustand nur bruchstückhaft in ihr Bewusstsein gedrungen war.

»Ich habe solche Angst, dass nichts mehr so sein wird wie vorher«, gab sie zu. »Der Sex mit dir war immer etwas Besonderes. Selbst wenn wir wie die Wilden übereinander herfielen, war da doch immer etwas ... Na ja, etwas fast Feierliches. Aber Griffus hat das alles in den Schmutz gezogen, Vincent. Ich weiß nicht, ob ich es jemals wieder ertragen werde, dass du mich von hinten liebst. Zumindest nicht, ohne dass ich daran denken muss, wie er alles ins Hässliche und Obszöne verkehrt hat.«

»Genau das tun Vergewaltiger«, erklärte Vincent. »Das

ist ihre stärkste Waffe.« Er stützte sich wieder auf seinen Ellbogen, um ihr in die Augen zu sehen, während er mit aller Bestimmtheit sagte: »Es geht ihnen niemals um Sex, es geht ihnen ausschließlich um Macht und Wut und Erniedrigung und Kontrolle. Ich weiß, das klingt angesichts der Art dieses Verbrechens seltsam«, sagte er in beschwichtigendem Ton, als sie zum Protest anheben wollte. »Aber es stimmt, Ivy. Dieses Verbrechen ist ein Widerspruch in sich. Vergewaltiger hassen Frauen, das ist so. Und der Penis eines Vergewaltigers ist kein … kein …« Vincent runzelte die Stirn, während er nach dem richtigen Wort suchte.

»Liebeswerkzeug?«, half ihm Ivy mit einem Lächeln aus.

Er drückte sie. »Genau. Er ist kein Liebeswerkzeug für ihn, sondern eine Waffe. Eine Waffe, um im Leben einer arglosen Frau die schlimmsten Zerstörungen anzurichten. Ich habe tagaus, tagein mit diesen Typen zu tun. Glaub mir, wenn ich dir sage, dass jeder von ihnen sich wahrscheinlich freuen würde, wenn er wüsste, dass er etwas vernichten kann, das dem Opfer etwas bedeutet.«

»Aber wie soll ich darüber hinwegkommen?«, fragte Ivy, und Vincent las in ihrem Gesicht die Angst zu versagen. »Springen wir einfach ins Bett, als wäre nichts passiert, und vögeln, bis wir nicht mehr geradeaus schauen können?« Er wusste, dass sie sich vorstellte, wie sie miteinander ins Bett gingen und es damit endete, dass sie stocksteif und teilnahmslos in seinen Armen lag.

Dann erst merkte er, welchen Ausdruck sie gebraucht hatte, und er sagte ein wenig indigniert: »Wir lieben uns, wir vögeln nicht.« Als Ivy ihn mit einem Blick bedachte, der fast etwas von ihrer alten Frechheit erkennen ließ, lächelte er schwach. »Okay, okay«, gab er zu. »Vielleicht lieben wir es manchmal etwas derb und schnörkellos.«

»Regelmäßig«, berichtigte sie.

»Wie du meinst. Aber es ist trotzdem Liebe. Wenigstens ... hast du dich niemals schmutzig dabei gefühlt, oder?«

»Nein«, versicherte sie ihm eilig, da sie den zweifelnden Ausdruck auf seinem Gesicht nicht ertrug. »Ich habe mich immer ganz wunderbar gefühlt.«

»Da bin ich aber froh, du hast mich richtig erschreckt. Jedenfalls möchte ich dich um einen Gefallen bitten, bevor wir wieder in irgendeiner Form Sex miteinander haben«, sagte er. »Ich werde dir die Nummern der Beratungsstellen geben, die ich jedem Vergewaltigungsopfer gebe, mit dem ich zu tun habe. Ich will, dass du dich mit einer oder mehreren in Verbindung setzt, ganz, wie du es für nötig hältst.«

»Ich weiß nicht, Vincent. Ich bin doch nicht richtig vergewaltigt worden.«

»Du magst nicht wirklich penetriert worden sein, aber du warst gestern Abend bedroht davon. Griffus hat mit deinen Gefühlen gespielt, Ivy, deine Ängste ausgenutzt. Er ist in deine Wohnung eingedrungen, und er hatte vor, in deinen Körper einzudringen. Auch wenn es dazu nicht gekommen ist, hat er dir Gewalt angetan. Geh zu einer dieser Beratungsstellen. Sprich mit jemandem. Die Frauen, die dort arbeiten, messen nicht den Grad der Gewalt. Sie wissen, was du durchgemacht hast, da die meisten von ihnen dasselbe durchmachen mussten. Sie können dir helfen.« Er strich ihr die Haare aus der Stirn. »Und wenn du nicht alleine gehen willst, bitte Jaz, dich zu begleiten. Sie kann ein solches Gespräch vielleicht auch ganz gut brauchen.«

Ivy richtete sich plötzlich auf. »Oh Gott, meine Familie!«

»Nur die Ruhe, Liebes.« Vincent zog sie wieder zu sich herunter.

»Vincent, lass mich los. Ich muss –«

Vincent legte ihr einen Finger auf die Lippen. »Mach dir keine Sorgen«, versicherte er ihr. »Ich habe vorhin mit Babe gesprochen, und sie sagte mir, dass der Notarzt Terry und Jaz gestern Abend in die Uniklinik gebracht hat. Jaz ist relativ bald wieder entlassen worden und hat die Nacht bei ihren Eltern verbracht. Terry haben sie über Nacht dabehalten, weil sein Zustand ein bisschen kritischer war, aber inzwischen ist er über den Berg. Ich habe deiner Tante gesagt, dass wir so um drei in der Klinik vorbeikommen.« Er rollte sich auf den Rücken, ohne sie loszulassen, und streckte die freie Hand aus, um seine Uhr vom Nachttisch zu nehmen und einen Blick darauf zu werfen. »Was mir dreieinhalb Stunden lässt, nach Downtown zu fahren, eine Aussage zu machen, meinen Bericht zu schreiben und wieder hierher zurückzukommen.«

Er küsste sie flüchtig, zog seinen Arm unter ihr hervor und kletterte aus dem Bett. Ivy betrachtete seinen nackten Rücken, als er durch das Zimmer ging. »Vincent?«

Er drehte sich in der Tür um. »Ja?«

»Ich liebe dich.«

Seine Zähne hoben sich perlweiß von seinen dunklen, von Bartstoppeln überschatteten Wangen ab, als er sie anlächelte. »Das ist genau das, was ich hören will, Süße. Mehr will ich nicht.«

Vincent sah zu, wie Ivys Familie sie vor Terrys Krankenhauszimmer umringte. Arme schlossen sich um sie. Stimmen, der Umgebung angemessen leise, sprudelten Fragen und Befürchtungen hervor, versicherten ihr ihre Zuneigung und Unterstützung. Vincent hielt sich währenddessen im Hintergrund und versuchte, Gesichter und Namen einander zuzuordnen.

Sherry und Jaz kannte er. Sam und Davis war er dagegen nie richtig vorgestellt worden, aber Ivy hatte sie ihm schon so oft auf irgendwelchen Fotos gezeigt, dass er sie ohne weiteres erkannte. Das galt auch für zwei weitere ältere Cousins.

Er sah dem Treiben kurze Zeit zu, und dann trat er zu Jaz, die sich nach der Begrüßung etwas abseits von den anderen gestellt hatte. Mit besorgtem Blick sah sie zu ihm auf.

»Wie kommen Sie damit klar?«, fragte er leise.

Sie sah ihn an, als vermute sie ein verborgenes Motiv hinter seiner Frage, dann antwortete sie kurz angebunden. »Mir geht es gut.«

Vincent zog sein Notizbuch aus seiner linken Hosentasche, fischte aus einer anderen Tasche einen Stift und kritzelte etwas. Dann riss er das Blatt heraus und reichte es ihr. »Das sind die Nummern von einigen Beratungsstellen, die Ihnen dabei helfen können, mit der traumatischen Erfahrung von gestern Nacht fertig zu werden«, erklärte er ihr. »Ich möchte, dass Sie zusammen mit Ivy dorthin gehen, sie können euch helfen.«

Sie nahm das Blatt und betrachtete es einen Moment. Dann hob sie langsam wieder ihre Augen. Sie glänzten tränenfeucht. »Warum sind Sie so nett zu mir?«, fragte sie mit belegter Stimme. »Ich weiß, dass Sie mich nicht mögen, und ich habe dieses Schwein in unsere Familie geschleppt.«

»Nein, Jasmine, das haben Sie nicht«, sagte Vincent mit Nachdruck. »Sie wurden von einem Mann missbraucht, der ein Meister der Täuschung war.«

»Das mag sein, aber Terry wurde schwer verletzt und Ivy beinahe vergewaltigt, weil ich so leichtgläubig bin und mir so verzweifelt eine Beziehung wünsche, weil ich endlich heiraten und Kinder haben will.«

»Nach dem, was ich gehört habe, sind Sie auch beinahe vergewaltigt worden. Himmel noch mal, Jaz, tun Sie sich das nicht an. Ich kann Ihnen gar nicht sagen, wie viele Opfer ich gesehen habe, die die Schuld für die Handlungen irgendeines Verbrechers bei sich suchen, und das ist einfach nicht richtig. Griffus war ein Verrückter, durch und durch verdorben, und er ging äußerst zielstrebig vor. Als er erst einmal auf die Idee verfallen war, dass Ivy seine Traumfrau ist, konnte ihn nichts mehr von dem Entschluss abbringen, sich an sie heranzumachen. Wenn er nicht durch Sie an sein Ziel gelangt wäre, dann hätte er sich eben einen anderen Weg gesucht.« Als er sah, wie der Selbstekel in ihren Augen ein wenig nachließ, fügte er hinzu: »Und was die Sache mit der Beziehung angeht, Ivy sagte, dass er ganz genau wusste, wie er Sie manipulieren konnte. Er hat dasselbe mit ihr gemacht.«

Die plötzlich einsetzende Geschäftigkeit auf dem Krankenhausflur hinderte ihn daran zu sagen, dass er sie gar nicht gut genug kannte, um seine Sympathie für sie einschätzen zu können. Terrys Eltern kamen aus Terrys Zimmer, und Sherry und ein anderes Familienmitglied gingen hinein. Ivy, die kurz mit ihrer Tante und ihrem Onkel gesprochen hatte, löste sich aus der Gruppe, kam zu ihnen und umarmte Jaz. Sie drückte sie fest an sich. »Es tut mir Leid, dass ich dich in diese ganze Sache mit hineingezogen habe, Jasmine«, sagte sie leise, was Vincent dazu brachte, mit den Augen zu rollen und leise »Um Himmels willen« zu murmeln. Jaz musste laut lachen. Ivy sah verwirrt von Jaz zu Vincent, ohne ihre Cousine loszulassen. »Was habt ihr denn?«

»D'Ambruzzi hat mir gerade einen Vortrag darüber gehalten, wie gefährlich es ist, die Verantwortung für die Handlungen von jemand anderem zu übernehmen«, erwiderte Jaz. »Und er hat Recht. Es ist nicht deine Schuld, dass dieses kranke Schwein sich gerade dich ausgesucht hatte. Und vielleicht ist es ja auch wirklich nicht meine Schuld, dass er mich ausgesucht hat, um dir näher zu kommen.«

»Aber natürlich ist es nicht deine Schuld«, erklärte Ivy leicht indigniert. »Wer denkt denn einen solchen Unsinn?«

»Ich«, gab Jaz zu. »Du weißt, wie unsicher ich mir die letzten Wochen wegen Tyler war. Es fällt mir schwer zu akzeptieren, wie schnell ich diesem Kerl auf den Leim gegangen bin. Hey, niemand gibt gerne zu, dass er leicht zu manipulieren ist.« Sie atmete tief durch. »Noch schwerer ist es, weil ich weiß, dass ich ihn nur deshalb nicht in die Wüste geschickt habe, weil ich keine Lust hatte, mir einen neuen Typen zu suchen. Das ist doch wirklich völlig bescheuert, Ive.«

Ivy sah ihre Cousine nachdenklich an. »Dann bestehen also gute Chancen, dass du dir den nächsten Mann ein bisschen genauer ansehen wirst?«

Jaz entkam ein Lachen. »Und ob. Wobei ich meinem eigenen Urteil allerdings kaum noch trauen werde. Stell dir nur mal vor.« Sie nahm einen verführerischen Ton an. »Wie war Ihr Name gleich wieder? Charles Manson? Ich würde liebend gerne mit Ihnen in Kino gehen. Darf ich Sie Charlie nennen?«

Sie sahen sich an und lachten. »Es wird alles wieder in Ordnung kommen, oder, Ivy?«, fragte Jaz mit großen Augen.

»Klar. Wir hatten wohl auch um einiges mehr Glück als seine anderen Opfer, oder? Es wird alles wieder in Ordnung kommen, bestimmt.«

Epilog

In so kurzer Zeit hatte sich so vieles verändert. War seit dieser Nacht tatsächlich noch nicht einmal ein Monat vergangen? Ivy saß mit angezogenen Knien in der Mitte des Bettes und dachte darüber nach.

Einige der Veränderungen waren sogar gut.

Sie hatte ihre Wohnung gekündigt, sobald das Siegel der Spurensicherung an der Tür entfernt worden war. Da sie nicht von neuem an Ereignisse erinnert werden wollte, die sie ohnehin nur mit Mühe aus ihrem Kopf bekommen konnte, hatte sie einen Reinigungsdienst engagiert, der die letzten Spuren von Tyler Griffus beseitigte. Dann war sie endgültig bei Vincent eingezogen.

Sie hatte mittlerweile das Gefühl, dass es auch ihre Wohnung war und nicht nur seine. Ihr Sofa und der neu gepolsterte Sessel hatten das Wohnzimmer mit Beschlag belegt, da sie viel hübscher waren als die Möbel, die Vincent besessen hatte. Dagegen hatten sie Vincents Bett behalten, weil seine Matratze wesentlich besser war als das durchgelegene alte Ding, auf dem sie die letzten sechs Jahre geschlafen hatte.

Allerdings hatten sie sich auf dieser Matratze seit jener Nacht noch kein einziges Mal geliebt.

Ivy krümmte sich innerlich. Das war vermutlich ein Teil ihres Problems: dass die Erinnerung an diese Nacht immer noch alles überschattete. Sie musste aufhören, Griffus so viel Macht einzuräumen, dass er selbst noch nach seinem Tod ihr Leben bestimmen konnte. Das war nicht richtig.

Nicht dass sie das einfach so hingenommen und nichts unternommen hätte. Nein, sie und Jaz arbeiteten auf jeweils ihre Weise daran, ihr Leben wieder in den Griff zu bekommen.

Sie hatten sich beide in der Gesprächsgruppe, zu der sie einmal gegangen waren, nicht besonders wohl gefühlt, aber es half ihnen, miteinander zu reden, ebenso wie die Einzelgespräche, die sie führten. Ihr Unbehagen in der Gruppe hatte vielleicht daher gerührt, dass keine von ihnen tatsächlich vergewaltigt worden war. Für Ivy bestand ein wesentlicher Unterschied zwischen einer versuchten und einer tatsächlich vollzogenen Vergewaltigung. Sie hatte die größten Schwierigkeiten gehabt, vor den anwesenden Frauen, denen eine ganze andere Form von Gewalt angetan worden war, über das Gefühl tiefer Verletzung zu sprechen, das dieses Erlebnis bei ihr hinterlassen hatte. Ihr war das Schlimmste erspart geblieben, was die anderen Frauen nicht von sich sagen konnten.

Vincent war ungeheuer verständnisvoll und rücksichtsvoll gewesen, in dieser Hinsicht konnte sie sich wirklich nicht beklagen. Er schien zu verstehen, dass sie ihre Beziehung nicht einfach wie bisher fortführen konnte. Nacht für Nacht war er neben ihr unter die Bettdecke geschlüpft und hatte nichts weiter getan, als sie einfach nur in die Arme zu nehmen und zu halten.

Nichtsdestoweniger hatte Sex vom ersten Augenblick an eine große Rolle in ihrer Beziehung gespielt, und Ivy fragte sich unwillkürlich, wie lange Vincents Geduld wohl reichen würde.

Ihr war klar, dass unter den gegebenen Umständen die Zeit ihr wichtigster Verbündeter war, um die seelischen

Wunden heilen zu lassen, die Tyler Griffus ihr geschlagen hatte. Sie hasste diesen Dreckskerl für das, was er ihr angetan hatte. Und sie hasste sich selbst, weil sie zuließ, dass dieses Erlebnis sie zum Feigling machte.

Sie konnte kaum glauben, dass sie es zum ersten Mal, seit sie zwölf war, als angenehm empfunden hatte, als sie vor einer Woche ihre Tage bekommen hatte. »Gott sei Dank« war ihr erster Gedanke gewesen. Damit hatte sie wenigstens eine Ausrede, falls Vincent gerade in dieser Nacht einen Annäherungsversuch unternehmen wollte. Gleich darauf hatte sie sich wegen dieser Überlegung verachtet.

Wie immer in Zeiten großer Belastung hatte sie sich in den Schoß ihrer Familie geflüchtet. Wenn sie Vincent dabei ausgeschlossen hatte, so hatte sie das damit entschuldigt, dass ihre Familie der einzige feste Bezugspunkt in ihrem Leben war. Sie hatte die Erfahrung gemacht, dass Familie etwas Unveränderliches war – bis heute Nachmittag, als sie feststellen musste, dass nichts so blieb, wie es war.

Sie hatten gerade Besuch von Keith und Anna Graham, als das Telefon läutete. Ivy stand auf und nahm ab. »Ja?«

»Ivy, ich bin's«, sagte Sherry, und die Ungeduld in ihrer Stimme war unüberhörbar. »Lass mich rein.«

Ivy drückte auf den Türöffner.

Wenige Augenblicke später klingelte ihre Cousine an der Wohnungstür. Sie marschierte zielstrebig an Ivy vorbei, als diese ihr öffnete, um gleich darauf abrupt in der Tür zum Wohnzimmer stehen zu bleiben. »Ach du lieber Himmel, du hast Besuch. Tut mir Leid, Ive, ich hätte vorher anrufen sollen.«

»Sei nicht albern. Keith kennst du ja schon.« Ivy machte Sherry mit Anna bekannt und sah sie anschließend fragend an. Ihre Verzweiflung war förmlich mit Händen greifbar. »Was ist los, Sher?«

»Terry geht weg«, sagte Sherry und fing an zu weinen. Voller Scham, weil sie sich vor Fremden so gehen ließ, drehte sie sich um. »Ivy«, sagte sie mit leiser, trauriger Stimme, »er will nach San Francisco ziehen.«

Ivy entschuldigte ihre Cousine und sich bei den anderen, fasste Sherry am Arm und führte sie ins Schlafzimmer. Sie schloss die Tür hinter ihnen und dirigierte Sherry zum Bett. »Setz dich.« Obwohl sie glaubte, den eigentlichen Grund zu kennen, fragte sie; sie wollte wissen, welche Erklärung er sich wohl ausgedacht hatte. »Warum zieht Terry weg?«

»Mein Gott, wer weiß das schon? Er behauptet, es handle sich um eine große berufliche Chance.«

»Aber das glaubst du nicht?«

»Nein. Ja. Ach verdammt, ich weiß es nicht.« Sherry fuhr sich mit dem Handrücken über die Augen und sah Ivy an. »Ich weiß nur, dass ich nicht will, dass mein Bruder Hunderte von Kilometer weit wegzieht.«

Ivy wollte das auch nicht, aber im Gegensatz zu ihrer Cousine verstand sie Terrys Beweggründe. »Sherry, das tut mir Leid. Ich weiß nicht, was ich sagen soll. Außer, dass ich weiß, wie schwer das für dich sein muss.«

»Kannst du nicht mit ihm reden, Ivy?«

»Na ja … natürlich. Aber ich bezweifle, dass ich seine Entscheidung beeinflussen kann. Das schafft niemand, wenn er sich erst einmal etwas in den Kopf gesetzt hat. Du kennst doch Terry.«

»Sicher. Aber versuchen kannst du es doch, mir zuliebe, ja?«

»Das werde ich«, versprach Ivy. Und kam sich dabei wie eine Heuchlerin vor.

Sherry war zu aufgelöst, um länger zu bleiben und mit Leuten, die sie kaum kannte, Konversation zu betreiben, deshalb ging sie kurz darauf wieder. Sie war kaum fünf Minuten weg, als es erneut an der Tür klingelte. Ivy warf Keith und Anna ein entschuldigendes Lächeln zu und ging öffnen.

Am Türrahmen lehnte Terry. »Hi«, sagte er. »Ich dachte, ich spar dir die Mühe, mich zu suchen.«

»Himmel, Terry, bist du Sherry etwa hinterhergefahren?«

»Ja. Sie hat sich furchtbar aufgeregt, als ich ihr die Neuigkeit mitgeteilt habe.«

»Das kann man wohl sagen.«

»Tja.« Terry zuckte verlegen mit den Schultern. »Ich wusste, dass sie sich erst eine Weile von Ben trösten lassen wird und dann entweder zu dir oder zu Jaz fährt.« Sein Gesicht wirkte plötzlich wie versteinert, völlig ausdruckslos. »Ich bin froh, dass sie sich für dich entschieden hat.«

»Komm rein.« Ivy trat einen Schritt zur Seite. »Nur aus Neugier, Terry, hat dich unser schäbiges kleines Sicherheitssystem eigentlich jemals daran gehindert, ins Haus zu kommen?«

»Heute hätte ich tatsächlich beinahe klingeln müssen. Aber dann kam eine reizende alte Dame mit blauen Haaren und hat mich reingelassen. Hallo, Vince«, sagte er, als sie das Wohnzimmer betraten, und nickte anschließend den Grahams mit einem Lächeln zu. »Tut mir Leid, dass ich hier einfach so reinplatze, Leute, aber ich muss unbedingt etwas mit Ivy besprechen.« Er fasste sie am Ellbogen, zog sie auf den Balkon hinaus und schloss die Tür. Ivy drehte sich mit einem hilflosen Achselzucken zu Anna und Keith um und formte mit den Lippen ein stummes »Tut mir Leid«.

Keith sah Vincent an. »Der Ehemann der Dame?«

»Der Zwillingsbruder.«

Keith pfiff leise durch die Zähne. »Mensch, Alter, seit du Ivy kennen gelernt hast, ist dein Leben ja um einiges aufregender als vorher.«

»Ja, manchmal kommt es mir vor, als wäre ich mitten in einer Seifenoper gelandet.« Und knallharter Cop, der er war, hätte sich Vincent eher die Fingernägel mit einer Beißzange ausreißen lassen, als zuzugeben, dass er beinahe vor Neugier platzte, was in Ivys Familie jetzt schon wieder los war.

Draußen auf dem Balkon sagte Ivy unglücklich: »Sherry hat mich gebeten, dir den Umzug auszureden, Terry.«

»Das wird dir nicht gelingen.« Er beschirmte mit der Hand seine Augen, um auf irgendeinen Punkt in der Ferne zu blicken. Schließlich ließ er die Hand wieder sinken und sah Ivy an. »Ich muss weg von hier, Ive. Ich kann sie nicht haben« – keiner von ihnen musste den Namen laut ausgesprochen hören, um zu wissen, von wem die Rede war –, »und ich kann auch nicht so weitermachen wie bisher. Es geht einfach nicht. Es ist zu schmerzhaft, und daran wird sich nie etwas ändern, wenn ich nicht irgendwo anders ein neues Leben beginne.«

»Ich weiß.« Ivys Augen füllten sich mit Tränen. »Ich verstehe dich, Terry. Aber ich werde dich trotzdem schrecklich vermissen!«

Er zog sie in seine Arme und drückte sie fest an sich. »Ich werde dich auch vermissen, Ive. Aber ich muss es tun. Und du hast ja jetzt Vincent.« Er hielt sie auf Armeslänge von sich weg und zwang sich zu einem Lächeln. »Außerdem ist San Francisco eine tolle Stadt, und ihr könnt mich jederzeit besuchen kommen. Nur …« Für einen kurzen Moment verschwand das Lächeln von seinem Gesicht. »Lasst in der ersten Zeit Jaz zu Hause, okay?«

»Ach, Terry. Es tut mir so Leid.«

»Nein«, sagte er mit fester Stimme, »das ist schon in Ordnung. Ich glaube, es tut mir wirklich gut, wenn ich woandershin gehe und noch mal von vorn anfange. Diese Stadt ist einfach zu voll mit Erinnerungen. San Francisco ist dagegen eine ganz neue Erfahrung.«

»Versprich mir bloß eins«, sagte Ivy eindringlich. »Versprich mir, dass du dich in Zukunft mit netten, normalen, intelligenten Frauen triffst statt dieser albernen Gänse, mit denen du bisher zusammen warst.«

»Ja, das werde ich tun. Mein Leben wird sich von Grund auf ändern, irgendwie kriege ich das schon alles auf die Reihe. Ehrenwort.«

Sie sprachen noch ein paar Minuten über verschiedene Dinge, bis Terry erklärte, er wolle jetzt lieber gehen, damit sie sich wieder um ihre Gäste kümmern könne.

Und nun saß sie hier im Schlafzimmer, während es draußen rasch dunkel wurde, und brütete über all die Veränderungen, die innerhalb eines knappen Monats eingetreten waren. Wie es aussah, konnte man sich nicht einmal mehr darauf verlassen, dass familiäre Beziehungen immer gleich blieben. Na ja, wie hieß es so schön, Veränderung bedeutet Fortschritt.

Und das würde sie sich immer wieder vorsagen, bis sie es zu guter Letzt glaubte.

Vincent kam ins Zimmer. Sie spürte, wie die Matratze unter seinem Gewicht nachgab, als er auf den Knien zu ihr rutschte. Dann hockte er sich hinter sie und begann, ihren verspannten Nacken und ihre Schultern zu massieren. »Willst du darüber reden?«

Zum ersten Mal wurde Ivy bewusst, dass sie ihn in letzter Zeit nicht nur was Sex betraf aus ihrem Leben ausgeschlossen hatte. Sie merkte, dass sich ihre verspannten

Muskeln unter seinen Fingern allmählich lockerten, legte den Kopf auf die Knie und begann zu sprechen.

Vincent setzte sich so, dass sie zwischen seinen Beinen Platz fand. Dann suchte er sich eine bequemere Stellung, legte die Arme um ihre Taille und zog sie an sich. Zum ersten Mal seit der Nacht, in der Griffus über sie hergefallen war, konnte er feststellen, dass sie sich nicht verspannte, sobald er sich ihr von hinten näherte.

In den zurückliegenden vier Wochen war das Zusammenleben mit ihr die reinste Achterbahnfahrt gewesen. Verstandesmäßig hatte er begriffen, warum sie jedes Mal in Abwehrhaltung ging, wenn er sie anfasste, trotzdem hatte es ihm zu schaffen gemacht. Na gut, was die körperliche Seite betraf, konnte er es sich zumindest erklären. Was ihn dagegen wirklich verletzte, war die emotionale Mauer, die sie zwischen ihnen errichtete, wenn er es am wenigsten erwartete. Offensichtlich brauchte sie die Unterstützung ihrer Familie, und das verstand er auch. Aber wo blieb er dabei? Sollte sie seine Unterstützung nicht ebenfalls brauchen?

Als ob sie seine Gedanken lesen könnte, flüsterte sie: »Es tut mir Leid, Vincent.« Sie lehnte den Kopf gegen seine Schulter. »Ich habe dich ausgeschlossen, und ich weiß nicht einmal, warum. Ich liebe dich.«

Seine Hände streichelten unaufhörlich über ihren Körper, begierig, sie zu berühren, aber gleichzeitig sorgsam darauf bedacht, den Berührungen keinen erotischen Anstrich zu geben. Wenn er an ihren Seiten entlangfuhr, drehte er seine Hände so, dass seine Finger ihre Brüste nur flüchtig streiften, er streichelte ihre Oberschenkel, dann löste er seine Hände für einen kurzen Moment von ihr und legte sie auf ihren Bauch. Er war bereit, ihr alle Zeit der Welt zu lassen, und wollte sie nicht dadurch verschrecken, dass er einen Vorstoß unternahm, bevor sie so weit war. In Wirklichkeit hatte er eine Heidenangst davor, dass er etwas tun könnte, was bei ihr falsch ankam.

»Ich liebe dich auch, Ivy«, flüsterte er heiser. »Mein Gott, wie habe ich dich vermisst.« Ohne dass er sich dessen richtig bewusst gewesen wäre, glitten seine Hände weiter über Ivys Körper, über ihre Schultern, an ihren Armen entlang, an ihren Seiten hinunter bis zu ihrer Taille, und der geschwungenen Linie ihrer Hüften folgend bis zur Außenseite ihrer Oberschenkel. Es fühlte sich so gut an, sie endlich wieder zu berühren. »Schließ mich nicht mehr auf diese Weise aus. Das macht mich ganz krank.«

Ivy begann zu weinen. »Mein Gott, Vincent, ich bin immer noch so durcheinander. In der einen Minute geht es mir gut, und in der nächsten werde ich nervös und habe so viel Angst, dass ich mich nur noch in einer dunklen Ecke verkriechen und laut schreien will.«

»Alles wird wieder gut, Liebes. Sprich mit mir. Sag mir, was du fühlst, damit ich weiß, was in dir vorgeht.« Er rollte sich auf die Seite, schmiegte sich an ihren Rücken und hörte ihr zu, als sie sich alles von der Seele redete. Und die ganze Zeit über hielt er sie, wiegte sie sanft hin und her, sprach beruhigend auf sie ein.

Streichelte sie.

Seine Berührungen blieben nicht ohne Wirkung auf sie. Sie stellte fest, dass sie nach und nach immer weniger auf seine Worte hörte und sich stattdessen auf seine Hände konzentrierte, die über ihren Körper glitten. Sie begannen sie zu erregen, weckten zum ersten Mal seit einem Monat das vertraute Verlangen nach diesem Mann.

Sie hielt den Atem an, als seine Finger sich zur Innenseite ihrer Schenkel vortasteten und quälend langsam nach oben glitten. Näher, immer näher, oh Gott, jetzt gleich …

Und dann spürte sie sie plötzlich auf ihrem Bauch, ohne dass sie sie da berührt hätten, wo sie es sich wünschte. Kurz darauf streifte er mit den Fingerspitzen ihre linke Brust, bevor er zwischen ihren Brüsten entlangfuhr. Das Ganze endete mit langsamen kreisenden Bewegungen unterhalb ihrer Schlüsselbeine.

Sie hatte mittlerweile das Gefühl, viel zu viel anzuhaben.

Als seine Hände das nächste Mal ihre Oberschenkel erreichten, spreizte sie ein wenig die Beine und wurde mit einem zarten Streicheln über ihren Venushügel belohnt. Und als sie ihm ihre Brüste entgegenstreckte, und er nicht darauf reagierte, entfuhr es ihr ungeduldig: »Vincent, jetzt fass mich doch endlich an!«

Sofort wurde Vincent von heftigem Begehren erfasst, und er rutschte ein Stück von ihr weg, weil er Angst hatte, dass der Spaß sofort wieder vorbei wäre, wenn sie die harte Wölbung in seiner Hose spürte. Er musste unwillkürlich grinsen, als er den altbekannten Befehlston vernahm. Er hatte nicht einmal mitgekriegt, dass sie immer erregter geworden war, bevor sie beim letzten Mal, als seine Finger das Ende ihrer Oberschenkel erreicht hatten, die Beine gespreizt hatte – und selbst da hatte er noch befürchtet, er könnte sich das Ganze nur einbilden. So etwas hatte er gar nicht im Sinn gehabt, als er angefangen hatte, sie zu streicheln.

Aber er war schnell von Begriff, und eine solche Einladung brauchte er nicht zweimal. Er reizte sie weiter, während er sie auszog. Dann spielte er mit ihren Brüsten und befriedigte zum Teil ihr Verlangen nach Berührung. Allerdings befriedigte er nicht alle ihre Wünsche, bevor er seine Hose ebenfalls ausgezogen hatte.

Er drehte sie auf Hände und Knie und merkte sofort, wie

sich ihr ganzer Körper verkrampfte. »Nein«, wimmerte sie und sah ihn über die Schulter an. Vincent beugte sich nach vorne und küsste sie. »Doch«, sagte er, lehnte sich wieder zurück und ließ seine Hand zwischen ihre Oberschenkel gleiten, um sie zu streicheln. Er wusste, dass er auf dem richtigen Weg war, als sie die Knie etwas weiter auseinander schob, um seiner Berührung entgegenzukommen.

»Alles ist gut«, flüsterte er, als er sich aufrichtete und behutsam von hinten in sie eindrang, sich mit sanftem Druck an sie presste, bis er völlig von ihr umschlossen war. Er ließ sich nach vorne sinken, schmiegte seine Brust an ihren Rücken und schlang einen Arm um sie, um seine Finger zwischen den feuchten Locken verschwinden zu lassen. »Ich liebe dich, Ivy. Ich würde dir niemals wehtun. Das verspreche ich dir.« Er begann seine Hüften langsam vor und zurück zu bewegen. »Mein Gott, ich liebe dich so sehr.« Er bedeckte ihren Nacken mit heißen Küssen.

Tief aus Ivys Kehle stiegen kleine keuchende Laute, und sie begann, sich seinen Stößen entgegenzustrecken. »Oh bitte«, stöhnte sie, und dann stieß sie einen leisen zitternden Schrei aus, als sie kam, und er hatte das Gefühl, von einer eisernen Faust umklammert zu werden, die ihn mit sich riss.

»Ivy«, sagte er, nachdem er sich zurückgezogen hatte und sich auf den Rücken rollte, ohne sie loszulassen. »Ich habe vergessen, ein Kondom zu benutzen.«

»Das macht nichts«, sagte sie und gähnte zufrieden. »Zurzeit ist es sowieso ziemlich ungefährlich.« Sie fühlte sich völlig entspannt und befriedigt, und gleichzeitig sehr erleichtert. Alles würde wieder in Ordnung kommen. Vincent hatte ihr gerade geholfen, die erste und schwierigste Hürde zu überwinden, er hatte den Bann gebrochen, mit dem Griffus ihre Empfindungen belegt hatte.

»Ja, und außerdem«, sagte er, selbst sehr zufrieden, »nicht dass wir jetzt unbedingt über Familienplanung und so reden müssten, aber … du wirst mich doch heiraten, oder?«

Ivy hob ihren Kopf von seiner Brust. »Du willst, dass wir heiraten?«

»Verdammt noch mal, ja. Ich dachte, das wäre klar. Zuerst leben wir ein Weilchen zusammen, dann heiraten wir.« Er sah sie leicht verunsichert an. »Oder nicht?«

Langsam breitete sich ein Lächeln auf Ivys Gesicht aus, und sie ließ den Kopf sinken, bis ihre Wange wieder auf Vincents Brust lag. »Doch«, murmelte sie, »das machen wir.«

Sein Arm legte sich fester um sie. »Gut.«

Eine Weile schwiegen sie beide, und dann sagte Ivy zögernd: »Vincent?«

»Hmmm?«

»Warum wolltest du es auf diese Weise tun?«

»Was denn, Liebes?«

»Na, du weißt schon … von hinten?«

Er richtete sich auf einem Ellbogen auf und beugte sich über sie. »Weil ich dir zeigen wollte, dass ich nicht er bin«, sagte er bestimmt. »Dass ich mich niemals so verhalten würde wie er. Wir lieben uns, Ivy Jayne, und nichts, was wir in diesem Bett tun, ist falsch. Ich wollte nicht zulassen, dass dieses Arschloch unser Liebesleben kaputtmacht.« Er strich ihr mit den Fingerspitzen zärtlich übers Gesicht und fuhr etwas sanfter fort: »Sex zwischen zwei Menschen, denen etwas aneinander liegt, wird nur dann zu einer schmutzigen Sache, wenn ihn einer von beiden als Waffe einsetzt. Das würde ich dir niemals antun.«

Sie griff nach seiner Hand, führte sie an ihre Lippen und küsste seine Finger. »Das weiß ich. Ich würde dir mein Leben anvertrauen, Vincent. Und was noch wichtiger ist, mein Herz.« Ihr Mund verzog sich zu einem leichten Grinsen. »Apropos«, sagte sie, »wie lange dauert denn dieses ›Weilchen‹, das wir zusammenleben, bevor wir heiraten?«

»Keine Ahnung. Ich wollte warten, bis du wieder unter die Lebenden zurückgekehrt bist, bevor ich über einen Termin nachdenke. Aber ich schätze, nachdem du jetzt wieder da bist …« Er betrachtete sie ein paar Sekunden nachdenklich, bis sie ihn in die Seite knuffte. »Aua! Okay, okay, sagen wir, in zwei Wochen?«

»Zwei Wochen! Spinnst du?«

Statt einer Antwort zog er nur eine Augenbraue hoch und grinste sie an.

»Blöde Frage, lass es mich anders formulieren. Hast du eine Ahnung, wie lange es dauert, eine Hochzeit vorzubereiten, D'Ambruzzi?«

Ein erschrockener Ausdruck erschien auf seinem Gesicht. »Du lieber Gott, du besteht doch nicht etwa auf einer riesigen Feier mit allem Pipapo, oder? Vergiss bitte nicht, dass ich nur ein einfacher Farmerssohn aus dem Mittleren Westen bin.«

»Oh, da muss ich erst mal das Heu aus deinen Haaren entfernen.« Sie zerzauste ihm kräftig die Haare. Dann fasste sie mit beiden Händen hinein und zog seinen Kopf zu sich heran, bis er ihr direkt in die Augen sah. »Hör mir mal zu, Farmerssohn. Im Gegensatz zu dir bin ich noch nie verheiratet gewesen.«

Vincent wurde sofort ernst. »Ist das ein Problem, Ivy?«

»Ich weiß nicht, Vincent. Liebst du mich mehr, als du sonst jemals irgendetwas in deinem Leben geliebt hast?«

»Jawohl, Ma'am. Darauf kannst du Gift nehmen.«

»Dann ist es kein Problem. Aber um auf meine Hochzeit zurückzukommen …«

»Wie bitte? Deine Hochzeit?«

»Na gut, unsere Hochzeit. Es muss keine Riesenfeier sein, aber ich will meine Familie dabeihaben, und ich will ein Brautkleid aus weißem Satin. Für die ganzen Vorbereitungen werde ich länger als zwei Wochen brauchen.«

»Okay – dann eben zwei Monate, aber das ist mein letztes Wort. Sonst kannst du die Sache vergessen. Dann kannst du dir einen anderen Idioten suchen, der dich heiratet.«

»Eieiei, was für eine Drohung. Da bekomme ich ja Angst. Zwei Monate und zwei Wochen«, sagte sie. »Oder ich sehe mich gezwungen, schwerere Geschütze aufzufahren.«

»Ach ja? Und das wäre zum Beispiel?«

Ivy grinste ihn hinterhältig an. »Ich erzähle Onkel Mack einfach, dass du dich weigerst, mich zu einer anständigen Frau zu machen.«

Vincent sah sie erstaunt an. »Was bist du doch für ein durchtriebenes Biest«, sagte er voll Bewunderung.

»Danke.« Sie warf ihm einen auffordernden Blick zu. »Also? Wie sieht's aus?«

Vincent beugte sie über sie, gab ihr einen langen Kuss und richtete sich dann wieder auf. »Baby«, sagte er, »der Handel gilt.«